Un matrimonio feliz

Rafael Yglesias
Un matrimonio feliz

Traducción de Damià Alou

Libros del Asteroide

Publicado por Libros del Asteroide S.L.U.
Avió Plus Ultra, 23
08017 Barcelona
España
www.librosdelasteroide.com

ISBN: 978-84-92663-37-8
Depósito legal: B.623-2011
Impreso por Reinbook S.L.
Impreso en España - Printed in Spain
Diseño colección y cubierta: Enric Jardí

Este libro ha sido impreso con un papel ahuesado, neutro y satinado
de ochenta gramos y ha sido compaginado
con la tipografía Sabon en cuerpo 11.

Para ella

Índice

1. Chica para llevar

Él la había encargado. Mientras esperaba para ver el comienzo de *Saturday Night Live* en su Trinitron nuevo (¡qué vivos colores, qué definición, qué prodigio de la tecnología!), había encargado la Chica de sus Sueños que ignoraba haber soñado hasta que los grandes ojos azules de esta, llorosos por culpa del frío de diciembre, lo examinaron con una mirada sobresaltada y divertida.

El repartidor que se la llevó era un amigo íntimo, el semiodiado Bernard Weinstein, el cual, con su torpeza habitual, farfulló sus nombres cara al suelo: «Enrique... Margaret. Margaret... Enrique», y groseramente pasó antes que ella al entrar en el nuevo apartamento. Nuevo para Enrique Sabas y para el mundo. El edificio sin ascensor de cinco plantas en la calle Octava del Greenwich Village había sido reformado de arriba abajo, y la restauración se había completado hacía dos meses para justificar la subida del alquiler de renta limitada a los niveles de mercado. Enrique se había mudado una semana después de que enmasillaran el último azulejo del cuarto de baño. De manera que en la vida de Enrique todo era nuevo, desde las cañerías al televisor, cuando aquella chica entró, se dirigió al único accesorio de lujo del apartamento, una chimenea que funcionaba, y al quitarse su boina roja dejó caer en cascada una melena color azabache. A continuación dio la espalda a la repisa de ladrillo descolorido y mármol color claro y siguió enfocando sus reflectores llorosos sobre Enrique mientras se bajaba la cremallera de su chaqueta acolchada de color negro y revelaba un suéter de lana rojo-camión-de-bomberos que se ajustaba a su silueta delgada y de pechos pequeños. Ese *striptease* burgués hizo que una corriente eléctrica atravesara a Enrique, que la sintió tan palpable como si hubiera hecho caso omiso del cartel de advertencia de su Trinitron nuevo, hubiera abierto la parte de atrás y metido el dedo donde no debía.

Los ojos húmedos y azules de la chica seguían fijos en él mientras se dejaba caer en una silla de director de cine junto a la chimenea, extraía sus escuálidos brazos de su funda de plumón y se sacaba el torso de la chaqueta levantando y girando de manera exquisita sus hombros delicados. A continuación, con una seguridad en sí misma propia de un marimacho, pasó uno de sus muslos de carnes prietas por encima del brazo de la silla, como si se preparara para montar; pero en lugar de eso se quedó así colocada, las piernas muy abiertas, dejando a la vista la tela descolorida de su tersa pelvis. Enrique fue incapaz de investigar esa región durante mucho tiempo. Dejó caer los ojos de manera involuntaria hacia aquel piecezuelo que colgaba en el espacio intermedio. No sabía que calzar un número tan pequeño suponía un serio problema para una mujer a la que le encantaban los zapatos, ni que la bota de ante negro que oscilaba delante de él la había comprado solo después de angustiosas deliberaciones debido a su elevado precio. Para esos ojos masculinos e ignorantes de veintiún años de edad, aquel pie delicado, calzado de ese modo, era simplemente provocativo; no por su delicada dimensión, sino por las incesantes pataditas que le dirigía, como si pretendieran estimularlo a hacer algo que la impresionara: *¡Muévete! ¡Muévete! ¡Muévete!*

Enrique no podía quejarse de esa exigente presencia porque

había encargado que se la llevaran, como cuando iba a Charlie Mom a comprar comida china para llevar, una comida cuyos últimos restos abarrotaban ahora el cubo de basura rojo que había debajo del inmaculado fregadero de acero inoxidable. De todos modos, habría permanecido tan inmaculado como estaba ahora porque él apenas cocinaba en la nueva cocina que, elevada sobre un peldaño, se abría a la estrecha zona dormitorio-sala de estar-zona de trabajo de ese apartamento que no podía pagar y que representaba, a pesar de ser su tercera residencia desde que se marchara de la casa de sus padres, el primer lugar exclusivamente suyo, pues había compartido las dos viviendas anteriores: la primera con alguien con quien se acostaba, y la segunda, no. Desvió la mirada hacia el apesadumbrado Bernard para pedir una explicación, pues, sí, la había escogido del menú que podía ofrecerle su amigo, pero no había esperado que los fideos fueran tan picantes.

Aunque Bernard había proclamado las extraordinarias cualidades de Margaret, lo había hecho con su característica y exasperante vaguedad. En sus elaboradas descripciones de Margaret, Bernard no había mencionado aquellos ojos grandes y de un azul intenso que nada tenían que envidiar a los de Elizabeth Taylor, ni la tersa blancura de helado de su piel con pecas. Sin embargo, Bernard era un varón heterosexual, y podría haber mencionado que tenía unas piernas perfectamente proporcionadas, y que era flaca sin ser plana de pechos ni de culo, y que durante el breve momento que Enrique se permitió mirar, la extensión de aquellos músculos esbeltos aunque redondeados invitaba a su contemplación de un modo tan acuciante que te llevaba a perder de vista el resto del mundo, por lo que eso merecía, por amor de Dios, algún tipo de advertencia.

Enrique había desafiado a Bernard a que le presentara a Margaret durante uno de sus desayunos vespertinos en el Homer Coffee Shop, cuando, una vez más, Bernard acabó mencionando otra vez que tenía una amiga extraordinaria de Cornell, la asombrosa Margaret Cohen, aunque no estaba dispuesto a presentársela. (Margaret Cohen, se quejó Enrique, ¿qué clase de familia judía le pone a su hija Margaret? Queja que quizá habría parecido más razonable de proceder de alguien que no se llamara Enrique Sabas, que también era judío gracias a su madre asquenazí.) Bernard explicó que le daba miedo mezclar amigos de los diferentes guetos en los que se movía.

—¿Por qué? —preguntó Enrique.

La única lacónica respuesta de Bernard consistió en encogerse de hombros.

—Soy un neurótico.

—Chorradas —dijo Enrique—. Lo que pasa es que no quieres despilfarrar tus tan pensadas observaciones en una sola cena.

—¿Una cena?

—Muy bien, un cuenco de chile. Da igual, viendo a todos tus amigos por separado consigues repetir siete veces todas tus ideas.

Bernard reaccionó con una leve sonrisa.

—No, lo que me da miedo es que si mis amigos se conocen, preferirán verse entre ellos que verme a mí.

—¿Te da miedo pasar a ser el tercero en discordia?

—Lo que me da miedo es pasar a no ser nada.

Enrique era capaz de creer la explicación de Bernard, pero gracias a sus propios sentimientos de torturado egoísmo, pensaba que la paranoia de Bernard se aplicaba solamente a él porque era el novelista que su amigo solo podía aspirar a ser. A la edad asombrosamente precoz de veintiún años, Enrique había publicado dos novelas, y existía una tercera a punto de aparecer, mientras que Bernard, que ya tenía veinticinco, apenas podía enseñar un manuscrito que había pasado por infinitas reescrituras como justificación para compartir el uniforme artístico de Enrique: tejanos negros y camisas de trabajo arrugadas. El orgulloso Enrique creía que Bernard no le presentaba a sus otros amigos, sobre todo si eran mujeres, porque si el mundo llegara a contemplar a los dos jóvenes novelistas el uno junto al otro, el pretendiente al trono quedaría desenmascarado por el auténtico príncipe heredero de la literatura.

Mientras seguía negándose a presentársela, Bernard no perdía ocasión de cantar las inconcretas alabanzas de Margaret.

—Es realmente extraordinaria, de verdad. No puedo expresarlo en términos triviales, pero es fuerte al tiempo que femenina, inteligente sin ser pretenciosa. En muchos aspectos, es como una heroína de las películas americanas de la década de 1930, sobre todo las de cine negro, pero también las de las comedias de Preston Sturges.

Y seguía y seguía, en un exasperante torrente de alabanzas que abarcaba todas las cualidades posibles sin centrarse en ningún rasgo concreto. Aquella caótica descripción le parecía a Enrique una prueba de por qué Bernard era un mal novelista. Ninguno de sus relatos acerca de Margaret llegaba a alcanzar el clímax (ni sexual ni de otro tipo) ni dejaba entrever su carácter supuestamente extraordinario. Aquel lunes de la semana de Acción de Gracias de 1975, tras haber engullido cinco tazas de café de Homer, tras haber soportado casi un año de deprimente celibato, Enrique adoptó la estrategia de insistir en que Margaret no existía. Declaró que era un invento, una fantasía punitiva que Bernard había creado para atormentar a Enrique, solitario y hambriento de sexo.

Bernard palideció: algo muy meritorio dado su semblante inmóvil y sin sangre. Bernard medía uno setenta y era de complexión liviana, pero su presencia se veía aumentada por su cabeza grande y una aureola de pelo negro y ensortijado, sobre todo en la mesa de una cafetería. Inclinó la cabeza un momento antes de afirmar que nunca se le ocurriría torturar a un camarada (con lo que se refería a un amigo varón y soltero).

—Te estoy ahorrando un mal trago.

—¿Un mal trago?

—Nunca saldrá contigo.

Considerando esa frase la confesión estilo Perry Mason que había estado buscando, Enrique levantó la palma de la mano e hizo un gesto hacia un jurado invisible, inadvertidamente llamando la atención del camarero de la cafetería, que enarcó sus profusas cejas griegas y preguntó:

—¿La cuenta?

Enrique negó con la cabeza y volvió a prestar atención a su irritante amigo.

—Me dices que es guapísima...

—... no he dicho que fuera guapísima —objetó enseguida Bernard.

—¿Así que es fea?

—¡No!

—¿Es del montón?

—No es posible describirla con tópicos.

—Pero Bernard, mi mente está hecha de tópicos, así que utilízalos conmigo. ¿Es alta? ¿Cómo son sus tetas? ¿Es gorda? Si existe, puedes decirme estas cosas.

Bernard contempló a Enrique con desdén.

—Esto es una estupidez. Si fuera un producto de mi imaginación, podría inventarme estos detalles fácilmente.

—¿Estás seguro? —le espetó Enrique con un desagradable sarcasmo—. Lo dudo. Creo que imaginar el tamaño de sus pechos es algo que supera tu capacidad creativa.

—Que te den —dijo Bernard, y lo dijo en serio. En el reglamento de la amistad de Bernard, sus arremetidas contra el talento de Enrique eran pullas amistosas, puesto que Enrique era un autor publicado, mientras que los disparos que este le devolvía eran crueles y mortales.

—Bueno, pues que te den a ti por decir que nunca saldría conmigo —contestó Enrique, y lo dijo en serio, porque en lo más profundo de sí temía que ninguna chica deseable llegaría a salir con él. Ese temor se veía exacerbado por su inusual combinación de experiencia e inexperiencia sexual. Había vivido con una mujer durante tres años y medio, tras haber obtenido un contrato para publicar un libro y una novia con la que convivir a la misma edad, dieciséis años. Antes de iniciar su relación con Sylvie, solo había tenido una relación sexual (el clásico casquete para perder la virginidad, tan breve y solemne como los anuncios de servicios públicos por televisión en horario nocturno), y desde su ruptura, hacía dieciocho meses, Enrique solo había estado desnudo con otra mujer, y no había conseguido consumar la relación. Aunque había hecho el amor muchas veces, solo había tenido dos parejas en la cama, tantas como libros había publicado.

Lo que lo hacía sentirse sexualmente condenado al fracaso era que Sylvie había puesto fin a la relación tras tener una aventura con otro. Le había dicho que se mudaba durante unas semanas para que pudieran «descansar de vivir juntos». Enrique reaccionó acusándola sin pruebas de «follar con otro». Para su horror, ella admitió que había acertado, pero insistió en que aún lo amaba tanto como a su rival; afirmó que necesitaba tiempo para poder saber a quién amaba más. Enrique era demasiado medio latino como para aceptar una competición y demasiado medio judío como para creerse la declaración de ambivalencia de Sylvie. Pensaba que Sylvie no estaba dispuesta a ser el verdugo de su relación, y que quería que él se encargara del trabajo sucio, cosa que hizo sin vacilar, saliendo del apartamento tras gritar algunos ultimátums (¡Es él o yo!) para ir a sollozar solo por las calles de Little Italy.

A Enrique no se le ocurrió que Sylvie a lo mejor pensaba que él no la quería. Lo exasperó que ella se lo preguntara mientras unas lágrimas de confusión le corrían por la cara, quince minutos después de confesar que le había puesto los cuernos. Enrique no dio crédito a los sentimientos de rechazo de Sylvie, pues al saber que ella le engañaba su único pensamiento fue: «Tierra, trágame». Ni siquiera se molestó en contestar que la amaba, ya que, considerando la intensidad de su dolor, era evidente que la amaba y la había amado mientras habían permanecido juntos. Él era la víctima y ella, la asesina, y Enrique era lo bastante joven como para creer que esa distinción poseía una trascendencia moral. Sylvie había vivido con él tres años y medio, prácticamente toda la vida adulta de Enrique, suponiendo que consideres que los años que van de los dieciséis a los veinte son años adultos; ella había llegado a conocerle del derecho y del revés, y ahora lo desechaba como algo inferior y pasado de moda, como la televisión en blanco y negro del año anterior. En pocas palabras, a Enrique le habían dado la patada, y a pesar de que en público decía que su ruptura había sido causada por una incompatibilidad intelectual y emocional, en la noche oscura de su alma creía que ella prefería la polla del otro. Al igual que su segunda novela había despertado menos atención que la primera, y se había vendido mucho menos, su vida amorosa había sufrido un profundo declive que parecía augurar un futuro desolador.

—No existe, Bernard, por eso no puedes describirla —contestó con un gruñido el sanguinario Enrique desde su rincón del reservado de vinilo rojo de la cafetería—. Eres tan malo creando personajes que ni siquiera eres capaz de inventarte a la mujer ideal.

La cara alargada y pálida de Bernard se quedó mirando al vacío sin expresión. Era su típico gesto de cuando escuchaba y hablaba, exceptuando la aparición de una ligera curva en su labio superior cuando proclamaba el fracaso de las formas tradicionales de la novela, como el realismo, la estructura cronológica o la narración en tercera persona.

—La mujer ideal —farfulló de manera despectiva—. Eso es absurdo. La mujer ideal no existe.

Con cinco tazas de café encima, Enrique dio un puñetazo sobre la formica de la mesa, haciendo vibrar la número seis.

—¡No es absurdo! —chilló—. ¡Me refiero a la mujer ideal para mí! ¡Relativamente ideal!

Bernard lo miró con desdén.

—Relativamente ideal. Esto sí que es tronchante.

Enrique sabía, en una parte más serena y más sabia de sí mismo, que no debía dejar que Bernard lo alterara tan fácilmente. También sabía que Bernard era absurdo, y creía que cualquier persona sensata estaría de acuerdo con él. Así que, en aquel momento, le pareció injusto tener que admitir que había conseguido superar a Bernard en insensatez.

Bernard, complacido con la victoria, sacó una cajetilla sin empezar de Camel sin filtro e inició un elaborado ritual. Golpeó el paquete sobre la mesa al menos una docena de veces, no una ni dos, que para Enrique eran suficientes para apretar sus Camel sin filtro. (Los dos viajaban hacia el cáncer de pulmón en un expreso de la misma marca.) A continuación vino el lento ballet de los dedos ahusados y amarillentos de Bernard quitando la envoltura de celofán. No contento con quitar la tira que Philip Morris había marcado con una línea roja para facilitar el acceso a la parte superior del paquete, desnudó a este de todo el celofán, cosa que a Enrique le pareció tan desagradable que le preguntó:

—¿Por qué tienes que quitar todo el celofán?

Bernard contestó con una modulación manifiestamente paciente y condescendiente.

—Para saber que este es *mi* paquete. Los dos somos hombres de dromedario. —Con la cabeza señaló los Camel de Enrique, envueltos en celofán.

—¡Ahora resulta que soy un gorrón! —gritó Enrique, dando otro puñetazo sobre la mesa—. ¡Tú te has inventado a esta Margaret! Por eso no te vi con ella el mes pasado en el Riviera Café. ¡No porque estuvieras en la otra punta del restaurante! ¡No estuviste allí con ella porque Margaret no existe, joder!

Bernard colocó un cigarrillo entre sus labios carnosos y secos y lo dejó ahí colgando.

—Te estás portando como un niño —farfulló con el Camel sin encender rebotando en medio del aire.

Dominado por la cafeína y odiando a Bernard y a sí mismo, Enrique sacó la cartera del bolsillo de atrás de sus Levi's negros y extrajo todo el dinero en efectivo que tenía, un billete de diez dólares, cuatro más de lo que costaba su parte del desayuno más la propina. El orgullo latino dominó su espíritu ahorrativo, o quizá fue que la rectitud judía triunfó sobre el socialismo, o, lo más probable, su propensión al dramatismo pudo con el tedio de las matemáticas. El caso fue que, dándose torpemente con la rodilla en la mesa, y pasando la chaqueta militar por encima del vinilo, y volcando el cenicero lleno con una manga suelta, Enrique le arrojó su dinero a Bernard introduciendo el brazo derecho en el agujero del brazo izquierdo mientras proclamaba:

—Yo pago el desayuno, mentiroso de los cojones.

Aunque tuvo que salir con la chaqueta a medio poner —y encima al revés—, Enrique se dijo que había hecho una salida airosa, algo que consideró fuera de duda cuando al día siguiente, al final de una llamada de Bernard para confirmar su asistencia a la partida de póquer semanal que ofrecía Enrique, aquel dijo:

—¿Vas a estar en casa este sábado?

—Sí... —dijo Enrique, pronunciando la palabra con cautela.

—Voy a ir a cenar con Margaret. Luego vendré con ella a tu casa. ¿A eso de las once? ¿Te parece una buena hora?

—Estaré en casa —dijo Enrique, y contuvo la carcajada hasta después de colgar.

Así pues, la acusación de que Bernard se había inventado a Margaret había sido el cebo perfecto. Sin duda, ella era real, tan aterradoramente real que aunque el pie envuelto en ante seguía atravesando la visión periférica de Enrique, este seguía con la mirada clavada en Bernard. Su irritado amigo se había sentado tras la pequeña mesa redondeada de madera maciza que había a la derecha de la chimenea. Se había dejado puesta su chaqueta de cuero negro demasiado delgada (para esa época del año) y ahora introducía la mano en el bolsillo interior para sacar un paquete de cigarrillos sin empezar. Inició el exasperante ritual, utilizando la madera rubia como tambor para interpretar su concierto de Bartók para Camel sin filtro y celofán.

Una vez sus invitados se hubieron acomodado, Enrique se sentó en su sofá cama, encarnado en ese momento en sofá en virtud de dos cojines alargados de espuma con unas cubiertas de pana azul. De inmediato se dio cuenta de que su posición era insostenible, pues tendría que elegir entre mirar directamente a Margaret, ahora a horcajadas en su silla de director de cine, o torcer el cuello hacia la derecha para ver a Bernard, el moderno compositor para nicotina, pues para mantenerlos a los dos en su campo visual y disimular su auténtico interés precisaba un gran angular imposible.

Cambió de sitio en una maniobra destinada a ajustar su línea visual a sus invitados.

—¿Necesitas un cenicero? —preguntó, moviéndose por detrás de Bernard y subiendo el peldaño hacia la zona de la cocina.

Buscó uno de los ceniceros de cristal transparente que había comprado en Lamstons, en la esquina de la Sexta Avenida. Se sentía satisfecho y orgulloso de que todo lo que había en el apartamento fuera impecablemente nuevo. Le encantaba la mesa de madera maciza de la cocina, y su escritorio alargado, que podía albergar a ocho personas para jugar al póquer, colocado bajo las dos ventanas del estudio que daban a la ruidosa calle Octava. Adoraba el Trinitron colocado entre la mesa y la chimenea, y disfrutaba viendo los artilugios nuevos y sin usar de la cocina: cacerolas, sartenes, cubertería, platos y cuencos.

Cuando desapareció detrás de la pared en saliente de la cocina, que albergaba los fogones, cayó en la cuenta de que era el anfitrión.

—¿Queréis tomar algo? ¿Vino? ¿Coca-Cola? ¿Café? —Y añadió vacilante, mirando el cubo de basura, considerando si podía rescatar algo de comida china y si podía ofrecer algo más—: ¿Té?

—Cerveza —dijo Bernard.

—Cerveza —repitió Enrique abriendo la nevera. Miró en el interior, aunque ya conocía la respuesta—. Lo siento. No tengo cerveza. ¿Vino? —volvió a ofrecerlo, puesto que poseía una botella de Mateus, un vino barato que le gustaba debido a que su botella, de forma poco convencional, podía convertirse en una palmatoria en la que la cera seca formaba un chal monstruoso a medida que se derramaba por sus hombros caídos.

—Whisky —dijo Bernard, como si eso solucionara el asunto.

—No tengo whisky, Bernard. ¿Qué me dices de un excelente Mateus?

—¿Mateus? —exclamó Margaret en un tono que tanto podía ser de asombro como de desdén.

Enrique se separó de la nevera, reconectándose visualmente a sus invitados, para preguntarle a Margaret si eso significaba que quería una copa. Le inquietó descubrir que aquella belleza de ojos azules había apartado la pierna derecha del brazo de la silla para desplazarse noventa grados a la izquierda y observar los movimientos de Enrique en la cocina, convirtiendo así aquella silla de director de cine en lo que parecía ser una incómoda cuna. No apoyaba la espalda en el cabestrillo de lona, sino contra el brazo derecho; aquello debía de ser un poco doloroso, se dijo Enrique, aunque el canto de pino quedaba amortiguado por su chaqueta acolchada. Sus dos piernas colgaban ahora del brazo izquierdo, apuntando en dirección a Enrique unas caderas estrechas, un culito mono y una pelvis tersa. En su febril imaginación, Enrique se dijo que se le estaba ofreciendo, aunque Bernard estaba situado geográficamente entre ellos, y podía reclamar que la invitación de Margaret era para él. Margaret levantó el brazo derecho para, con gesto indolente, apartarse un hermoso mechón de rizos negros y apretados y colocárselo detrás de su oreja perfectamente formada. Tenía todo el pelo lacio, exceptuando el de las sienes, observó Enrique, demasiado inexperto en los gustos femeninos para distinguir si era natural o no. Mientras contemplaba a la chica desparramada en una postura que desafiaba el diseño de la silla, a Enrique se le olvidó qué iba a preguntarle.

Margaret sonrió ampliamente y mostró completamente sus dientes por primera vez, revelando un defecto en su belleza. Eran demasiado pequeños para su generosa boca, y estaban demasiado separados, como los de un niño.

—¿De verdad tienes una botella de Mateus? —dijo Margaret, con las mejillas pecosas rebosantes de alegría.

—Sí, es un trabajo sucio, pero alguien tiene que mancharse el gaznate —admitió Enrique, humillado.

—¿No tienes whisky? —preguntó Margaret con una carcajada.

—No tengo licores fuertes —confesó Enrique y bajó la cabeza con falsa vergüenza—. Solo vino barato.

—Te lo advertí —le dijo Bernard a Margaret.

Enrique cerró la puerta de la nevera, quizá un poco demasiado fuerte.

—¿Qué le advertiste? —preguntó.

—Que no bebes —dijo Bernard, con un cigarrillo sin encender agitándose entre sus labios como la batuta de un director de orquesta. Puso la punta fosforescente de una cerilla sobre la áspera superficie de frotación, y colocó encima la tapa de la carterita. Enrique contempló cómo Bernard sacaba la cerilla de su escondite en un movimiento lento y elegante, encendiéndola de una manera segura en el aire. Unos meses antes, en uno de sus desayunos de media tarde, Enrique había intentado imitar el envidiable método de Bernard. Encendió la cerilla, desde luego, pero también el resto de la carterita, que ardió en una bola de fuego, salió disparada de la mano sobresaltada de Enrique y voló lejos de su mesa, aterrorizando a dos clientes de avanzada edad que pasaban y provocando una sonrisa de superioridad en la cara de Bernard y un gesto de furia en el camarero, que la apagó y redujo las tazas de café gratis de aquel día a la poco desperezante cifra de dos. Los posteriores intentos de practicar en solitario la técnica de Bernard habían fracasado por igual.

—¿Cómo es que no bebes? —preguntaron esos brillantes ojos azules.

—Bebo —insistió Enrique acercando un cenicero a sus interrogadores.

—No bebe porque no ha ido a la universidad —dijo Bernard sosteniendo en lo alto su cerilla consumida, una funesta Estatua de la Libertad que no conseguía iluminar el camino de Enrique hasta las orillas de ninguna universidad prestigiosa.

—¡Estupendo! —dijo Margaret metiendo la mano en uno de los bolsillos de su chaqueta para sacar un paquete de Camel Lights—. Bernard me ha contado que dejaste la universidad para escribir.

—La universidad no, el instituto —dijo Enrique, de nuevo en posesión del as del triunfo—, fue lo que dejé para escribir mi primera novela. —Jugó esa baza ganadora mientras sus calcetines blancos se deslizaban sobre el reluciente suelo de roble, brazo y mano totalmente extendidos para ofrecerle a Margaret el cenicero de cristal, un cortesano delgado de pelo largo y tejanos negros que le preguntaba a la inquieta bota de ante de la princesa: *¿Es lo bastante bueno? ¿Es lo bastante bueno? ¿Es lo bastante bueno?*

—¿Así que no acabaste la secundaria? —preguntó Margaret.

—No acabé ni el décimo curso —dijo Enrique, menos orgulloso ahora, sin tener muy claro si ese logro a la inversa la impresionaba.

—Bueno, al menos te quedaste lo suficiente como para aprender a fumar —comentó lacónicamente Margaret, balanceando ahora sus botas hasta dejarlas en el suelo e inclinándose hacia delante para aceptar el regalo de cristal. Y con eso bastó. Eso le acercó aquellos insondables ojos azules a un palmo, quizá a quince centímetros de distancia, quizá aún más cerca, y algo ocurrió dentro de Enrique, como la cuerda de una guitarra que de repente se afloja. En su corazón hubo un estremecimiento y una vibración, una perceptible ruptura dentro de la cavidad del pecho. Había abandonado el instituto y no había asistido a ninguna clase de anatomía, pero sabía que no era normal que el sistema cardiovascular reaccionara como si fuera el origen y el centro de los sentimientos. Y sin embargo, habría jurado ante todo el mundo sin excepción —tampoco es que esperara tener que confesárselo a nadie— que con Margaret, o al menos con sus luminosos ojos azules, se le acababa de romper su frágil corazón.

2. Visión fatal

Enrique la estudió de perfil mientras dormía en medio de la pesada inconsciencia del Ativan al que se aferraba para sentirse segura contra el terror de aquello a lo que tenía que enfrentarse sola. Totalmente sola, tuvo que admitir Enrique, aunque él se había esforzado todo lo que había podido —y lo había conseguido con la angustia del alumno que quiere subir nota— por estar junto a Margaret en cada reconocimiento, en cada tomografía y en cada resonancia magnética, cada vez que le administraban la quimioterapia, entrelazando los dedos con los de ella en cada una de las tres operaciones, hasta que lo obligaron a soltarla para llevarla hacia las puertas del quirófano, que se cerraron con un susurro. Ni siquiera durante esas forzadas separaciones llegó a separarse, paseando a la vista de todo el mundo en la zona de espera, temiendo abandonarla para hacer pis. Enrique quería ser la primera cara que ella viera cuando despertara atontada de la anestesia, y también en el tembloroso sufrimiento antes de que el telón de la morfina cayera para ocultarla de las últimas heridas. Pero qué descabellado, ¿verdad?, se dijo Enrique. Las mismas drogas que le aliviaban el dolor también le borraban la memoria de sus palabras y besos de consuelo, aunque ella parecía saber, siempre sabía, que él había estado allí.

Enrique se mostraba tan diligente que todo aquello le habría sonado a falso de no ser porque había faltado una vez. Y en mal momento. Hacía casi tres años, había dejado que fuera Lily, la adorada amiga de Margaret, la que recorriera de noche el terrorífico pasillo del hospital después de que el urólogo finalmente le confesara a Margaret que padecía un cáncer de vejiga, tal como le había confiado a Enrique dos días antes. Enrique tenía la excusa, por supuesto, de que su hijo menor, Max, de dieciséis años, estaba solo en casa y aún no sabía nada de por qué su madre permanecía en el hospital una tercera noche después de haber ingresado por lo que iba a ser una operación de trámite de una hora. Por supuesto, pero Enrique podría haberlo organizado de otro modo, como había hecho muchas veces posteriormente. Rebecca, su hermanastra; o Lily; o cualquier otro podrían haberse quedado con Max mientras él se dedicaba a lo que era más urgente: a abrazar el temor de Margaret, a darle ánimos y consolarla, a alegrarla y amarla aunque estuviera muerto de miedo, con el alma en vilo.

Pero todos esos sentimientos de desesperación habían ocurrido mucho tiempo atrás, hacía dos años y ocho meses, ciento cuarenta y siete días con sus noches en el cómputo del hospital, tres operaciones importantes, media docena de intervenciones menores y catorce meses de quimioterapia atrás, dos remisiones y dos recaídas atrás. Al rememorarlo a través de la derrotada envoltura de la fatiga, ahora parecía inevitable que aquello acabara así, en esta muerte gota a gota, en esa terminal de un solo carril en la que la esperanza se había convertido en la sonrisa de un esqueleto.

Margaret apenas parecía capaz de respirar o soñar, su pequeña figura era aún más pequeña a causa de su encorvamiento fetal, y, sin embargo, Enrique no creía que fuera un sueño plácido, ni siquiera un sueño de verdad. Las drogas iban apagando su conciencia, pero no le permitían olvidar las pérdidas acumuladas de una vida agradable ni, desde luego, el callejón sin salida que asomaba al final.

Enrique miró por la ventana, vio un cielo denso e hinchado por la lluvia que se cernía sobre el East River, y dio un sorbo a su café de Dean & Deluca. Cualquier sabor que prometiera energía, por breve que fuera, era bienvenido para unirse a la lucha contra la fatiga que le invadía. A pesar de que llevaba ya dos tazas, sentía que la frente, los párpados y las mejillas se le aflojaban como si le hubieran arrancado el cuero cabelludo y una máscara de carne se le arrugara hasta la barbilla. Si Enrique dejaba que los ojos se le cerraran un momento para descansar del escozor del aire acondicionado del Sloan-Kettering, en un instante el suelo enmoquetado de la habitación privada desaparecía y él quedaba flotando hasta que una cabezada, una voz, la vibración de su móvil le devolvía al estado anterior de agotada alerta. En aquellos días los amigos le insistían en que durmiera más, y de inmediato retiraban el consejo por la imposibilidad evidente de ponerlo en práctica. No obstante, para acallar a su hermanastro obstinado y duro de mollera —el cual, en lugar de visitar a Margaret en el hospital, insistía en invitar a Enrique a cenar en su apartamento—, tenía que explicar en detalle la lógica de su horario: «Quiero estar en el hospital por la noche, que es cuando ella está sola, y tampoco quiero abandonar a Max, lo que significa dormir en el Sloan, levantarme al alba —cosa que, créeme, en un hospital no supone ningún problema— para llegar al centro a tiempo para despertar a Max y tratar de convencerlo de que coma algo y acompañarlo al metro, y luego darme una ducha, cambiarme de ropa y regresar al Sloan para la visita matinal del médico, que de todos modos normalmente me pierdo, pues las hacen muy temprano, cosa que tampoco tiene importancia porque puedo pillar de nuevo a los médicos por la tarde, justo antes de irme a cenar con Max».

Eso era lo que solía decir desde los primeros días de lucha con la enfermedad de Margaret, en arrebatos narrativos que reclamaban a gritos puntuación y edición, y que carecían de nudo y desenlace propiamente dichos. Era un síntoma de fatiga y una respuesta adaptativa a la manera en que casi todo el mundo reaccionaba a la espantosa enfermedad de su mujer: interrogaban a Enrique de una manera indiscreta acerca de la logística de la batalla de Margaret al tiempo que evitaban meticulosamente comentar el desenlace. Enrique había envejecido —tres semanas antes había cumplido los cincuenta—, pero no había perdido su afición juvenil a transformar una cita famosa con el fin de embellecer su vida cotidiana. Cuando tocaba el tema de la victoria o la derrota de Margaret y los amigos se apresuraban a poner fin a la conversación, él decía para sí en un susurro: «Me he convertido en la Muerte, la destructora de la cháchara».*

Los ojos de Margaret se abrieron justo en el momento en que había decidido abandonar la silla alta que había junto a su cama y echar una cabezada de media mañana en el sofá de la habitación, aunque la experiencia le había enseñado que un sueñecito diurno apenas conseguía poco más que transformar su fatiga malhumorada y despierta en un desesperante aturdimiento. Sin embargo, se hacía difícil resistir la atracción del incómodo sofá cama, que un celador había devuelto a su encarnación de sofá mientras Enrique estaba en el centro. Enrique había insistido en gastar una exorbitante cantidad de dinero —después de la tercera hospitalización de Margaret, el coste lo habían asumido los generosos padres de ella— en una habitación en la decimonovena planta del Sloan-Kettering, pues le proporcionaban una cama para él y podía quedarse con Margaret durante las desoladas y aterradoras noches en el hospital. En esa supuesta planta VIP, las habitaciones estaban decoradas para que parecieran las de un hotel lujoso e incluían un pequeño escritorio, una cómoda butaca, una mesita baja y un sofá desplegable, que acababa de seducirle cuando Margaret abrió sus ojos inmensos y tristes.

No dijo nada. No preguntó si alguien había acompañado a

---

* La cita original es del Bhagavad Gita: «Ahora me he convertido en la Muerte, la destructora de mundos». *(N. del T.)*

Max a hacerse la foto para su graduación en el instituto. No comentó si los médicos habían aparecido durante la ausencia de hora y media de Enrique. Se quedó con la mirada perdida como si se hallara en mitad de una pausa en una larga conversación y estuviera considerando meticulosamente el último comentario de Enrique, al que parecía absorber con sus ojos brillantes, tan azules como el día al que se enfrentaban y más grandes que nunca en una cara angostada por la falta de alimento.

Eran neoyorquinos de clase media alta, ricos se mirara por donde se mirara, ciudadanos de la metrópolis más opulenta de la nación más rica del mundo, y Margaret llevaba medio año muriéndose de hambre. Había sido incapaz de digerir comida sólida o de beber fluidos desde enero, pues su estómago ya no vaciaba su contenido en el intestino. Esta insuficiencia, que la ciencia denominaba elegantemente gastroparesis, había sido diagnosticada al principio, de una manera esperanzadora, como un efecto secundario de las toxinas que había acumulado durante la quimioterapia —bajo la premisa de que en teoría era reversible—, hasta que con el tiempo varios especialistas dijeron que la causa más probable era que el cáncer de vejiga hubiera entrado en metástasis creciendo y extendiéndose por fuera del intestino. Esas lesiones cancerosas, demasiado pequeñas para ser detectadas por una tomografía, obstaculizaban la acción peristáltica del intestino, lo inmovilizaban e impedían que pudiera digerir todo lo que tragaba; los sólidos y los fluidos permanecían en el estómago de Margaret hasta que los vomitaba en una regurgitación provocada por el desbordamiento.

En febrero, uno de los muchos médicos de Margaret, un emigrado judío iraquí, autocrático y de baja estatura, le había insertado un tubo flexible de plástico conocido como GEP (acrónimo de la expresión médica *gastrotomía endoscópica percutánea*) a través de la piel y dentro del estómago para extraer todo lo que ella había tragado a una bolsa en el exterior del cuerpo. El drenaje era necesario aun cuando Margaret no ingiriera nada por la boca. Enrique había aprendido de manera gráfica que cuando los intestinos se cerraban y el estómago no se vaciaba, la bilis negra verdosa —un jugo digestivo fabricado por el hígado que penetraba en la vesícula biliar—, al no encontrar a dónde ir, regresaba al estómago y en cuatro horas lo llenaba.

Casi medio litro de ese repulsivo líquido se había acumulado en el fondo de una bolsa que colgaba junto a la cama de Margaret, a pocos centímetros de donde el pie de Enrique se movía como un metrónomo para mantenerlo despierto. Cerca del otro pie, colgando de un gotero, se veía una bomba que había sido desconectada y retirada la noche anterior, y cuya tarea consistía en sortear el estómago inutilizado de Margaret introduciendo unas gachas muy finas de color beige —un sustituto alimenticio fácil de digerir, no muy diferente de la papilla Enfamil con la que habían alimentado a sus hijos de pequeños— en el interior del intestino delgado a través de un segundo tubo que había insertado quirúrgicamente hacía diez días otro médico, un cirujano rubicundo que no dejaba de disculparse. A ese tubo se lo denominaba con un acrónimo parecido, YEP, en el que la Y significaba *yeyuno*. Se utilizaba para proporcionar alimento directamente al intestino, no para drenar el estómago.

El equipo de médicos y enfermeras de Margaret había intentado alimentarla a través del YEP durante las tres últimas noches, comenzando a medianoche con el objetivo de continuar hasta las seis de la mañana. Todas las noches habían fracasado a la hora de completar la nutrición enteral. El primer intento había funcionado hasta las cinco de la mañana, el segundo hasta las tres y media, y la noche anterior había fracasado casi de inmediato. Poco después de la una, Enrique se había despertado al oír que Margaret pronunciaba su nombre con una angustia agotada y le pedía que llamara a la enfermera para que apagara la bomba, pues aquella pasta fina se le había subido a la garganta, produciéndole la aterradora sensación de ahogarse con una comida que para empezar ni siquiera había tragado.

Margaret todavía no había muerto de hambre en enero
—ahora era junio— gracias a un sistema denominado NPT, acrónimo de *nutrición parenteral total*, que proporcionaba toda la
nutrición de manera intravenosa, evitando por completo el sistema digestivo. Las grasas, las proteínas y las vitaminas necesa-
rias se suministraban de forma líquida a través de un puerto en
el pecho y eran absorbidas por el flujo sanguíneo. En el hospital, el personal le enseñó a Enrique a limpiar el puerto, a mezclar la NPT y a conectarla a la bomba. Con lo que había aprendido, Enrique podía tratar a Margaret en casa.

Hacía frío y nevaba; cuando comenzaron, Margaret estaba en
cincuenta y dos kilos. La NPT la había nutrido para que pasara
el cálido mes de junio, pero la vida que le proporcionaba era escasa. No le suministraba la energía suficiente ni la libertad para
utilizarla. La NPT, un brebaje lechoso de olor agrio, necesitaba
doce horas al día para fluir. Aun cuando el proceso comenzara
a las diez de la noche, la NPT truncaba cualquier plan vespertino
y consumía casi toda la mañana. El sistema alimenticio también
fallaba en su tarea principal, y la prueba era que por entonces
Margaret ya solo pesaba cuarenta y cinco kilos.

Esa mengua de su fuerza vital se la señaló a Enrique gráfica y
dolorosamente Max, que el septiembre anterior había sabido
que la enfermedad de su madre se consideraba incurable y que
viviría poco más de nueve meses solo si respondía a unos medicamentos experimentales cuyo efecto benéfico no estaba probado. Max, al igual que su hermano mayor, Gregory, compartía el entusiasmo de su madre por los datos. En abril se fijó en
uno. Margaret había sido hospitalizada para tratarle una infección. Max la visitaba después del colegio durante una hora, ten-
diéndose en silencio junto a ella en una cama del Sloan-Kettering. Cuando Enrique lo acompañó al ascensor, Max le pre-
gunto:

—¿Van a hacer algo con el peso de mamá?

Enrique le explicó, con ese tono amable y tranquilizador que intentaba mantener, aunque a menudo lo que tuviera que decir no fuera ni amable ni tranquilizador, que a partir de entonces aumentarían las calorías de la NPT. Max le interrumpió, y sus ojos azules se agrandaron:

—Bien —anunció—. Porque se le han ido los michelines.

Enrique no tenía ni idea de a qué se refería Max. El cáncer de Margaret le había enseñado que hacer suposiciones o deducciones fáciles podía llevar al error, que lo prudente era siempre preguntar, de manera que le preguntó a su hijo pequeño qué eran los michelines.

—Michelines, papá, esto de aquí. —Max agarró un cacho de grasa situado entre la cadera y la zona lumbar de su padre cuya existencia había pasado inadvertida para Enrique—. Los de mamá han desaparecido —dijo Max y frunció el ceño.

—Bueno, mamá siempre ha estado delgada... —comenzó a decir Enrique.

Max negó con la cabeza.

—No, papá. Tú estás flaco y tienes michelines. —Max volvió a verificar ese cúmulo de carne, ahora haciéndole daño a Enrique, que se zafó—. Lo siento —se disculpó Max—. Los michelines sirven para almacenar grasa, papá. Solo los utilizas cuando te estás muriendo de hambre. Y a mamá ya no le quedan.

Tras ese diálogo, Enrique dejó de preguntarse por qué las expediciones de Margaret consistían apenas en una lenta vuelta a la manzana. Para una mujer que disfrutaba de las caminatas a paso vivo, que pasaba horas jugando a tenis o pintando en su estudio, que era capaz de pasarse una mañana en el Met en busca de inspiración o una tarde en Costco para comprar papel de váter y latas de atún, capaz de pasarse el día chismorreando y trabajando de voluntaria con otras madres en los colegios de sus hijos, para esa energética Margaret, que daba saltos sobre las puntas de los pies de pura alegría si le proponías hacer algo divertido, no se le podía llamar actividad a caminar tambaleándose y sin aliento.

Para Enrique, la NPT era como una ocupación a tiempo completo. Le entregaban los suministros en su edificio de apartamentos dos veces por semana, siempre a tiempo, aunque Enrique los esperaba con una angustiosa incertidumbre, delatada por la ferocidad con la que de inmediato abría las cajas para asegurarse de que no faltaba nada. En su dormitorio, el material llenaba una pared de metro ochenta de longitud hasta una altura de un metro. Enrique había ido andando hasta Staples, en Union Square, para comprar media docena de archivadores de plástico apilables. Había tirado las carpetas que había dentro y utilizado los archivadores como cajones en los que guardar y clasificar las bolsas de hidratación salina, los paquetes de tubos estériles, guantes estériles, jeringuillas estériles, tapones estériles para los acoplamientos al puerto del pecho, los bastones de esterilización para limpiar su vendaje adhesivo transparente, y una docena de artilugios más que producían dos bolsas de basura que transportaba cada día al vertedor del pasillo. Había tres archivadores para los tubos de la NPT y diversos frascos de antiácido y vitaminas que Enrique tenía que inyectar en las grandes y traslúcidas bolsas de alimentación. Las almacenaba en una pequeña nevera que había comprado en P. C. Richard, en la calle Catorce, asintiéndole de manera simpática al vendedor, que imaginaba que Enrique la compraba para la habitación de su hijo en la residencia de la Universidad de Nueva York. Por aquel entonces, el dormitorio de Enrique y Margaret, con su gotero intravenoso y sus paquetes de material estéril, se parecía tanto a un hogar como la imitación de una suite de lujo del Sloan a un hotel.

A Enrique el trabajo de enfermero y encargado de la NPT le resultaba aburrido y aterrador: la limpieza meticulosa, el extraño tacto cálido y pegajoso de los guantes, la atención que había que prestar para no pincharse ni pinchar la bolsa cuando añadía ingredientes o empalmaba el tubo, el peligro de contaminar cualquier cosa en la docena de pasos que exigía la esterilidad, pues Margaret podía acabar fácilmente con una fiebre de más de cuarenta grados. Enrique siempre estaba vigilante, aunque ya no temía que Margaret muriera por culpa de una infección, como había temido en los primeros días de la enfermedad, cuando la cura era una posibilidad real. El final era inevitable y estaba muy cerca. Ella tenía que morir de algo, porque el cáncer no mata solo. Mata con cómplices, así pues ¿por qué no una sepsis? La razón por la que continuaba temiendo una infección como asesino concreto era que no soportaba verla temblar y cocerse de fiebre una vez más, con aquellos ojos apagados, con aquellos suaves gemidos pidiendo ayuda mientras un fino sudor le cubría la frente y su mente se adentraba en el delirio.

Esa era una muerte que había que evitar, se decía Enrique, aunque qué tipo de muerte esperaba era algo que no imaginaba ni podía imaginar. El tema era un tabú tan grande como cualquiera de los que habían acompañado a Enrique en sus cincuenta años de vida. No pensaba en la muerte de Margaret; no contemplaba el futuro sin ella. Se daba cuenta de que moriría, y pronto, pero también sabía que no acababa de creerse que su vida pudiera terminar. Había esperado un año a que su padre sucumbiera a un cáncer terminal, y había aprendido de la sorpresa que le produjo su fallecimiento final que, cuando llegaba la hora de comprender que aquello no tenía vuelta de hoja, ninguna advertencia del increíble hecho de la mortalidad era capaz de preparar adecuadamente el primitivo cerebro que la naturaleza le había dado.

Después de cinco meses con la rutina de la NPT, Margaret pasaba los días echada en el sofá de la sala de estar viendo reposiciones de *Ley y orden*, salpicadas tan solo por escapadas al cuarto de baño, para lo cual tenía que empujar el pie del gotero de aluminio con su bolsa de litro de suero, como si eso la ayudara a sostenerse en pie; por las noches estaba conectada a la bomba de fluido lechoso que entraba en sus venas. El 10 de mayo, Margaret saludó a Enrique con lágrimas en las mejillas cuando este regresó del supermercado. Le había comprado polos de fruta para que experimentara el placer de probar algo dulce que no obstruyera el angosto pasaje de la GEP de su estómago. Ya había abierto el paquete para que eligiera entre naranja y fresa cuando se quedó callado al ver su desesperación. Aunque las lágrimas no dejaban de brotarle, la voz de Margaret resonaba llena de convicción:

—No puedo hacerlo. No puedo vivir así. No puedo seguir atada a una bolsa la mitad del día. No soporto no poder comer contigo y los niños y nuestros amigos. Sé que parece estúpido, trivial e insignificante, pero no puedo vivir así.

Enrique sintió que la caja comenzaba a gotear sobre sus tejanos. Quería poner los polos en el congelador porque si se derretían no sabía si tendría energía suficiente para volver al supermercado. Pero no podía darle la espalda a las palabras de Margaret. Hacía más de un año que sabía, cuando el cáncer le rebrotó en marzo, que moriría casi con toda certeza. El septiembre anterior, al enterarse del segundo rebrote y de que no había terapias que garantizasen el éxito, Margaret había decidido dejar de buscar tratamientos experimentales e intentar disfrutar del tiempo que le quedara. Enrique había estado de acuerdo con su decisión y sentía un alivio culpable ahora que al menos podía evitar algunos de los horrores del hospital. Tendría tiempo, quizá unos meses, para pasarlo con sus hijos, para dormir una vez más en su casa de verano de la costa de Maine, para charlar con sus amigos en un sitio que no fuera una sala de espera. Intentaron planear las últimas cosas que harían; y entonces, al sexto día, ella cambió de opinión. No podía abandonar; vivir sin esperanza no era vida.

—No quiero hacer una gira de despedida —dijo Margaret.

Enrique estuvo de acuerdo al instante con ese cambio de planes, esta vez aliviado de no dejar pasar la oportunidad de un milagro. Lo cierto es que en compañía de la enfermedad de Margaret no tenía ni un momento de paz. Hiciera lo que hiciera, se sentía culpable y avergonzado. Ella iba a morir y él no; en la guerra no declarada del matrimonio, era una victoria atroz.

Desde septiembre Enrique había vivido con una modesta esperanza: mitigar la aguda conciencia de que ella debía abandonar todas las cosas y personas que amaba. Nada espectacular, ni tan ridículo como las luminosas conclusiones de las películas sentimentales. Desde el último otoño, su ambición había sido aliviarle algún gramo del tonelaje de dolor que suponía tener que decir adiós a la vida. Y al escucharla mientras los polos de color rojo y naranja se derretían sobre sus tejanos, supo que fracasaría.

Margaret le pidió que llamara a sus diversos médicos y les insistiera para que intentaran algo, por peligroso que fuera, que le permitiera volver a comer con normalidad.

Enrique hizo las visitas pertinentes. El urólogo de Margaret, un hombre por lo general complaciente, le dio la excusa razonable de que no era su especialidad. El gastroenterólogo iraquí se negó a recomendarle a nadie de su departamento, afirmando que no se podía ni se debía hacer nada; insistió en que Margaret podría sobrevivir a base de la NPT de manera indefinida mientras buscaban un nuevo medicamento que la curara. El oncólogo consultó con el especialista adecuado, pero acabó informándole de que la única intervención posible probablemente no aliviaría la gastroparesis. La anastomosis longitudinal que citó pareció sin duda una improvisación desesperada: consistía en intentar sortear el tracto digestivo bloqueado tomando un fragmento de intestino inferior despejado y pegándolo al estómago. Además, como cada especialista daba a entender que «Eso no combatiría la enfermedad», ¿qué sentido tenía llevar a cabo una arriesgada intervención que volviera a poner en marcha la función digestiva cuando lo cierto es que moriría tuvieran éxito o no?

Margaret acabó agotándolos. Para Enrique era una macabra diversión observar cómo Margaret imponía su formidable voluntad sobre otros hombres que no fueran él mismo y sus hijos, sobre todo ver cómo esos popes de la medicina, con sus batas blancas, acostumbrados a pacientes que aceptaban sus racionalizaciones como algo incontestable, cedían por fin ante la insistencia de Margaret en lo mucho que aquella operación significaría para ella. «Aunque no sirva más que para tomar una última comida con mi marido», explicaba, echada en una cama del Sloan unos días más tarde. Se dirigía al jefe de oncología, un especialista en el cáncer de sangre que había tratado a un famoso amigo de Enrique. Le había cogido mucho aprecio a Margaret dos años atrás, cuando fueron presentados poco después del comienzo de uno de sus tratamientos, pues disfrutaba de la aparente paradoja de que Margaret juzgara cínicamente a sus médicos y al mismo tiempo se mostrara optimista con el éxito de sus tratamientos. El oncólogo era lo bastante poderoso como para conseguir que los cirujanos del Sloan-Kettering hicieran casi cualquier cosa. Escuchó la súplica de Margaret, a continuación se volvió para mirar a Enrique, lo contempló entrecerrando los ojos, como si observara por un microscopio para descubrir qué podía tener ese escritor calvo de mediana edad para que su mujer deseara someterse a una operación abdominal que probablemente no funcionaría tan solo para cenar con él.

—No creo que lo importante sea cenar conmigo —explicó Enrique—. La haría feliz cenar con cualquiera.

Margaret soltó una carcajada, aunque le caían las lágrimas, y añadió:

—Es cierto. No me importa a quién invites a cenar, solo quiero cenar.

El jefe de oncología le dijo que él y el judío iraquí le conseguirían un cirujano, pero que primero tenía que cubrirse las espaldas consultando con el departamento de psiquiatría.

Enrique escuchó cómo Margaret le explicaba su lógica desesperada a un reflexivo psiquiatra cuyo peinado era una versión bicolor del de Bozo el Payaso. El psiquiatra asintió comprensivo mientras ella decía:

—Yo tenía una vida. Tenía un marido, hijos y amigos. Ahora me paso todo el día en cama y no puedo pensar. Ni siquiera puedo leer una novela de misterio. Lo único que puedo hacer es mirar esos putos episodios de *Ley y orden*.

—Es que en la televisión no ponen nada —dijo el sombrío Bozo. Después de un silencio, mientras Margaret se limpiaba las lágrimas de las mejillas y se sonaba la nariz, el psiquiatra añadió—: Supongo que a la gente le gusta ese programa.

—Porque trata de la muerte sin ninguna emoción —farfulló Enrique. Margaret, acostumbrada a las malhumoradas observaciones culturales de su marido, hizo caso omiso de sus palabras y repitió:

—Es estúpido. Es una vida tan estúpida. No es vida. Quiero que me devuelvan mi vida —gritó, y comenzó a sollozar—. No me importa morir intentándolo. No me importa cuánto dure. No me importa que dure solo un día. Quiero recuperar mi vida.

El psiquiatra le recetó Zoloft y afirmó que estaba lo bastante cuerda como para tomar una decisión con criterio. El jefe de oncología y el judío iraquí convencieron a su colega rubicundo para que llevara a cabo la operación, aunque para compensar esa concesión todos insistieron en que Margaret accediera también al YEP, insertándole un tubo en el intestino delgado para poder perfeccionar el método intravenoso de la NPT con una mejora de la nutrición enteral si el desvío que le iban a instalar en el estómago no funcionaba. Enrique se preguntó si Dick Wolf, productor ejecutivo de *Ley y orden*, se molestaría al saber que un equipo de médicos expertos había coincidido con el criterio de Margaret de que ver sus creaciones no era vida.

Eso fue lo que les hizo volver al Sloan a finales de mayo. La anastomosis longitudinal había fracasado. La utilización del YEP para la nutrición enteral también había fracasado. La única opción era reanudar la NPT. Margaret se había pasado los últimos tres días, los primeros tres días de junio, con los ojos vidriosos por culpa del Ativan, las pupilas dilatadas, mirando con una inconsolable tristeza que Enrique no le había visto antes. Ni aquella vez que, dos años y nueve meses atrás, estando en la terraza, ella se volvió hacia él al ver cómo la primera explosión en forma de hongo procedente del World Trade Center brotaba en dirección a ellos y dijo: «Estamos viendo morir a miles de personas». Ni cuando le dijeron por primera vez que tenía cáncer, ni cuando le dijeron que se le había reproducido, ni cuando le dijeron que se le había vuelto a reproducir y que ya no había nada que hacer. En esas ocasiones había asomado la dureza de la cólera, una disposición a luchar y enfrentarse al futuro. Pero aquella mañana, aquella sombría mañana en que supo que su estómago nunca volvería a funcionar y que lo único que podía hacer era tenderse a esperar la muerte, sus grandes ojos azules miraron a Enrique desde su adelgazada cara y revelaron una expresión de puro dolor desde lo más profundo de su alma, una desnudez más profunda que la de la carne.

—Necesito que esto acabe —le susurró sin hola ni preámbulos—. No puedo más. Lo siento, Bombón —dijo utilizando el término cariñoso que había inventado para él el primer año de su amor—. No puedo más.

Él sabía que hablaba en serio, pero fingió lo contrario.

—Sí. —Le dio una patada a la bomba y al estrecho tubito lleno de la papilla de la noche anterior—. Esto ya no da para más. Volveremos a la NPT.

Ella negó con la cabeza.

—Tienes que ayudarme. Por favor. —Las lágrimas le caían sin esfuerzo ni interrupción, como era habitual aquellos días, como el agua que brota de un grifo—. Quiero morir. Tienes que ayudarme a morir.

Enrique fue incapaz de contestar enseguida. Y en aquel silencio paralizado se dio cuenta de que había algo en su cerebro que —a pesar de todas las horas pasadas aprendiéndose los índices de supervivencia y la naturaleza de la metástasis, a pesar de haber visto de cerca cómo su padre moría de cáncer de próstata— no había sabido que perdería, ese algo que había estado presente en su cabeza desde que Bernard Weinstein llamara al timbre de su puerta hacía ahora veintinueve años. En el silencio de las silenciosas lágrimas de Margaret se dio cuenta de que había algo esencial que pronto desaparecería, y que era algo más que la simple esperanza de que Margaret siguiera viviendo. No sabía qué palabra darle. Una nota musical, quizá como cuando lo llamaban por su nombre, algo que no siempre disfrutaba, algo que había agarrado para rescatarlo, algo que había poseído con placer, algo que lo había puesto furioso. En el silencio enmoquetado de aquella lujosa habitación de la enfermedad, sintió que por un momento lo perdía; probó el anticipo de su futuro expoliado y comprendió que aquello era real como nada más volvería a serlo, y que, a pesar de haber vivido veintisiete años dentro de él, su matrimonio era un misterio que iba a perder antes de llegar a comprender quiénes eran ellos dos.

3. Escuela pública

A eso de las cinco de la mañana, a Enrique se le ocurrió que aunque el paquete era atractivo y estaba en un estado excelente, Bernard había fracasado miserablemente en su papel de repartidor. Había fracasado en un aspecto crucial: no marchándose. Estaba claro —al menos para Enrique— que había una corriente de excitación casi palpable entre él y Margaret, que algo la había hecho seguir hablando mucho después del *Saturday Night Live*. Y por si aquello no fuera indicio suficiente, cuando se les acabaron los cigarrillos y el Mateus a las cuatro cuarenta y siete de la mañana, y Margaret acogió con entusiasmo la sugerencia de Enrique de que fueran andando hasta Sheridan Square para desayunar en Sandolino's: «¡Qué gran idea! Puedo ser decadente y tomar una tostada de challah»,* sin duda debería haberle quedado claro a Bernard, si poseía algo de sensibilidad novelística para las sutilezas de los personajes, que esa mujer, con la que Bernard había cenado un puñado de veces desde que se licenciaran en la universidad tres años atrás, acabando todas esas cenas bastante antes de medianoche, no se sentía atraída por la tostada, por muy benditamente judío que fuera el pan, sino por

---

* Pan con levadura y huevo que se glasea antes de cocerlo. *(N. del T.)*

Enrique. Sin duda, si Bernard hubiera tenido algo de cortesía, se habría excusado y habría dejado que Enrique viajara con Margaret hasta Sheridan Square mientras el alba de rosados dedos iba cayendo sobre el sur de Manhattan, proyectando sobre Enrique, o eso esperaba él, una luz romántica.

Pero Bernard no dejó escapar la oportunidad de un desayuno antes del alba, con lo cual fueron los tres, aunque tampoco tuvieron que esperar para conseguir una de las rozadas mesas de pino de Sandolino's a las cinco y cuarto de la mañana. Solo había seis clientes más, a pesar de que ese establecimiento de comida rápida abierto las veinticuatro horas era muy práctico para los clubs y bares gays de la época anterior al sida que había al oeste, para los estudiantes de la Universidad de Nueva York que había al este, para los artistas del sur, los turistas del norte, y los escritores deprimidos procedentes de todos los puntos cardinales.

Aunque irritado y decepcionado por no haber conseguido deshacerse de Bernard, Enrique no perdía la esperanza y tenía fe en su aguante para la conversación, y le consolaba sobre todo la lógica geográfica de las futuras despedidas. La vuelta a su casa desde Sandolino's colocaba sus apartamentos en este orden: primero el de Bernard, en la calle Octava con la Sexta, a continuación el de Enrique, no muy lejos, aunque un tanto más hacia el este, en la calle Octava con MacDougal, y finalmente el de Margaret, en la calle Novena, al este de University Place. Se despedirían de Bernard, momento en el cual Enrique, de manera galante, se ofrecería a acompañar a la solitaria chica hasta la puerta de su casa y dejaría claro que su interés había ido más allá de despejar dudas sobre la existencia de Margaret Cohen.

Enrique y Margaret mantuvieron un vivo diálogo, mientras que Bernard habló muy poco. Cuando ella hubo despachado tres cuartas partes de su tostada de challah, apartó el plato a un lado y se inclinó hacia delante para reemprender su burlón interrogatorio, abandonado hacía más de cinco horas, acerca de hasta dónde llegaba la educación de Enrique. Le preguntó si había acabado la primaria. Enrique, de manera triunfal, proclamó que era graduado de la Escuela Primaria 173.

—¡Qué! ¡Nooo! —chilló Margaret, prolongando la o para indicar asombro mientras sus dedos delicados rozaban el vello oscuro del antebrazo izquierdo de Enrique, que se apoyaba sobre la envejecida mesa de madera que separaba su taza de café y la de ella. Las puntas de los dedos de Margaret frotaron ligeramente su vello y quedaron flotando justo encima. Enrique tuvo la sensación de que cada folículo se le había puesto de punta, suplicando de manera patética un contacto prolongado y más firme. Bajó la mirada para ver qué estaba ocurriendo en realidad. Esa mirada evaluadora hizo que Margaret pareciera arrepentirse de haberlo tocado. Levantó la vista hasta la de él, y por segunda vez Enrique sintió una sensación estremecedora, algo más que simple excitación sexual. Margaret debió de malinterpretar su mirada, pues inmediatamente apartó la mano como si Enrique la hubiera reprendido—. Eso es imposible —dijo Margaret.

—¿Que es imposible que yo haya ido a la E. P. 173? —preguntó Enrique—. No solo es posible. La verdad es que era muy fácil. Vivía justo delante.

—¡Pero si yo fui a la E. P. 173! —afirmó Margaret, y el óvalo alargado de su cara enmarcó los óvalos más puros de sus ojos asombrados. Fue una expresión que Enrique presenciaría en incontables ocasiones: Margaret escudriñando asombrada un hecho que la confundía o la encantaba.

Enrique permaneció un momento sin decir nada. Margaret y Bernard habían coincidido en la misma clase en Cornell, lo que significaba que ella era tres o cuatro años mayor que el precoz Enrique, que se había ido de casa a los dieciséis. Enrique había trabado amistad con gente que era cuatro y ocho años mayor que él, porque tampoco tenía mucho dónde elegir; sus coetáneos iban a permanecer en el instituto al menos dos años más, y pasarían otros cuatro en la universidad. Con más años de experiencia en la así llamada vida adulta, Enrique debería haberse sentido más seguro de sí mismo; pero seguía poseyendo la misma inseguridad y desasosiego de un adolescente. Las mujeres le resultaban un completo misterio, a pesar de haber vivido con una durante más de tres años. Había leído todas las novelas de Balzac, por lo que sabía que por muy joven que fuera una mujer, nunca era correcto recordarle que tú eras más joven. Probó con un comentario neutro:

—Mmm, ¿así que estabas en la 173 en la misma época que yo?

—¡No! —Exasperada por no haber sido comprendida, Margaret negó firmemente con la cabeza, como un caballo que espanta una mosca. Ese también sería un gesto que le acabaría resultando muy familiar—. En Queens. Crecí en Queens. ¡Iba a la E. P. 173, pero estaba en Queens!

—Ajá —dijo Enrique, confundido por su irritación—. Bueno, supongo que estábamos destinados a conocernos —afirmó, intentando convertir una sosa coincidencia en una circunstancia romántica.

Por fin, tras haber sido derrotado en la conversación durante horas, pues cada tema que surgía parecía animar a Margaret y a Enrique al tiempo que incrementaba la palidez de Bernard y la tristeza de su huraño silencio, Bernard pareció reavivarse. Enderezó sus estrechos hombros caídos hasta que adquirieron una rigidez artificial, al tiempo que movía su gran cabeza y su despeinada aureola de apretados rizos. La impresión que causó ese cambio de posición pareció la de un titiritero que alerta al público de que ha llegado el momento en que Bernard el muñeco va a hablar.

—Sí, eso no es posible. No puede ser que la ciudad tenga dos escuelas 173. —Sus pequeños ojos castaños, en aquel momento inyectados en sangre, se clavaron desdeñosamente en Enrique mientras farfullaba sin la menor incertidumbre—: Te habrás equivocado de número.

Entonces Enrique le reveló a Margaret algo que preferiría haber ocultado: su mal genio.

—¡No me he equivocado! —le soltó y se inclinó violentamente sobre la silla de madera. Se agarró a la mesa de pino para mantener el equilibrio, derramando el café por los lados de sus tazas blancas. Le vino a la cabeza la imagen de Guillermo, el padre de Enrique, un hombre cuyo tamaño podía llenar varias habitaciones y cuyo espíritu no cabía en ninguna, cuando, con el rabillo del ojo, vio que Margaret agarraba su taza de café para impedir que volcara y cogía una servilleta de papel de la mesa vecina para limpiar el derrame. Sus movimientos fueron una evidente advertencia de que con esa cólera que Enrique estaba exhibiendo no podría resultarle atractivo a ninguna mujer, y mucho menos a una tan alegre. El buen humor de Margaret era extraordinario. Llevaban hablando casi ocho horas y todavía no había fruncido el entrecejo, un gesto de simpatía que resultaba extraordinario, teniendo en cuenta que no era ninguna idiota. Pero aunque Enrique temiera perder esa admiración, no controló su vehemencia—: ¡Por Dios, Bernard, pero si vivía delante de la escuela! Fui allí hasta sexto. Fui el primer alumno que presidió el consejo estudiantil, por amor de Dios. ¡No me he equivocado de número!

Enrique poseía una voz profunda y retumbante, un activo afortunado considerando que aunque era alto —medía uno ochenta y tres–, sus sesenta y cinco kilos eran más propios de Buchenwald y quedaban rematados por un pelo negro y lacio demasiado largo que, a menudo, le caía sobre la cara como una cortina y le hacía parecer aún más delgado. Era difícil atravesar esa delgadez, ese pelo, sus grandes gafas de carey y llegar a sus cálidos ojos castaños, sus altos pómulos, su mandíbula fuerte y sus labios carnosos. Su voz era el único rasgo atractivo que resultaba lo bastante viril como para ser excitante. Pero cuando se enfadaba, su pronunciación muscular le daba un aire intimidatorio y lleno de desprecio. Era algo que figuraba en primer término en la lista que había hecho Sylvie de cosas que no le gustaban de vivir con él. Él se disculpaba profusamente por sus arranques verbales y proclamaba su voluntad de controlar su genio, pero lo cierto es que seguía sin darse cuenta de lo amedrentador y afrentoso que podía llegar a ser.

A Enrique le desconcertaba que sus pullas resultaran tan hirientes. Consideraba que sus ataques eran infrecuentes y casi siempre en legítima defensa. Quizá si sus víctimas se hubieran fijado a tiempo en que el aparentemente encantador y agradable Enrique era también una persona armada y peligrosa, no se habrían sentido tan dolidas. Pero eso era difícil advertirlo cuando el atacante se tomaba tantas molestias en ocultar sus ultrajes.

Enrique aspiró profundamente con intención de callarse y miró angustiado a Margaret para comprobar si su arrebato de furia había revelado que era la clase de hombre colérico que podía echar a la novia con la que vivía en brazos de otro. Al mismo tiempo, Enrique confiaba en que si a Margaret se le proporcionaba la información adecuada que contradijese las acusaciones de Sylvie por sus «rabietas adolescentes», ella se daría cuenta del error de esa definición. Se dijo que si Margaret hubiera oído cómo Sylvie afirmaba que Enrique estaba «demasiado influido por sus padres», concluiría, al igual que él, que su ex novia estaba repitiendo la ciencia enlatada de un psiquiatra burgués. Y un psiquiatra era lo que Sylvie necesitaba, en opinión de Enrique, pues sus padres se habían divorciado cuando ella tenía seis años, lo que le había causado un daño permanente; y estaba bloqueada como pintora, se pasaba meses sin poder pintar una tela, otra prueba, para el prolífico Enrique, de que a él lo veía a través de una lente deforme. Sí, su conclusión concienzudamente razonada era que Sylvie y sus amigos habían merecido todas y cada una de sus críticas; que, a pesar de su desmesura, no se había equivocado.

Bernard identificó el estado inflamable de Enrique e intentó encender una cerilla. Se reclinó en la incómoda silla de pino de

Sandolino's hasta que dio con la pared que tenía detrás, y miró a Enrique por encima del hombro con el mismo aire que adoptaba en la mesa de póquer cuando estaba a punto de enseñar una mano ganadora. Sonrió con su peculiar estilo, curvando con desdén una comisura de la boca, como si fuera un Elvis Presley judío. A continuación farfulló:

—Bueno, estoy seguro de que no te equivocas, Ricky —dijo, y la anglicanización del nombre indicaba que Bernard estaba seguro de que iba a triunfar en esa disputa—. Después de todo, nunca te equivocas en nada. —Le lanzó una mirada a Margaret y le dijo como si le confiara un secreto—: No lo sabes, pero Ricky es de los que nunca se equivocan.

—¿*Qué demonios significa eso?* —gritó Enrique antes de recordar que no debía gritar. Intentó convencerse de que tan solo había hecho uso de sus recursos vocales, proyectándolos como haría cualquier buen actor de teatro, y que por eso seis cabezas de otras mesas se habían dado la vuelta y ahora lo estaban mirando.

Pero cuando miró a Margaret, se quedó aterrorizado. Sus relucientes ojos azules lo absorbían con una intensa expresión de sorpresa y una expresión aún más intensa de cálculo. Lo sabe. Los pensamientos de Enrique se desplomaron en un agujero negro de desprecio hacia sí mismo. Sabe que soy una absurda caja de yesca asustada, valoración que, de haber procedido de otra persona, habría considerado una calumnia.

Al cabo de un momento de terrible suspense durante el cual él se mantuvo erguido y ni siquiera respiró, Margaret dijo en un tono amable y relajado:

—Pero tienes que estar equivocado.

En medio de su agitación, Enrique olvidó por un momento por qué demonios discutían. ¿Era por la degradación del imperialismo, por la herida abierta del racismo, por si los Knicks ganarían a pesar de no contar con un auténtico pívot o por si Faulkner era impenetrable? En aquel momento no le importó. Que los vietnamitas se frían a fuego lento, que los negros se pudran como esclavos de la economía, que los Celtics ganen dieciocho campeonatos más, que los pretenciosos insistan en que ser ilegible te convierte en un genio. Que caiga el Diluvio, siempre y cuando esta deliciosa criatura no deje de mirarme. Una vez admitido todo eso —que tener razón importaba muy poco en comparación con hacer el amor—, consiguió calmarse. Naturalmente, en aquella disputa no había nada que argumentar. Él había asistido a la E. P. 173 durante seis cursos completos. Había escrito 173 en todas las páginas de sus deberes, en cada examen y en cada proyecto científico; como presidente del consejo estudiantil había escrito 173 en el telegrama que mandó al senador Robert Kennedy invitándole a hacer un discurso el día de fin de curso; y apareció debajo del nombre de Enrique Sabas en el telegrama de respuesta de aquella figura política llena de glamour y al final trágica, una misiva de lo más emocionante aunque en última instancia el senador declinara cortésmente su asistencia. E. P. 173, E. P. 173, E. P. 173... dilo en voz baja y es casi una oración. Era mayor la probabilidad de que no hubiera escrito ninguna novela que la de haber confundido el elegante nombre de su escuela primaria. No obstante, para congraciarse con aquella belleza vivaz y bien humorada, asintió reflexivo mientras Margaret decía:

—En Nueva York no puede haber dos 173. Eso sería un lío —afirmó dirigiéndose aparentemente a Enrique, pero en su actitud y en su tono hubo algo de argucia legal, como si se dirigiera a una autoridad superior que siempre le vigilara para asegurarse de que su pensamiento procedía de forma ordenada.

—¿Un lío de qué? —preguntó Enrique.

—Un lío de... —Margaret pareció haberse quedado completamente en blanco. Se quedó mirando a Bernard como si este poseyera la respuesta.

Bernard, para consternación de Enrique, la tenía:

—Un lío a la hora de pedir suministros escolares.

—¡Exacto! —dijo Margaret, encantada—. Una de las dos E. P. 173 se quedaría con todos los lápices del número dos, y en la otra escuela los pobres niños no tendrían nada con que escribir.

Su jovialidad puso de buen humor a Enrique. Lo hizo feliz unirse a ella en ese lugar místico de razón imaginaria.

—¿Estás segura de que se trata de un sistema de numeración que abarca toda la ciudad y que no va por barrios? En Manhattan estaban muy orgullosos de nosotros. En todas partes estaba escrito E. P. 173 Manhattan. De hecho, teníamos que escribirlo en todos los deberes, exactamente así, E. P. 173 Manhattan. —Naturalmente, argumentar a su favor con deducciones como esa era estúpido, pero él había acertado al intuir qué podía convencer a Margaret. Esta frunció el entrecejo y apartó la mirada mientras Bernard dejaba caer su silla hacia delante con un golpe seco.

—Te lo estás inventando —se quejó Bernard—. Yo no escribía Queens debajo del nombre de mi escuela.

—Eso era porque ibas a una elegante escuela de Forest Hills —dijo Enrique. Se acordó de que anteriormente Margaret había afirmado que Bernard se había criado en la parte «elegante» de Queens en contraste con su «parte diminuta y ridícula», una distinción importante en el curioso esnobismo inverso de su juventud antimaterialista y antibélica. De hecho, Bernard intentó desembarazarse de esa caracterización afirmando que Forest Hills no era elegante.

—Ya lo creo que lo era —insistió Margaret con una sonrisa burlona que amilanó a Bernard—. Mi barrio de Queens era tan deprimente que ni siquiera tenía nombre. Solo se le denominaba «Adyacente» —dijo, uno de los muchos comentarios que Enrique encontró fascinantes porque era el tipo de observación desapasionada e ingeniosa que un escritor podía hacer.

—¡Espera! —Margaret lanzó una mano hacia delante como si fuera un guardia de tráfico próximo a una escuela que impidiera a los niños cruzar en rojo. Mientras hacía memoria, su mirada

se perdió a la espalda de Enrique—. Tienes razón. Yo también escribía mi nombre en la línea superior, luego mi clase, y luego debajo: «E. P. 173, ¡Queens!». Escribía «Queens». Creía que...
—Y entonces se quedó inmóvil, mirando hacia la media distancia, como si alguien le hubiera quitado las pilas.

De repente, Enrique se lanzó a por ese pensamiento sin expresar, intentando nadar dentro de la cabeza de Margaret:

—... que era orgullo de barrio y no una distinción importante. E. P. 173 Queens, E. P. 173 Manhattan: por eso los dos crecimos sin que nos faltaran lápices del número dos.

Los ojos de Margaret se posaron en los de él. Ella sonrió, exhibiendo esos dientes tan distantes de la perfección, demasiado pequeños y separados, menoscabando su por lo demás imponente belleza lo suficiente como para que Enrique consiguiera mirarla sin soltar un grito ahogado de asombro.

—De todos modos —añadió ella—, nosotros teníamos que comprarnos los lápices.

Bernard no estaba dispuesto a abandonar.

—No —dijo—. No te creo. Esta ciudad es incapaz de semejante sutileza. Te has equivocado —farfulló mirando a Enrique y extendiendo el brazo para coger su paquete de cigarrillos sin celofán y comenzar el concierto de golpecitos.

—¿En el nombre de la escuela a la que asistí durante seis años? —dijo Enrique, captando la mirada de Margaret y enarcando las cejas para dar a entender que estaban de acuerdo en la estupidez de la lógica de Bernard, aunque era perfectamente consciente de que ella había sido la primera en observarla.

—Te diré lo que podemos hacer —propuso Enrique—. Podemos coger el metro en Sheridan Square, bajarnos en la calle 168 con Broadway, caminar las seis manzanas hasta la E. P. 173, y entonces me enseñas lo equivocado que estoy acerca de ese dato fundamental de mi infancia.

Se excedió un poco con la cólera que añadió a esa sarcástica frase final: «Ese dato fundamental de mi infancia», la clase de humor orgulloso que había aprendido de su padre, que conseguía al mismo tiempo burlarse de sí mismo por su fatuidad y hacerte saber que, si ponías a prueba su grandeza, te bajaría los humos.

Margaret había tenido suficiente. Bostezó.

—Yo no voy. Ahora no me meto en el metro. —En las comisuras de los ojos se le habían formado unas diminutas lágrimas, y recogió una de ellas con la punta del dedo índice—. Tengo que ir a acostarme. Estoy demasiado mayor para abrirme paso entre los noctámbulos. Tengo que meterme en la cama.

Aquella noticia alegró a Enrique, porque sus cálculos geográficos acerca de sus despedidas iban a concretarse. Con ánimo renovado, imitó a su expansivo padre y —prescindiendo de demostraciones de genio— exhibió el orgullo de los Sabas pagando la cuenta, cosa que paralizó a Bernard y pareció asombrar a Margaret.

Mientras Enrique sujetaba la enorme puerta de madera y doble anchura del restaurante —vestigio de que el edificio había sido un establo para carruajes— para que Bernard y Margaret pasaran, entrecerró los ojos a la luz del frío sol de diciembre. No obstante, entró en calor al pensar que cuando se dijeran adiós tendría la oportunidad de conseguir el teléfono de Margaret. Creía que le faltaría el valor para intentar darle el beso que el tono beligerante de la velada no parecía justificar. Pero el trayecto de cinco minutos desde la Octava con MacDougal hasta la Novena al este de la universidad le daría tiempo para dejar claras sus intenciones, demorando más su mirada y hablándole en un tono más dulce de lo que se había atrevido en presencia de Weinstein.

La fatiga de no haber dormido se aposentó en los huesos de los tres y sumió su paseo en el silencio. La ciudad despertaba, aunque con la lentitud del domingo. Las calles estaban vacías y solo se veía a alguien paseando un perro, al propietario de una charcutería abriendo los suplementos del *New York Times* dominical para que su hijo montara los ejemplares rápidamente, y a un anciano ataviado con un abrigo negro que se dirigía a la iglesia de Saint Joseph.

—Debería comprar el *Times* —dijo Bernard.

—A mí me lo traen a casa —dijo Margaret, añadiendo—: Alpert —como si hubiera algo mágico en el nombre de ese servicio a domicilio. Aunque Bernard soltó un silbido sarcástico, Enrique quedó auténticamente impresionado. Ese detalle acababa de definir algo que hasta entonces solo había intuido, que había algo sólidamente burgués en esa joven, algo adulto debajo de aquella apariencia de muchacha que le asustaba y le excitaba.

No tuvo mucho tiempo para reflexionar sobre su clase social. Por fin había llegado el momento de deshacerse de Bernard. Margaret, desde luego, también parecía dispuesta a librarse de él. Mientras se aproximaban a los cinco peldaños pintados de negro que conducían al edificio de piedra pardusca de Bernard, Margaret frunció los labios para darle un beso de despedida en la mejilla. Enrique estaba demasiado emocionado por la perspectiva de tenerla toda para él como para ponerse celoso por eso, cuando Bernard —el más apático de los hombres—, en lugar de disfrutar de la calidez de aquellos labios en su mejilla helada, afirmó que no estaba cansado y que también acompañaría a Margaret a su casa.

Enrique no pudo reprimirse y soltó:

—No te preocupes. Yo la acompañaré a su casa. Voy en su misma dirección.

—Tú vas diez pasos en esa dirección —dijo Bernard, y le dio un golpe a Enrique cuando pasó por su lado. Ese contacto físico fue algo sin precedentes e irritó a Enrique hasta el punto de responder casi con un gesto violento. Margaret soltó una carcajada, una expansión irónica que de inmediato reprimió, como si esperara que nadie se hubiera dado cuenta. Su carcajada en *staccato* quedó truncada, le pareció a Enrique, por una imposición exterior de decoro y reserva, algo que parecía contradecir su atrevida mirada, su lenguaje corporal de marimacho y su actitud burlona. Era como si entre bastidores una voz regañona le hubiera advertido que fuera discreta y no se delatara.

—Sois muy amables —dijo—, pero no necesito que nadie me acompañe. He vuelto sola a casa desde que iba a primero.

Sin embargo, los dos insistieron. No les preocupaba su seguridad, sino con quién se sentía segura. Así pues, el primer intento de Enrique de quedarse a solas con Margaret acabó en fracaso. Y por sus esfuerzos ni siquiera recibió el beso en la mejilla que Bernard había dilapidado. Cuando doblaron en la calle Novena, les embistió un viento helado. Estaban más expuestos gracias al inhabitual complejo de apartamentos de posguerra, que quedaba lo bastante retirado de la calle como para permitir algo que rara vez se veía en la ciudad y mucho menos en el Village: unos seis metros de paisaje. Toda esa elegancia a solo una manzana del chabacano estruendo y las vulgares fachadas de la calle Octava, donde vivía Enrique, confirmaba la impresión de confort y bienestar burgués que rodeaba a una mujer a la que le llevaban el *Times* a casa. En diciembre, sin embargo, esa elegancia intensificaba lo cortante del viento. Margaret hizo como si le castañetearan los dientes y gritó:

—¡Gracias! Buenas noches, chicos. Quiero decir, buenos días. —Y se metió a toda prisa en su edificio, gritando—: ¡Me estoy quedando helada!

Enrique no le dirigió la palabra a Bernard durante el viaje de regreso de tres manzanas. Le farfulló buenas noches en su puerta, subió los cinco tramos de escalera hasta su cama arrastrando los pies, y se hundió en el sueño sin la iniciativa ni la energía para masturbarse. Cuatro horas más tarde, se levantó trastabillando de la derrota de su solitaria cama doble, aturdido, huraño y decidido a ganar el próximo asalto. Deseaba estar con ella y tenía que hacer algo. Aunque era incapaz de recordar una sola imagen, le parecía haber estado soñando con Margaret toda la noche. Antes de llamar a Bernard se preparó una taza de café en su nueva cafetera Chemex. Le dijo a la apagada voz que le contestó:

—¿Estás despierto?

—Sí, me he levantado temprano. No he podido dormir mucho —contestó Bernard en un tono elocuente, como si ese hecho resultara significativo.

—Sí, me siento como una mierda. Como si tuviera resaca.

—Joder, eso es porque no sabes beber —farfulló Bernard.

—No, no me refiero a... Bah, olvídalo. Te llamo para que me des el número de Margaret. ¿Cuál es?

Hubo un silencio. Enrique apoyaba un lápiz del número dos (la ironía le divirtió) sobre su libreta preferida, una libreta marca National con las páginas pautadas y de un verde pálido. Miró la punta de la mina y escuchó el silencio del teléfono como si fuera un código.

—¿Bernard?

—¿Para qué lo quieres?

Enrique no se molestó en considerar por qué le hacía una pregunta tan estúpida.

—Porque quiero pedirle que salga conmigo.

Otro silencio.

—¿Bernard?

—Mmm... yo... —Incluso en alguien tan lacónico como Bernard, aquellas pausas eran extraordinarias. Al final dijo de corrido—: ... no quiero dártelo.

—¿Qué? —No hubo respuesta—. ¿Por qué no?

—No creo que debas salir con ella —dijo con tanta naturalidad que Enrique vaciló a la hora de contestar. Probó con una carcajada porque le pareció realmente posible que Bernard le estuviera tomando el pelo.

—¿Bernard? —dijo con el sonsonete del que intenta tomárselo a la ligera—. Estás de broma. ¿Qué...? Vamos, dame el número.

—No bromeo.

—¿No vas a dármelo? ¿De verdad que no vas a darme el número?

—No. —Lo dijo con una notable falta de emoción. Simplemente dejaba constancia del hecho.

—¿Por qué no? —dijo quejumbrosamente Enrique, un tanto amedrentado por la firmeza del no de Bernard—. ¿Pretendes salir con ella?

—No. Ya sabes que no. Ya te he explicado mi relación con Margaret. Somos amigos.

—Entonces, ¿qué más te da?

—No deberías salir con ella. No estás a su altura.

Enrique repitió cada palabra como si estuviera aprendiendo un nuevo idioma:

—¿No... estoy... a... su... altura?

—Ajá. Tengo que dejarte, Enrique. Estoy escribiendo. Te veré en la partida de póquer de esta noche, ¿de acuerdo? ¿A las siete?

—¿No me das su número de teléfono y esperas que te deje venir a jugar al póquer a mi casa?

—Ajá. Te veo luego. —Y colgó.

Enrique se quedó con el teléfono pegado a la oreja durante un momento, como si esperara que Bernard volviera a ponerse y le dijera que estaba bromeando. A continuación colgó tan fuerte que el auricular rebotó de la base, resbaló sobre el escritorio y cayó por el borde, dejando una marca negra sobre la reluciente superficie del suelo de madera recientemente recubierto de poliuretano.

—¡Jesús bendito! —le proclamó a la habitación, y se preguntó cómo era posible que le ocurriera algo así. Cuatro años atrás había sido entrevistado por la revista *Time*, y *The New York Review of Books* había declarado que su primera novela era una de las mejores que se habían escrito sobre la adolescencia en la historia de la literatura. ¿Cómo era posible que no estuviera a la altura de una chica de Queens que trabajaba por su cuenta de diseñadora gráfica? ¿Y cómo podía emitir semejante dictamen un pedazo de carne grisácea que ni siquiera había publicado nada?

¿Y desde cuándo había distintas alturas por lo que se refería a las relaciones entre hombres y mujeres? ¿Acaso aquello era la Inglaterra del siglo XIX? ¿Es que yo soy Pip y ella Estella? Según había oído en la conversación de la noche anterior, en la universidad Bernard y Margaret habían sido miembros de la asociación de Estudiantes por una Sociedad Democrática. Margaret dijo que apoyaba la ocupación del Straight en Cornell por parte de los Panteras Negras, al menos en sus objetivos, aunque no en sus métodos, a pesar de que tampoco la arredraba la visión de las armas. Dijo que le parecían «amenazantes y hermosas». Lo que le molestaba era que hubieran declarado que los Panteras eran un movimiento solo de negros y hubieran echado a todos los chavales blancos de la Sociedad Democrática. ¿Cómo era posible que aquella mujer, radicalmente comprometida con los principios de la integración y la igualdad, que quería poner fin al racismo y al imperialismo de los Estados Unidos, pudiera considerar que Enrique, judío a medias y autor publicado al cien por cien, estuviera por debajo de ella? ¿Y Bernard? ¿Ese socialista? ¿Ese censurador del materialismo que creía en los derechos civiles y la autodeterminación de los vietnamitas? ¿Ahora consideraba que a Enrique Sabas no se le debía permitir salir con Margaret Cohen?

Enrique se habría reído de su grotesca hipocresía, habría llamado a todos sus amigos comunes para comentar lo hilarante que resultaba todo aquello de no ser por el hecho de que en algún lugar de su interior, y no demasiado profundo, estaba de acuerdo con la apreciación de Bernard. Él no estaba a la altura de Margaret. Ella era hermosa, él era torpe. Ella era alegre, él colérico. Ella estaba sexualmente segura de sí misma, y él aterrado. Ella era una persona extrovertida, plena de confianza en sí misma, culta, y estaba claro que había tenido unos padres normales. Ella no se dejaba intimidar en la conversación y se defendía con gracia aunque no supiera contar las historias tan bien como Enrique, pero ¿y qué? Él dedicaba sus esfuerzos a eso día y noche.

Si no la superaba a la hora de contar historias, más le valía pegarse un tiro en la cabeza.

Sí, estaba fuera de su alcance, Bernard tenía razón. Pero estar de acuerdo con él no convenció a Enrique de que la razón que Bernard había expresado fuera el verdadero motivo de ese novelista frustrado para no darle el número de Margaret. Bernard la deseaba, y como sabía que nunca la tendría, quería asegurarse de que Enrique tampoco la consiguiera.

Aunque después del rechazo de Sylvie y de su fracaso en su único ligue de una sola noche Enrique se mostraba más receloso que nunca con las mujeres, su indignación política y su instinto competitivo se impusieron a su timidez y su miedo al rechazo. Sabía que Margaret vivía en la calle Novena. No se había fijado en el número, pero podía mirarlo. En último extremo, podía quedarse en su vestíbulo y esperar a que apareciera, aunque no creía poseer el descaro suficiente para tan romántica vigilia. Del anaquel inferior de sus estanterías nuevas sacó las páginas blancas nuevas, suministradas por el instalador de NYNEX junto con su nuevo teléfono y su nuevo número, y buscó el apellido Cohen. Sabía que las mujeres solteras de Nueva York, para frustrar a los que llamaban para jadearles o para soltarles obscenidades, o bien pagaban para que sus números no aparecieran en el listín o utilizaban las iniciales de sus nombres de pila, aunque esta última precaución solo podía engañar a la rama más estúpida de los pervertidos. El que recibiera en casa el *Times* le sugirió a Enrique que quizá Margaret pagara un extra para no aparecer en el listín. Así que sus dedos recorrieron con cierta aprensión la pródiga abundancia de Cohens de Manhattan hasta que alcanzó aquellas cuyo nombre empezaba por *M*. ¡Y por Dios! ¡Qué alegría! Había cinco M. Cohens, dos en el Upper West Side, dos en el Upper East Side, y una, una solitaria y deliciosa *M* en la calle Novena. Ahí estaba, M. Cohen, calle Novena Este n.º 55.

Cogió el teléfono y sintió que el estómago le resbalaba hasta el suelo. Tragó saliva, pero eso no alivió su náusea. Marcó el número de M. Cohen. Sabía que si se paraba a pensarlo, aunque fuera un segundo, perdería todo el valor.

Ella contestó al tercer pitido, justo cuando Enrique estaba a punto de colgar. Tenía la voz ronca, presumiblemente por su maratón de Camel y conversación de la noche anterior; no obstante, sonaba animosa, con ganas de hablar. Él dijo:

—Hola, Margaret. Soy Enrique Sabas. Hace tanto que no hablamos que se me ha ocurrido llamarte.

El nerviosismo le hizo hablar demasiado fuerte, y prácticamente gritó esa ocurrencia tan poco original, la mejor que le vino a la cabeza en ese estado de reconcomio en que lo había sumido Bernard.

—Ha sido una locura —dijo ella de buen humor, como si *locura* fuera sinónimo de *diversión*—. No me pasaba tantas horas de cháchara desde que iba a la universidad. Y lo creas o no, ahora tengo que irme corriendo a un almuerzo a casa de un amigo para seguir hablando. ¿Puedo llamarte luego? ¿Qué número tienes?

—Ah, claro. Solo pensaba que podríamos, esto, no sé, ir al cine o algo...

—Me alegro de que me hayas llamado —lo interrumpió ella—. Iba a pedirle tu número a Bernard. —Al oír eso, el corazón de Enrique, una criatura diminuta y acurrucada en su esquelético pecho, pegó un salto, pero al instante se arrugó cuando ella dijo—: Creo que debería celebrar una comida navideña de huérfanos para todos aquellos que no pueden estar con sus familias. Tú me inspiraste al quejarte de que tu padre, tu madre, tu hermano y tu hermana te abandonaron.

—Estaba bromeando —dijo Enrique. En un intento de hacerse el interesante durante las primeras horas de charla de la noche anterior, había exagerado su leve decepción transformándola en un desmedido pesar por no poder celebrar, por primera vez en su vida, el Día de Acción de Gracias y las Navidades judías con su familia mestiza y sus hermanastros.

—Ya sé que no te quejabas de verdad. Pero, como dijiste que tus padres están en Inglaterra por Navidad, y la familia de mi amigo Phil Zucker está de crucero, y tengo al menos otros dos amigos que me han dicho que están solos para las vacaciones, he pensado que debería celebrar una cena para todos los huérfanos. —De repente se oyó el *staccato* de su carcajada, y se apagó igual de repentinamente—: ¿Te parece una locura?

—Me parece estupendo —mintió Enrique. Y para resultar convincente, añadió—: Me encantaría asistir—. Naturalmente, lo último que deseaba era estar con Margaret y dos o tres varones más.

—Dios mío, llego tarde. Debo irme. ¿Qué número tienes? —Él se lo dio al tiempo que el alma se le caía a los pies; enseguida llegó el desastre—: Te llamaré cuando haya planeado mi Cena de Huérfanos. ¡Adiós!

Y así fue como Enrique acabó de nuevo sin más compañía que un auricular negro, en su angosto estudio con su angosta cama doble, a la espera de una llamada que, estaba seguro, nunca llegaría.

4. Anhedonia

La sacó del Memorial Sloan-Kettering para llevarla a casa por última vez. Para tan solemne viaje hubo poca fanfarria. Después de casi tres años de tratamientos, era como si a su familia se hubieran añadido nuevos miembros, incluyendo el inevitable pariente con el que ya no se hablaban. De los médicos con los que aún mantenían una relación amistosa, tres se pasaron para despedirse y uno para discutir.

El autocrático judío iraquí fue el primero en aparecer cuando aún no había pasado ni una hora desde que Enrique informara a su enfermera de que Margaret deseaba poner punto final a todos los tratamientos, pasarse al programa para desahuciados y morir en casa. El menudo y orgulloso especialista entró en la habitación de Margaret solo y sin anunciarse. Aquello no tenía precedentes. Su aparición siempre venía precedida de sus subordinados. Cuando finalmente se presentaba, lo hacía con un séquito de un colega, un interno, una enfermera diplomada y un par de estudiantes de medicina que probablemente eran de la edad del hijo mayor de Margaret y Enrique, Gregory, veintitrés años. Aquella función en solitario presagiaba un nuevo capítulo en su relación, por desgracia limitado a un solo encuentro.

El judío iraquí permaneció al pie de la cama con una mirada severa, las manos de manicura perfecta colgando a los lados. Ella lo observó como si fuera un animal acobardado y desconfiado. A Enrique le recordaba a los directores de orquesta que actúan en el Carnegie Hall y que intentan controlar a una inmensa orquesta con poco más que la fuerza de su personalidad. El médico comenzó con una confesión, moviendo la mano en un gesto de disgusto dirigido a la máquina de alimentación, prueba del fracaso de la noche anterior.

—Esto se ha terminado —dijo.

A continuación insistió en que regresara al método intravenoso de la NPT. Esa discusión ya la había perdido un mes atrás. Margaret había convencido al jefe de oncología y al psiquiatra del Sloan de que aquella vida no merecía la pena. No había razón alguna que indicara que aceptaría volver a ese método. No obstante, el iraquí defendió lo indefendible. Aquel hombre apuesto, dictatorial y —ahora Enrique se daba cuenta— bondadoso, razonó apasionadamente en contra de todas las pruebas. Abandonó su actitud de jactanciosa arrogancia y defendió abiertamente sus argumentos con gran sentimiento.

—Continuamente aparecen nuevos medicamentos —dijo—. Nunca se sabe cuánto tiempo podrá seguir viviendo con la NPT. Hay pacientes míos que han vivido durante años con un cáncer con metástasis peor que el suyo. Los escáneres muestran que sus tumores han dejado de crecer. Podemos encontrarle una medicación experimental...

Enrique sabía que aquellas afirmaciones eran absurdas. Margaret no tenía ningún tumor. Hacía dos años que le habían extirpado la vesícula y un gran tumor invasivo. Su metástasis, descubierta un año atrás por accidente durante una operación destinada a aliviarle un bloqueo intestinal, asumía la forma de pequeñas lesiones, demasiado pequeñas para poder verse en las tomografías, que crecían en el exterior de su tracto digestivo. Lo que podía observarse era ascitis, su cavidad abdominal llena de fluido, señal de la robusta y mortífera vida de su cáncer. Desde enero había pasado de poder comer y beber a no poder comer y a no poder beber, prueba de que su cáncer avanzaba rápidamente. Mientras permanecía inactiva en la cama y la NPT le bombeaba las dos mil cuatrocientas calorías diarias, ella seguía perdiendo peso y no tenía energía. Había sufrido tres infecciones graves en los últimos dos meses, y dos semanas atrás había aparecido ictericia. Tal como Margaret había observado en los amigos que había hecho y ya perdido en su grupo de apoyo para pacientes de cáncer avanzado, en el cáncer con metástasis parecía llegarse a un punto en el que no había vuelta atrás. Todo parecía indicar que ella ya había iniciado su caída libre. Y sin embargo. Sin embargo Enrique se dejó convencer cuando el especialista apeló de manera irracional a algo que Margaret desde luego ya había descartado, a saber, la creencia de que valía la pena seguir luchando. Enrique guardó silencio, pero las palabras del iraquí le llenaron de duda y vergüenza.

En septiembre Enrique había apoyado la búsqueda de Margaret de una cura milagrosa. Por aquel entonces, aunque cansada y expuesta a infecciones y bloqueos intestinales, su estado, aún le permitía hacer vida social, viajar y reír. Que intentara medidas desesperadas también había tranquilizado a todos los que la conocían, sobre todo a sus hijos, sus padres y hermanos, en el sentido de que se había hecho todo lo posible para salvarle la vida.

Pero para Enrique aquello había supuesto un sacrificio de tiempo, no poder despedirse de ella como deseaba. Mientras Margaret todavía combatía la enfermedad, Enrique no había mencionado la cuestión de su muerte: lo que ella esperaba y deseaba para él y los chicos cuando ya no estuviera. Aunque Margaret quería que Enrique permaneciera con ella cada minuto que estaba despierta y tenerlo a mano mientras dormía, su conversación se reducía a los aspectos prácticos del momento. Nunca comentaban el final.

La lucha que comenzó en septiembre fue difícil y desagradable. Habían tenido que discutir agriamente con el oncólogo de urología (el miembro de la familia con el que ya no se hablaban) porque ella se negó a tomar la medicación experimental que él le recomendó. El oncólogo se vengó resistiendo a las intensas presiones de su amigo, el jefe de oncología, para permitirle probar medicamentos sin protocolo. Tuvieron que encontrar un nuevo especialista fuera del Sloan-Kettering que le permitiera incrementar la medicación sin protocolo. Margaret soportó largas horas de tratamiento con dos quimioterapias experimentales que no le hicieron ningún bien y con las que se sintió peor. En aquel momento, abandonar no equivalía a rendirse, sino a aceptar. Y sin embargo, al oír aquellos esperanzados tópicos irracionales pronunciados por un médico científico, Enrique deseó creerlos.

Margaret reaccionó a la súplica del médico con una absoluta desesperación. Se puso a llorar y le tembló la voz mientras se acurrucaba en posición fetal. Nada quiso saber de aquellas palabras optimistas, y por la expresión de su cara se hubiera dicho que eran latigazos. Comenzó a suplicar:

—No pudo hacer esto, no puedo, no puedo, ya no puedo más. No pudo volver a la NPT. No soporto el olor. Todo el rato huelo a leche agria. No soporto permanecer aquí echada metiéndome esto todo el día y toda la noche con la única esperanza de morirme. Por favor, por favor, déjeme...

Los sollozos le convulsionaron el cuerpo. Enrique se abrió paso entre las barras de la cama del hospital y los cables de los monitores para rodearla con sus brazos. Cuando Enrique puso los labios en el hueco de la mejilla de Margaret, tersa y casi traslúcida, vio cómo el iraquí se tambaleaba en su pedestal de director de orquesta, ya no tan seguro de sí mismo. Eso le recordó a Enrique otra vez en que Margaret le bajó los humos a ese médico tan engreído.

Lo habían conocido hacía solo cuatro meses, cuando Margaret, muy a su pesar, tuvo que volver al Sloan para que la tratara ese maestro. Les dijeron que era el mejor especialista de Nueva York para colocarle la gastroparesis, el mejor método para alimentarla mientras buscaban una tercera o cuarta o quinta medicación experimental.

El médico había hecho acto de presencia con un séquito de cuatro personas, con una bata blanca que le quedaba ancha debido a su poca estatura, para anunciar que había pospuesto una operación a fin de poder visitarla enseguida debido a las súplicas de su buen amigo el jefe de oncología. Antes de saludarla ya le preguntó por qué se había negado a entrar en la Fase I experimental como le había propuesto el intratable oncólogo de urología.

Margaret se había arreglado para esa audición. Había trabajado meticulosamente en su peluca para que la réplica de su pelo negro y corto pareciera lo más natural posible, y se había puesto una bonita falda estampada verde. Llevaba una camiseta de seda blanca que le quedaba ajustada al torso. Sobresalían las tres protuberancias que le formaban los puertos de acceso a los catéteres instalados por encima del seno derecho, por donde le introducían la alimentación NPT y otras medicaciones intravenosas. Sus dientes blancos, ahora bonitos y sin separaciones gracias a una prótesis que se había puesto veinte años atrás, le lanzaron una atrevida y alegre sonrisa al semblante severo del iraquí.

—Porque tan solo me utilizaban de conejillo de Indias —contestó Margaret.

—¿Y? —la reprendió el médico—. Tiene usted cáncer con metástasis. Es una enfermedad incurable. La única opción que tiene para sobrevivir es hacer de conejillo de Indias.

—No me importa hacer de conejillo de Indias —le soltó ella enseguida desde lo alto de una mesa de reconocimiento, balanceando sus piernas delgadas y bonitas como si fuera una chica en un columpio provocando a los chicos—. Me molesta hacer de conejillo de Indias en un experimento fracasado.

—¿Qué quiere decir con eso de experimento fracasado? —dijo el médico, pronunciando la frase como si fuera despreciable y, probablemente, estuviera en otro idioma—. ¿Cómo puede usted saber...?

Margaret le interrumpió.

—Era evidente. Se trataba de un medicamento terrible. Yo habría sido la última paciente que participara en el experimento. Ya sabían que el medicamento no funcionaba. Necesitaban otro conejillo de Indias para su última cohorte, para poder acabar el estudio y conseguir el resto de la financiación. El medicamento solo había ayudado a una paciente a vivir seis meses, y ni siquiera tenía el mismo cáncer que yo: era cáncer de ovarios. Todos los demás habían abandonado antes de completar tres ciclos porque decían que el medicamento les arrebataba la hedonia.

—¿Hedonia? —farfulló el iraquí, ahora seguro de haber oído una palabra que no era inglés.

—El placer de vivir —le explicó Enrique en voz baja. Le habían dicho que si alguien podía ayudar a Margaret a salir de esa pesadilla de vomitar cada cuatro horas con la regularidad de un reloj atómico y mantenerla con vida mientras reanudaban el tratamiento con el último fármaco contra el cáncer disponible —el Avastin, un medicamento que no se había demostrado que fuera efectivo contra el cáncer de vesícula pero que podía serlo (¿por qué no?, ¿por qué no podía ocurrir lo inesperado?)—, era ese hombre. Enrique estaba seguro de que todas esas altisonantes afirmaciones acerca de la pericia del iraquí eran las exageraciones imprescindibles que se hacían en el mundo desesperado de los pacientes terminales y que la cultura neoyorquina, obsesionada con las celebridades a las que se atribuyen virtudes míticas, intensificaba. Aunque Margaret se había burlado de sí misma por creer tales asertos, era una mujer devota. Había sido educada como una buena chica judía de Queens, y en ese enclave contar con el mejor médico se consideraba una necesidad básica. El poderoso jefe de oncología le había dicho que creyera en ese hombre y le había advertido de que era una persona que no se dejaba influir por nadie. Así que Enrique procuró adoptar un tono y una actitud de apariencia sumisa, sobre todo cuando se dio cuenta de que, aunque Margaret respetaba la autoridad, era demasiado impulsiva, demasiado exigente, demasiado brusca para hombres como aquel, hombres a los que les gustaba caminar a horcajadas sobre el mundo, sobre todo a horcajadas sobre el mundo femenino.

—La mitad de los pacientes del estudio dejaron de tomar la medicación antes de que les dieran toda la dosis —dijo Enrique—. Se llamaba Epotholide, por cierto. Dejaron de tomar el Epotholide porque no solo no les ayudaba con su cáncer, sino que les arrebataba todo el placer de vivir. *Anhedonia*, creo que es el término que se utiliza para los que no pueden sentir ningún placer.

—Anhedonia —repitió el colega del gran hombre y lo anotó.

—Sí —confirmó Enrique y añadió, al parecer tan solo por charlar—: Es divertido, pero ese era el título original de *Annie Hall*. Woody Allen quería titularla *Anhedonia*. ¿Sabe por qué no se lo pusieron? Pensaron que nadie iría a verla.

Margaret recogió el testigo de su marido. Le sonrió al iraquí en tono de disculpa y dijo:

—Mi marido trabaja en el mundo del cine.

Eso, naturalmente, despertó la atención del séquito del médico.

—¿De verdad? ¿Y a qué se dedica? —preguntó el colega de la eminencia, y los dos estudiantes de medicina se volvieron hacia Enrique como si este supiera las respuestas del examen de la semana próxima.

—Soy guionista. —Enrique se encogió de hombros como si le diera vergüenza.

—Ahora están rodando un guión suyo —dijo Margaret—. Ruedan en Toronto, pero vienen pronto a Nueva York, ¿no es cierto?

—Sí, en tres semanas estarán rodando ahí al lado —farfulló Enrique mirando el suelo.

Margaret ya les estaba impresionando con el reparto cuando el iraquí la interrumpió.

—Basta de cháchara —le dijo a su equipo, y a continuación le preguntó a Margaret—: ¿Cómo sabe que solo querían completar la estadística?

—Porque lo pregunté —dijo Margaret, y soltó su típica carcajada sonora y rápidamente aplacada—. Si preguntas, tienen que decírtelo.

El médico, que aún fruncía el entrecejo, giró sobre los talones y se dirigió a Enrique:

—¿Le dijo usted que preguntara?

—No —dijo Enrique—. Leyó la documentación informativa y se le ocurrió preguntar.

—¿Se le ocurrió preguntar? —Volvió la cabeza bruscamente hacia Margaret con una sonrisa inesperada, y en su cara de ojos oscuros apareció un brillo de satisfacción y complicidad. La actitud de Margaret le parecía admirable, y la observó de una manera lo bastante prolongada para que ella, al parecer incómoda, soltara otra carcajada en *staccato*.

—Es usted una mujer inteligente —declaró por fin.

Margaret puso una sonrisa radiante.

—Soy una paciente que coopera. De verdad. Seré muy obediente. Lo prometo. Haré todo lo que me diga.

—Bien —dijo el iraquí, asintiendo con satisfacción de una manera cómica—. ¿Lo han oído? —les dijo a los de su séquito—. Eso es lo que me gusta escuchar.

—Seré obediente —añadió Margaret—, pero solo si lo que quiere que haga me ayuda de verdad.

La cara enjuta del iraquí se ensanchó en una amplia sonrisa.

—Me obedecerá si está de acuerdo conmigo, ¿no es eso?

—Exactamente —dijo Margaret, y todos los presentes rieron, agradeciendo que, de algún modo, se hubiera hecho befa del sufrimiento y la muerte.

Ese fue el último triunfo contra el cáncer del equipo formado por Margaret y Enrique, la última vez que sedujeron a sus curanderos. Y tras haber cautivado a su nuevo médico, Margaret se excusó bruscamente para ir al cuarto de baño. Allí vomitó la bilis que se le había acumulado y el agua que había bebido en las últimas tres horas. A través de la delgada puerta de la sala de reconocimientos, el médico y su equipo oyeron claramente el sonido. El grupo interrumpió su charla médica acerca de cómo proceder en su caso para escuchar la inquietante falta de lucha que suponía ese vómito; Enrique sabía, después de dos meses de observación, que Margaret estaba agachada, con la boca abierta, el fluido brotando como una fuente casi a litros. El iraquí le preguntó a Enrique:

—¿Con qué frecuencia hace eso?

—Cada cuatro horas. Su estómago no se vacía del todo. Aquí está el informe. —Enrique le pasó los resultados de una durísima prueba que un gastroenterólogo anterior había insistido en que soportara para demostrar que vomitar cada cuatro horas no era una reacción por hipersensibilidad a la quimioterapia. Le habían dado huevos revueltos sometidos a radiación para que fueran visibles en una tomografía, y a continuación le habían pasado el escáner cada cuatro horas para ver si le quedaba algo en el estómago. Al cabo de cuatro horas y media, mientras Margaret se retorcía y gemía por el esfuerzo de tener que retener ese desayuno nuclear, el técnico vio en la pantalla que la comida no se había movido y la dejó vomitar. Ese fue el final de dos meses de escepticismo médico.

El especialista inclinó la cabeza para leer el informe de la prueba y a continuación añadió:

—Tenemos que ponerle el GEP mañana a primera hora. No puede vivir así. Es peligroso.

Habían transcurrido cuatro largos meses desde ese agradecido día de alivio, meses tan desalentadores que los años anteriores de tratamiento parecían dichosos en comparación. La actitud descarada, juvenil y provocadora con que Margaret había cautivado a su médico estrella había desaparecido. Ahora se ocultaba en los brazos de Enrique, en el pliegue de su cama doblada, sin maquillaje, sin peluca, la piel traslúcida de tanto consumirse de hambre, su camisón de hospital manchado aquí con una salpicadura marrón de antiséptico y allá con una gota de sangre. Esa Margaret anhedónica le estaba diciendo a su médico que a pesar de su valor, su temple, su agresividad, su adulación y su obediencia, no le quedaba nada. Desde luego, aquella Margaret que quería aceptar la muerte era muy diferente.

—Muy bien, ahora voy a dejarla sola —dijo el médico, reacio a admitir la derrota—. Quédese aquí esta noche. Mañana hablaremos...

—No —gritó Margaret—. Por favor. Ya no puedo hablar más de esto. —Enterró la cara en los brazos de Enrique y sollozó—. Basta, basta, basta —gimoteó una y otra vez en una histeria desolada.

El curandero se bajó de su pedestal de director de orquesta y trastabilló hasta la puerta. Vio la mirada de Enrique y dijo en una voz baja pero firme:

—Hablaremos.

Enrique había permanecido callado mientras el gran hombre hacía su alegato, pues Margaret estaba en lo cierto y no había ningún hecho que sustentara su razonamiento. Pero cuando dejó de sollozar y Enrique le entregó nuevos pañuelos de papel para sustituir los que estaban empapados, no pudo reprimir el comentario:

—Mugs, a lo mejor tiene algo de razón en lo que dice. Podrías seguir con la NPT un mes más y probar otra dosis de...

Margaret se apartó de él con un gesto de repugnancia, más aterrada por esas palabras que por todo lo que había dicho el médico.

—¡Bombón! —exclamó en un chillido apenas susurrado—. ¡Bombón! ¡Bombón! —repitió, utilizando el apodo más estúpido, más íntimo y más dulce de los que le dedicaba—. ¡Tienes que ayudarme! —Jadeó en busca de aire, como si sus sentimientos la estrangularan—. ¡No puedo hacer esto sin ti! ¡No puedo hacer esto sola! ¡No tengo fuerzas para discutir! ¡Necesito que te enfrentes a ellos por mí! ¡Necesito que me ayudes a morir! Lo siento, lo siento, lo siento. Sé que no es justo... Sé que te estoy pidiendo demasiado...

Y eso fue todo lo que le dejó decir, avergonzado de la monstruosa proeza de hacer que una mujer que se estaba muriendo en plena madurez se disculpara ante él por ser injusta. Enrique apretó su cabeza frágil y de pelo ralo contra su pecho, mientras le suplicaba:

—Lo siento, lo siento, no pretendía decir eso, lo siento. —A lo que siguió una letanía de te quieros.

Ella respondió a cada una de sus declaraciones de amor.

—Te quiero tanto. Te quiero tanto. —Y pronunciaba ese *tanto* como si fuera un avance significativo, una intensificación de sus sentimientos por él que acabara de descubrir.

Tras los sollozos pasó a sorber por la nariz, y con un suspiro pasó a otro sueño inmóvil motivado por el Ativan. Enrique se echó junto a ella y de vez en cuando le besaba la frente, suave y húmeda como la de un bebé. Tenía la esperanza de que cuando se despertara se pondrían a hablar de su matrimonio como nunca lo habían hecho, de una manera que ahora parecía ineludible.

—¿Y cómo estás *tú*? —le preguntaban a él al final de casi todas las conversaciones, ya fueran con un amigo, un pariente o un médico, como si todos hubieran leído el mismo manual. Algunos informaban a Enrique, por si no tenía la inteligencia de observarlo, de que el cáncer podía ser tan duro para el cónyuge como para el paciente. No conseguían que se compadeciera de sí mismo. De manera inevitable, se sentía obligado a señalar que no era él quien se estaba muriendo, de manera que nunca sería tan duro para él como para Margaret, y que, en comparación con casi todas las víctimas de cáncer y sus familias, él y Margaret eran afortunados. Todas las facturas del hospital las pagaría el excelente seguro médico del que Enrique disfrutaba a través de la Asociación de Escritores de Estados Unidos, el sindicato de guionistas. Otros lujos, como la falsa suite de hotel del Sloan, se los permitían gracias a la generosidad de Dorothy y Leonard, los padres de Margaret. Enrique era escritor, y podía dejar su trabajo por completo o hacerlo a cualquier hora a fin de estar disponible para Margaret, Max y Gregory. Tenían muchos amigos que los ayudaban. Los dos poseían la inteligencia necesaria para abrirse paso entre el mundo jerárquico de la medicina y suficientes contactos entre los mandamases de Nueva York con los que engatusar a los médicos. Lo decía tan a menudo que ya sonaba poco sincero, como un candidato que repite siempre el mismo discurso. «Margaret ha tenido muy mala suerte; pero en comparación con casi todas las familias que se han de enfrentar con esto, somos afortunados.» Y lo decía totalmente en serio. A sus cincuenta años, a Enrique le parecía que una parte excesiva de su vida se había desperdiciado en una vergonzosa y neurótica autocompasión por lo que habían sido insignificantes frustraciones y errores en su carrera. Al verse enfrentado a una auténtica desgracia, le sorprendió sentirse más agradecido por los aliados y los recursos que se le habían ofrecido para ayudar a Margaret que desalentado por un oponente que ni siquiera sabía que existía.

No podía esperar consuelo de Margaret ni de sus hijos, ni tampoco pedírselo. Su padre había muerto. Su madre estaba demasiado mayor y se compadecía demasiado de sí misma para servirle de consuelo. Su familia política estaba demasiado asustada y ya tenía suficiente con su pérdida. Su hermanastro, Leo, estaba demasiado angustiado y era demasiado egoísta. Sus amigos varones estaban demasiado alejados de la realidad y no podían comprender la experiencia. La mejor amiga de Margaret, Lily, estaba demasiado ocupada consolando a Margaret y a sí misma. Su hermanastra, Rebecca, que había estado presente y había sido comprensiva y de gran ayuda, podía hablar con él y tranquilizarlo, pero no podía proporcionarle, ni ella ni nadie, aquello a lo que había renunciado durante casi tres años, lo que el cáncer le había arrebatado y pronto se llevaría para siempre: la atención de Margaret.

Tendido junto a ella, a la espera del papeleo para poder llevársela a casa por última vez, confiaba en que pronto pudieran comenzar sus últimas conversaciones, sus despedidas. La lucha por vivir ya no sería lo principal. Incluso en eso tenía suerte, se dijo. Margaret no había muerto incinerada por el avión de ningún terrorista ni había quedado hecha pedazos por culpa de un taxi errante. Se consoló pensando que, incluso en su muerte, Margaret le concedía algo precioso: tiempo para poder tener una hermosa despedida.

Pero Enrique se había equivocado en sus cálculos. La decisión de Margaret de morirse atrajo a un gentío.

5. La cena de los huérfanos

Se esforzó por llegar tarde. No tarde de verdad, tan solo los diez o quince minutos de rigor para no presentarse el primero, cosa que era un poco rara, pues lo que más deseaba era estar a solas con ella.

Noventa minutos antes de la hora ya estaba vestido. Llevaba unos tejanos negros y su única camisa blanca de Brooks Brothers con botones en el cuello, que planchó dos veces con una toalla encima de su mesa de madera maciza. La segunda pasada resultó necesaria, porque la primera dejó una arruga en el cuello que simbolizaba algo malo de él, aunque no supiera decir el qué. Una vez hubo eliminado todas las arrugas, ocultó completamente la camisa blanca debajo de un jersey de lana tejida a mano igualmente blanco y muy esponjado. Al observar el efecto global del conjunto, pocos habrían sospechado el mucho tiempo que había dedicado a pensar qué ponerse. Desde luego no le favorecía. El suéter esponjado se lo habían regalado su madre judía y su padre ateo tras comprárselo a un artesano local que vivía cerca de ellos en Maine. Le habría sentado mejor a un vendedor de cerveza tipo oso, pues le hubiera ocultado la barriga prominente y habría hecho que sus grandes muslos redondos parecieran proporcionados. Enrique, en cambio, dentro de ese fardo de ropa blanca parecía una anoréxica embarazada, o quizá una enorme bola de algodón atravesada por un par de palillos.

Tenía la persistente sospecha de que con esa vestimenta parecía un idiota, y no hacía más que mirarse y remirarse en el espejo de cuerpo entero que había detrás de la puerta del cuarto de baño. Sal Mingoti, el que fuera su compañero de habitación y mejor amigo de soltero, y que ahora vivía, de manera muy inoportuna, con una amiga de Sylvie, había insistido en que Enrique se comprara el espejo en Lamstons. «Las mujeres lo necesitarán», le aseguró a Enrique mientras los dos subían como podían los cinco tramos de escalera con el espejo. Luego Sal lo ayudó a taladrar los agujeros y a colocar unos soportes de plástico para sustentar el marco. Aquella instalación era una tarea imposible para un literato como Enrique, pero ridículamente fácil para Sal, que había sido el primero en instalarse en un agonizante barrio industrial que pronto sería conocido como el SoHo. Sal, un escultor sin blanca que pasaba apuros, había aprendido a hacer de fontanero, electricista, carpintero y a colocar azulejos en vistas a conseguir el codiciado premio: la cédula de habitabilidad.

Enrique había ocupado aquel inmenso espacio ilegal con Sal, o mejor dicho, durmió casi siempre allí durante prácticamente todo el año posterior a su ruptura con Sylvie, y de vez en cuando sujetaba las cosas que Sal perforaba, pegaba o clavaba. Sal había rechazado todas las ofertas de Enrique de ayudarlo con el alquiler, aunque también lo azuzaba amablemente para que se buscara su propio piso. A cambio, Enrique, sin darse cuenta, le proporcionó una nueva enamorada a Sal. Eran amigos íntimos a pesar del hecho de que Sal, contrariamente a Bernard Weinstein, nada tenía que ver con la literatura ni había leído las novelas de Enrique. De hecho, parecía que no leía nunca, y afirmaba ser disléxico. Y también contrariamente a Bernard Weinstein, Sal animaba a Enrique para que tuviera éxito con Margaret (o, en realidad, con cualquier mujer), y le llamó una hora antes de la cena para preguntarle:

—¿Nervioso?

—No. —Más que mentir, Enrique se engañó a sí mismo—. Es que, sabes, no... no me gustan las cenas. Lo que quiero decir es: ¿qué es una cena? Simplemente te sientas, comes y hablas.

—¿Ah sí, señor E.? —dijo Sal, utilizando el cariñoso nombre que le dedicaba a Enrique—. ¿Preferirías que fuera un baile?

—¡No!

—Sí, eso sí que sería una jodida pesadilla. Bailar. Tiene todo el desgaste del sexo y ninguna diversión.

—Tiene todo el potencial para el ridículo y ninguna diversión —le enmendó Enrique.

Sal se rió con la relajada desenvoltura de un hombre que sabe con quién y cuándo echará el siguiente polvo.

—No te pongas nervioso. Tú le gustas, señor Ricky. Es evidente. Y ya te habría arrancado la ropa si ese Bernard no hubiera estado presente. Las mujeres no se quedan toda la noche hablando porque quieran oír lo que los hombres tienen que decir.

—Entonces, ¿por qué organiza una cena con toda esa gente?

—Entre el gentío se siente más segura. Le das un poco de miedo. Y eso está bien. Eso está muy bien. Es justo lo que quieres.

Enrique adoraba a Sal. Se sentía a gusto con él, probablemente porque Sal, al no ser ni escritor ni lector, no se sentía molesto por la precocidad de Enrique. Y el hecho de que este casi nunca estuviera de acuerdo con las opiniones y percepciones del mundo de Sal (y de que creyera que sus esculturas no figurativas no merecían calificarse de decoración, y mucho menos de arte) solo parecía incrementar la confianza que depositaba en él. Sabía que si se ponía en ridículo con Margaret, Sal no se lo tendría en cuenta, mientras que con los Bernard Weinstein del mundo Enrique tenía la sensación de estar siempre a prueba y de que con solo dar un mal paso se haría acreedor a su permanente desdén.

Sal, el chamán de la seducción, le dio un último consejo.

—Prométeme una sola cosa. La besarás cuando te vayas.

—¿Qué?

—En los labios, señor E.

—¡Delante de todo el mundo! —Enrique casi chilló de incredulidad y horror.

—Ajá.

—¡No!

—Sin lengua. No se la metas hasta la campanilla, pero ya sabes, te acercas, te colocas justo delante de ella, te quedas inmóvil un segundo, solo un segundo, y a continuación la besas suavemente en los labios. Ella te lo agradecerá. Créeme. Las mujeres quieren que los hombres den el primer paso, ¿sabes? Te ha invitado a cenar con sus viejos amigos y tú tienes que demostrarle que no eres un amigo más.

Aquella obligación de besarla obsesionaba a Enrique. Sabía que era incapaz de un gesto tan atrevido y público. Hubiera o no gente a su alrededor, quizá no tuviera valor para besar a Margaret. La sugerencia de Sal hizo que se olvidara de preguntarle a su amigo si debía ponerse aquel jersey enorme y caliente sobre su complexión esquelética. En cuanto se hubo colocado su chaqueta militar verde, bajado los cinco pisos y abierto la pesada puerta metálica que daba a la sucia y gélida calle Octava, se dio cuenta de que el grueso jersey se le pegaba demasiado al cuerpo. La máscara de aire helado que le hacía entrecerrar los ojos y le entumecía la punta de la nariz le indicaba que con aquel tiempo no debería estar sudando. Pero ya sentía una gota especialmente grande y cálida que bajaba por la tabla de sus costillas hasta la cadera huesuda. Se detuvo para decidir si tenía tiempo de volver a subir corriendo, darse otra ducha y quitarse aquel suéter que era como una tienda de campaña.

Durante ese debate interior, sus ojos se desviaron hacia los cinco peldaños negros del edificio de Bernard Weinstein. Se preguntó, quizá por diezmilésima vez, si aquella noche su némesis era uno de los invitados de Margaret. No había duda de que

Bernard era huérfano. Incluso más que Enrique. Los padres de Bernard se habían divorciado cuando él era pequeño, su madre había muerto cuando estaba en la universidad y su padre hacía mucho que se había vuelto a casar con una mujer que, según Bernard, lo odiaba. ¿Por qué tengo que sentir lástima por ese cerdo?, se preguntó Enrique. Fuera cual fuera la respuesta, parecía probable que Margaret se compadeciera de Bernard y lo invitara a su cena de huérfanos. Enrique había estado casi seguro de que tendría que hacer frente a Bernard y sus pullas desde el día en que recibió la llamada de invitación de Margaret para que se uniera a «un grupo disparatado. Ni siquiera sé quién va a venir. He invitado a todos los que me ha parecido que estaban en Nueva York sin familia. Y no tengo ni idea de qué voy a preparar. Puede que nos muramos de hambre».

Esa fue su oportunidad para preguntar si Bernard estaría entre ellos, pero estaba demasiado paralizado por la alegría y la sorpresa de que ella lo hubiera vuelto a llamar. Lo único que consiguió contestar fue: «¿Puedo llevar algo?», una pregunta suscitada por el recuerdo de cómo se comportaban sus padres. Naturalmente, lo que su madre podía ofrecer era una deliciosa ensalada preparada con productos de su huerto de Maine, y su padre, su famoso pastel de arándanos recubierto por una costra fina, crujiente y que sabía a mantequilla, mientras que lo único que Enrique podía llevar era una lata de sopa Campbell's.

—¿Qué te parece una botella de Mateus? —dijo Margaret y soltó su carcajada abreviada.

—Traeré una caja —dijo él jovial, y preguntó a qué hora tenía que presentarse.

—A eso de las siete —dijo Margaret.

Enrique colgó y se sintió humillado, aunque no pudiera decir exactamente por qué. Al repasar mentalmente el chiste que Margaret había hecho acerca del Mateus, se preguntó si se estaba riendo de él, y si se había estado riendo de él todo el rato con sus indagaciones acerca de su educación. Su mente reevaluó su risa lacónica de antes de colgar como una supresión de burla más que como pudor, y comenzó a sospechar que estaba interpretando un papel patético en una novela de Dostoievski: el joven solitario y desventurado que se humilla y va detrás de una hermosa mujer que está muy por encima de él; que con el tiempo acabaría hendiendo el cráneo de Bernard Weinstein con un hacha, y que luego el manuscrito sin publicar de Weinstein sería póstumamente saludado como una obra maestra, mientras que Enrique solo pasaría a la historia como el envidioso monstruo que había privado al mundo de un delicado genio.

Fue con ese estado de ánimo desesperado que decidió no volver a la ducha ni quitarse aquel jersey que era como una sauna. Estaba seguro de fracasar llevara lo que llevara, y así, sudando en medio del frío, se dirigió a casa de Margaret en un estado de fatalismo nervioso.

Tras haber salido de su edificio a las seis treinta, llegó a su destino, a tres manzanas de distancia, a las seis cuarenta. Como sabía que llegar pronto era de mal gusto, pasó rápidamente por delante del número 55 de la calle Novena Este, asustado también por el portero, que lo miró ceñudo desde la puerta de cristal de dos hojas como si estuviera a punto de dejar entrar a su mayor enemigo.

Para alguien que llevaba viviendo casi dos años en Manhattan, Enrique tenía poca experiencia con los porteros. En Washington Heights, un barrio de clase obrera, no había, y mucho menos de esos de uniforme gris almidonado como el que poseía ese mueble intimidante: su mesa encaraba la entrada como si fuera un burócrata estalinista con capacidad para enviarte al gulag. Enrique rara vez se desplazaba al Upper East Side precisamente porque allí estaban en todas partes. Al centro no habían llegado... todavía. Aquello era el Greenwich Village de 1975, con un pie aún en la bohemia de los cincuenta y el otro hundido en la basura y la violencia de los setenta.

El Village de Enrique de la calle Octava mostraba evidentes

trazas de ambas cosas. La fachada roja y descolorida de la New York Studio School, que parecía vacía detrás de sus ventanas sucias y desiertas, destacaba en una calle comercial de tiendas psicodélicas y zapaterías. Cuna de una generación de expresionistas abstractos, día y noche admitía a través de sus arañadas puertas metálicas a hombres y mujeres hermosos y taciturnos, así como a las ruinas de mediana edad que eran sus profesores, casi todos hombres calvos con boina. Los artistas transitaban indiferentes junto a la mirada resentida y rapaz de los traficantes de droga y los yonquis que dormitaban en medio de un charco de orina. Abandonar aquella calle de arte y degradación y enfilar el centro apenas a tres manzanas era como viajar en el tiempo hacia el Village absolutamente burgués del segundo milenio.

Cuando él y Bernard acompañaron a Margaret a casa, Enrique observó el aspecto inusualmente majestuoso de la calle, que comenzaba con un elegante edificio en régimen de cooperativa de antes de la guerra en la esquina de la Novena con University Place. Sus insólitas ventanas de doble altura permitían atisbar habitaciones bien amuebladas que parecían europeas, como si hubieran traído el contenido desde París. El resto eran edificios de posguerra sin ningún interés arquitectónico. El de Margaret era especialmente soso, con sus hileras de ventanas idénticas como si fueran oficinas. También se había fijado en que el apartamento daba a un inmenso complejo de ladrillo beis, en la fachada orientada hacia el centro el edificio se apartaba de la calle y formaba un singular jardín: una zona de vegetación de unos seis metros que lo hacía menos anodino. Incluso en diciembre, había una media docena de pinos salpicados de alegres luces navideñas que se alzaban por encima de los sucios terrones de nieve congelada.

No había ni un solo edificio comercial, ni una casa de vecinos, ni ninguna destartalada casa de ladrillo rojo en la calle Novena entre la Quinta y Broadway, aunque las calles adyacentes estaban llenas. Era un oasis de dos manzanas. Broadway señalaba una peligrosa frontera entre esa calle y la peligrosa decadencia del East Village. Para cruzar Broadway en esa dirección, pongamos que para saborear el pastrami picante y las humeantes albóndigas de hígado de la tienda de *delicatessen* de la Segunda Avenida, había que sortear los restos de jóvenes entregados a las drogas, y desviar la mirada de las ambiciones destruidas y sin hogar de aspirantes a artistas e intelectuales que colgaban pancartas de furiosas y fútiles consignas políticas bajo las ventanas rotas de edificios abandonados. Pronto el barrio contaría con el romanticismo de una moderna *La Bohème*, y al cabo de media década con la gloria del aburguesamiento; pero lo que eso significaba para Enrique en 1975 era que no podía ir al este de Broadway después de las nueve de la noche a no ser que estuviera dispuesto a que lo atracaran. La calle Novena de Margaret, a ojos de Enrique, era la única superviviente de otra época, de la clase dirigente de Henry James o de una progresista Eleanor Roosevelt. Suponía que era el último aliento de una ciudad agonizante; de ningún modo el presagio de un Manhattan posterior al 2000 lleno de millonarios y rebosante de caros edificios hacia los dos ríos. Creía estar adentrándose en el pasado, cuando en realidad estaba viendo el futuro.

En Broadway se volvió hacia el distrito residencial, impresionado por las delicadas agujas góticas de Grace Church, una de las iglesias más hermosas de la poderosa élite episcopaliana. Entre la calle Décima y la Setenta y siete, Broadway desobedecía la regla de la cuadrícula y formaba un ángulo con el corazón de Manhattan. Enrique se quedó allí admirado, y el sudor que le brotaba debajo de las capas de la chaqueta militar y el jersey de lana se convirtió en una capa gélida, con lo que al mismo tiempo temblaba y sudaba, casi el colmo de la incomodidad. Observaba cómo el ángulo de la avenida con la calle Undécima ofrecía una singular vista de Nueva York, no un perfil de rascacielos, concretamente el Empire State Building, que se hallaba a veinte y pico manzanas al norte, sino una visión en ángulo de cómo se alzaba por encima de la ciudad, como si hubiera girado sobre el granito para exhibir los detalles de su hermosa fachada. Con la Grace Church del siglo XIX en primer plano y el Empire State, de la década de 1930, alzándose por encima de la parte norte de la ciudad, iluminado contra el cielo negro y metálico, Enrique se sintió pequeño e insignificante. Era realmente un Raskolnikov americano, demasiado inteligente para aceptar su insignificancia y demasiado impotente para huir de ella. Se hallaba en la ciudad donde había nacido, la ciudad de su infancia, la ciudad de su adolescencia, la ciudad de su ambición, y se sentía perdido.

También se sentía estúpido. Matar los veinte minutos que le quedaban en la calle le produjo tedio y angustia. Caminó hasta el Strand, la librería de segunda mano de Broadway con la Doce, y como siempre le alegró ver los familiares lomos de las ediciones de los clásicos literarios de la Modern Library. Se detuvo en esa mesa tan educativa donde se amontonaban importantes obras de ensayo, desde la *Decadencia y caída del imperio romano* de Gibbon hasta la *Vida de Samuel Johnson* de Boswell, y con un aire culpable avanzó hasta los estantes de restos de serie de narrativa moderna, buscando con la mirada la *S*, donde encontró, al igual que hace una semana, el mismo ejemplar manoseado de su primera novela (en el lomo había una muesca), un par de ejemplares de la segunda, uno sin sobrecubierta, y seis ejemplares de la primera novela de su madre. De los ocho libros de su padre, solo había dos. Al salir, hizo una parada junto a los libros recién publicados, que llegaban gracias a los críticos que vivían por allí cerca y aumentaban sus ingresos vendiendo de manera ilegal esas ediciones que les mandaban los editores gratuitamente. Algunos eran lo que en la industria se conocía como pruebas sin corregir con citas promocionales, donde se anunciaban los presupuestos publicitarios y cosas así. Enrique echó un vistazo a unos cuantos y sufrió espasmos de envidia mientras se recordaba que no participaba en ninguna carrera, que los lectores no olvidaban a un escritor porque les gustara otro. Al cabo de quince segundos de intentar mantener esa buena camaradería con los novelistas de todo el mundo, fracasó de nuevo a la hora de convencer a su espíritu de que se mostrara generoso.

El circuito del Strand y su viaje sentimental —sentimientos de nostalgia por los libros con los que creció en casa de sus padres, de insignificancia intelectual, de pena y orgullo por el impresionante estante de decepciones de su familia, de celos por los que eran mejores que él— había durado solo diez minutos, y aún necesitaba dejar pasar diez más. Durante ese tiempo podría haber regresado a casa, haberse duchado y descartado dos o tres suéteres. A cada minuto que pasaba se sentía más estúpido.

Y sin embargo, cuando se encontró a media manzana al norte de la Novena con Broadway procurando dar unos pasos lo más cortos posible, le echó un vistazo a su reloj Timex, vio que solo faltaban cinco minutos para las siete y apretó el paso, como si, teniendo que subir media manzana y cruzar otra media, existiera alguna posibilidad de llegar tarde.

Cuando por fin se encontró delante del portero de cara avinagrada, eran las 6.58. Tuvo que decir su nombre dos veces.

—Henry... ¿qué? —preguntó el portero al oírlo por primera vez. Apartó la cabeza como si Enrique acabara de abofetearle.

Enrique repitió su nombre lenta y claramente:

—En-ri-que Sa-bas.

La vergüenza y el calor de su jersey provocaron que la piel liberara otra capa de neblina, y se sintió totalmente derrotado. Por un momento quiso huir.

Había huido del instituto, claro; pero también en varias ocasiones Enrique había contraído una gripe en el último momento para evitar algún evento social, entre ellos uno en casa de su editor al que debería haber asistido de todas todas si le preocupaba algo su carrera, y le preocupaba muchísimo. Pero entonces le había sobrevenido un pánico menos agudo del que sentía ahora en el vestíbulo de Margaret, y había cancelado su asistencia desde una cabina telefónica a tres manzanas de distancia, tosiendo de manera muy poco convincente, como una actriz incompetente que interpretara a Camille. «¿Estás seguro de que no puedes venir?», había preguntado su editor con un tono de profesor que le da a su alumno una última oportunidad antes de suspenderle. «Todo el mundo tiene muchas ganas de conocerte. Y aquí hay gente importante.» Pero Enrique puso una voz aún más débil y añadió la fiebre a sus síntomas, convencido de que alguien, en la fiesta de su editor, le haría enfermar de verdad.

El portero levantó un auricular grande, negro y pesado —parecía uno de los que usaba la Gestapo en *Casablanca*— y apretó un botón incrustado en una caja que estaba pegada a la mesa. El jovial «¡Hola!» de Margaret sonó en el interfono.

El portero dijo:

—Un tal señor Ricky Saybus quiere verla.

Puso énfasis en las palabras *un tal*, como si en el nombre que pronunció a continuación hubiera algo fraudulento. Naturalmente, Enrique oyó cómo Margaret exclamaba confusa:

—¿Quién?

A lo cual el portero lo miró con una sonrisita de suficiencia.

Enrique, bañado en sudor, sufrimiento y rabia, habló con la voz de su padre: resonante, imperiosa y amenazante:

—¡Enrique! —espetó—. No Ricky. Enrique. Sabasss —siseando con una furia de serpiente.

Dijera lo que dijera su ex novia Sylvie acerca de su temperamento colérico, el truco funcionó. El portero abandonó su actitud desdeñosa y pronunció el nombre correctamente. Margaret respondió con claridad a través de aquel dispositivo más propio de la segunda guerra mundial.

—Ah, Enrique. Claro, claro. Que suba.

El ascensor fue demasiado rápido como para permitirle fantasear con escaparse. Cuando se abrió en la cuarta planta, Enrique salió y se encontró con que ya estaba delante de la puerta del apartamento D y con que esta se hallaba entreabierta, con lo que pudo ver el perfil de Margaret mientras le decía a alguien que estaba en el interior:

—¡Creo que con dos cajas y media será suficiente!

A continuación apareció su cara alegre, sonrojada de cocinar.

—¡Llegas muy puntual! —dijo—. Esto es una locura. ¡No puedo creer que hayas llegado tan puntual y que todo esté hecho un desastre!

A lo que siguió —ahí estaba de nuevo— su carcajada truncada, claramente para sí misma, complacida y avergonzada a la vez por su comportamiento. Ocurrió demasiado deprisa —Enrique había imaginado un angustioso trayecto por un largo pasillo— y se encontró hablando sin pensar, sin su colega Raskolnikov criticando todas sus palabras.

—Lo sé —confesó Enrique a la primera de cambio—. Estoy chalado sin remedio. Llego demasiado pronto a todas partes. Es humillante.

Margaret abrió la puerta completamente y él vio a una joven diminuta con un delantal rojo contemplándolo con expresión de dicha. Era tan bajita, poco más de metro cincuenta, calculó, que hacía que la pequeña Margaret, que medía uno sesenta y cinco, pareciera alta. Tenía el pelo castaño, rizado y tupido, unos cálidos ojos castaños, y le ofrecía una sonrisa de bienvenida con unos dientes todos del mismo tamaño. El resto de su cuerpo quedaba tan por debajo de la línea visual de Enrique que no se pudo hacer una idea de cómo era físicamente, aunque de todos modos ella le distrajo con sus halagadores cumplidos.

—¡Llegas a la hora! No es humillante. Has hecho lo correcto. —Hizo un gesto como si invitara al público del gallinero a coincidir con ella—. Todos los demás llegan tarde. Ellos deberían sentirse humillados. —Y se quedó allí, extendiendo los brazos hacia el techo, confiando en que aquellos que estaban allí arriba le dieran la razón.

Margaret, mientras tanto, le instaba a entrar, haciéndole señas con una gran cuchara metálica. Ella también llevaba el clásico delantal tonto de urbanización, ilustrado con un dibujo en blanco y negro de un padre chef agobiado en una barbacoa de patio trasero y hablando con su preocupada mujer, preocupada porque el marido no parece darse cuenta de que, aunque no ha conseguido calentar la parrilla, el plato de hamburguesas que hay sobre una mesa a su lado se ha incendiado, no sabe cómo, y ahora amenaza con inmolarlo. «No te preocupes, querida. El carbón estará listo en diez minutos», decía el bocadillo de diálogo.

Enrique obedeció las órdenes de la cuchara y pisó el suelo de parqué del estudio en forma de L mientras Margaret confirmaba las palabras de su amiga.

—Tiene razón. Tú eres el invitado considerado. Los demás son unos bobos. ¿Dónde está? —preguntó bruscamente. En un vistazo, Enrique se dio cuenta de que la cocina tamaño armario quedaba inmediatamente detrás de la puerta principal, a la izquierda, de que en dos pasos ya estaba en el interior de la sala, de que una larga mesa de cristal situada junto a la hilera de ventanas que había al otro extremo de la sala estaba puesta para lo que parecían demasiadas personas para su comodidad, y de que en la pared que discurría desde la parte delantera del apartamento hasta las ventanas se veían las mismas estanterías que él tenía en su habitación de adolescente en casa de sus padres. En toda esa extensión había soportes ajustables enganchados a tiras metálicas atornilladas a la pared. Sustentaban estantes de madera de poco más de un metro de largo dispuestos a distintas alturas para acomodar grandes libros de arte o raquíticas ediciones de bolsillo. En cierto momento Margaret había creado suficiente espacio vertical para dar cabida a un tocadiscos, altavoces y a lo que parecían unas dos docenas de álbumes. *Revolver*, de los Beatles, asomaba desde el extremo más cercano. La mente de Enrique se esforzaba por comprender su pregunta,

«¿Dónde está?», mientras el duendecillo del delantal rojo le ofrecía una mano sorprendentemente grande para un cuerpo tan pequeño, al tiempo que decía:

—Me llamo Lily. Lo siento. Tengo la mano mojada.

—Yo soy Enrique —dijo él.

—Eso ya lo sé —contestó ella con un divertido énfasis, como si él acabara de acusarla de una flagrante estupidez.

—Lo siento. Soy muy grosera —dijo Margaret—. Enrique Sabas, Lily Friedman. ¿Dónde está la caja? —añadió Margaret, con una mirada malévola en la cara.

Enrique sintió que el suelo temblaba bajo sus pies cuando se dio cuenta de a qué se refería.

—La caja de Mateus.

Lily gorjeó una carcajada.

—Esperábamos que trajeras una cosecha distinta, pero...

Margaret remató la frase.

—Una caja no, eso sería una locura. ¡Pero no tenemos vino suficiente! —exclamó señalando la mesa puesta para diez—. Solo tengo dos botellas. Necesitamos al menos dos más.

—Tampoco es que seamos alcohólicos ni nada parecido —dijo Lily y negó con la cabeza, con lo que su masa de rizos castaños rebotó.

—Adiós —dijo Enrique y dio media vuelta.

—No —gritó Margaret—. No seas ridículo.

—Tenemos suficiente —dijo Lily, y con un gesto de la mano apartó todas las preocupaciones—. Tengo que secarme las manos —añadió, y se metió en la cocina, que estaba a un paso, para coger una servilleta de papel.

—¿Tinto o blanco? —preguntó Enrique con una mano en la puerta. No tenía ni idea de cómo, de repente, ese hombre seguro de sí mismo se había apoderado de él, pero al general que estaba ahora al frente no parecía importarle que Enrique, su soldado de infantería, fuera un manojo de nervios con cierta propensión a ponerse en ridículo.

Y el comandante en jefe recientemente elegido había acertado al suponer que Margaret no iba a dispensar tan fácilmente a Enrique de la tarea.

—¿Tinto? —dijo indecisa en dirección a Lily, que se había secado las manos.

—No seas tonta —dijo Lily—. Alguien traerá vino. Siempre hay alguien que trae.

—Hemos hecho una pasta con gambas, pero es una salsa roja, con lo que imagino que el vino tendrá que ser tinto, ¿no? —dijo Margaret, ladeando la cabeza hacia él.

—Mary McCarthy le dijo a mi padre —declaró Enrique, dejando caer sin la menor vergüenza un nombre que, sabía, tenía un gran valor sentimental para las jóvenes a causa de *El grupo*, un libro que él no había leído y nunca leería— que el color de la uva da igual: si el vino es realmente bueno, irá bien con cualquier comida.

—Eso me encanta —le elogió Lily, exhibiendo otra radiante sonrisa en su menudo cuerpo. Los ojos azules de Margaret, sin embargo, lo atravesaron como si acabara de hablar en un idioma extranjero. Quizá le había desagradado que pronunciara aquel nombre.

—Mi teoría —dijo Enrique apartando la mirada del inquietante escrutinio de Margaret y dirigiéndola a los más acogedores ojos de Lily— es que papá le llevó a Mary McCarthy el vino que no tocaba y que ella fue muy cortés. —Abrió la puerta—. Meter la pata con el vino —gritó al salir—. Es una tradición familiar. Volveré con dos botellas de tinto.

Las oyó reír a través de la puerta cerrada, y no se había sentido tan satisfecho consigo mismo desde que fue tan alabado en la *New York Review*. Pero seguía humillado. Sabía que en cuanto se quitara su enorme chaqueta militar verde, llegaría el desastre. Adivinaba, por el inconfundible olor a lana húmeda que le subía desde el cuello mojado, que el jersey estaba impregnado de sudor, con lo que la camisa que llevaba debajo debía de estar chorreando. No tenía ni idea de dónde encontrar una licorería, no tenía ni idea de qué tipo de vino comprar, y dudaba que tuviera dinero suficiente como para pagar dos botellas. No obstante, regresaría. Sabía que regresaría a la Cena de los Huérfanos con su desastroso aspecto, con un vino malo si era necesario, y si se reían de él, y en el momento en que eso sucediera, siempre y cuando fueran aquellas dos chicas quienes se rieran, no sentiría ninguna mortificación.

6. Agenda final

Apretó el icono del calendario de su Treo en color (¡qué maravilla de condensación, qué prodigio de la tecnología!) mientras hablaba delante de un diminuto micrófono que colgaba en el aire de un cable conectado a la base de su oreja izquierda. El auricular le permitía echarle un vistazo al organizador electrónico al tiempo que comentaba con la mujer de Bernard Weinstein, Gertie, cuándo podían quedar para despedirse de Margaret. Habían pasado el corte, con lo que se les permitiría despedirse cara a cara, aunque estuvieran en la lista B, lo que significaba una audiencia vespertina de quince minutos. Los más próximos a Margaret disfrutarían de una última cena.

Programar y restringir el acceso a Margaret para sus dos últimas semanas había sido menos complicado de lo que Enrique había previsto. Tampoco es que a mucha gente le hiciera ilusión sentarse delante de la muerte. Enrique podía imaginarse las racionalizaciones de aquellos que vivían en las afueras de los afectos de Margaret.

—Somos amigos, pero ya sabes, solo por los niños —se decían para tranquilizarse—. No estoy seguro de que nos hubiéramos dado la hora si... —Y con eso decidían descartarse.

De todos modos, Margaret había abreviado la lista de candidatos, eliminando a los conocidos y algunos buenos amigos de sus muchas encarnaciones: las hombrunas muchachas del campamento de verano de Kittatinny; las buenas chicas judías del Instituto Francis Lewis; las marxistas y las feministas concienciadas de sus años radicales en Cornell; las madres trabajadoras con mala conciencia con las que compartía taxi; los artistas frustrados; sus parlanchinas compañeras de tenis del lunes por la mañana; y la lista más corta, el grupo de apoyo a pacientes con cáncer avanzado. Que Margaret eliminara a casi todos sus compatriotas no era lo que Enrique había esperado, porque ella siempre había preferido que en las reuniones hubiera cuanta más gente mejor, aunque sin embargo era coherente con la dualidad de su naturaleza y la vulnerabilidad de sus actuales circunstancias.

A pesar de su intrépida y jovial capacidad de presentarse a cualquiera y entablar conversación con desconocidos en las situaciones más difíciles, generalmente Margaret prefería quedarse en casa y cenar con sus hijos. Luego se contentaba con leer alguna novela policíaca ambientada en un distinguido pueblo inglés, levantando la mirada de su confortable postura en el sofá hacia los programas de televisión que Enrique contemplaba a gran volumen, asintiendo con afectuoso y cortés aburrimiento cuando él se ponía a despotricar contra una u otra parodia de la política o la cultura o la desastrosa gestión del béisbol. Ella permanecía serena, echada a la espera de las esporádicas apariciones de sus hijos cuando iban a buscar algo para picar o hacían una pausa en sus deberes, tendiéndoles una emboscada de interrogaciones o abrazos.

En aquella guarida de hombres, Margaret era capaz de hibernar felizmente durante semanas, pero cuando se levantaba para hacer de anfitriona, prefería algo grande e informal. Había invitado a más de cien personas a su cincuenta cumpleaños, celebrado seis meses antes de su diagnóstico; una gran parte de los invitados eran poco más que conocidos, y a algunos solo los había visto una vez. Insistió en que ella, Enrique, Max y Gregory se encargaran de toda la parte comestible; Enrique había tenido que ponerle mala cara durante toda una semana para que consintiera en contratar a un solo camarero. Lo mismo había hecho en la fiesta que dieron cuando su nueva casa de Maine estuvo acabada. Se presentó gente a la que solo conocían de vista, y Margaret pasó la noche anterior en vela aprendiendo a preparar sushi, introduciendo en Blue Hill Bay un tipo de rollo de cangrejo diferente.

Margaret era una mezcla de ermitaño y mariposa social, y si antes de su enfermedad le hubieran preguntado cómo se despediría del mundo, Enrique hubiera imaginado que desearía ver a todos los representantes posibles de sus diversos estratos. Aunque tampoco le sorprendió que ella restringiera el número de últimos visitantes, al igual que había reducido drásticamente sus contactos después del primer diagnóstico, y solo volvió a nadar en la piscina olímpica de sus amistades durante el primer año de su remisión. En cuanto comenzó la metástasis, se limitó a tratar con los más íntimos.

La caprichosa e impredecible elección de Bernard como la excepción a esta regla no hubiera sido nada sorprendente en sus días de salud. Nunca había mantenido una estrecha relación con Bernard. Habían tenido lugar una media docena de contactos casuales en las dos décadas anteriores, y a excepción de una llamada telefónica, Bernard no había querido saber nada de ellos durante la enfermedad de Margaret... ¿y por qué iba a ser de otro modo? No eran amigos, y, en cualquier caso, ella nunca se había tomado en serio a Bernard. Tal como Margaret lo expresaba, era «un muermo», y no había mejorado su opinión de él ahora que el mundo le consideraba un tipo original.

Bernard no había alcanzado su ambición de ser novelista. Durante el último cuarto de siglo, se había convertido en uno de los principales críticos culturales del país, y desde luego en el más visible. Había reseñado libros para el *New York Times* durante diez años, películas para *The New Yorker* durante cinco, y seguía siendo columnista de *Time* y autor de dos *best sellers* de reflexiones sobre cultura general. Diez años atrás había aparecido de manera habitual en el programa de Oprah como divulgador literario, y posteriormente se había metamorfoseado en su actual encarnación de presentador de un programa de entrevistas semanales a iconos de la cultura para un público de cultura media, a los que, le parecía a Enrique, tan solo adulaba.

—¿Bromeas? —reaccionó Margaret cuando Enrique le dijo que Bernard le había mandado un e-mail diciéndole que se habían enterado de la terrible noticia y deseaba verla. Así que Enrique no contestó. Al cabo de un día, la asistente de Bernard dejó un mensaje en un tono monocorde y tedioso en el contestador de su casa afirmando que el señor Weinstein se sentiría honrado de que Margaret tuviera tiempo para verle.

—¿Honrado? —repitió Margaret con su voz débil y ronca, haciendo una mueca. Estaba de camino de la cama al retrete, empujando el pie del gotero con un tremendo cansancio. Iba encorvada, sin peluca, sin maquillar, parecía una frágil anciana. Que la vieran en ese estado la habría horrorizado hasta hacía muy poco, y todavía la abatía.

—Parezco una vieja bruja —le había dicho a Enrique hacía dos meses mientras él la ayudaba a desvestirse para meterse en la cama. Aunque ella le besó y le dijo «Gracias» cuando él afirmó que todavía era hermosa, él sabía que ella no le creía. O mejor dicho, que no era bastante consuelo. El reflejo que importaba era el del espejo en que ella se miraba.

Seis meses atrás Margaret habría dedicado horas a asegurarse de que nadie, ni siquiera Enrique, la viera tan desprovista de vanidad. Ese primer día de su agonía en público carecía de energía para tales sutilezas. Todas sus reservas habían desaparecido. Daba la impresión de que un golpe de brisa pudiera matarla. Le costaba empujar el poste, aunque de este colgara una bolsa nueva de suero y una pequeña dosis de esteroides líquidos. Aquellos paliativos eran nuevos y se los había recetado Natalie Ko, la doctora de enfermos terminales que supervisaba su medicación casera, para incrementar la energía con que hacer frente a una semana de despedidas. Pero todavía no le habían hecho efecto. Margaret se movía como si en cada paso invirtiera uno de sus últimos y preciados alientos de vitalidad. Cada par de minutos se interrumpía para secarse los ojos y la nariz con un pañuelo de papel hecho un ovillo. Después de haber comenzado a tomar Taxotere el verano anterior, le goteaba la nariz y le lloraban los ojos continuamente. Durante un tiempo, como habían supuesto que el medicamento le producía alergia, le habían recetado diversos antihistamínicos. Pero cuando Margaret acabó desesperada porque no conseguían que dejara de llorar, uno de los residentes del Sloan le explicó que la causa de las lágrimas era que el cuerpo expulsaba las toxinas del Taxotere. Dijo que acabaría de echarlas tres meses después de dejar el medicamento. Había tomado la última dosis hacía dos meses. Aquellas lágrimas la sobrevivirían.

—Le diré a Bernard que no tenemos tiempo —dijo Enrique, demasiado exhausto para tomarse a broma su pomposa petición.

—No, no. Que venga Bernard —dijo Margaret—. Solo quince minutos. Será divertido.

—¿Por qué? ¿Porque es famoso? —Al igual que a todos los anfitriones de Nueva York, a Margaret le gustaba añadir alguna celebridad a sus reuniones. A lo largo de los años, Enrique había aportado algunos famosos, una estrella o un director de cine, a sus fiestas. Evidentemente, Bernard se había convertido en un objeto tan reluciente que su pálida piel se consideraba capaz de iluminar toda una sala.

Margaret no se sintió ofendida. Sabía que el enorme éxito de Bernard irritaba a su marido, un hombre decepcionado con su propia carrera. Eso convertía la celebridad de Bernard en una broma del destino, como si Dios le hubiera puesto la zancadilla a Enrique y se riera al verlo despatarrado en el suelo.

—Él fue quien nos presentó —dijo Margaret. Se encogió de hombros y se sonó la nariz delicadamente—. No sé. Parece... bueno... algo normal, ¿no, cariño? —apeló a Enrique, la barbilla temblándole con el recuerdo—. Él me llevó hasta ti.

Había veces, y esa era una de ellas, en que Enrique se quedaba un momento sin hablar ni respirar, temiendo echarse a llorar compulsivamente como hacía a veces cuando estaba solo. En su interior nacía una abrumadora tristeza que lo desgarraba, una ola que rugía y lo ahogaba, y que pronto desaparecía sin dejar rastro sobre la lisa arena. Enrique dijo con una voz modulada por el tempestuoso mar de su interior:

—*Yo* hice que él me llevara hasta ti —la corrigió—. De haber sido por Bernard, no te habría vuelto a ver.

—Lo sé, cariño —dijo Margaret, esbozando una sonrisa de consuelo que le salió sesgada—. Pero si queda algún hueco, que vengan él y Gertie. Solo quince minutos. ¿Vale?

Y así fue como a Bernard se le concedieron unos preciosos quince minutos de la escasa provisión que quedaba para Enrique. La programación se había elaborado la noche anterior, en que la doctora Ko presentó diversas alternativas a la hora de planificar la muerte de Margaret.

—Te daré esteroides y un suero completo, ya sabes, potasio y todos los nutrientes básicos, durante todo el tiempo que necesites para despedirte de los tuyos —le había dicho la doctora Ko, que era una simpática muchacha de Queens, igual que Margaret, solo que sus prósperos abuelos inmigrantes eran chinos. Al menos las dos habían escapado del barrio. Ahora la doctora Ko vivía en Brooklyn Heights. Había llegado al apartamento al final de una larga jornada, ataviada con un traje chaqueta marrón y una sencilla blusa blanca. Era de la edad de Margaret y, al igual que esta, tenía un hijo que ya terminaba la secundaria. Contaban con varios amigos en común, y cuando Margaret gozaba de buena salud habían coincidido un par de veces en alguna fiesta. Enrique se fijó en que la doctora miraba los libros de arte de la estantería que quedaba encima del escritorio de madera, y luego las fotos de los críos. Varias veces, mientras examinaba a Margaret, le echó un vistazo al gran cuadro que estaba encima de la cama, en el que aparecían Max y Gregory pintados por Margaret: un chaval de siete años y su hermano de tres abrazados y vestidos con sus pijamas de Superman. Cuando la doctora finalizó el reconocimiento, se puso el estetoscopio en torno al cuello, se colocó el cuello de su chaqueta de manera que cubriera la goma negra, y se sentó a un lado de la cama, posando suavemente una mano sobre la pierna de Margaret a través de la fina manta blanca de algodón que utilizaban en verano. De no ser por el estetoscopio que llevaba al cuello, se habría dicho que era una amiga de la universidad que venía a despedirse de ella.

—Una semana —dijo Margaret mirando a Enrique—. Una semana es suficiente —repitió de un modo que fue casi una pregunta, aunque no del todo.

—¿Dos semanas? —sugirió Enrique—. Hay mucha gente que quiere despedirse de ti.

Apartó la mirada de la doctora. En los últimos dos años y ocho meses, habían comentado todo lo referente al cuerpo de Margaret con el personal médico, incluyendo la reconstrucción quirúrgica de su vagina. Su tumor se había vuelto tan grande que la rozaba, y la precaución rutinaria contra la metástasis había exigido que le extirparan la mitad. La resección hacía que las relaciones sexuales fueran imposibles o muy dolorosas, y, para la sorpresa de Enrique, Margaret insistió en que se encontrara una alternativa. Enrique no se había sonrojado ni arredrado durante esas discusiones, pero el hecho de querer convencer a su mujer para que viviera más le ruborizaba las mejillas y le hacía bajar la vista.

—¿De verdad puedo estar dos semanas a base de esteroides? —preguntó Margaret.

—Siempre y cuando tu cuerpo lo resista.

—¿Y no acabaré cogiendo una infección?

—Con el tiempo, sí. Esa es una manera de acabar. Si coges una infección, podemos no tratarla y...

Con un espasmo de horror, Margaret dijo:

—No quiero morir de una infección.

Por tres veces había experimentado los temblorosos escalofríos de fiebres de más de cuarenta grados. Los médicos habían afirmado que no recordaría gran cosa de esas noches de delirio; pero una parte de ella parecía recordarlo con bastante claridad.

—Entonces una semana de esteroides a tope probablemente sea suficiente. Pero todavía te quedará energía para otra semana, porque te los iré reduciendo de manera gradual.

Margaret negó con la cabeza.

—¿Tienes que hacerlo?

—No. No tenemos que hacer nada que tú no quieras. Tú mandas. —Los ojos de la doctora se posaron de nuevo en la foto de una Margaret llena de vida, en la que centelleaban sus ojos azules, rodeada por los hombres de la casa. El portero había tomado aquella foto nueve meses atrás a petición de Margaret, el día en que les dijeron a los hijos que padecía una enfermedad terminal. Estaban fuera del edificio: una madre, su marido y dos hijos mayores. Los muchachos miraban fijamente a la cámara sin pesar ni lágrimas, sin rebeldía ni resignación. Parecían dispuestos a enfrentarse a lo que hiciera falta. El brazo derecho de Enrique cubría el izquierdo de Margaret, y sus dedos acariciaban la muñeca de ella en un gesto protector, y en la cara tenía una sonrisa forzada. Ella también sonreía, pero sin esfuerzo, una sonrisa agradable, paciente, cariñosa y totalmente convincente. Una mirada perspicaz podía adivinar que llevaba peluca. Por lo demás, esa mujer de mediana edad próspera, esbelta y hermosa parecía satisfecha y sin ninguna preocupación.

—Cuando haya visto a todo el mundo... —Margaret tragó saliva y extendió el brazo hacia un vaso de zumo de arándanos. A menudo tenía la boca seca, por mucho que tomara líquidos dulces solo por el placer de saborearlos. El fluido fluorescente y luminoso aparecía un momento después en la bolsa traslúcida que había al extremo del tubo que salía de su estómago y que, para ahorrar a sus visitantes la visión de la extraña y desagradable mezcla de jugos de color rojo vivo y de la bilis negra verdosa, guardaban dentro de una pequeña bolsa de la tienda L'Occitane, en el suelo. Enrique vaciaba la bolsa cada pocas horas dentro de un recipiente de plástico blanco que arrojaba en el retrete. Con la boca ya humedecida, acabó la frase —: Después de esa semana, quiero que todo acabe. —Señaló en dirección al gotero, que estaba al otro lado de la cama. Colgaban dos bolsas, una con el suero y la otra con el antibiótico contra su última infección.

La delgada línea de las cejas de la doctora Ko se arrugó, y sus labios se fruncieron en un gesto de recelo.

—¿Todo al mismo tiempo?

Margaret asintió.

—Todo —susurró con firmeza.

Natalie Ko pareció hacer caso omiso de esa petición.

—A la hora de retirar el suero tienes un par de alternativas. Después de la primera semana, te quitaré los nutrientes extra, desde luego. Pero en cuanto al suero, ahora estás consumiendo tres bolsas. La segunda semana puedes pasar a dos, y la tercera a una... —Se interrumpió porque Margaret estaba negando con la cabeza, de manera lenta pero categórica.

—No. —Margaret tuvo que sonarse la nariz porque le goteaba—. Después de esta semana, quiero que me lo quiten todo. No quiero que esto continúe.

Eso no era nada nuevo para Enrique. Tampoco lo era la descripción de cómo Margaret se deterioraría. Un asistente social de la sección de terminales le había recomendado a Enrique una página web para que se familiarizara con el proceso. Fue repasando los pasos mentalmente mientras la doctora Ko explicaba en voz alta las fases de la muerte por deshidratación. Cuando se le retiraran todos los fluidos intravenosos, Margaret estaría cada vez más débil, dormiría más y más, y al cabo de cuatro a cinco días, seis como mucho, entraría en coma. A partir de entonces la respiración de Margaret se haría rápida, superficial e irregular, y de vez en cuando se detendría, parecería que ya para siempre, antes de reanudar su ritmo rápido de una manera sorprendente. Es posible que también emitiera el sonido gutural que la literatura denominaba el estertor de la muerte, pero que en realidad era producto de las secreciones que se acumulaban en la garganta, y no necesariamente señal de que la muerte fuera inminente. Sin el suero, el corazón se le pararía a los siete días, ocho como mucho. Aparte de la sequedad de la boca, los conductos nasales y la garganta, el proceso no era doloroso, y, de todos modos, esas molestias no aparecerían hasta que estuviera en coma. Puesto que todos los líquidos que tomaba por la boca eran drenados por el GEP de su estómago, mientras estuviera consciente podría beber todo lo que quisiera para aliviar la sequedad sin prolongar la vida. Si aparecía alguna molestia, física o psicológica, le administrarían calmantes o Ativan para que quedara rápidamente inconsciente.

—Una vez retiremos todo el suero, la cosa será muy rápida —repitió la doctora—. Unos días antes, tendrás mucho sueño. ¿Quieres que todo ocurra así de rápido?

Por fin Margaret mostró cierta impaciencia.

—¡Sí! Si esto fuera Oregón, haría que simplemente me pegarais un tiro en la cabeza.

La doctora puso una mueca de sorpresa. En voz baja, mirando tímidamente a Enrique, dijo:

—Hay estudios que muestran que el suicidio premeditado, incluso en casos de pacientes terminales en los que la muerte es inminente, es muy duro —miró a Margaret a los ojos—, no para el paciente, sino para los familiares.

Por un momento, Margaret no movió ni un músculo, ni pestañeó, se mantuvo inexpresiva, como si no entendiera lo que acababan de decirle o la información la pillara tan de improviso que tuviera que meditarla mucho. Sus grandes ojos azules quedaron fijos en la doctora Ko, que esperaba en silencio a que su paciente reaccionara. Enrique sabía que su esposa no se planteaba lo que acababa de decir. Ese silencio y esa mirada le resultaban conocidos. Era la manera en que Margaret reaccionaba cuando su madre la reñía o la criticaba. Era la manera en que Margaret desafiaba a Enrique cuando este se enfadaba, una resistencia al mismo tiempo pasiva e inamovible. Habría sido la envidia de Gandhi.

Pero en aquella ocasión Margaret le sorprendió. Se volvió para contemplar a Enrique como si acabara de darse cuenta de que este había entrado en la habitación.

—Sé que lo que hago es terrible —dijo. No estaba claro si le hablaba a él, a la doctora o a Dios—. Lo estoy dejando todo en manos del pobre Endy —dijo, utilizando otro de los apodos con que lo llamaba—. Pero es tan fuerte. —Se le humedecieron los ojos, y Enrique tuvo la certeza de que no eran lágrimas de quimioterapia—. Puede aguantarlo. ¿Verdad, cariño? ¿Puedes hacer esto por mí?

Natalie Ko no entendía lo que Margaret estaba preguntando. Contestó:

—Está bien. Esta manera de hacerlo es buena para la familia. Está bien hacerlo así.

Enrique lo entendió. Margaret se había dado cuenta de que su necesidad práctica de morir lo más rápida y fácilmente posible podía parecerle un abandono cruel. Se acercó a la cama y le cogió la mano.

—Estoy bien, cariño —susurró—. Tendremos un poco de tiempo para nosotros y estarás cómoda. Está bien —dijo, y tuvo que callar porque le subían las lágrimas y sabía que los dos tenían que estar serenos con ese médico. Margaret quería abandonar la vida de una manera digna, en casa, en su cama. Enrique estaba decidido a que se cumpliera su deseo.

Mientras Enrique estudiaba el calendario para encontrar opciones que se acomodaran a la apretadísima agenda del gran Bernard Weinstein, supo, casi con exactitud, cuánto tiempo le quedaba. Siete días de esteroides y suero para los adioses, siete más hasta la muerte. Catorce días de Margaret.

Siete de esos días y noches los pasaría con otros, y no podría disponer de ellos para su última conversación. Naturalmente, Lily vendría unas cuantas horas cada día hasta el final. Y los padres de Margaret habían anunciado, afligidos, que su intención era visitarla cada día de los catorce últimos, que vendrían en coche desde Great Neck, donde seguían viviendo la mitad del año, mientras que el resto lo pasaban en la última parada obligatoria para aquella generación de judíos: Boca Ratón, Florida. Habían ido el día anterior y se habían quedado ocho horas, pero Enrique suponía que no sería así cada día. Se había fijado en los hombros caídos de Leonard, y en la incesante agitación de Dorothy, sentada en el borde de la silla en una postura militar de alerta, incorporándose cada pocos segundos para vigilar algo que estaba al fuego, o para enderezar algo que estaba torcido, o para preguntarle a Max por décima vez si quería comer. El esfuerzo que realizaban para poner buena cara —no lloraban ni chillaban ni permitían siquiera que su ropa se arrugara— era demasiado grande como para mantenerlo día sí y día también. Cuando Margaret estaba sana veía a sus padres muy de vez en cuando, el Día de Acción de Gracias, por Pascua, y en otras cenas desperdigadas por el calendario, en total, menos de una semana al año. Enrique confiaba bastante en que durante aquellos dos o tres días antes de que el coma sumiera a Margaret en un permanente silencio, la tendría casi toda para él. Podría echarse junto a ella en la cama y recapitular su vida. Por fin habría una tregua al bullicio de la enfermedad, al caos de las flores y los reconocimientos, a las subidas y bajadas de la fiebre y la esperanza, a la melodiosa jerga de la ciencia y a la cargante cháchara de la vida. Volverían la mirada hacia el horizonte de su matrimonio, y de un solo vistazo contemplarían juntos lo que habían vivido.

—¿Enrique? —La voz de Gertie, que regresaba de consultar con alguna Autoridad Superior la agenda de Bernard Weinstein, zumbó en su oído. El sonido le molestó. Apretó el botón lateral de su Treo para bajar el volumen. En lugar de eso, al estar en modo organizador, lo que ocurrió fue que en vez de tener delante la segunda semana de junio tuvo la primera de julio. Apretó botones de manera frenética para regresar a las fechas relevantes, mientras Gertie, cuya estridencia de Brooklyn se hacía dolorosa por haber subido tanto el volumen, se quejó—: Lo he comprobado con Marie...

—¿Marie? —la interrumpió Enrique.

—La asistente de Bernard. Normalmente ella se encarga de su agenda. A mí se me da muy mal. Lo siento. El martes Bernard no puede. Tiene un estreno, pero estaremos en Nueva York, así que ¿podría ser el miércoles por la noche? ¿Quizá para tomar una copa? ¡Ja, ja! —chilló sin previo aviso ni causa aparente. Enrique tuvo que apartarse el auricular. Lo hizo de una manera tan violenta que Rebecca, su hermanastra, que se dirigía al piso de arriba con un polo de fruta para Margaret, se quedó inmóvil. Aquella golosina fácil de procesar le recordó a Enrique otra preocupación. En teoría, Margaret podía comer cualquier cosa, puesto que todo quedaría drenado por el tubo que salía de su estómago, pero las comidas con trozos gruesos podían causar, y habían causado, bloqueos. Enrique no estaba seguro de cómo le iría el banquete de mañana, un último almuerzo con sus padres, sus hermanos y las esposas de estos, que, a petición de Margaret, habían encargado en el *delicatessen* de la Segunda Avenida.

—Masticaré las salchichas lentamente —le había asegurado a Enrique—. ¿Y las albóndigas? Eso no es más que papilla. Un Dr. Brown de cerezas negras lo hará bajar —afirmó con una mueca.

Tras haber perdido contacto con Gertie, Enrique negó con la cabeza para indicarle a Rebecca que no pasaba nada y apretó el botón de hablar del Treo. Una versión comprimida y aún penetrante de la voz de Gertie retumbó en la habitación:

—¡Ja, ja! ¡Qué cosas se me ocurren! Una copa. Debes de pensar que estamos todos locos. Pobrecillo —dijo con un temblor de emoción. Eso fue algo inesperado, dado que apenas conocía a Gertie, quien defendía siempre a su marido y sospechaba, de manera correcta, que Enrique consideraba que aquel no merecía el éxito que tenía.

—¿Qué me dices de las cinco y media o las seis?

—No, lo siento —dijo Enrique con una voz profundamente triste—. El miércoles todo el día y la noche es para Gregory, nuestro hijo mayor...

—Claro, claro —exclamó Gertie para abortar su dolorosa explicación.

Enrique insistió para dejar claro que intentar adaptar la agenda de Margaret a la de cualquier otro era grotesco.

—Viene de Washington D. C., donde vive y trabaja, para pasar un último día, solo para él, con su madre, y aunque a lo mejor a las cinco ya ha terminado...

—Claro, lo entiendo, lo entiendo. —Gertie imploraba misericordia.

Enrique fue implacable.

—No quiero correr el riesgo de que aparezca alguien y tener que acortar el tiempo que va a pasar con ella. De manera que he reservado todo el miércoles para Greg.

—Claro, claro. —Gertie consiguió sonar amable. Por una vez, habló en voz baja y dulce. Hubo un silencio que Enrique no entendió hasta que ella volvió a hablar, y entonces se dio cuenta de que reprimía las lágrimas—. Dime... cuándo puede vernos... y me aseguraré de que Bernie esté libre. Dime qué hora te va bien.

—Para no dar a entender que la compasión había causado una rendición completa, añadió—: Pero no el martes. El martes es imposible.

—¿Qué te parece el lunes? ¿A eso de las dos o las tres?

—Espera. ¿Puedes esperar un momento, Ricky? —preguntó Gertie, cometiendo el pecado de anglicanizar su nombre.

Enrique aprovechó la oportunidad para volver a conectarse a los auriculares, murmurando para sí «Me llamo Enrique» con el sonsonete de un niño que se presenta a la clase el primer día de guardería. Volvió a poner el calendario en el Treo y evocó de nuevo el encuentro con la doctora Ko. Tras la discusión con Margaret acerca de cómo y cuándo moriría, acompañó abajo a la doctora. Por el camino Natalie se detuvo para recoger su impermeable, doblado sobre una silla —aquel verano, casi todos los días de junio amanecieron nublados y amenazantes—, y su cara inteligente y angulosa se frunció de desolación. Suspiró pesadamente.

—Es una mujer muy, muy valiente. —Enrique estuvo de acuerdo. Era algo que había aprendido desde la enfermedad de Margaret, y lo había cogido totalmente por sorpresa. Margaret tenía muchos defectos, sobre todo una forma de pasividad que a veces parecía cobardía. Eso le había engañado. Al enfrentarse al desafío de la muerte había resultado ser una persona increíblemente valiente—. Quiero preguntarle una cosa —añadió la doctora Ko—. Por favor, entiéndalo: lo que ella hace es totalmente racional. La lógica de su decisión a mí no me supone un problema. Si hiciera todo lo posible para sobrevivir no duraría más de un mes o dos, y se encontraría mal, muy mal. Pero casi todo el mundo deja que ocurra así. Dejan que la enfermedad se los lleve. Quieren que la enfermedad...

—... los pille desprevenidos —remató la frase Enrique, acordándose de cómo había muerto su padre.

—Sí —dijo la doctora mirando hacia el piso de arriba—. No deciden hacerle frente así. Llevo veinte años tratando enfermos terminales, y solo he tenido a otro paciente que lo ha hecho de una manera tan limpia y directa. —Posó su sobria mirada en Enrique.

—¿De verdad? —Enrique estaba sorprendido. Conocía mucha gente que juraba que no quería que les alargaran la vida, y si estuviera en el lugar de Margaret haría lo mismo.

—Sí, es algo muy poco habitual, así que tengo que preguntárselo. —Hizo una pausa para poner énfasis—: ¿Se trata de una decisión coherente con su carácter?

Que una doctora que trabajaba con enfermos terminales se viera obligada a hacer esa pregunta sorprendió a Enrique. De todos modos, estaba preparado, porque se la habían formulado una y otra vez desde que Margaret le pidiera ayuda para organizar sus despedidas, su funeral y su muerte.

—Me gustaría poder decir que no, porque no me hace muy feliz. Pero he vivido con Margaret desde que tenía veintiún años, durante casi treinta, y la quiero muchísimo. Y lo cierto es que es una maniática del control. Lo aprendió de su madre, que también era muy bondadosa y muy, muy controladora. —Natalie Ko, acordándose quizá de su exigente madre china, sonrió compungida—. En ciertos aspectos, ha sido estupendo vivir con eso. Pero si he de ser franco, en otros aspectos no lo ha sido. Ha sido estupendo a la hora de enfrentarse a la enfermedad. La ha combatido con todas sus fuerzas...

La doctora le interrumpió.

—Lo sé. He mirado su historial. Lo ha pasado muy mal. Lo ha intentado todo. Y más aún.

Enrique asintió, se quedó callado un momento para ahogar la pena que sentía por todo lo que había soportado Margaret.

—Ha combatido la enfermedad —dijo con voz de presentador de televisión, haciendo retumbar las palabras mientras devolvía la emoción hacia la oscuridad oculta de su corazón— para controlarla. Para derrotarla. Y ahora que sabe que va a perder, que la muerte es segura e inminente, quiere decidir cómo y cuándo va a morir. Es todo lo que le queda ya para controlar. Sí, es algo coherente con su carácter.

La doctora tragó saliva y asintió. Se aclaró la garganta.

—Como ya he dicho, es algo totalmente racional. Pero tenía que preguntarlo.

Se dirigió hacia la puerta, comentándole cómo le mandarían las medicinas y que los celadores del hospital acudirían cada día.

Le entregó una tarjeta con los números de teléfono donde podía encontrarla a todas horas si había algún problema. Enrique abrió la puerta y, como la doctora había sido tan amable y directa con Margaret, y como tenían amigos en común, se inclinó hacia delante para besarle la mejilla. Pero ella la apartó, y poniéndose de puntillas para llegar a su altura, acercó la boca a la de Enrique. La doctora cerró los ojos y separó los labios. Él sintió la humedad y el calor de algo más que la mera amistad. Tuvo la impresión de que si se inclinaba más hacia ella, estarían haciendo el amor.

Enrique apartó los labios de manera brusca, más asustado que otra cosa. Y Natalie Ko puso una cara perpleja, como si hubiera sido otra la que lo hubiera hecho. Se marchó rápidamente. Su actitud sombría y formal había desaparecido en un momento. Igual que Gertie, que había pasado de la exigencia a una desconsolada flexibilidad. Enrique se dijo que esa era otra de las bromas del destino, la ironía de que ahora debía de atraer a las mujeres más de lo que las había atraído o las atraería. Nunca se había sentido menos excitado ni menos tentado. Sabía que ese sacrificarlo todo por Margaret era un regalo tanto para él como para ella, pero a esas mujeres adultas debía de parecerles que sus ilusiones juveniles sobre lo que era el amor se habían hecho realidad. Y era mucho más agradable, incluso para una doctora de enfermos terminales acostumbrada a la muerte, contemplar la devoción de Enrique que el sufrimiento de Margaret.

—El lunes está bien —le tronó al oído Gertie con un gorjeo de excitación—. Estaremos allí a las tres y media. Y podemos quedarnos hasta las cuatro y media, pero luego tendremos que irnos.

Enrique puso una sonrisa sardónica, pero no había nadie para apreciarla.

—Margaret solo dispondrá de quince minutos. Hay una íntima amiga suya, de la época de los campamentos de verano, que viene a las cinco, y va a ser una despedida muy dura. No quiero agotar a Margaret. Necesita una pausa entre esas visitas. Son, ya sabes, agotadoras.

—Claro. —Avergonzada y abrumada, Gertie se apresuró a asentir—. Claro. Por supuesto. Llegaremos a las tres y media y nos iremos en quince minutos. ¿Podemos traer algo? ¿Necesitas algo?

Enrique sintió que le escocían los ojos, quizá por las ganas de preguntarle si podía traer algo que la curara. O a lo mejor era que también emanaba toxinas.

—No, no necesitamos nada. Os veo el lunes a las tres y media.

Enrique había mantenido casi veinte conversaciones como esa e intercambiado unos treinta correos electrónicos entre ese día y el anterior. Casi ninguno había sido irritante, y solo unos pocos habían hecho aflorar su vena sádica y autocompasiva. La gente que amaba a Margaret y eran amigos íntimos de ella se llevaban bien con Enrique. Su hermanastro y su madre eran más difíciles. Leo, al haber estado ausente física y emocionalmente en los deprimentes días de la enfermedad de Margaret, parecía repentinamente excitado por ese dramático final y quería estar allí lo máximo posible; mientras que la anciana madre de Enrique insistía en presentarse con una expresión desconsolada, de lástima, y comunicando puntualmente cómo evolucionaba su sinsabor.

—No lo soporto —informaba regularmente a Enrique.

Pero eso eran serpientes trasnochadas a las que la terapia había privado de su veneno mucho tiempo atrás. Enrique estaba demasiado triste y agotado como para combatir la morbosa grandilocuencia de su narcisista familia. Y ya no se quejaba del débil apoyo emocional que podían ofrecer los padres de Margaret. Dejó de esperarlo después del terror que experimentaron Dorothy y Leonard cuando aparecieron en la habitación del hospital el día después de que le comunicaran el diagnóstico a su hija. Se quedaron a tres metros de distancia, junto a la puerta, sin besarla ni abrazarla. Enrique aceptaba que él era el capital emocional de la familia para ese suceso temible y miserable, el que tendría que aportar fuerza y serenidad cuando la vida se volviera demasiado dolorosa; al igual que había aceptado recurrir a los padres de Margaret para conseguir dinero y estabilidad, y había obtenido ambición e inspiración de su madre, su padre y su hermanastro y su hermanastra.

Tenía cincuenta años, y no conocía a nadie que pudiera arrogarse el heroísmo de los personajes de tantos libros y películas contemporáneos, y mucho menos, él. Le parecía que los escritores eran unos mentirosos, que convertían en horrorosos villanos a aquellos que los decepcionaban o desairaban mientras que ellos se hacían pasar por héroes. Enrique sabía que quería sentirse superior por la manera en que había cuidado a Margaret y a sus hijos, y por cómo ahora afrontaba la muerte de ella. Quería elogiarse y despreciar a todos los demás. ¿Acaso no merecía creer en esa patética vanidad como consuelo por lo que había perdido, estaba perdiendo y perdería para siempre? Su hermanastro se follaría esa noche a la mujer que amaba, o no amaba, como solía ser el caso. Los padres de Margaret tenían otros dos hijos y ocho nietos, y habían vivido para celebrar juntos sus nacimientos y sus éxitos. Durante meses y probablemente años después de la muerte de Margaret, Dorothy y Leonard seguirían teniéndose el uno al otro, un matrimonio que perduraba después de sesenta años en su rutina de discusiones, cruceros oceánicos y una dependencia profunda y cariñosa. Enrique perdía a la pareja de baile de su pasado, su presente y su futuro justo cuando más deseaba su coreografía. Cuando Gregory o Max se casaran, él lo celebraría solo o con una pareja ajena a la creación de los niños. Cuando los nietos de Margaret nacieran, no tendría a nadie con quien compartir el milagro de que su hijo tuviera un hijo. Sí, estaba molesto con todos ellos por pedirle que los hiciera sentir mejor ahora que una parte de su mundo tocaba a su fin, el mismísimo centro de su mundo se deshacía en sus manos, le resbalaba entre los dedos y se derramaba sobre el suelo. Pronto, muy pronto, de su corazón solo quedaría un charco.

Pero no, no quería quejarse mientras Margaret se estaba muriendo, y no se engañaba pensando que cualquiera que le hubiera fallado, cualquiera que le hubiera traicionado o le hubiera malinterpretado de manera deliberada, ahora, por pura compasión, de repente, se vería tal cual era y se disculparía ante Enrique por haberle exigido que pusiera una tirita sobre sus arañazos mientras él se desangraba hasta morir. Bernard llegaría con su fama y convertiría su adiós a Margaret en un incidente de la autobiografía que algún día escribiría y que se convertiría en un *best seller*, y en sus palabras sentimentales y escritas para el gran público Enrique y Margaret se transformarían en esa clase de personas capaces de tranquilizar y halagar a los lectores. ¿Y qué? ¿Acaso eso empeoraba el hecho de perder al amor de su vida? «Soy el bufón de la fortuna»,* citó en silencio con el estilo altisonante y melodramático de su familia. Cuando Bernard y Gertie completaron la última línea libre del calendario de su Treo, su deprimente tarea de secretario quedó completada, y se enorgulleció muchísimo de no haberle fallado a su mujer en ella. Vería a la gente que quería ver. Y a los que no, Enrique los había dejado fuera. ¿Acaso Bernard Weinstein, ese gran triunfador, había hecho alguna vez algo tan difícil y lo había hecho tan bien?

---

* La cita es de *Romeo y Julieta* de Shakespeare: «I am a fortune's fool». *(N. del T.)*

7. La competencia

Enrique se decía que era una suerte que Margaret viviera tan solo a tres manzanas de su casa por muchas razones, pero sobre todo después de haber comprado dos botellas de Margaux por la extraordinaria suma de veintisiete dólares y ochenta y nueve centavos. Enrique jamás había gastado más de cinco pavos en alcohol. Después de eso solo le quedó en la cartera un billete de dólar descolorido y deteriorado, y una moneda de diez centavos y otra de uno en el bolsillo de sus tejanos negros. Al final de la noche, le iría bien no tener que gastar nada en la vuelta a casa.

Aquel gasto excesivo lo dejó aliviado por un par de razones. Le hacía gracia el juego de palabras de comprar un Margaux para Margaret. Y el elevado precio de las botellas aliviaba su preocupación, heredada de un padre orgulloso nacido en el seno de la clase obrera, de haber comprado algo inferior y sin clase. Enrique comprendía que caro no equivalía a bueno (al ser un escritor cuyos libros no le hacían ganar mucho dinero, tampoco podía pensar otra cosa), pero también sabía que en 1975 un vino caro y francés, fuera cual fuera su verdadero valor para un paladar experto, le demostraría a Margaret y a su amiga Lily, así como a los demás huérfanos misteriosos, que aunque fuera un ignorante, no era un agarrado. A Enrique le parecía improbable que una mujer deseable se interesara por un roñoso.

Todo lo que tenía en el mundo a su nombre eran ciento dieciséis dólares, pero ni por un momento se le ocurrió comprar algo más barato. Razonó que al cabo de tres meses recibiría el dinero que le debían por la publicación de su tercera novela. Cierto que esa espléndida suma de dos mil quinientos dólares ya estaba más que comprometida, pues seis meses atrás les había pedido prestados mil dólares a sus padres novelistas, que tampoco andaban muy boyantes, y el lunes siguiente le pediría prestados otros quinientos a Sal. Desde que se fuera de casa a los dieciséis años, ese había sido el ritmo de sus finanzas, pedir prestado hasta el adelanto del editor, de manera que, cuando llegaba el cheque, ya volvía a estar casi arruinado. A la edad de diecisiete, dieciocho, diecinueve, veinte años, ese estado constante de endeudamiento, empobrecimiento y breves períodos en los que no pasaba apuros era algo tolerable, pero Enrique sabía que, en cuanto se casara y tuviera hijos, ese ritmo de pedir prestado hasta el próximo adelanto y luego volver a pedir prestado mientras se esforzaba por escribir obras maestras perdería su romanticismo y se quedaría en infelicidad. Y peor aún, había visto de cerca a los diez, once, doce, trece, catorce y quince años cómo el hecho de no poder pagar el alquiler acallaba la atronadora voz de su padre latino, pues para el orgulloso hijo de campesinos españoles y fabricantes de puros cubanos, la falta de dinero era una humillación tan profunda como la vergüenza suicida de un aristócrata arruinado.

A pesar de su despilfarro, o quizá a causa de él, Enrique consideró que su futuro más probable era la pobreza. Y desde luego, entre todos los asistentes a la Cena de los Huérfanos, él era el que tenía todos los números para ese futuro. Sospechaba que, aunque carecían de padres, los demás invitados de Margaret eran gente con la vida resuelta, bien gracias a esa disposición financiera conocida como «fondo fiduciario» o porque eran li-

cenciados universitarios que con el tiempo acabarían convirtiéndose en abogados, médicos o algo parecido, si es que no lo
eran ya. Enrique, aparte de haber escrito tres novelas delgadas,
carecía de capacitación y experiencia en cualquier cosa que fuera
de utilidad mundana. Y de este modo, su miedo a la indigencia
le parecía algo real e inminente. Suponía que ese miedo surgía de
sí mismo, pues era demasiado joven y le faltaba mucho psicoa-
nálisis para poseer el ingenio de culpar a su madre, Rose, por haberle inspirado ese temor a la pobreza.

Su madre mencionaba a menudo la posibilidad de la ruina. Insistía en el tema por prósperas que fueran sus circunstancias presentes, probablemente porque de niña la habían afectado mucho
los fracasos de las múltiples tiendas de comestibles de su padre
durante la Gran Depresión y las repentinas mudanzas de la familia del Bronx a Brooklyn y de vuelta al Bronx mientras intentaban eludir el pago de los alquileres atrasados. Enrique no
reconocía haberse visto influido por las evocaciones maternas
de dichas calamidades. Aunque sus padres trabajaban por su
cuenta y pagaban una modesta hipoteca por una casita del siglo XVIII pequeña y reformada en la costa de Maine, y ella trabajaba en una novela con un adelanto de cien mil dólares, sus pe-
sadillas acerca de un futuro sin techo —una bancarrota aislada y
personal que ningún moderno Franklin Delano Roosevelt podía
remediar— estaban siempre presentes: visiones angustiosas que
a menudo le transmitía gráficamente a Enrique gracias a su capacidad expresiva e imaginativa. Su madre habría sido una excelente vendedora a domicilio, siempre y cuando, claro está, sus
productos fueran la tristeza y la pérdida. Sin fijarse en las condiciones del contrato, Enrique se había quedado entero el catá-
logo de la derrota, con sus trágicos accesorios y todo. Su angustioso parloteo y el estado casi permanente de ruina de su
padre desde que abandonara su trabajo diurno y se convirtiera
en escritor a tiempo completo habían transformado a Enrique en
un extraño caldo de joven americano de clase media al que casi

nunca le había faltado nada y que, sin embargo, vivía con el constante temor de acabar en la pobreza.

Se acordó de cuando su madre, al comenzar séptimo de secundaria, lo cogió por banda para explicarle que ella y su padre le pagarían el primer año de facultad, como habían hecho con su hermanastro y como habrían hecho con su hermanastra de haber ido esta a la universidad. Pero él tendría que costearse los tres años restantes. A los doce años, Enrique no tenía ni idea de que la universidad costara nada. No tenía ni idea de si iría ni de cómo la pagaría. Se quedó alarmado. Llegó al extremo de ponerse a investigar cuánto costaba, cosa que aumentó considerablemente su desazón. Vivió un par de años en un estado de perplejidad —hasta que dejó de ir al instituto y dejó de importarle— al pensar en cómo pagaría su estancia en Harvard (donde su padre quería que fuera) con una única fuente de ingresos consistente en entregar el *New York Times* del domingo a los vecinos del edificio de sus padres, sobre todo porque solo ganaba diez centavos a la semana, y no había convencido a más de cinco personas para que fueran sus clientes. Hacía reír a su madre cuando volvía a casa el domingo por la tarde cantando su propia versión de la canción clásica que había aprendido de ella — «¡Diez centavos a la semana, eso es todo lo que me pagan. ¡Caramba, cómo me pesan!»— y ni una vez le dijo a su madre que aquella situación no le parecía cosa de risa. Entendía todas las implicaciones de lo que su madre le había dicho acerca de la universidad, muy diferentes de las grandilocuentes promesas de su padre acerca de la gran fortuna que iba a amasar y legarle. Su madre le advertía que la vida de un escritor, a saber, la de Guillermo y Rose, era como agarrarse a una madera a la deriva en un mar de deudas, medio ahogado en el hambre y la indigencia. Le dejó bien claro que no podía contar con que ellos lo ayudaran a sobrevivir una vez abandonara el barco... y tampoco, desde luego, si se quedaba en un bote que hacía agua.

Cuando Enrique anunció que quería abandonar la escuela secundaria para acabar su primera novela (había escrito la mitad), esperaba que la respuesta de su madre fuera el simple grito de «¡No!». Por el contrario, lo que ella le dijo fue: «Si quieres ser escritor, es tu elección. Nunca discutiré por lo que alguien quiere hacer en la vida. Mi familia lo hizo conmigo y fue terrible. Una cosa terrible. Algo que nunca acabas de superar. De manera que si crees que quieres ser escritor, entonces intenta serlo. Yo nunca te desanimaré. Pero tendrás que ganarte la vida mientras lo intentas. Eso también es muy importante. Ser escritor no es ningún *hobby*. Es una profesión». A pesar de tan sentida declaración de respeto por la ambición de su alma, Enrique sospechaba que, en opinión de su madre, ganarse la vida resultaría ser un requisito demasiado desalentador.

Y si fue así, su madre cometió un error de cálculo. El temor a la pobreza de Enrique era irracional en más de un aspecto. No incluía, por ejemplo, el temor a no ganar dinero como escritor. El mundo —al menos al principio— pareció estar de acuerdo con su ambición. Su primera novela le granjeó once mil dólares, lo suficiente para vivir tres años en aquellos felices días de bancarrota en Nueva York, cuando el alquiler de un piso tipo pasillo en la calle Broome con la Sexta Avenida, el emplazamiento del piso de Sylvie, costaba sesenta y ocho dólares al mes.

Hay que decir en favor de Rose que se atuvo a su palabra: que Enrique consiguiera ganarse la vida como novelista pareció satisfacerla. No le fue detrás para que solicitara plaza en las universidades que habían dado señas de estar dispuestas a aceptarlo, aunque solo a prueba durante un trimestre, puesto que no había acabado la secundaria. Rose nunca manifestó en voz alta la menor preocupación por la presión que podía suponer que un adolescente intentara ganarse la vida como escritor, ni sugirió que el tener más estudios pudiera resultarle útil a un novelista. Corría el año 1971, bastante antes de que se hubiera acuñado la palabra *yuppie* o de que se aceptara de manera generalizada que el éxito económico y la valía eran sinónimos. No obstante, en una perversa evolución natural desde su cinismo de izquierdas, Rose terminó juzgando el éxito artístico según el mismo rasero que el mismísimo Donald Trump. Ganar dinero parecía ser, en cierto sentido, el único criterio de su madre a la hora de decidir si uno podía considerarse artista o no. Naturalmente, ella desdeñaba a los escritorzuelos, a los novelistas cuya obra parecía calculada para vender libros, pero eso solo incrementaba su respeto por el hecho mismo de ganar dinero, sobre todo si se trataba de una obra, como le gustaba decir a ella, «seria».

Hasta el préstamo que había pedido hacía poco a sus padres sobre el adelanto de su novela, estos no habían ayudado económicamente a Enrique, ni siquiera para avalarlo. A él eso no le molestaba. Le habría sorprendido que alguien sugiriera que había motivo para sentirse molesto. Para Enrique, nadie había tenido más suerte que él con sus padres. Disfrutaba de lo mucho que le divertían, de sus firmes y contundentes opiniones sobre todo, entre ellas sobre si era posible considerar grande a un escritor carente de sentido del humor, aunque fuera alguien a quien admiraban tanto como Dreiser, o si Jerry Lewis era un genio del humor o tan solo un payaso bobo, o si un alzamiento armado contra un estado imperialista americano, por moral que fuera, resultaba prudente. Lo que más apreciaba de todo era su permanente y generoso elogio de la escritura de Enrique, que este consideraba un tesoro inapreciable. Y aunque Enrique se burlara y se metiera con sus padres, y rechazara sus opiniones extremas tan pintorescamente expresadas, lo hacía con la idólatra burla de un adepto fanático. Enrique consideraba que el dinero era el gran mal del mundo, lo que lo convertía en el enemigo natural de sus valerosos y talentosos padres.

Así que Enrique era una inestable amalgama de duda y arrogancia en el momento en que, sudando debajo de su jersey, era examinado de nuevo por el dispéptico portero. Cuando llegó al

4D, esta vez quedó muy turbado, pues fue recibido por un varón de cara angulosa, guapo, con barba y seguro de sí mismo que le preguntó «¿Quién eres?» mientras abría la puerta de par en par y le mostraba a Margaret y a Lily hablando con otro varón desconocido de voz sonora y aplomada. Mientras él iba a comprar el vino habían llegado dos pavos reales. No identificó sus plumas de colores, pero estaba seguro de que en ambos plumajes abundaba el verde de los jóvenes con fondos fiduciarios. El doloroso espasmo de artista fracasado, angustiado y próximo a la indigencia que sintió en su interior quedó, sin embargo, completamente oculto por una sonrisa serena y una mirada firme al responder «Soy Enrique Sabas», declaración de identidad que, confiaba, no precisaría de más explicaciones acerca de quién era ni de a qué se dedicaba.

—Ah sí, sé quién eres —admitió el joven moreno y maleducado cuando cerró la puerta detrás de Enrique, confirmando que era un rival—. Eres el niño prodigio que tanto le toca los huevos a Bernard, ¿no? ¿No publicaste un libro cuando tenías doce años o algo así?

Enrique llevaba cinco años siendo un niño prodigio. Al principio había esperado que el mundo le aplaudiera sin reservas. Aquella ilusión se había apagado deprisa y sin remedio. Posteriormente lo habían zarandeado las pullas, el resentimiento y la hostilidad sin paliativos con que se había encontrado. Esa respuesta tan beligerante no lo había ayudado mucho, considerando que su meta en la vida era ser admirado universalmente y amado incondicionalmente. En la desesperada carrera por alcanzar esa meta, supo al instante que tenía que levantar sus escudos y desenfundar la espada que llevaba bajo la capa, y al mismo tiempo procurar replegarse y evitar la batalla. No era cobardía, sino un gesto humanitario. No consideraba que un apuesto pavo real como ese, con su barbita recortada y su voz de guerrero, fuera rival para ninguno de sus arrebatos de cólera.

—Ahora no soy más que un ex niño prodigio —añadió Enrique mientras le entregaba su bolsa de vinilo de University Wine and Spirits a Margaret, cuyas mejillas pecosas estaban sonrojadas con dos nítidos círculos rojos y que removía una gran cacerola de aluminio llena hasta los bordes de una salsa roja que hervía lentamente. Margaret se volvió hacia él esgrimiendo sus ojos azules y una cuchara de madera, con la sonrisa más alegre y los dientes más separados que había visto en una mujer adulta. Agotado, empapado de sudor y cauto, Enrique absorbió al instante su dichosa energía. El atribulado mundo exterior, y con él sus irritantes competidores, pareció desaparecer. Enrique se descubrió hablándole con una seguridad en sí mismo que un momento atrás estaba fuera de su alcance.

—No sé nada de vinos, pero he comprado este en honor a tu nombre.

Ejecutó ese coqueteo defensivo con habilidad. Aunque cuando la radiante sonrisa de Margaret se disipó y dio paso a un ceño, su espada cayó al suelo.

—¿Qué? —dijo ella con un irritado tono de confusión. Con la misma avidez con que había bebido la confianza de Margaret, paladeó su consternación y perdió el valor para explicar su romántico juego de palabras.

El guerrero de pulcra barbita interceptó el paquete y sacó uno de los Margaux por el cuello. Leyó la etiqueta con el aire de un detective de homicidios.

—Ah, Margaux. —Miró a Enrique—. Muy divertido —comentó—. ¿Lo pillas? —Asintió con la cabeza en dirección a Margaret. No le tendió la mano a Enrique, pues tenía las dos ocupadas con la compra de este, pero dijo—: Yo soy Phil. —Levantó la mirada hacia el techo con un aire pensativo y anunció—: Espera un momento. ¿Margaux significa realmente Margaret en francés? —Enrique se fijó en que ese tigre barbado y de pelo oscuro, de cara escuálida y mandíbula alargada, tenía los ojos azules. Nada que ver con los inmensos rayos violeta de Margaux la anfitriona; los ojos del guerrero eran pálidos, casi carentes de color, y se estrechaban en un gesto de permanente escepticismo—. Eh, Sam —exclamó Phil en dirección a la mesa, donde estaba sentado otro ejemplar de esa especie de macho seguro de sí mismo. Sam estaba ocupado haciendo reír a Lily. El alegre gorjeo de esta hizo que Enrique pusiera una mueca de celos, aunque no fuera esa la presa que él acechaba. Consternado, observó cómo su botella de Margaux era esgrimida en el aire por Phil como si fuera una prueba en un juicio por asesinato. Si había algo estúpido o embarazoso en esa compra, pronto saldría a la luz—. Tú hablas bien francés. ¿Margaux es Margaret en francés? ¿No es Marguerite?

—Marguerite es Margaret en francés —contestó Sam. Lo dijo de manera mecánica, aburrida incluso, dando a entender que se trataba de una pregunta indigna de él. Tenía una mata de pelo ensortijado en la coronilla, pero carecía de mentón. Era alto, quizá más alto que Enrique, pero era imposible determinarlo porque estaba recostado en una silla plegable metálica de color gris que había apartado de la mesa de cristal y apoyado contra el alféizar de la ventana para tener una visión completa del apartamento. Estiraba sus largas piernas junto a Lily, que apenas medía un metro cincuenta y que estaba sentada en perpendicular a él, en una silla ya colocada para comer. En tan extraña disposición, los pies extraordinariamente grandes de Sam, encerrados en unas botas de trabajo de al menos un cuarenta y siete, quedaban directamente dentro de la línea de visión de Lily, como si quisiera exhibir su longitud y anchura para que ella las admirara o posiblemente las consumiera. Incluso en alguien tan alto, parecían los pies de un payaso, y junto con su tupida cabeza y su mandíbula hundida le daban un aspecto bobalicón que, al igual que el de los payasos, intimidaba un poco.

Phil le lanzó una torva mirada a Enrique y le devolvió la botella con desdén.

—Eso no significa Margaret.

—Pues entonces, ¿qué significa Margaux? —le preguntó Lily

a Sam, con la mirada clavada en sus grandes pies—. Si la traducción no es Margaret, ¿qué puede significar?... quiero decir ¿cómo se traduce?... ¡Dios mío, ya no sé hablar inglés! —Levantó su copa de vino—. Abre esa botella de como demonios se llame.

—Margaux —dijo el bobalicón de Sam con solemnidad de catedrático— es Margaux. No se traduce. Es la cosa en sí —concluyó Sam haciendo una floritura con su largo brazo de dedos ahusados.

—¡La cosa en sí! —exclamó el guerrero de ojos pálidos—. Sartre —añadió, pronunciando el nombre del filósofo en un francés perfecto. Se quedó mirando a Enrique, que aún estaba embutido en su chaqueta militar y agarraba ese vino tan embarazosamente polémico.

Enrique ardía de vergüenza y resentimiento ante la manera con que ese apuesto joven había destrozado su intento de complacer al objeto de su deseo. Enrique le ofreció la botella a Margaret, que reaccionó a toda esa chacota como si acabara de despertarse y no estuviera segura de quién ni qué era Enrique. Sujetaba la bolsa con la segunda botella de Margaux y no hizo movimiento alguno hacia la botella que le ofrecía Enrique.

—No lo sé —contestó Enrique dirigiéndose más a ella que a Phil—. Procedo de una larga estirpe campesina. A mí el vino suele llegarme en odres, y pronuncio «Sart», «Sar-ta».

Margaret emitió una de sus carcajadas truncadas, despertando de su ensueño con un respingo.

—Como Van Gogh —dijo, pronunciándolo «Van Go»—. No soporto a la gente que lo llama «Van Gooog-g-g» —dijo, exagerando la correcta pronunciación gutural holandesa—. Sé que se dice así, pero suena desagradable, y de todos modos... ¿qué más da?

—Ya, ¿qué más da que seas un ignorante? —Phil hizo caso omiso de su propio comentario, sin que Enrique tuviera muy claro si lo había dicho realmente como un desaire. Después de todo, era un insulto dirigido a él y a Margaret. Esperaba que

Phil pretendiera rebajar a Margaret. Junto con la convicción de que a ninguna mujer podía gustarle un tacaño, creía que una actitud masculina altanera e insultante repugnaba de igual modo al sexo de Margaret: en pocas palabras, era un cándido.

—A lo mejor por eso Van Gooog-g-g se suicidó —dijo Enrique, y por tercera vez le ofreció a Margaret esa botella de vino tan analizada—. No soportaba el sonido de su propio nombre.

Fue Lily quien rió, más fuerte de lo que se había reído ante las botas del payaso, observó Enrique con satisfacción. Phil, el campeón del desdén, le asintió para señalarle que se había anotado un tanto. Margaret se hallaba en una de esas pausas que parecían sobrevenirle, como si en algún lugar detrás de aquellos ojos azules se hubiera paralizado toda actividad para llevar a cabo un examen minucioso.

—Eso sí que es gracioso —declaró por fin sin que ni su expresión ni su tono denotaran gracia alguna. Habría sido un reconocimiento muy poco satisfactorio del ingenio de Enrique de no ser porque, por fin, aceptó los regalos de sus manos. Le echó un vistazo a la etiqueta y regresó a su cocinilla empotrada.

Sam enunció el origen de su propia cita:

—«La cosa en sí.» Es un poema de Wallace Stevens.

—¡Sí que lo es! —exclamó Lily como si fuera algo extraordinario—. ¿Qué poema es? —preguntó.

—Wallace Stevens. Ese hijoputa —dijo Phil en tono de repugnancia. Reanudó la perorata que había quedado interrumpida por la aparición de Enrique, declamando con una sonora voz de tenor impregnada de aplomo—. De todos modos, este vino de excelente cosecha es otra prueba de lo que digo. Todos estamos destinados a ser buenos burgueses. Fíjate en esa lista. —Phil señaló un boletín informativo doblado cuyo encabezamiento era *Cornellians at Three*—. Todo el mundo o es abogado o va camino de serlo... o, Dios mío, mucho peor, médico...

—Espera un momento —protestó Lily saltando de su silla,

abandonando al payaso y sus zapatos y uniéndose a Enrique, que se sintió aliviado al ver que ella le discutía a Phil.

Phil no esperó a oír sus objeciones.

—Incluso tenemos dos másteres en administración de empresas. Dios mío. Qué pesadilla. Másteres...

—¿Qué tiene de malo ser médico? —protestó Lily—. ¿No quieres quitarte la chaqueta? —le preguntó a Enrique sin hacer una pausa para el inciso.

Enrique se quitó la chaqueta y exhibió su jersey enorme, blanco y tejido a mano. No se dio cuenta de que el bulto que hacía (por no hablar del olor a animal ahogado que emitía) fue la razón por la que Margaret y Lily le lanzaron una segunda mirada a él y a esa especie de tienda de campaña que lo acompañaba. Pero algo intuyó, pues pasó a alisar el globo que formaba la cintura de su jersey, para que no pensaran que era su barriga.

Por suerte, la atención de ambas regresó al carismático Phil.

—Sí, sí, sí, Lily, todos sabemos lo de tu papi, el doctor de pueblo —dijo entrando en la cocina y apoderándose de nuevo de los Margaux. En aquel cuartucho tan estrecho, inevitablemente se rozó con Margaret, y lo hizo sin el menor vestigio de la timidez que ese contacto habría provocado en Enrique. Phil apoyó la cadera directamente en la de ella mientras abría un cajón y hurgaba entre los cubiertos que había dentro.

—¿Donde tienes el sacacorchos? Quiero abrir esto. Necesito una copa.

—Ya te he servido una copa —dijo Margaret con una maliciosa sonrisa.

—Así que ahora soy un borracho. Mejor eso que darle al ácido. —Le dio un golpecito juguetón—. Muévete. ¿Está en este cajón?

—¡Yo te lo daré! —le soltó Margaret, aunque rió encantada. A ojos de Enrique, su manera de comportarse era tan descorazonadoramente afectada como la de Robert Redford y Jane Fonda en *Descalzos por el parque*, una comedia de Neil Simon vergonzosamente desatinada y sexista que había visto varias veces en la sesión nocturna del WPIX con placer culpable. Solo que —si eso era posible— Phil parecía, como protagonista romántico de pelo oscuro, más seguro de sí mismo que la estrella de cine rubia más guapa de los Estados Unidos. Y mientras observaba esa muestra de intimidad —ella le ofreció el sacacorchos y lo agarró con fuerza juguetona cuando Phil intentó cogerlo—, en la mente de Enrique penetró la sombría sospecha de que ese descarado y desdeñoso joven ya había conseguido quitarle el delantal a esa jovial cocinera. Y peor que ese pensamiento de violación fue la más funesta preocupación: ¿salían juntos? ¿Había malinterpretado toda la situación? Esa Cena de Huérfanos, ¿la ofrecía una mujer que ya tenía una vida hecha y que organizaba esa velada como simple muestra de su compasión, un acto benéfico para almas perdidas como él, hombres sin una mujer que los amara? Después de todo, Bernard nunca había dicho que Margaret estuviera sola; de hecho, había dado la impresión de que todos los hombres de Cornell la deseaban. La había calificado de persona muy selectiva, pero eso no era garantía de que los hubiera rechazado a todos, y tampoco de que ella, Dios no lo quisiera, fuera virgen. Enrique siempre había supuesto que esa actitud sexualmente distante que tanto proclamaba Bernard era una admisión encubierta de que ella había rechazado al único hombre de Cornell que le importaba a Bernard, a saber, el propio Bernard.

Tan pesimista sospecha tampoco quedó aliviada por el gesto amistoso de Pies de Payaso. Se levantó ruidosamente y dijo:

—Soy Sam Ackerman —con una sonrisa sin mentón—. Tú eres Enrique Sabas, lo sé. Bernard ha presumido mucho de ti. —Enrique no mostró ninguna sorpresa, tan solo asintió, porque, a pesar del aire simpático de Sam, había algo condescendiente en su actitud, subrayado por el hecho de que este lo miraba desde su mayor altura (uno ochenta y tres). Ese fue el golpe definitivo a la frágil vanidad de Enrique: ni siquiera era el pavo real más alto de la sala.

Enrique cayó en un silencio resentido y mohíno agudizado por el persistente monólogo de Phil, que no daba tregua, ni durante ni después de la llegada de los tres invitados que faltaban. Dos eran hombres: uno bajo, rechoncho y agradable, aunque mantenía un prudente silencio; y el otro, un tipo desenvuelto, tan enjuto como Enrique, aunque no tan alto, que vestía al estilo de Bernard, con unas ropas totalmente negras con lamparones. Ninguno de esos especímenes masculinos parecía dispuesto a competir, ni estaba a la altura de competir, con el monologuista. El tercer invitado en llegar, Pam, era una mujer muy delgada y menuda de piel aceitunada y un pelo castaño sin lustre, con lo que los huérfanos quedaban en un desequilibrio de tres mujeres por cinco hombres; pero a aquella dócil muchacha apenas se la podía considerar una auténtica contendiente femenina, si se la comparaba con la atrevida Margaret y la vivaz Lily. Pam era tímida casi hasta la paranoia: ejecutaba unos míseros movimientos con los labios, sin llegar a abrirlos del todo en lo que parecía intentar ser una sonrisa, mientras sus ojos pequeños y nerviosos inspeccionaban su periferia por si la atacaban por un flanco. La situación parecía venirle grande, pues estaba sentada en un rincón del sofá, agarrando su copa de vino con las dos manos como si la protegiera de los carteristas.

El terror de Pam no sirvió para sacar a Enrique de su guarida. Mientras Margaret untaba un poco de Brie sobre unas galletitas saladas petrificadas para acompañar las botellas de Margaux que menguaban rápidamente, él se sumió en una pasividad que encontró detestable. A sus ojos, su plumaje era el menos impresionante de entre la concurrencia masculina. Se regodeó en una gris amargura causada por el regalo que le había hecho a Margaret, regalo que ahora le parecía estúpido. Como si su madre se hubiera apoderado repentinamente de su cerebro, calculó que a ese ritmo consumirían vino por valor de dieciocho dólares en cosa de diez minutos. La mezcla de velocidad y derroche parecía inadmisible e insultante al mismo tiempo.

Por fin apareció Margaret con un enorme cuenco de color blanco y proclamó:

—¡Aquí está! Mi tradicional cena navideña de linguine y gambas en salsa marinera. —Si Enrique imaginó que el desplazamiento en masa hacia la mesa de cristal que estaba junto a las ventanas frenaría la invectiva de Phil contra la deriva burguesa de la promoción de Cornell del 72, estaba muy equivocado. Porque Lily se sentó justo delante de Phil, con lo que este renovó su queja anterior contra los médicos.

—El hecho de que el padre de Lily sea el último médico rural bueno no es razón para creer que todos esos capullos de la Facultad de Medicina estudien nada que no sea satisfacer su deseo de ser ricos —afirmó Phil mientras se sentaban a la mesa—. Ser ricos y jugar al golf; Dios los asista. Ese es su castigo. Tener que jugar al golf durante el resto de sus miserables y codiciosas vidas.

A pesar del tono de desdén e indignación de Phil, aquello parecía puro teatro. Medio numerito de club de la comedia, medio exhibición de grandilocuencia expresiva por parte de un alumno de matrícula, fluía sin esfuerzo, y dejó a Enrique sin nada que decir, pues era el tipo de fanfarrona diatriba izquierdista pronunciada con el ingenio suficiente como para que fuese graciosa (aunque mucho menos de lo que conseguiría Enrique, le gustaba creer) que el propio Enrique en ocasiones peroraba.

A lo mejor esto se le da mejor que a mí, concluyó Enrique, y por eso le odio. Se retrajo aún más de esa habitación, de esos jóvenes desconocidos y, sobre todo, de aquella chef de ojos de terciopelo sentada a la cabecera de la mesa, delante de él. Al elegir una silla lo más lejos posible de Margaret, reconocía su ánimo taciturno y su inclinación a dejar de irle detrás, convencido de que pertenecía a Phil. No se daba cuenta del simbolismo implícito de haber elegido un asiento al otro extremo de la mesa delante de Margaret. A Phil, sin embargo, no se le escapó su pretensión de reclamar un papel especial. Cuando Margaret intentó rebatirlo, él la interrumpió:

—¿Esta noche los dos sois papá y mamá? ¿Tengo que pedirte las llaves del coche? —le gritó a Enrique.

—Si solo tienes el carné provisional, ni lo sueñes —respondió Enrique sin esfuerzo, aunque llevaba media hora callado y le avergonzaba haber adoptado mentalmente esa actitud de abnegación—. Cuando tengas el definitivo, hablaremos.

Pam pareció encontrarlo muy gracioso. Exhibió una sonrisa que había ocultado hasta ese momento y se volvió hacia él (estaba sentada a su izquierda) arqueando su esquelético torso. Habló con una voz que le sorprendió por su ronquera sexy:

—No le dejes. Es demasiado joven para conducir.

—Ya lo creo que es demasiado joven —coincidió Enrique. Sabía que ella estaba coqueteando con él. Enrique era tan joven y temía tanto a las mujeres en general, que su típica reacción cuando una mujer que no le llamaba la atención se interesaba por él era tratarla como si le hubiera ofendido. Lo cierto es que no sabía qué hacer con ese interés. En una ocasión cometió el error de responder a esa amabilidad con seducción y la mujer se lo llevó a la cama, donde fue incapaz de hacer nada. De ese modo, además de estúpido se sintió avergonzado; lo que solo le acobardó aún más a la hora de comportarse como cualquier joven normal: es decir, follarse a chicas que ni le gustaban ni le atraían si no se presentaba nada mejor. Incluso cuando era un adolescente marxista de pelo largo que fumaba yerba, disfrutaba al ver cómo James Bond desnudaba a mujeres que no le gustaban especialmente y que a veces intentaban matarlo. A Enrique le decepcionaba, por el contrario, su necesidad de sentir amor, o algo muy parecido, incluso al ligar. El no tener un corazón más insensible, un corazón que no interfiriera con el funcionamiento de su pene, le hacía sentir menos viril. De manera que, paradójicamente, el interés de Pam le hizo sentirse aún más un caso desesperado.

Sin embargo, no quería que una mujer a la que compadecía (y compadecía a cualquier mujer a la que no considerara atractiva) se sintiera rechazada. Consiguió poner una débil sonrisa.

—La verdad es que soy yo el que no tiene carnet de conducir.
—Bajó la mirada e inspeccionó el delgado cuerpo de chico que había debajo de su blusa blanca de campesina. Los tres botones superiores estaban desabrochados, y en lugar del abultamiento de una almohada vio la protuberancia de un esternón. Eso acabó de convencerlo de que si intentaba plantar su bandera en aquella escuálida superficie, no ondearía.

—¿No sabes conducir? —La voz de Pam, atónita, subió lo suficiente de volumen como para atraer unas cuantas miradas.

—Sí que sé conducir —dijo Enrique—. Al menos lo bastante para destrozar un coche. Pero no tengo carnet.

—¡Es increíble! —exclamó Pam encantada, como si hubiera anunciado una habilidad y no la ausencia de esta.

—Bueno, hay muchas cosas que no tengo. No tengo ningún diploma de secundaria porque abandoné en el décimo curso. Evidentemente, no tengo título universitario. No tengo tarjeta de crédito. Y podría seguir enumerando cosas que no tengo. En cambio, la lista de cosas que tengo es corta.

Naturalmente había lanzado un señuelo, uno que nunca fallaba, y al instante Pam movía la cabeza mientras decía:

—Uau. Eso es increíble. Es fabuloso.

Y mientras engullían la pasta y las gambas, Enrique relató la historia de su virulenta rebelión contra la escuela secundaria y sus padres, de la publicación de su primera novela y de su relación de tres años y pico con Sylvie, que para las mujeres, él lo sabía, significaba dos cosas: que a pesar de su edad tenía experiencia, y que no le daba miedo comprometerse. Tras el informe, escuchó por encima los antecedentes de Pam y no oyó nada que le interesara. Tampoco es que dejara traslucir el aburrimiento que le provocaba la educación burguesa de Pam, el carácter controlador de su padre, el que su hermano estuviera a favor de la guerra de Vietnam, el temperamento dócil de su madre y su deseo de ser una bailarina de danza moderna en lugar de maestra, el trabajo que había aceptado tras licenciarse en la Universidad de Columbia.

Su conversación se hizo privada, aislada del implacable ataque de Phil contra los valores burgueses, tema de la discusión que ahora mantenían él y Margaret y Lily. La historia de la vida de Pam era lo bastante banal como para permitirle a Enrique escuchar la conversación principal sin perder el hilo de su relato. Oyó cómo Margaret le plantaba cara a Phil.

—Naturalmente que casi todos los médicos, y puede que incluso todos, quieren ganar dinero. Eso no es tan terrible. Pero a algunos, como Brad Corwin, les interesa la gente. Está en ese programa de la zona rural de Virginia, ¿verdad, Lily?

La atención que Enrique le prestaba a Pam desapareció cuando Lily insistió en que incluso los abogados hacían cosas buenas.

—Como tú, Phil. *J'accuse!* —dijo Lily acompañándose de un ademán: levantó la mano en ese gesto de barrido que se le estaba haciendo familiar a Enrique—. Tú mismo eres abogado de oficio. Defiendes a los pobres por mucho menos de lo que ganarías defendiendo a los ricos.

Atónito, Enrique interrumpió a Pam para preguntarle:

—¿Es abogado de oficio?

—¿Qué? —dijo Pam. Le había estado explicando que el principal problema de la enseñanza no eran los estudiantes revoltosos, ni la escasez de material, ni la superpoblación de las aulas, sino el tiempo que pasaba pastoreando a los niños.

—¿Phil es abogado de oficio? —susurró Enrique por encima de Pam en dirección al hombre escuálido vestido de negro que no era Bernard. El hombre escuálido asintió. Enrique le dijo a Pam—: Lo siento. Pastorear... eso es divertido. Tienes razón, eso es todo lo que recuerdo del primer curso. Formar en fila. Y yo siempre el último.

Hasta ese momento, un rincón de la mente de Enrique se había consolado con el pensamiento de que, aunque Phil pudiera correr por el carril interior, o por todos los carriles de Margaret, él era capaz de lidiar con ese bobo izquierdista. Sí, Phil era más apuesto que Enrique, y más seguro de sí mismo. Probablemente ya había conquistado a Margaret, pero él estaba seguro de dedicarse a una labor más noble. Y ahora sabía que no era así. Lo de Phil no era una pose, ayudaba de verdad a los oprimidos. De hecho, Phil era alguien a quien Enrique se sentía impulsado a admirar tanto como a su hermanastro Leo, que antaño fuera el líder del comité directivo de los Estudiantes por una Sociedad Democrática que encabezó la revuelta de la Universidad de Columbia, y que ahora se dedicaba a apoyar a los Panteras Negras en sus diversos juicios. El peso de esa revelación aplastó a Enrique más que la familiaridad de Phil con las nalgas de Margaret en la cocina. Sencillamente, Phil era el mejor.

No obstante, la derrota, la derrota definitiva y sin paliativos en una trivialidad como el amor, no suponía ningún desastre para el joven Enrique. No fue nada comparado con la vergüenza de una segunda novela que recibió menos reseñas y vendió menos de la mitad que la primera. Sí, la jovial muchacha de muslos perfectos y ojos risueños era un trofeo. Pero no el más importante.

Todo había quedado claro. Su angustiada cabeza recuperó la consoladora omnisciencia de un narrador en tercera persona. El auténtico objetivo de la Cena de Huérfanos de Margaret pareció salir de la niebla y asomar como un faro solitario: quería que ligara con la simpática y aburrida Pam. Dejó de sudar bajo la tienda de campaña de su suéter de lana. El algodón de su camisa blanca de Brooks Brothers se le despegó de la piel y comenzó a secarse. Su respiración se volvió más profunda y relajada. Se le aflojaron las piernas y la espalda, que hasta ahora había mantenido en posición de alerta en esa jungla de machos temiendo un ataque mientras planeaba el suyo. Se dio cuenta de cuál era su lugar y su camino. Le prestó atención a la parlanchina Pam moviendo los hombros para quedar lo más de cara a ella posible, apartando de sus ojos castaños —que Sylvie, en un momento ardiente, había denominado ojos de gamo— a Margaret y a sus guerreros. Solo apartó la mirada de Pam en una ocasión, para coger su copa de vino y apurar la última gota de Margaux, y se dio cuenta de que Margaret los miraba a él y a Pam con la satisfacción —supuso— de haber llevado a buen término su plan.

Devolvió su atención a Pam con el triste pensamiento de que su anfitriona tenía razón. Ese era el tipo de chica anodina e inofensiva que merecía. Los verdaderos hombres de acción y buenas obras, como Phil, merecían lo que a él le quedaba tan lejos, en la otra punta de la mesa, mucho más lejos que los meros dos metros: esa reluciente piel blanca y su adorable salpicadura de pecas, aquella boca que reía, de voz desenvuelta, aquellos ojos azules danzarines, y los tejanos también azules que llenaba con tanto atractivo. Y la verdad es que tampoco suponía ninguna tragedia. No afectaría mucho a su vida, a su verdadera vida —la conquista de la literatura— el que esa fuera la última velada que pasaba con Margaret.

8. La tierra del adiós

Margaret no fue la primera en preguntar dónde iban a enterrarla, ni en sacar a relucir el tema de qué tipo de funeral tendría. Fueron sus padres, poco después de dejar de protestar contra la decisión de su hija de interrumpir todos los tratamientos.

Llegaron al Sloan-Kettering para exponer sus argumentos la mañana después de que Margaret anunciara que quería morir. Como habían demorado su salida hasta la mañana siguiente para determinar qué cuidados debía recibir en casa, esperaban convencerla de que se quedara y volviera a recurrir a medidas desesperadas. Sus argumentos quedaron ahogados por el diluvio de lágrimas de Margaret, por sus súplicas de que no discutieran con ella. Les recitó todos los tratamientos médicos que había soportado en su intento de prolongar la vida, e ilustró la miseria de su existencia actual, debilitada y sin alegría, levantando su camisón azul pastel y blanco del hospital para revelar el agujero que había en su barriga y de donde salía un tubo grueso y transparente de unos tres centímetros y medio de diámetro, y una segunda herida donde se insertaba otro tubo en el intestino delgado. Fue un acto de cruel falta de pudor que anteriormente les había ahorrado a sus padres. Dorothy y Leonard no habían presenciado la evolución física de su larga enfermedad. Como Margaret había insistido en que se quedaran en su residencia de invierno en Florida durante la convalecencia de la operación y la fase más dura de la quimioterapia, no tenían ninguna imagen gráfica de su lucha. Enrique —no por sadismo, sino a fin de prepararlos para el impacto de lo que verían— les había mandado e-mails durante nueve meses describiéndoles los tratamientos. No obstante, el hecho de ver la carne desnuda y maltrecha de su hija, aunque fuera una mujer de cincuenta y tres años, surtió efecto.

A pesar de que Margaret volvió a cubrirse rápidamente, Enrique sintió lástima por el dolor que asomó en las mejillas hundidas del padre y el horror en la cara paralizada de la madre, que mantuvo la cabeza alta e inmóvil. Aparecieron lágrimas en los ojos azules de ambos. Los dos habían contribuido a la brillante suma de su hija: Dorothy compartía la forma redondeada de los ojos de Margaret, aunque eran de color más claro; el tono violeta más intenso de los ojos de Margaret asomaba debajo de los párpados conmovidos de Leonard. Como no podía comer nada, Margaret por fin tenía una figura más delgada que la enjuta silueta de corredora de su madre. El cáncer también había estrechado ese rostro redondo que Margaret le debía a su padre, y le había arrebatado el pelo tupido y rizado que él aún conservaba. Como siempre, iban bien vestidos, con un toque formal en comparación con casi todos los visitantes del hospital. Dorothy llevaba una falda de lana gris y un ajustado jersey de cachemira negro, y Leonard, unos pantalones beis, una camisa blanca y fina con las puntas del cuello abrochadas, y un *blazer* azul: pulcros y tan atentos como unos escolares a los que acabaran de reñir. Mientras su hija proseguía con sus lamentaciones, los dos escuchaban con una muda angustia, un temblor en el mentón, los ojos húmedos, el pecho paralizado, como si no les entrara aire. Hacían un gran esfuerzo por no llorar, quizá creyendo que sus lágrimas harían que Margaret se sintiera peor, aunque la verdad es que habrían hecho que se sintiera amada.

Enrique escrutó sus caras para ver si eso se les había ocurrido. Al encontrar solo desesperación y miedo, se preguntó si, por primera vez en su relación de treinta y un años con Dorothy y Leonard, se atrevería a hablarles con absoluta franqueza de cómo debían tratarla. Margaret no quería que discutieran su decisión, ni que mantuvieran esa actitud para mostrar su dolor. Lo que deseaba recibir de ellos era aceptación y admiración. Cuando Margaret acabó su monólogo, agotada, se escondió en el hueco del brazo de Enrique (le había pedido que se tendiera junto a ella cuando sus padres entraron); se asomaba de ese refugio como un animal precavido. A Enrique le correspondió estudiar a sus padres.

Aunque la mentalidad compleja y nada sentimental de Enrique a menudo encontraba un tanto infantiles las respuestas emocionales de Leonard y Dorothy, sabía también que eran muy inteligentes. Cuando les presentaron las abrumadoras pruebas de que no había ninguna lucha que librar, no repitieron sus tópicas y bienintencionadas súplicas para que su hija prosiguiera «la lucha». Se secaron los ojos —Leonard con un pañuelo que extrajo del bolsillo trasero de un pantalón, Dorothy con un pañuelo de papel que extrajo de una caja que había en la mesita— con un apagado silencio. Dorothy se acercó rígidamente a su hija y le dio un abrazo torpe y apresurado, temiendo perder la compostura que consideraba debía guardar. Estaban superados por la situación y no sabían cómo consolarla, pero amaban a su hija y eran demasiado inteligentes como para andarse con tonterías.

Enrique lo sintió muchísimo por ellos, y por primera vez, sin mezcla alguna de irritación ante su torpeza. Naturalmente, lo había sentido por ellos a menudo durante los dos años y ocho meses transcurridos desde que, confuso y aterrado, les telefoneó para comunicarles la dolorosa noticia. Pero que no pudieran ayudarlo a aliviar a Margaret y que su única ayuda fuera económica solía dejarle un regusto amargo. Y sin embargo, su dinero había sido una poderosa herramienta, más útil en el mundo de la enfermedad que en el de la vida cotidiana, y a su manera había aliviado tanto como el amor. Al menos no lo habían cargado con la tarea adicional de consolarlos, como había hecho su madre.

Enrique sabía que Dorothy y Leonard nunca le comprenderían del todo. Y él tampoco los comprendía del todo, o mejor dicho, no comprendía cómo, habiendo vivido tanto, aprendido tanto y visto tanto, seguían reaccionando a los sentimientos como si estos fueran algo que acabaran de comprar y no cupiera en la habitación a la que estaba destinado. Enrique había aceptado que él era un tipo extraño, y un tipo aún más extraño para personas tan reservadas, cautas y prácticas como Dorothy y Leonard. Se daba cuenta de que la devoción que le había demostrado a su hija durante su enfermedad los había pillado por sorpresa. Eso significaba que, para empezar, habían subestimado sus sentimientos hacia ella. A lo mejor siempre habían creído que para Enrique ese era un matrimonio más práctico que apasionado: Margaret se había criado en una familia estable y próspera, mientras que él procedía de un nido de neuróticos empobrecidos, divorciados e irresponsables; Margaret había dejado de trabajar para criar a sus hijos, pintando solo de vez en cuando, permitiéndole a Enrique acaparar la escena como el «artista» de la familia. Quizá supusieran que le costaría mucho anteponer su hija a todo lo demás. Quizá no hubieran comprendido que durante mucho tiempo él la había antepuesto a todo, que durante muchos años ella había sido el hogar de su corazón y el áncora de su mente, y que luchar por mantenerla con vida era esencial para conservar su propia alma. En ese silencio desesperanzado e incómodo, ellos, los adultos que amaban a Margaret más que nadie, tenían algo tan profundo en común con él que sintió por primera vez en su sangre, más que en las frases huecas de los brindis de la boda, que aquellas personas, antaño desconocidas, se habían convertido en su familia.

Pocos minutos después, ese nuevo vínculo le llevó a cometer

un error terrible y sin precedentes con Leonard. Cuando Margaret anunció que tenía que ir al baño, Dorothy, en un gesto poco característico, se ofreció a ayudarla a salir de la cama, lo que conllevaba mover las diversas bolsas del gotero, una tarea desagradable. Margaret, en un gesto también sin precedentes, aceptó. A Leonard lo mandaron al pasillo, presumiblemente para ahorrarle la visión de su hija en una vestimenta poco recatada. Enrique, obedeciendo una señal de Margaret, siguió a su padre, reconociendo que su esposa quería aceptar la excepcional oferta de su madre de hacerle de enfermera. Cada vez que Dorothy se había ofrecido para ayudar a su hija en las incomodidades de la convalecencia y los tratamientos, esta se había negado. Lo había hecho para ahorrarle a su madre la visión y el sonido de su dolor, y para ahorrarse a sí misma el esfuerzo de contrarrestar la agobiante necesidad de Dorothy de controlarlo todo.

—Tengo a Bombón. Él es todo lo que necesito —decía Margaret—. Y es capaz de soportarlo, pobrecillo, es fuerte como un toro. —Con lo que a la vez lo ennoblecía y lo compadecía.

Enrique siguió la espalda encorvada y el paso de tortuga de Leonard por la elegancia enmoquetada del piso diecinueve, y le divirtió darse cuenta de que por un momento se había visto transportado a los deberes masculinos de la generación anterior: se le había permitido salir y discutir las grandes cuestiones del mundo mientras las mujeres vaciaban bolsas de orina y cambiaban los camisones manchados. En cuanto ellas ya no pudieron oírles, Leonard se volvió hacia él trastabillando un poco y agarrando el antebrazo de Enrique para mantener el equilibrio. La firmeza de sus labios apenados y la intensa expresión de sus ojos conmovidos fueron la señal de que estaba a punto de sacar a colación una cuestión importante. Invariablemente, eso significaba algún asunto económico. Al instante Enrique temió que fuera algo relacionado con el apartamento de los padres de Margaret.

Dieciocho años atrás, cuando nació el segundo hijo de Margaret, ella y sus padres insistieron (sin una tenaz oposición por parte de Enrique) en que se trasladaran de su apartamento de dos habitaciones y novecientos dólares al mes, asequible y de renta limitada, a otro de tres habitaciones, para que su hijo de cuatro años y medio no añadiera al insulto de perder su condición de hijo único la ofensa de tener que compartir su espacio. Unos años antes, Leonard había vendido el negocio que había fundado y había ganado millones. Él y Dorothy les ofrecieron comprarles un apartamento que le gustaba a Margaret y que, al precio de ochocientos cincuenta mil dólares, quedaba fuera de las posibilidades de Enrique. De hecho, cuando Leonard le preguntó si podían permitirse mil ochocientos dólares al mes para cubrir el mantenimiento y Margaret dijo que sí, Enrique supo que la confianza de ella era desmedida, dadas las vicisitudes de su carrera. Margaret había conservado un trabajo estable y bien pagado de ochenta mil al año, pero no era suficiente como para cubrir todos sus gastos, y menos si estos doblaban los que venían pagando hasta el momento. Enrique se dijo que no estaba bien que vivieran en un piso propiedad de los padres de Margaret, que deberían meterse en una hipoteca, aunque con el aval de Dorothy y Leonard, pues de otro modo ningún banco se la concedería. Pero eso era orgullo, no sentido común; era imposible que pudieran pagar los gastos y un préstamo. Margaret rechazó el amago de Enrique hacia la independencia económica.

—Es mi herencia —dijo Margaret—. Solo que me llega un poco antes.

La madre de Margaret se hizo eco discretamente de esa idea de su generosidad diciendo que le parecía muy mal «que los ricos se aferren a su riqueza hasta que mueren. ¿Para qué? ¿Qué pretenden? ¿Que sus hijos deseen su muerte?». Soltó una carcajada, como si eso fuera el final de un chiste más que una intuición psicológica digna de un perverso Balzac. Esa visión de los acontecimientos pasaba por alto el hecho de que el dinero no se le entregaba a Margaret; el regalo era el usufructo de la propiedad, pero la propiedad en sí misma seguía en posesión de Dorothy y Leonard, y Enrique sabía por qué querían que fuera así.

Enrique había cumplido los treinta, llevaba siete años casado, y los prudentes, pragmáticos y cínicos Dorothy y Leonard debían de haberse dado cuenta de que su unión, a pesar del dichoso fruto de dos nietos, podía acabar en divorcio. En tal caso, sería mejor que el apartamento quedara fuera de cualquier disputa que pudiera dar como resultado una codiciosa acrimonia. Enrique aprobaba su cautela, porque como novelista admiraba el peso que daban Zola, Dickens y Balzac a tales consideraciones materialistas, poco románticas. Envidiaba a los escritores del siglo XIX por haber vivido una época que permitía que la literatura se entretuviera en esas preocupaciones. Desde ese punto de vista literario, más valía que los padres de Margaret no se fiaran de él. A un novelista larguirucho, sin un duro, ególatra y que trabajaba en Hollywood fácilmente podían hincharle la cabeza y el miembro los halagos y la lozana piel de alguna actriz ambiciosa o de alguna tortuosa ejecutiva, y acabar abandonando a su hija con dos niños. En caso de que el apartamento estuviera a nombre de Enrique y Margaret, él podía afirmar que no tenía por qué pagarle una pensión alimenticia tan alta. Solo Dios sabía qué maniobras se le podían ocurrir a un abogado de divorcios.

Dorothy y Leonard ignoraban que Enrique era incapaz de hacerle algo tan desagradable a la madre de sus herederos. El orgullo que sentía por sus hijos y el miedo a causarles ningún daño le impedirían obrar así. Que los padres de su mujer no entendieran de manera automática esa faceta de su naturaleza no hería sus sentimientos, aunque era un golpe a su ego. Y tampoco podían saber, ni ellos ni Margaret, que a los treinta Enrique ya había sobrevivido a una relación emocionalmente peligrosa. Se había vuelto loco de deseo. Había considerado largamente la idea de poner fin a su matrimonio a causa de esa relación. Y tomó la reflexiva decisión de rechazar la pasión y la acción, y fue la decisión más dolorosa de su vida. Lo único que sabía, en la medida en que uno es capaz de conocer el futuro, era que su matrimonio no acabaría de ese modo.

Cuando los chicos tenían once y siete años y su padre treinta y ocho, Enrique alcanzó por fin el éxito económico. Adaptó su séptima novela para el cine y la rodó uno de los directores de más talento del mundo, lo que condujo a acuerdos más lucrativos y a que se produjeran cuatro películas más. A pesar del desmesurado aumento del precio de la vivienda en Nueva York, Enrique podía permitirse comprarles el apartamento a Dorothy y Leonard por los dos millones que valía, aunque la compra habría vaciado su cuenta corriente y añadido una considerable hipoteca. Le propuso a Margaret hacerles una oferta a sus padres. Ella aplicó la misma lógica:

—No, eso es mi herencia. No tiene nada que ver contigo, Bombón. Me lo regalaron a mí. Es su manera de hacer las cosas.

Hasta que Margaret no entró en fase terminal, nada de eso le importó gran cosa a Enrique, aunque era consciente de que vivir de inquilinos de sus padres «infantilizaba» a los adultos, por generosas que fueran las condiciones. En los ocho meses que siguieron a la segunda recaída de Margaret, sin embargo, Enrique cayó en la cuenta de que iba a convertirse en un viudo que vivía en el apartamento de los padres de su difunta esposa.

No sabía cómo salir de un acuerdo que había previsto todo tipo de finales infelices a su matrimonio, exceptuando el que estaba a punto de darse. No podía mudarse sin más. Max, el hijo menor, iría a la universidad en otoño, solo ocho semanas después de la muerte de su madre. Cada año pasaría cinco meses en casa. Había pasado toda la vida en el apartamento. Estaba a punto de perder a su madre. ¿Debía sacarlo Enrique del único hogar que había conocido?

Enrique podía ofrecerse a utilizar todos sus ahorros para comprar el apartamento, pero durante los tres años anteriores prácticamente no había trabajado debido a la enfermedad de Margaret, y acababa de cumplir los cincuenta, una edad en la que casi todos los guionistas comienzan a ver un rápido descenso en sus ingresos. Su carrera como novelista era bastante desigual, y no prometía riquezas. La esperada herencia de Margaret, ya fuera el apartamento o una suma de dinero, iría a parar directamente a sus hijos. Enrique sabía que, a pesar de lo que sintiera o les dijera, Leonard y Dorothy contemplaban que un viudo de cincuenta años volviera a casarse. Su prudente cinismo, por no mencionar los imperativos de la evolución, dictaban que el dinero de sus suegros le pasara de largo para ir a parar a sus descendientes. Enrique también quería que fuera así. Quería sentirse libre, caso de que volviera a enamorarse, para permitir que su nueva esposa fuera tan codiciosa como Margaret en su amor y deseara que cuidara de ella. Los derechos de sus libros y de los libros de sus padres, y la casa en Maine que Margaret y él habían comprado y construido juntos, los dejaría a sus hijos. Que tal herencia no valiera gran cosa en dólares compensaría la riqueza de sus abuelos maternos. La idea de colocar todo su dinero en un apartamento de tres habitaciones a fin de preservar una ilusión para Max preocupaba a Enrique. Esa presión económica, combinada con la calamidad de la muerte de Margaret, le pesaba como una enorme losa. ¿Sería capaz de llevar ese peso durante años? Esa era una pregunta en la que no pensó más que unos perplejos segundos, pues se basaba en la premisa de un hecho que, por inminente que fuera, seguía pareciendo irreal. La vida después de esas últimas dos semanas de existencia de Margaret no tenía forma ni sonido. En lugar de contemplar la posibilidad de quedarse sin casa o en la ruina, Enrique había dejado de pensar completamente en el futuro.

Enrique había pasado casi toda su vida previendo lo que iba a suceder: el pasado era algo que había que dejar atrás y el presente necesitaba mejorar lo más rápidamente posible. La enfermedad de Margaret le había demostrado que ese tipo de mentalidad era una pérdida de tiempo. Pero sabía que Dorothy y Leonard nunca aprenderían la lección: eran unas criaturas demasiado ansiosas que, a pesar de las pruebas en sentido contrario, seguían aferrándose a la creencia de que la prudencia y una concienzuda planificación podían prevenir cualquier calamidad.

En el pasillo, Leonard se agarró al brazo de Enrique para mantener el equilibrio.

—Escucha —dijo solemnemente—. Ahora que ella ha decidido abandonar... y lo aceptamos... yo lo acepto... al escucharla lo entiendo... pero ahora que eso va a ocurrir pronto, hemos de abordar algunos asuntos espinosos. Pero ahora es el momento de hablar. Y voy a insistirte en uno de ellos. Y mucho. —Al oír esa frase vagamente amenazadora, y temiendo el futuro sin su mujer, con dos hijos mayores fuera de casa, Enrique supuso que quería que compraran el apartamento o se marcharan.

Enrique lo interrumpió.

—Escucha, ya lo sé, Leonard. He de decidir lo del apartamento. No quiero irme hasta que Max haya acabado la universidad. Es el único hogar que ha conocido, y no quiero que pierda a su madre y su casa al mismo tiempo. —Le animó a continuar el hecho de que, aunque las cejas gruesas y onduladas de Leonard se habían contraído en un gesto de confusión, asentía lentamente de una manera que parecía comprensiva—. Puedo comprar el apartamento, pero eso significaría invertir en él todo lo que tengo, y me da un poco de miedo. Si me lo pudieras alquilar hasta que Max se licencie, luego me mudaré...

No prosiguió porque Leonard lo agarró del brazo y se lo sacudió de manera impaciente.

—¿De qué estás hablando? No te vas a ir. No vamos a venderte el apartamento. Eres nuestro hijo. ¿Qué te pasa? ¿Estás loco?

Por un momento, Enrique se quedó demasiado sorprendido para poder hablar. Solo un momento antes, él mismo había sentido una intimidad parecida con Leonard, pero no se le había ocurrido que pudiera ser recíproca. Eran distintos en muchos aspectos, y Leonard era totalmente distinto del padre de Enrique; parecía imposible que Leonard pudiera tenerle una confianza total que le hiciera olvidar su cautela y pragmatismo naturales. Y así fue como Enrique prosiguió su avance por ese mismo camino tan mal elegido:

—Bueno, es tu apartamento... yo no puedo seguir viviendo allí...

—¡Basta! —Leonard miró en dirección a la habitación del hospital, como si Dorothy pudiera ayudarlo a acallar a Enrique—. Me refería al funeral. Al funeral de Margaret —dijo en voz baja, cómplice y avergonzada, como si comentaran un tabú sexual—. Lo que quería decirte es que nosotros nos encargaremos de todo. Hay sitio en nuestra parcela familiar, y, a no ser que te opongas, queremos utilizar nuestro templo y a nuestro rabino. Se le dan muy bien estas cosas, y conoce a Margaret... —Se interrumpió bruscamente, miró a Enrique con los ojos de su hija, inundados de perplejidad—. ¿Por qué piensas en el apartamento? ¿Estás loco? No te entiendo —dijo, e hizo algo tan inesperado que Enrique nunca habría sido capaz de inventar un gesto así para un hombre tan reservado en sus emociones como Leonard. Tiró del brazo de Enrique para que este la acercara la cara y lo besó en la mejilla—. Eres nuestro hijo —repitió, y a continuación, acabando con dificultad la frase posterior—: No vuelvas a decir tonterías.

Enrique se sentía mortificado. Creía haberse adelantado al comprensible conservadurismo económico de Leonard y concebido una solución compasiva para todos los implicados. Pero había acabado insultando a ese anciano dolido cuyos ojos tristes se ahogaban en la inmensa marea de la muerte de su única hija; un hombre que había permanecido tan ajeno a la sensibilidad de Enrique que las cosas que le preocupaban —¿Quién presidiría el funeral de su hija? ¿Dónde la enterrarían?— ni se le habían pasado por la cabeza a Enrique.

Las familias Sabas y Cohen no podían ser más diferentes en ese aspecto. El ritual —religioso o de cualquier otro tipo— nunca había sido importante para los Sabas. De vez en cuando, en un arrebato de sentimentalismo, sus padres iban más allá de sus posibilidades y organizaban una gran reunión familiar que invariablemente acababa en riñas y resentimientos. Tan privados de tradición familiar estaban los Sabas que Margaret se había tenido que encargar del funeral del padre de Enrique. Tenía un don para esa tarea. Dichos acontecimientos no eran solo el centro de la vida familiar de su familia: eran el todo. Los Cohen se encontraban en las reuniones familiares que dictaba el calendario: la Pascua, los cumpleaños, el Día de la Madre, el Día del Padre, el Yom Kippur, el Día de Acción de Gracias... y basta. Mientras que el puñado de encuentros realmente felices de la familia Sabas eran casuales (gente que estaba en la misma ciudad en la misma noche de manera accidental y que no tenía nada más que hacer para cenar), en los veintinueve años que Enrique llevaba con Margaret, los Cohen nunca se habían reunido como no fuera para una ocasión señalada. A pesar de que durante seis meses al año los padres de Margaret vivían cerca, en Great Neck, a media hora en coche, solo quedaban con ellos dos veces al año, y siempre avisando al menos con un mes de antelación. En cuanto tuvieron hijos, Enrique hablaba con su padre cada día, y con su madre al menos dos veces por semana; Margaret podía pasarse un mes sin hablar con su madre, y muchísimo más sin hablar con Leonard. Y esos contactos se gestionaban con cuidado. Margaret iba dejando caer información a sus padres de la misma manera que la Casa Blanca le revela sus intenciones al pueblo estadounidense, omitiendo detalles inquietantes y la posibilidad del fracaso.

Para Enrique, el abismo entre la manera de funcionar de las dos familias era algo conocido y bien definido. Él se adaptó de inmediato, obedeciendo la orden de Margaret de esconderse siempre detrás de ella, pues no aprobaba que él tratara directamente con sus padres.

—Lo siento —dijo Enrique—. Siento de verdad haberte malinterpretado. —Enrique cerró los ojos y por un momento le flojearon las piernas y le pareció que los pies se le hundían en la moqueta. Abrió los ojos para evitar caerse y vio que Leonard lo miraba con una nueva expresión: un asombro infantil y un gesto de preocupación en la boca.

—Lo siento —dijo Enrique, respirando profundamente—. No sé qué decirte del funeral. No... —Estuvo a punto de decir «lo he comentado con Margaret», una salvedad que parecía, ahora que se paraba a pensarlo, natural y aterradora.

Leonard lo agarró de la muñeca y volvió a zarandearle todo el brazo.

—No tenemos por qué hablar de esto ahora. Olvídalo. Hablaremos más adelante.

Contárselo a Margaret fue automático. Era la ley de su matrimonio. Momentos después de que Dorothy y Leonard se marcharan, mientras él y Margaret esperaban la llegada del asistente social que les comentaría la logística de su traslado a casa, Margaret preguntó:

—¿De qué te ha hablado mi padre?

Su tono era suave y amable, pero conservaba el mando firme de un general a la espera de que su jefe de estado mayor le haga un informe completo.

Sin dilación, Enrique le contó la sugerencia de Leonard de que utilizaran el templo y el rabino de Great Neck, así como la parcela familiar de Jersey. Pero por primera vez en su matrimonio, omitió deliberadamente un detalle de la conversación con sus padres: su metedura de pata en el tema del apartamento. Creía que revelar que estaba pensando en un futuro sin ella heriría sus sentimientos. Había leído lo contrario en un artículo que trataba de cómo había que hablarle a un ser amado que se está muriendo. Lo había escrito una mujer de la edad de Margaret que estaba en la fase terminal de un cáncer de pecho e insistía en que prefería el consuelo de saber qué les ocurriría a sus hijos, a su esposo y a sus amigos cuando ella ya no estuviera. Le parecía que de ese modo podría celebrar y estimular los logros futuros de aquellos. O quizá buscaba el consuelo de saber que su muerte no les perjudicaría. Enrique no creía que a su mujer le gustara comentar un futuro que iba a perderse. Margaret era la segunda de tres hijos, celosa de la diversión de los demás. Y también necesitaba controlarlo todo, sobre todo a Enrique y a sus hijos. Obligar a Margaret a imaginarse a sus pequeños yendo a su aire, sin que ella estuviera presente para impedir que cometieran un error, la atormentaría.

En la medida de lo posible, Enrique procuraba que Margaret sintiera el consuelo de que su trabajo como madre ya había terminado y había sido un éxito. La tradición de los Cohen de abandonar la supervisión emocional de sus hijos cuando se iban a la universidad resultaba una ayuda. Leonard y Dorothy consideraban que, cuando un hijo estaba en la universidad, aparte de pagar la universidad y escuchar las noticias de sus triunfos, tan solo una emergencia debía exigir la intervención paterna. Greg, el hijo mayor, había rebasado ya con mucho la edad a la que los Cohen habían echado a los pequeños del nido, y Max, que estaba en el último curso del instituto, ya tenía un pie fuera. Aunque la intimidad que Margaret tenía con sus hijos era de un tipo totalmente diferente, también recurrió a la tradición de distanciamiento emocional hacia su hijo mayor en cuanto se puso enferma, y aún más después de la primera recaída.

—Duele demasiado —le dijo entrecortadamente a Enrique una noche—. No puedo ayudarlo, no tengo la energía suficiente —confesó, avergonzada de tener que entregarle el teléfono a su marido para que pudiera escuchar la queja de Greg acerca de su insatisfacción con la universidad en general y su convulso dolor por lo mal que lo trataba su novia. La irritación de Margaret por la escasa predisposición del joven Max al trabajo duro en las clases del instituto que lo aburrían alcanzó una insoportable frustración en cuanto se dio cuenta de que pronto ni siquiera tendría fuerzas para hacerlo entrar en vereda. Enrique seleccionó lo que le contaría a Margaret de los problemas de sus hijos; se centró en lo bien que progresaban hacia la madurez.

Enrique se alegró de esa censura al observar la irritación de Margaret al enterase de que sus padres perseveraban en el comportamiento que durante años había impedido que tuvieran una relación más estrecha con ella. A Margaret le desagradaba hacer planes. Enrique suponía que era su manera de rebelarse contra esa planificación del futuro en la que tanto insistían Dorothy y Leonard. Estaba convencido de que la incesante tabarra que Dorothy le prodigaba a Margaret — «¿Qué hace Greg este verano? ¿Va a buscarse un trabajo?», le preguntó en noviembre; o «Quiero que la semana de Navidad vengáis a Florida», le impuso, no le preguntó, en marzo— había empujado a su hija a un contra-comportamiento igualmente extremo. Siempre que preguntaba en noviembre qué iban a hacer por Navidad, o sugería que hicieran algo, Margaret le soltaba «No me lo preguntes ahora», como si lo programara con una desorbitada antelación.

Enrique se sintió dolido y resentido con Dorothy por la influencia que esta había tenido sobre su mujer hasta bastantes años después de haberse casado, cuando se dio cuenta de que si Margaret evitaba planificar no era para rebelarse contra su madre, sino porque las alegrías de lo accidental, la novedad y la improvisación la hacían realmente feliz. En tales ocasiones, cuando iban en coche y se «perdían», ya estaba encantada; cuando quedaba disponible una reserva de último minuto para ir a algún lugar emocionante e iban con muy poca anticipación, no presumía de que su plan de última hora hubiera funcionado, más bien estaba encantada de que todo fuera inesperado. La alegraba llegar a un destino al que la investigación no hubiera despojado de misterio, y que los placeres no perdieran su esplendor por previstos. Dorothy la planificadora y Margaret la improvisadora habían quedado sometidas a un juego de tira y afloja por su vínculo de sangre. Dorothy, al ser la madre, ganaba casi todas las batallas. Pero el precio de sus victorias era carecer de una relación estrecha con su hija.

En un contexto menos doloroso, Enrique habría apreciado la ironía de que los padres de Margaret, poco después de aceptar su decisión de morir, desearan encargarse del funeral y utilizar a su rabino, su templo de Great Neck y su parcela familiar. Era la batalla final perfecta entre la naturaleza aventurera y artística de Margaret y la necesidad de orden y seguridad de sus padres. Y él también se atenía a su papel de soldado obediente en la campaña de resistencia pasiva de Margaret contra el colonialismo de sus padres al revelarle a esta sus planes en lugar de enfrentarse él mismo con ellos. Nada más hacerlo, lamentó habérselo contado. Pero la triste verdad es que no sabía cómo preparar el funeral de Margaret sin su ayuda. Ella se estaba muriendo, pero él seguía siendo su acólito y contaba con que Margaret fuera el Mahatma Gandhi que los liberara pacíficamente de la opresión de dos judíos de ochenta y dos años de Great Neck.

Cuando la informó de lo que sugería su padre para el funeral, Margaret puso una mueca de desagrado. Enrique se sintió como un idiota.

—Oh, no —gimió ella en una sentida desesperación. Él se sintió cruel y estúpido.

—¡Olvídalo! —Él intentó borrar la conversación—. Ya pensaremos algo...

—¡No, no! —exclamó Margaret—. Quiero hablar de ello. No quiero que ese estúpido hombrecillo se encargue de mi funeral. Quiero que lo haga el rabino Jeff. —Margaret había acabado confiando en un excéntrico rabino de la rama budista-reformista que durante el Sabbath y las fiestas importantes presidía un templo erigido en 1885 en el Lower East Side, mientras que en los días no señalados ofrecía meditación oriental para pacientes de quimioterapia: un consuelo que Margaret había encontrado de tanto alivio como sus oraciones.

Enrique ya se lo había imaginado. Pero cuando le preguntó dónde quería que fuera el servicio y el entierro, ella dijo ceñuda: —No lo sé. Tengo que pensarlo. No quiero que me entierren en Jersey, en el quinto pino, donde ni los niños ni tú vendréis a verme nunca. Pero necesito pensar dónde. ¿Entendido? Necesito pensar.

Y, naturalmente, lo pensó. Lo elegía todo pensándolo meticulosamente, ya fuera qué clase de zapatos comprarse, si la noche era lo bastante agradable como para comer en la terraza de un restaurante, si una estúpida película americana sería más satisfactoria que una película francesa que le resultara totalmente ajena, si Enrique debía ponerse el *blazer* azul o un jersey de cachemira gris, si debían ver la nueva exposición del Met o echarse una siesta y luego ir de compras a Costco. Ese tipo de angustiosas decisiones a menudo les llevaban a no hacer otra cosa que quedarse leyendo un libro o chismorreando. Cosa que hacía feliz a Enrique, pues esas ocasiones en las que estaban solos y juntos le resultaban las más placenteras, y la única fiesta a la que siempre aceptaba asistir sin la menor ambigüedad era la que tenía a Margaret como único invitado. Su mujer no odiaba tanto hacer planes como tomar una decisión. Lo que le gustaba era contemplar alternativas. Y gustosamente posponía todas las decisiones hasta una fecha en el calendario que quedaba cada vez más lejos.

Pero su funeral no era ningún acontecimiento futuro. Ella había pedido un poco de tiempo para pensarlo, de manera que Enrique dejó pasar algunos días. Habían pasado catorce días desde su reunión con la doctora Ko para decidir cómo moriría. Trece días desde que Enrique comenzó con los esteroides intravenosos a fin de darle energía para una última semana de despedidas. Doce días desde que había terminado de concertar todas las citas para amigos y familiares. Solo doce días, un par más o menos, y todavía no había respondido a la pregunta que, sabía, sus padres volverían a hacerle mañana, en voz baja pero insistente. Dorothy y Leonard llegarían con los dos hermanos de Margaret y las esposas de estos para despedirse, la primera reunión multitudinaria de los Cohen en una fecha que no era ninguna fiesta nacional ni religiosa. Su madre le había preguntado dos veces por teléfono si habían decidido algo para el funeral. Él le había dado largas, y entonces Dorothy se había puesto a especular en voz alta, como si hablara con una tercera persona, cómo iba a saber Enrique qué hacer si nunca había organizado ninguno, dando a entender que necesitaba su intervención. Dentro de veinticuatro horas su posición sería insostenible, y sin embargo ella todavía no le había dicho a su lugarteniente qué plan alternativo podía presentarle a Dorothy y Leonard.

La respuesta de Margaret llegó diecisiete horas antes del final, mientras Enrique subía las escaleras hasta su dormitorio con el café que se había comprado en Dean & Deluca, una dosis de cafeína que anhelaba.

—Bombón —lo llamó Margaret al oír sus pisadas, como llevaba haciendo desde que se mudaron a ese piso tras el nacimiento de Max. Él no respondió enseguida, paralizado por el consuelo de su recibimiento—. ¿Eres tú? —Tenía la voz ronca por las lágrimas de la quimioterapia, y el momentáneo silencio de Enrique la preocupó—. Quiero pedirte una cosa —dijo cuando él apareció. Solo llevaba unas bragas negras, y empujaba el poste con el suero y la bolsa de esteroides. Tenía el torso lleno de pinchazos y adornado con los accesos y los drenajes médicos, el cuerpo demacrado, la piel frágil y arrugada después de catorce meses de quimioterapia. Hacía esfuerzos para ponerse una camiseta blanca. Enrique la ayudó a sortear el puerto del pecho para el gotero, apartando las bolsas de líquidos y empujándola a través de los agujeros de las mangas, hasta que tuvo las heridas cubiertas. Durante ese baile, Margaret dijo:

—¿Me harías un favor, Endy? ¿Podrías averiguar si pueden enterrarme en Green-Wood?

Se la veía dócil e infantil, como si su petición fuera una trave-
sura.

—Claro... —dijo Enrique—. ¿Por qué no iba a ser posible?

—Hay tumbas famosas. Ya te lo dije. Kathy fue enterrada allí,
¿lo recuerdas?

—Sí, sí, me acuerdo... —Enrique se corrigió enseguida porque,
a lo largo de su matrimonio, había comprobado que a Margaret la ofendía pensar que él no la escuchaba, y sobre todo que un
observador casual pensara que él no le prestaba atención. Esa
sensibilidad era otro legado de su relación con su madre. Dorothy a menudo se respondía a sus propias preguntas acerca de
la vida de Margaret antes de que ella pudiera hacerlo, y cuando
esta finalmente la corregía, ella igualmente recordaba su propia
respuesta y no las de Margaret. Si lo que la preocupaba era que
no la escucharan, con Enrique podía estar tranquila. Enrique
tenía la capacidad de recordar lo que la gente decía casi palabra
por palabra, una facilidad que en una ocasión le había parecido
una bendición. Para su pesar, había comprendido que ese don no
era siempre bien recibido por sus amigos y su familia, y en sus
tratos comerciales prefería fingir que no existía—. Dijiste que
estaban dejando espacio entre las tumbas famosas. ¿No fue eso
lo que Kathy...?

—Pero eso fue hace dos años. A lo mejor ya no lo hacen. Se estaban quedando sin sitio e iban a cerrarlo al público, y eso fue
hace casi dos años. Incluso se me ocurrió comprar una, pero...
—Se señaló vagamente, a ella y a su cuerpo derrotado, y él comprendió que se estaba refiriendo a una época en la que el cáncer
se encontraba en remisión y en la que comprar una parcela habría parecido demasiado pesimista.

—Me enteraré. —Recordaba vivamente con cuánto valor y
dulzura se portó Margaret en el funeral de Kathy, una madre
joven con dos niños pequeños a la que había conocido en el
grupo de apoyo a pacientes con cáncer avanzado. Margaret fue
al funeral con su grupo y sin Enrique. Regresó llena de compa-

sión por los hijos de Kathy y de gratitud por haber podido ver cómo Greg y Max llegaban a adultos. Las lágrimas le rodaron sobre una sonrisa serena. Su voz sonó rara incluso cuando se quebró. Se sentía animada por el dolor y el amor, por el afecto y la pena. De hecho, parecía un general, un comandante de lo que aterra y destroza el corazón humano. Le encantó de verdad el sitio donde habían enterrado a Kathy, Green-Wood, un cementerio del siglo XIX en Brooklyn, cuyos montículos, arces de doscientos años de antigüedad y lápidas envejecidas por los años resultaban muchísimo más atractivas que la funcional monotonía de las hileras blancas y planas de los difuntos Cohen de Nueva Jersey. La elegancia de Green-Wood y su proximidad al adorado Manhattan de Margaret parecieron reconciliarla con la muerte de Kathy y con la muerte misma, como si hubiera una manera de abandonar la tierra y permanecer en medio de la armonía y la belleza. Enrique comprendía por qué quería ser enterrada allí.

La incorporó en la cama con el *Times* y un polo de naranja para aliviar su boca seca, y ella tomó una segunda decisión. Enrique estaba entusiasmado con que volviera a encargarse de los asuntos cotidianos.

—¿Podrías llamar al rabino Jeff y preguntarle si puede oficiar en mi funeral? Y preguntarle también si podemos utilizar el Orensanz —dijo refiriéndose a la sinagoga del siglo XIX que había en el Lower East Side—. No creo que se permita celebrar funerales en los templos —añadió un tanto preocupada.

—¿De verdad? —preguntó Enrique—. ¿Por qué?

—Algunos judíos dementes y con fobia a los gérmenes probablemente creyeron que los cadáveres causarían enfermedades. Y tenían razón. A lo mejor simplemente podríamos celebrar allí las exequias. Me encantaría que fuera en ese absurdo y antiguo templo, no en el aburrido Riverside... y a lo mejor luego podrías enterrarme aparte, aunque desearía... —Le brotaron las lágrimas ante la idea de no estar presente en su propio funeral. Enrique se dijo que eso era el colmo del sufrimiento para el hijo mediano. Qué duro perderse una fiesta, y encima en su honor—. ¡Bombón! —exclamó ella—. A lo mejor es una locura, a lo mejor debería dejar que lo organizaran mis padres en su estúpido templo —añadió, frustrada ante la posibilidad de que los detalles no fueran perfectos.

—Lo averiguaré. Me encargaré —dijo Enrique con prisas por aplacar su preocupación y su lucha por mantener hasta el momento de su muerte su gusto e identidad en contra de los deseos de sus padres. Enrique no se sentía orgulloso de sí mismo, pues no había sido capaz de librar esa batalla por ella. Pero sabía que Dorothy y Leonard respetarían los deseos de Margaret, aunque podrían sospechar —un medio judío no religioso de otra familia— que él se los hubiera inventado. Con Margaret viva y dando órdenes, y verificando que esas fueran sus órdenes, Enrique poseía la autoridad de ponerlas en práctica.

Bajó las escaleras a toda prisa. Dejó un mensaje en el buzón de voz del rabino Jeff y se encorvó sobre su portátil. Tecleó Green-Wood en Google y cogió el teléfono mientras el sudor le humedecía la frente y le corría por los costados. Quería conseguirlo por ella, cumplir su encargo más que ningún otro de los que ella le había hecho, y procedió a ello sin reflexionar que el regalo que con tanto anhelo quería hacerle era una tumba.

9. Primera cita

Considerando la alta temperatura que alcanzó la ansiedad de Enrique las horas anteriores a su cita con Margaret, resulta una prueba de los límites físicos de la emoción que no se incendiara y saliera volando, como una cáscara chamuscada, hacia el cielo gris de Nueva York que amenazaba con nieve. Una caldera de miedo y deseo le impulsaba arriba y abajo del lustroso suelo de poliuretano de su estudio mientras rugía un debate sobre qué ponerse. ¿Debería llevar su Levi's negro, su Levi's azul claro, su Levi's azul oscuro, o su prenda más cara: unos pantalones italianos beis ajustados a su cintura de chaval de veinticuatro años y acampanados? El corte de los pantalones de Milán encajaba perfectamente con la moda de los setenta, cosa que parecía lógica, pues estábamos en 1975. Lo que ya no parecía tan lógico era llevar una fina mezcla de algodón y lino el 30 de diciembre. Y luego estaba la cuestión de lo apretados que le quedaban en la entrepierna, pues estaban pensados para resaltar un abultamiento viril. El exhibicionismo le asustaba en ambos extremos de la inseguridad: por no tener suficiente abultamiento y porque exhibir lo que uno tenía resultaba vulgar.

Jamás se habría comprado esos pantalones de no ser por la influencia de su amigo Sal, mandón y sexualmente más seguro de sí mismo. En muchos aspectos, Enrique no emulaba a Sal —y desde luego no en la ropa—, pero puesto que durante el año anterior su amigo había conseguido follar más a menudo que él (tampoco un gran logro, pues con una vez ya le superaba), había dejado que Sal le convenciera para comprarse esa prenda. Durante toda aquella tarde gris, en el resplandor halógeno de su apartamento, titubeó entre su surtido de tejanos y aquellos pantalones vistosamente genitales sin llegar a ninguna conclusión satisfactoria.

Exceptuando las cuestiones referentes a Margaret —naturalmente—, la vacilación no era una característica de Enrique. Generalmente, tomaba las decisiones deprisa y con facilidad, respaldado por una fiable técnica de investigación. Enrique disfrutaba del conocimiento y le tranquilizaba la seguridad de actuar basándose en la fundada sabiduría de hombres y mujeres más inteligentes y valientes que él. Pero convivir con Sylvie durante más de tres años le había enseñado muy poco acerca de qué buscaban las mujeres a la hora de salir con un hombre de veintiuno, y tampoco se le había ocurrido consultar la ingente cantidad de revistas para mujeres que ofrecía información sobre las facultades críticas femeninas. Sabía mucho acerca de las necesidades sexuales de las mujeres, puesto que Sylvie había insistido en que leyera el capítulo pertinente de *Nuestros cuerpos, nuestras vidas*, y había sido exigente, explícita y específica acerca de la estimulación oral del clítoris y otras informaciones sexuales avanzadas acerca de qué le gustaba y qué no. Gran parte de aquello probablemente podía aplicarse a otras mujeres, pero la cuestión de qué pantalones llevar en una primera cita que en realidad era un tercer encuentro, por no mencionar la confusión que también le causaba el hecho de que la cita tuviera lugar en un sitio informal como Greenwich Village, aunque un sábado por la noche... ¿Dónde estaba el texto sagrado, el manual de instrucciones, el manifiesto que respondiera a ese acertijo?

Los asesores masculinos no abundaban. Bernard, su enemigo en lo concerniente a Margaret, vestía siempre tejanos negros y una camisa de trabajo azul. Su hermanastro, Leo, ocho años mayor que él, nunca había pasado más de dos días sin tener novia desde los quince años y probablemente se habría reído de él por preocuparse tanto por la ropa. «Si te preocupas por lo que llevas, ya estás perdido», supuso que diría Leo. Eso le dejaba solo a Sal, fanáticamente fiel a los pantalones italianos. Este insistió en que, a pesar del frío del invierno, la delgadez de la tela conduciría, inevitablemente, al calor humano.

—Señor Ricky, con esas piernas tan largas te sientan estupendamente los italianos. Te los arrancará a pedazos. Con ellos pareces Mick Jagger, tío.

—¿No parezco un heroinómano?

Sal insistió inexorable.

—Llevas pantalones de Milán, señor Ricky. Se le hará la boca agua.

A Enrique le parecía improbable que Margaret se dejara impresionar por cualquier cosa que pudiera llevar un joven, incluyendo la ropa. Si encontró el valor suficiente para pedirle esa cita fue porque, al final de la Cena de Huérfanos, Margaret se había puesto a despotricar contra los hombres.

Poco después de que se hubieran acabado el café, el postre y los cigarrillos, Enrique estaba a punto de escabullirse para siempre. Solo le detenía el hecho de no encontrar palabras corteses para despedirse de Pam, la mujer que creía que Margaret había elegido para él, cuando oyó que su anfitriona exclamaba:

—Los hombres siempre dicen que van a llamarte y luego no lo hacen. Evidentemente, de alguna manera me encuentran espantosamente poco atractiva o espeluznante. No me importa. —Rió encantada—. Pero ¿por qué te molestas en decir que vas a llamar, si no vas a hacerlo?

Phil y Sam, muy chulos y grandilocuentes toda la noche, se quedaron mudos ante ese reto. Se quedaron mirando boquiabiertos a Margaret, aquella mujer de ojos azules y mejillas pecosas, como si fuera un dragón que escupiera fuego.

—¿No es verdad? —le preguntó a Lily, que inmediatamente le contestó con una voz jovial y sonora:

—A mí nadie se molesta en prometerme que me llamará.

Margaret recorrió toda la longitud de la mesa hasta Pam para que esta mostrara su acuerdo, pero Pam no contestó y pareció alarmada, como si sospechara que aquello era una trampa. Margaret dirigió su sarcasmo hacia el perplejo Phil.

—Y de todos modos, ¿quién os pide que llaméis, chicos? ¿Por qué tenéis que mentir? ¡A lo mejor yo no quiero que llaméis!

—A lo mejor por eso no llamamos —dijo Phil, saliendo de su momentánea pérdida de sutileza dialéctica y utilizando la propia declaración de Margaret en contra de ella.

—¿Y por eso *tú* no me has llamado? —preguntó ella.

Un profundo silencio siguió a ese brusco paso de los defectos generales de los hombres al defecto concreto de Phil, que miró a Sam en busca de ayuda, y al no encontrarla, tartamudeó:

—¿Yo? ¿Cuándo?

—¡Cada vez que me encuentro contigo desde que nos licenciamos! En nuestro primer reencuentro, en la fiesta de Mary Wells en Brooklyn, en la fiesta de la playa en East Hampton. «Te llamaré» —dijo Margaret imitando el habla declamatoria de Phil, como cuando MacArthur declaró que volvería—. Cada vez. Nunca te lo he pedido. Nunca he dicho nada de llamarnos ni de encontrarnos. Pero tú siempre dices que llamarás y nunca llamas. ¿Puedes explicarlo, jovencito?

Enrique debería haberse sentido solidario con su sexo, pero le alegraba el sesgo que había tomado la conversación. Sabía perfectamente por qué un hombre es capaz de prometer en falso que llamará a una mujer que está libre y sin compromiso. Él había planeado farfullar algo acerca de que esperaba volver a ver a Pam, desde luego. Eso cuando menos, para no provocar una expresión de ofensa o decepción, pues, sobre todo para un hijo de judíos, esa expresión en una mujer llevaba aparejada toda una serie de malos recuerdos. No era hipocresía. En aquel momento lo sentía de verdad. Una vez liberado del siempre cautivador hechizo de una mujer, decidía no telefonear. Pero ese comportamiento era típico de una persona sosa como Pam y de un carácter tímido y sexualmente no agresivo como el de Enrique. Con su barba bien recortada y su voz grave de orador, Phil iba incluso detrás de las faldas que no le interesaban, y, en cualquier caso, Margaret era su presa principal. ¿Y Phil no la había llamado? Enrique se sentía confuso. Habían estado chocando las caderas y jugando al tira y afloja con el sacacorchos en la diminuta cocina de Margaret. Enrique estaba seguro de que Phil tenía que haber marcado el número de Margaret al menos una vez.

Sam rió ante el disgusto de Phil. Margaret cambió de frente de ataque.

—¿Y tú, qué? Tú también decías que me llamarías cada vez que te encontrabas conmigo, en la fiesta de Mindy, en la de Joel. Decías que me llamarías y no me llamabas. ¿Qué te ocurrió? ¿La compañía telefónica te dejó sin línea?

—Yo... esto... yo... esto —tartamudeó Sam, y a continuación consiguió reírse de sí mismo cuando el resto de la mesa soltó una carcajada. Añadió en tono grave—: Te llamaré y lo discutiremos.

Todos se partieron de risa. Margaret sonrió como si desde el principio hubiera planeado animar la cena justo cuando comenzara a languidecer.

—¡No, no! —protestó, y dejó colgando la pierna derecha por encima del brazo de la butaca, en la misma postura que había adoptado en el apartamento de Enrique—. ¡No me llames! Escribe una carta. Eso es lo malo de los hombres y mujeres de hoy en día. Que no se escriben cartas. Tenemos que volver a como se hacían las cosas en la época de Jane Austen.

—Pero en aquella época las cartas se cruzaban o se perdían, y había una confusión terrible —objetó Lily.

—¡Bueno, siempre es mejor eso que el que no te llamen! —arguyó Margaret—. A lo mejor solo es un problema de los hombres de Cornell —dijo, y miró a Enrique, que estaba al otro lado de la mesa—. ¿Es ese el problema? —le preguntó. ¿Le estaba advirtiendo que no le prometiera a su amiga Pam que la llamaría a no ser que estuviera dispuesto a hacerlo? ¿Acaso no había hecho que la situación fuera aún más incómoda al airear esa queja? Enrique le lanzó una mirada a Pam y descubrió que su cara sombría se iluminaba de satisfacción ante lo que Margaret había conseguido: avergonzar a los jóvenes leones. Pam estudió a Enrique, y sus ojos negros relucieron a la espera de lo que él pudiera decir.

Phil expresó en voz alta lo que Enrique sentía:

—Bueno, ahora sí que nos habéis hecho la picha un lío. ¿Tenemos que llamar, o escribir, o decir que no vamos a llamar, o decir que vamos a escribir pero no llamar?

Margaret, en lugar de contestar directamente, alargó el brazo hacia el paquete de cigarrillos que había en la mesa. Tuvo que extender el tronco, cosa que consiguió con la seductora agilidad de un gato. Se colocó el Camel Light entre los labios y esperó a que Phil le encendiera una cerilla, una escena que a Enrique le recordó, para su consternación, la coreografía de los amantes estilosos de las películas de los años treinta. Al tiempo que soltaba una bocanada de humo, Margaret dijo:

—Deberíais decir que *no* vais a llamar —hizo una pausa para incrementar el suspense—, ¡y entonces llamar!

Eso fue lo que Enrique hizo al marcharse, abandonando el campo por delante de los demás varones. Le dijo a Pam: «Encantado de conocerte», sin ninguna otra promesa. Se dirigió hacia su cruelmente generosa anfitriona, a quien le gustaba lo bastante para su amiga pero no para ella. Margaret estaba junto al armario de la puerta de entrada, ofreciéndole a Enrique su enorme chaqueta militar mientras seguía bromeando con el apuesto Phil, que la había seguido como su perro favorito con una correa. Enrique no siguió el consejo de su amigo Sal de besar a Margaret en los labios. Le tendió la mano. Ella la cogió con un aire de sorpresa, como si se tratara de un ritual que nunca había probado antes.

—Yo *no* te llamaré —dijo Enrique—. Pero gracias por la cena. Ha sido deliciosa.

Lily exclamó a su espalda:

—Tienes que escribirle una nota de agradecimiento.

—Ni hablar —dijo Enrique, volviéndose hacia la jovial Lily y tendiéndole la mano—. Soy un escritor profesional —dijo—. No pongo los dedos en la máquina de escribir a no ser que me paguen. —Lily hizo caso omiso de la mano de Enrique, se acercó de puntillas y besó la mejilla de Enrique mientras Margaret paraba el golpe.

—Te hemos dado de cenar —dijo—. Y no has tenido que cantar para ganártelo.

Enrique se marchó sintiéndose desconsiderado y abatido. Pero mientras caminaba hasta su casa en medio del frío —pasando junto a los árboles pelados de la calle Novena, las bolsas de basura de las tiendas cerradas de University Place, la basura desperdigada de la calle Octava—, decidió que, a pesar de todos los signos desalentadores, llamaría a Margaret. Las francas quejas de esta acerca de los hombres le habían dado la fatalista esperanza de que, aunque probablemente fracasaría, era un fracaso del que no había que avergonzarse. Había publicado dos novelas autobiográficas y revelado muchas verdades embarazosas acerca de sí mismo. Había sido ridiculizado en los periódicos y las revistas, y cara a cara por los lectores. Y puesto que Margaret se había burlado de un hombre que evidentemente le gustaba —el descarado Phil—, ¿qué mal podía causarle quedar de nuevo en ridículo?

Ese valor condenado al fracaso fue lo que lo impulsó a marcar el número de Margaret y pedirle que saliera con él. Ahora que se acercaba el momento de su cita, los nervios volvieron a fallarle. La decisión de qué ponerse la tomó el estado de ánimo que le provocaba su perspectiva de éxito con Margaret. A medida que esta se ensombrecía, ocurría lo mismo con su pantalón. Escogió unos Levi's negros y un jersey negro de cuello cisne. Lo habría rematado con un abrigo negro, pero fue fiel al verde de combate de la tienda de la Marina.

Margaret llamó al portero automático a las 7.43 para que bajara. Irían andando al restaurante, tal como habían acordado. Enrique se había tomado con escepticismo ese plan. Margaret se había negado a que él fuera a buscarla, como si eso resultara una estupidez. Una mala señal, decidió Enrique. Aquello olía a que solo quería que fueran amigos, aunque geográficamente el plan de Margaret tenía más sentido, pues habían acordado ir a comer al Buffalo Roadhouse, cerca de Sheridan Square, y el edificio de Enrique quedaba de camino. Hacía trece minutos que Margaret debería haber llegado. Enrique había leído muchas novelas que explicaban que siempre había que esperar una pequeña tardanza de las mujeres; no obstante, a las 7.35 ya había asumido que le había dado plantón, de manera que cuando oyó el zumbido del interfono le pareció que su suerte había cambiado de manera radical.

Bajó corriendo los cinco tramos de escalera. Una pátina de sudor apareció en su frente a pesar del aire invernal. La saludó un tanto turbado. Intentó eludir la cuestión de si besarla o no, aunque fuera castamente en la mejilla, poniendo rumbo hacia su destino.

—Pongámonos en marcha enseguida antes de que Bernard nos vea —dijo Enrique para disimular la ausencia de un saludo de verdad.

—¿Y por qué no queremos que Bernard nos vea? —preguntó Margaret, caminando a paso vivo a su lado. A pesar de que era veinticinco centímetros más baja que Enrique, a los pocos pasos ya le había tomado la delantera. Enrique se dio cuenta de que tenía que apretar el paso hacia la chaqueta acolchada de Margaret, aunque no sin antes fijarse en cómo sus ajustadísimos tejanos abrazaban estrechamente sus posaderas. Todo aquello no frenó el ritmo de su corazón, ya acelerado por el rápido descenso. Dijo algo que no tenía planeado y que no habría dicho de haberlo pensado, pero el impulso de revelarlo todo acerca de sí mismo, pudiera resultar embarazoso o no, era algo característico de él.

—Bernard no aprueba que salga contigo. —Le lanzó una mirada y vio que los redondos y azules ojos de Margaret tenían más forma de plato de lo habitual, y que sus labios se entreabrían de asombro—. Se negó a darme tu número de teléfono. —Aquello la paró en seco. De todos modos, ya habían llegado a la esquina de la Octava con la Sexta, pero el semáforo estaba en verde. Ella no hizo ademán de cruzar.

—¡Qué! —exclamó Margaret con un énfasis que consiguió ser al tiempo indignado y divertido.

—Dijo que yo no estaba a tu altura. —Enrique puso una sonrisa—. A lo mejor por eso hay tantos hombres que no te llaman. Bernard no se lo permite.

Margaret objetó.

—¡Estás bromeando! Eso es histeria. —Hizo una pausa, como para analizar la información, e insistió—: Tienes que estar bromeando.

—De ninguna manera. Joder, se negó en redondo. Fue inflexible. Tuve que buscar tu número en el listín. Gracias a Dios que sabía dónde vivías, o no habría podido deducir cuál de las dos docenas de M. Cohens eras. —Enrique señaló el semáforo en rojo—. ¿Caminamos otra manzana y luego cruzamos? —Mientras lo hacían, Enrique prosiguió con su imprudente plan de sincerarse—. Es evidente que a Bernard le gustas, pero le da miedo tomar la iniciativa. A lo mejor eso es lo que ocurre con los demás hombres de quienes te quejas. Los intimidas.

—¿Yo? —preguntó Margaret en un tono que pareció de auténtica sorpresa.

—Sí, intimidas bastante.

—Tú no pareces nada intimidado —contraatacó ella.

Habían llegado a Waverly con la Sexta. El semáforo estaba en rojo. Enrique se volvió hacia ella y la miró a los ojos.

—Pues sí. Me aterras. Sería mucho más fácil fingir que no me interesas nada que tener que actuar como si salir contigo no me afectara. Eso es lo que ocurre con Bernard, Phil y Sam. Por eso no te llaman: no quieren arriesgarse a que los rechaces. De manera que, cuando están contigo y se sienten eufóricos, dicen que van a llamar, se dan cuenta de que eso significaría averiguar si tienen alguna oportunidad contigo, y entonces se acobardan. —Tras exponer la locura de su sexo, y plenamente consciente de sus absurdos criterios de posición social (¿qué delirio le había hecho considerar, ni aunque fuera por un segundo, ponerse los pantalones italianos?), se relajó. Observó cómo esos insondables ojos azules como el océano se empapaban de sus desasosegados pensamientos.

El semáforo se puso verde. Ella no se movió. Enrique esperó paciente, pues se dio cuenta de que, contrariamente a casi todas las personas que conocía, Margaret estaba asimilando lo que él había dicho sin decidir al mismo tiempo qué debía responder. Enrique se la había imaginado como otra aficionada a las justas verbales, pero ahora se daba cuenta de que sus silencios durante la larga noche de conversación con Bernard no eran fruto de su incapacidad de ofrecer una respuesta ingeniosa. Se imaginó capaz de seguir, como una carretera en el mapa, el avance de la meticulosa disección de Margaret, que en aquel momento descartaba de sus palabras el halago y la posible exageración. ¿Cómo podía saber si Sam se sentía atraído por ella? A lo mejor a Phil le gustaba coquetear y no la consideraba una conquista seria. El mezquino de Bernard a lo mejor quería impedir que Enrique se hiciera con una novia guapa y vivaz, deseara o no a Margaret para sí. Cuando el semáforo en verde pasó a un parpadeante rojo, ella había reconstruido su bomba de fragmentación de halago, confesión, seducción y entrega.

—¿Bernard? ¿Sam? No, hay algo más en la cabeza de esos alocados —insistió Margaret—. Y yo no te doy miedo —dijo ella con una maliciosa sonrisa una vez desactivado el explosivo de Enrique, y pisó la Sexta Avenida apresurando el paso.

La meticulosa respuesta de Margaret volvió a acobardarlo por completo. Por un momento había conseguido dominar los nervios mediante la confesión de sus intenciones, pero las angustiosas corrientes de miedo y anhelo regresaron en toda su plenitud. Se sentía demasiado inseguro y excitado como para expresar su confusión con palabras. De haber sido capaz de hacerlo, le habría preguntado qué podía desear ella de él, aparte de admiración y deseo. ¿Qué otra cosa podía proporcionarle?

Enrique cruzó a paso vivo la Sexta Avenida y siguió hacia el oeste junto a ella en silencio, o más bien en un estado de habla frustrada. Consideró varias respuestas. La primera: «Me aterras», pero el terror no parecía describir su comportamiento, pues más que huir, hacía todo lo posible por seguir junto a ella. Podía insistir en que Phil, Bernard y Sam la deseaban, pero ¿por qué convencerla de que la deseaban algunos hombres mejores que él (bueno, al menos dos de ellos eran superiores)? ¿Y si ella acababa dándole la razón? Por otro lado, estar de acuerdo en que sus rivales no eran rivales, en que ella no los atraía, no parecía, para Margaret, un giro agradable en la conversación.

Margaret parecía complacida de haberlo dejado desconcertado y mudo. Le echaba un vistazo cada par de pasos y se permitía unos petulantes asentimientos de aprobación. Enrique intentó devolverle una sonrisa de aplomo, pero sintió que le temblaba la barbilla. Cuando llegaron al complicado cruce triple de Waverly, Grove y Christopher, al este de la Séptima Avenida, Enrique creyó que ella hacía amago de ir hacia Christopher, y dijo:

—No, por aquí es más rápido —asintiendo en dirección a Grove.

Margaret puso ceño.

—¿De verdad? —dijo—. Creo que este camino es más directo.

Durante su desayuno previo al amanecer en Sandolino's, Enrique había fingido estar de acuerdo con ella acerca de algo en lo que sabía que se equivocaba, como la existencia de dos escuelas llamadas P. S. 173. Aquella vez no fue así, aunque seguía reacio a ofenderla, e intuyó que ella se jactaba de su sentido de la orientación. Enrique negó con la cabeza de una manera amable pero firme, en lugar de discutir en voz alta.

Margaret estudió las opciones que se presentaban. Tras encogerse de hombros, en un gesto que parecía darle la razón a Enrique, acabó echando a andar hacia la calle Christopher. Esa silenciosa y absoluta contradicción, que le obligaba a ir por donde ella quería, o a ir solo por donde él quería, fue de una seguridad en sí misma tan elegante y contundente que, en vez de irritar a Enrique, lo convenció más que antes de que ella era demasiada mujer para él. Le fue detrás, avergonzado, y cuando llegaron a la Séptima y tuvieron que girar hacia el centro (con lo que resultaba evidente que ir por Grove era más rápido), esperó que Margaret admitiera que se había equivocado.

Como no lo hizo de inmediato, Enrique no pudo evitar levantar los ojos hacia el cartel con el nombre de la calle y luego bajarlos hacia ella. Margaret entendió el gesto, porque dijo con una risita, una risita de te-lo-dije:

—Grove era más directa.

Aquello desconcertó aún más a Enrique. ¿Por qué la complacía tanto que le demostraran que se había equivocado?

Enrique respondió con una sonrisa —¿cómo no iba a sonreír?— a aquella jovial admisión de un error.

—Sí —dijo Enrique, y añadió, para ser cortés con su error—: No hay mucha diferencia, pero es un poco más corta.

Ella contestó en un tono cantarín:

—Desde luego es una ruta más corta. Es la que deberíamos haber cogido.

Puesto que Margaret quería ser tan severa consigo misma, Enrique se encogió de hombros y asintió.

—Supongo que en diciembre todos los atajos son bienvenidos. Por alguna razón que no consiguió desentrañar, aquel comentario pareció impresionarla. Margaret se le arrimó, y su hombro negro y acolchado rozó la chaqueta militar verde de Enrique. A pesar de lo abultado del material que separaba sus carnes, a la piel de Enrique le llegó una agradable sensación de tacto. Margaret reemprendió su alegre parloteo.

—No sé, es una tontería, pero la culpa es de Cornell. Ahora odio el frío. Antes de ir a la universidad, no recuerdo que me molestara tanto. Pero ahora... En cuanto estamos a menos de 10°, brrr —dijo Margaret, y fingió temblar, de nuevo rozándose contra él. Enrique supo que James Bond tomaría esa fingida incomodidad como una señal de pasar al ataque, la rodearía con el brazo y fingiría darle calor. Todo lo que Enrique consiguió fue una maniobra cuya intención resultó recóndita incluso para él. Se inclinó hacia ella, de manera que sus chaquetas chocaron más a menudo durante la media manzana que les quedaba hasta la entrada del Buffalo Roadhouse.

Cuando entraron, Enrique se sintió excitado y cauto, como si los anunciaran en el baile parisino de una novela de Balzac y una élite crítica y sofisticada los juzgara como pareja. Estaba orgulloso de salir con Margaret. De hecho, casi esperaba que la encargada del comedor, a la que consideró mucho menos guapa que Margaret, le preguntara qué demonios estaba haciendo con un memo escuchimizado como él. Su incomodidad no lo abandonó, aunque una rápida observación de los que le rodeaban le dijo que la clientela de un restaurante de precio moderado en el Nueva York en bancarrota de la semana que iba entre Navidad y Año Nuevo, cuando todas las personas ricas y elegantes estaban en el Caribe, tampoco podía considerarse el equivalente parisino de Balzac en el momento culminante de la temporada social. Pero eso no socavó el entusiasmo que le provocaba estar con ella, el intenso alivio de que esa no fuera otra de esas tediosas noches que pasaba comiendo con Bernard en un restaurante italiano barato, o yendo a buscar unas hamburguesas con otros amigos antes de ir a ver una película, o probando algún nuevo garito vegetariano del East Village con Sal y su novia. Le alegraba, sobre todo, no tener delante un envase de comida china mientras veía cómo los Knicks perdían otro partido.

Se dio cuenta, gracias a la asombrosa mezcla de consuelo y excitación que resonaba en su cuerpo y en su alma, que había estado viviendo con un terrible dolor que no era, como había imaginado, meramente sexual. Su apartamento reformado en un quinto piso no podía calificarse de buhardilla sin calefacción; su escuálida figura se debía más a una dieta de Camel y café que al hambre; e incluso en sus momentos de más cafeína dudaba que la novela que iba a publicar fuera comparable a *Rojo y negro*, aunque compartía la aguda soledad de los jóvenes y ambiciosos héroes de *Una educación sentimental*, *Ilusiones perdidas* y *La obra*. Poseía el mismo corazón ávido que aquellos conmovedores protagonistas, voraces de afecto, comprensión y amor. Aquella chica llena de vida, con sus labios graciosos y sus ojos como gemas, dispuesta a escuchar lo que él tuviera que decir, era una compañía de lo más agradable, tanto que casi deseaba que la obligación de seducirla que tenía como varón no formara parte del lote. Sobre todo porque, mientras observaba cómo se quitaba su chaqueta acolchada y liberaba sus hombros delicados y elegantes, mientras oía cómo Margaret le decía a la camarera que quería un vermut seco —una bebida que sonaba adulta y sofisticada— y observaba su aplomo y seguridad para desenvolverse en el mundo, pensaba: No le llego ni a la suela de los zapatos.

—Tomaré... —comenzó a decir, y se dio cuenta de que no tenía ni idea de qué tomar. Pensó vagamente en pedir un whisky o quizá una cerveza, aunque eso parecía más bien una bebida para una salida de chicos. ¿Se suponía que tenía que pedir el vino? Solo sabía por los libros cómo se suponía que debían comportarse los hombres cuando salían con una chica, y dicho comportamiento existía en un universo paralelo que a Enrique le parecía que nada tenía que ver con el suyo ni con el de Margaret.

—No hace falta que bebas nada —dijo Margaret, leyendo sus pensamientos de manera imprecisa, pero ofreciéndole ayuda de todos modos. Soltó una carcajada—. No me importa que estés sobrio.

Él también se rió; había algo en la palabra *sobrio*, en especial aplicada a él, que parecía absurdo.

—Tomaré una Coca-Cola —dijo Enrique, y el camarero se marchó con lo que, decidió Enrique, era una expresión de desagrado.

Tras haberle incitado a dar una respuesta franca, Margaret pareció horrorizada por el resultado.

—¡Una Coca-Cola! —repitió.

—Muy bien —dijo Enrique de buen humor—, tomaré una copa de verdad.

—No, no. Estoy celosa de que tomes una Coca-Cola de verdad. No he tomado ninguna desde que iba a la universidad. —Y añadió pensativa—: Aunque claro, tú aún eres lo bastante joven como para ir a la universidad.

Eso parecía un problema. Enrique no consideraba que los tres años y medio que los separaban fueran de ninguna manera significativos. Margaret era seis años más joven que Sylvie.

—Pero tienes que pensar que me fui de casa a los dieciséis. Soy independiente desde hace casi tanto tiempo como tú —dijo Enrique. Sabía que eso no significaba nada. Los hechos estaban de su parte; pero estaba claro que Margaret era más madura, desenvuelta y adulta.

—No puedo creer que te fueras de casa tan joven —dijo ella con un tono comprensivo distinto de la típica aprobación que su generación le concedía por salirse de las estadísticas: a la hora de abandonar la secundaria, de irse de casa, de juntarse con una mujer de veinticinco años. «Eso es cojonudo», decían casi todos los hombres. «Uau. Bien por ti», decían las mujeres. Margaret fue más allá y mostró interés—: ¿Te fue bien? Ojalá yo pudiera haberlo hecho. Cuando tenía dieciséis años mi madre me sacaba tanto de quicio que no soportaba el sonido de su voz. Pero debe de haber sido duro.

Aquel tema podía haberse convertido fácilmente en una conversación plagada de minas. ¿Cómo iba a relatar la historia de su relación de tres años y pico con Sylvie? En lo más profundo de su corazón, Enrique creía que él había sido la causa subyacente del fracaso de la relación. Podría haberse presentado como la víctima y revelar que Sylvie había cortado la relación engañándole con otro, aunque eso tampoco pareció una alternativa más halagüeña. Además, sabía que no era esa la verdadera causa de la ruptura. Durante el último año y medio que permanecieron juntos, Enrique había sido una compañía colérica, huraña y desagradable, hasta el punto de que habría comprendido que Sylvie lo matara a golpes de sartén. Buscar el amor y el orgasmo en brazos de otro había sido una reacción relativamente suave. Se hacía difícil decir qué versión de los hechos lo abochornaba más, aunque cualquier cosa que sugiriera que era una persona sexualmente inepta —al menos en una primera cita— parecía un mal movimiento estratégico.

—Lo que resultó duro —dijo para eludir el tema— fue tener que ganarse la vida escribiendo una segunda novela.

—¡Apuesto a que sí! —dijo Margaret con admiración, como si fuera un veterano de guerra. Enrique se sintió avergonzado por haber suscitado una falsa simpatía con aquella identidad inventada, aunque sin darse cuenta le había contado la verdad, solo que era una verdad que él no comprendería hasta años más tarde. Lo más duro de aquella situación no había sido solo el trabajo en sí mismo, que ya era bastante como para sobrepasarlo, sino la presión adicional del dinero y la realidad de que a los diecisiete había emprendido una carrera cuyo éxito dependía totalmente de él, de una obra cuyo valor ante el mundo nacería, o no, totalmente de su voluble talento. Margaret pareció comprender mucho más rápidamente que Enrique lo arduo que era el camino que había emprendido—. Tener tanta disciplina siendo apenas un adolescente. Y escribir novelas parece muy difícil. A cualquier edad.

—Sí, es difícil. —Intuyendo que estaba creando un engaño, cambió de tema—. Dime, ¿cómo conociste a Bernard, exactamente? Habla mucho de ti, pero nunca entra en detalles.

—Lo sé —dijo Margaret—. Bernard es muy raro con sus amigos. Compartimenta todos sus pequeños mundos. —Formó un cuadrado con los delicados dedos de cada mano hasta dibujar una caja, y a continuación los separó, para ilustrar sus palabras. Sus muñecas apenas eran más anchas que una caja de cerillas—. Eres el primero de sus amigos que me presenta que no ha ido a Cornell.

Llegaron las bebidas, la Coca-Cola de Enrique acompañada de una pajita, lo que lo hizo sentir aún más como un niño. Quizá por ello, o por temor a regresar al angustioso tema de su anterior relación, se puso a satirizar a Bernard largo y tendido. Recordó cómo había conseguido que Bernard los presentara fingiendo no creerse la existencia de Margaret. A ella le encantó esa historia. Le agradaba que aquellos dos hombres le prestaran tanta atención. Y también —y a él eso le pareció tranquilizador y conmovedor— se mostró auténticamente sorprendida. Cuando Enrique hubo acabado su relato, empezando por la discusión en la cafetería y pasando por la negativa de Bernard a darle su número de teléfono, habían terminado sus ensaladas y comenzado el segundo.

—Es absurdo —dijo Margaret, cortando un hígado de ternera de aspecto muy poco apetecible—. ¿Por qué me llevó a tu apartamento si iba a molestarle tanto que me llamaras?

—Lo he estado pensando. He tenido mucho tiempo para pensar en ello, y hay muchas posibilidades, pero me he decidido por esta: no se esperaba que yo te gustara.

Margaret puso un ceño más acentuado que antes.

—No —dijo, rechazando esa conclusión. Enrique no pudo reprimir una sonrisa de satisfacción ante esa tácita admisión de que le gustaba. Y esa no fue la única sorpresa agradable. Margaret añadió—: Nos presentó porque está orgulloso de ti.

—¿Qué? —Enrique se quedó atónito. Estaba tan acostumbrado a pensar mal de Bernard, a indignarse por sus desplantes literarios, a hervir de indignación ante sus discusiones acerca de los méritos del realismo, que la idea de que Bernard lo admirara lo suficiente como para exhibirle como amigo le llegó como una descarga. Que la descarga la causaran los halagos intensificó su electricidad.

—Eres un novelista de verdad. Has publicado. Y tus padres son los dos escritores. Bernard está orgulloso de conocerte. Eso les demuestra a todos los escépticos de Cornell que no está fuera de juego. Tú te lo tomas en serio. No aceptarías a un farsante. Me llevó a tu casa para presumir de tu amistad.

Enrique apartó la mirada de sus grandes ojos, que centelleaban a la luz amarilla y parpadeante de la vela de la mesa, para descansar de su hechizo. Las palabras de Margaret resultaron un bálsamo para su ego agitado y maltrecho. Si le hubieran preguntado, habría dicho que cuando él no estaba presente Bernard lo menospreciaba. Bernard no se daba cuenta de lo herido que estaba Enrique por la reacción del mundo ante su precocidad, de lo cauto que se mostraba ante su incierto futuro. Faltaban tres meses para la publicación de su tercera novela y sabía que las perspectivas no eran buenas. La primera edición era solo de cinco mil ejemplares, no había presupuesto para publicidad, y su editora ya no contestaba a sus llamadas porque había delegado las tareas rutinarias de la publicación de su novela a un joven editor adjunto, señal de que Enrique ya no era una estrella. Casi todas las mañanas se despertaba con un intenso dolor en el estómago, como si una varilla de acero le hubiera atravesado el abdomen. A menudo tenía que pasar más de una hora estirándose, frotándose, intentando relajar la rígida musculatura antes de que el dolor remitiera. No le había hablado a nadie de ese síntoma físico de ansiedad. No le había dicho a ninguno de sus amigos que le parecía que ya nadie estaba de su lado, que todos los escritores, reseñistas, editores, libreros y lectores conspiraban para que fracasara, para que el mundo se diera cuenta de que acertaba al pensar que ser novelista era mucho más difícil de lo que le había resultado a Enrique. ¿Cómo podía conseguir que le perdonaran su precoz facilidad? ¿Cómo explicar que casi ninguna otra cosa resultaba tan fácil, que escribir su autobiografía y esas novelas tan de segunda, en apariencia, consumía toda su energía y todas las horas de sus días? Le parecía que el mundo lo estaba empujando para que saliera por la única puerta que había conseguido abrir, para desahuciarlo del único hogar que podía mantenerlo sano y salvo en esa peligrosa tierra.

—¿Hola? —Margaret se le había acercado y le lanzaba una sonrisa radiante y alegre—. ¿Dónde estabas?

Volvió en sí, o más bien al sí al que Margaret había apelado, y sus ojos regresaron a la alegre luz de los de ella. Sonrió como si dominara la situación.

—Ahora te burlas de mí.

—¿Burlarme? ¿De qué?

—¿Que Bernard está orgulloso de mí?

Ella encogió sus hombros delgados y elegantes.

—Pues debería estar orgulloso de ti. Los demás amigos de Bernard son unos pelmazos tediosos y mugrientos que solo hablan de política, o chicos que aún están en la universidad y viven con compañeros de habitación y no tienen un trabajo de verdad ni intentan descubrir quiénes son. Tú eres un adulto de verdad. Tienes un trabajo. Has vivido con una mujer durante tres años. Eres un hombre.

Enrique se recostó contra la dura madera de su silla. De pronto le resultaron evidentes tres cosas. Una, que realmente tenía alguna oportunidad de conseguir que aquella mujer dulce, inteligente, optimista y hermosa fuera suya. Dos, que la idea que

Margaret tenía de él, la de un artista seguro de sí mismo y un hombre maduro que había visto mundo, era balsámica, agradable y lamentablemente inexacta. Y, finalmente, que anhelaba, sí, más que estar en sus brazos, convertirse en el hombre fantasma que se reflejaba en sus ojos de terciopelo.

10. El regalo perfecto

De pie sobre la tumba de un rico neoyorquino, Enrique se dio cuenta de que tendría que llevar a cabo esa elección estética para Margaret, la más permanente de todas, sin consultarla. La amarga experiencia le había enseñado que era una necedad intentar imaginar por sí solo cuál sería su preferencia. Resultaría romántico poder decir que en los veintinueve años anteriores no había tomado ninguna decisión sin el consejo de su mujer, pero eso sería una absurda exageración. Generalmente le preguntaba qué opinaba de lo que escribía y de sus acuerdos comerciales, aunque en ocasiones, en mitad de una reunión o con las prisas por entregar, no podía, y otras veces no quería. Y se habían dado otras situaciones en las que preguntarle a su mujer qué debía hacer habría resultado cruel. Pero aquella elección precisaba la intervención del gusto de Margaret. Enrique no tenía ni idea de si ella preferiría estar en la parte oriental u occidental de un cementerio del siglo XIX donde, para dejar sitio a las nuevas tumbas, se habían eliminado los senderos de piedra que discurrían entre elaboradas lápidas que habían sido concebidas para las familias ricas de la época de Henry James. Quería preguntarle a Margaret si ella preferiría yacer en una parcela descubierta entre dos arces frondosos o bajo las ramas de un anciano roble.

No había tiempo para sacar fotos —aunque Lily las sacara de todos modos—, regresar al lecho de muerte de Margaret para enseñárselas, averiguar cuál era su preferencia y, a continuación, volver otra vez para firmar los documentos que le darían a Enrique la titularidad de la tumba que ella hubiera elegido. Enrique ya estaba allí físicamente, dispuesto a pagar una de las dos parcelas disponibles entre aquellas lápidas antiguas y elegantes. Otros compradores potenciales se paseaban en aquel momento entre los muertos. El deseo de Margaret de estar en la zona del cementerio más antigua resultaba más importante que la elección entre el sol y la sombra. Ahorrar tiempo era incluso más importante. Comprar una tumba entrañaba redactar la escritura de una porción de tierra específica estrecha y profunda. A Margaret le quedaban apenas once días. Conseguir la escritura sin perder aquellas preciosas horas yendo y viniendo entre Manhattan y el cementerio de Green-Wood de Brooklyn implicaba decidir aquel mismo día qué lugar sería más de su gusto sin la ayuda de Margaret, un solitario anticipo de la pérdida que le esperaba.

Mientras iba y venía entre las dos alternativas, comenzaba a irritarle su propia vacilación. Llevaba muchos años sin experimentar la zozobra de fracasar a la hora de elegir algo del agrado de Margaret, y no le hacía feliz volver a sentirse un inepto. Cuando Margaret cayó enferma, sus papeles se intercambiaron. Durante los primeros años de matrimonio, ella le eximía de tomar cualquier decisión. De joven, Enrique se quejaba de que ella se hubiera arrogado ese derecho con la brutalidad de un imperialista colonial. Nada de lo que compraban para su casa, ni la elección del colegio para los hijos, ni con quién hacían vida social, ni adónde iban a cenar, ni qué película iban a ver —nada, incluso su propia ropa, si tenía que ser franco—, era decisión de Enrique. Todas las negociaciones con el mundo las llevaba a cabo su esposa jovialmente agresiva, de mirada luminosa y negociante inflexible, a excepción de sus contratos como novelista y guionista. E incluso para esos importantísimos documentos, también la consultaba.

De vez en cuando Margaret utilizaba a Enrique para tratar con el mundo, como cuando los de la compañía de mudanzas intentaron abandonar el trabajo antes de llevar sus posesiones a su apartamento en un día. A las seis anunciaron que regresarían al día siguiente, dejando a la joven pareja casada y a su bebé con solo un colchón y una cuna en los que pasar la primera noche. Margaret mandó a Enrique al camión para que le plantara cara al capataz y con mano dura le obligara a tensar de nuevo sus bíceps tatuados hasta que hubiera acabado el trabajo. Enrique tenía que volver a casa con el cuchillo de trinchar en la mano o clavado en el pecho. Pero eso no significaba que renunciara a su liderazgo; tan solo enviaba a su brazo armado.

En cuanto se puso enferma, sin embargo, enfrentarse al mundo exterior se convirtió en una tarea exclusiva de Enrique, y los dos descubrieron que era más que competente a la hora de sortear la bizantina burocracia de hospitales y compañías de seguros. Enrique supo que se había ganado la confianza de Margaret cuando el cáncer entró en remisión. Durante aquellos felices diez meses, que se contaron entre los más cariñosos y gozosos de su matrimonio, Margaret podría haber retomado su papel de comandante en jefe, y sin embargo permitió que Enrique siguiera encargándose de sus asuntos médicos. La victoria de Enrique no fue total: la confianza de Margaret se extendió solo a la asistencia médica. Evidentemente, las cuestiones de vida y muerte resultaban triviales en comparación con la decoración hogareña o con lo que iba a ponerse Enrique para ir a una cena, porque ella seguía gobernando aquellas decisiones. No obstante, él había ganado terreno en algunas áreas. Poco a poco ella comenzó a consultarle las decisiones domésticas. En una transferencia de control especialmente halagadora, Margaret le pidió que tomara la decisión final entre el verde y el blanco o el marrón y el blanco como combinación para un nuevo juego de toallas. Para alguien de fuera, eso podría haber parecido una concesión de sufragio cómicamente pequeña, pero para Enrique supuso una tremenda ampliación de su derecho a la toma de decisiones estéticas. La *glasnost* de Margaret le infundió el valor suficiente para tomar sus propias decisiones. Quince meses atrás Enrique había jurado que el regalo de cumpleaños de Margaret lo escogería él solo.

Durante años había intentado comprarle un regalo de cumpleaños que le gustara y le hiciera ilusión confiando en su propio gusto, y cada una de las veces había fracasado miserablemente. El primer año que vivieron juntos intentó copiar la táctica de su padre, que consistía en comprarle joyas a su mujer y regalos que estuvieran más allá de sus posibilidades. Pero no compartía la confianza de su padre en su gusto por las joyas, de manera que recurrió a las marcas más costosas y se dirigió a Tiffany's.

En aquella tienda, con su pelo largo, sus tejanos negros y unas deportivas blancas, se sintió totalmente fuera de lugar. Le costó que le prestara atención la joven aparentemente afable y de su misma edad que estaba detrás del mostrador de los pendientes. Las mercancías que estaban a cargo de la joven lo atrajeron, sobre todo los pequeños pendientes en forma de estrella con un solitario diamante en el centro que Enrique consideró que casarían perfectamente con las delicadas orejas de Margaret. La dependienta de Tiffany's les lanzaba una sonrisa radiante a los varones con traje y a las mujeres de más edad, incluida una tan encorvada por la osteoporosis que parecía a punto de meter la nariz en el cristal de la vitrina. Con buena disposición y energía, la dependienta fue sacando bandejas de relucientes objetos para aquellos compradores, y atendió a dos clientes que habían llegado después de Enrique. La dependienta hizo caso omiso de su pelo largo y su cara pálida y ansiosa, como si fuera invisible, hasta que no hubo nadie más que él delante de ella. Por entonces Enrique estaba totalmente sudado dentro de su camisa de trabajo arrugada. La dependienta lo miró y dijo: «¿En qué puedo ayudarlo?», con una voz que proclamaba que aquello era imposible.

Y acertó en su intuitivo esnobismo. Resultó que los pendientes de los que Enrique se había enamorado costaban cuatro mil trescientos dólares, más de la mitad del adelanto de su tercera novela. Cuando el precio lo echó para atrás, la hiriente sonrisa de desdén que ella le dedicó lo devolvió a la Quinta Avenida sin más preguntas.

Deambuló hasta el Diamond District, la mayor zona comercial de venta de joyas del mundo, sintiéndose más cómodo con un dependiente que fuera judío ortodoxo y reconociera que un joven desesperado en busca de un regalo con el que complacer a una chica era un comprador ideal a quien endilgarle algo barato a un precio abusivo. Un vendedor devoto que hablaba muy deprisa convenció a Enrique de que comprara unos pendientes tras explicarle la política de precios de las Cuatro Ces en la clasificación de diamantes, que era algo más deslumbrante que cualquier cosa de las que vendía. Afirmó que podía ofrecerle a Enrique los pendientes de diamantes en cuestión a buen precio porque su calidad por lo que a color, consistencia, quilates y corte respectaba —las Cuatro Ces, pues quilates es *carats* en inglés— quedaba justo debajo de donde la tasación se disparaba. Le aseguró a Enrique que la diferencia entre esa calidad inferior y la superior, donde los precios se triplicaban, era demasiado sutil como para que nadie se diera cuenta, ni siquiera los expertos en diamantes que lo rodeaban en ese mismo momento. Levantó los brazos enfundados en un traje negro, mostrando las mangas blancas y los puños almidonados, como si abrazara todo el distrito.

—¡Nadie! —prometió—. ¡Ni un alma puede ver la diferencia! ¡Va! Pregúnteles. Si alguien puede ver la diferencia, le devuelvo el dinero.

Aquellos pendientes eran mucho más baratos que el par de Tiffany's, pero los ochocientos dólares que costaron supusieron una dolorosa merma para la cartera de Enrique. Así que cuando le ofreció el regalo a su amada con unas manos temblorosas y llenas de orgullo, estaba casi paralizado por sus deseos de impresionarla y por el sustancioso porcentaje de sus ingresos anuales que representaba.

Margaret lo intentó. Se esforzó por llevar una sonrisa a su boca y consiguió formar una especie de mueca de satisfacción. Aunque Enrique era un consumidor crédulo, también era un amante escéptico, y quiso saber qué había de malo en el regalo. No tardó en lamentar su afán de saber la verdad. Tuvo que acallar el doloroso recitado de los muchos defectos de los pendientes. Aprendió algo importante para futuros regalos: para Margaret, los diamantes no eran el mejor amigo de una chica; de hecho, le desagradaban.

—¿Es que no te has dado cuenta de que no tengo? —preguntó. Lo dijo en un tono de asombro, como si hacer inventario de las joyas de una chica fuera un acto de supervivencia esencial.

Margaret intentó ser amable. Lo besó y lo tranquilizó y le dio las gracias por ser tan considerado, pero a medida que pasaba el tiempo a Enrique le pareció que ella se mostraba sarcástica e insensible con el regalo. Dos meses más tarde escuchó sin querer cómo Margaret bromeaba con Lily a propósito de los pendientes, y le escoció la vergüenza. Su humillación no mejoró cuando se dio cuenta de que nunca los llevaba, de que no se los había puesto ni una vez. Le contrarió el rechazo de su regalo, una sensación amarga que almacenó en la caja secreta donde guardaba las magulladuras de su orgullo que nunca se curaban y donde se volvían más oscuras y represivas. Creció su determinación de conseguir impresionarla algún día.

Para el siguiente cumpleaños evitó las joyas. Copió otro de los ardides de su padre en cuestión de regalos y le compró un caro utensilio para animarla como artista. Enrique admiraba las fotos de Margaret, al igual que mucha otra gente, sobre todo su padre el economista. Leonard le dijo a Enrique que él había dejado de hacer fotos en cuanto vio las instantáneas que había tomado Margaret en su viaje de estudios a Europa, fotos que había obtenido con una cámara automática heredada de Leonard. Hasta ese momento este nunca había considerado que la fotografía fuese un arte, pues con las cámaras automáticas y la película sin límites tarde o temprano hasta un mono captaría una imagen fascinante. El primer rollo de treinta y seis fotos que sacó Margaret refutó de inmediato su opinión. Más de la mitad tenían una hermosa composición y eran exquisitas. La facilidad de Margaret le convenció de que la fotografía sin duda era un arte y de que su hija «tenía ojo». Que las fotos de Margaret superaran la resistencia de su práctico padre fue suficiente para que Enrique deseara animarla, dejando aparte el entusiasmo de ella por la fotografía. Cuando se conocieron, él descubrió que Margaret había terminado hacía poco un curso de revelado y positivado. Su interés continuó durante el primer año que vivieron juntos. Margaret pasaba su tiempo libre (era artista gráfica y trabajaba por su cuenta) paseándose con una Olympus de 35 milímetros por el barrio cada vez más pequeño de Little Italy, por el floreciente SoHo, por el sucio mercado de la carne y por los ruinosos edificios de Union Square, captando las calles de una Nueva York en bancarrota que por entonces, en los años setenta, empezaban a cotizarse al alza.

Enrique volvió a confiar en un judío ortodoxo, esta vez en la tienda de cámaras B & H, donde Margaret compraba su material. Comentó largo y tendido qué comprarle con un joven dependiente que parecía mayor debido a su poblada barba. Se le bamboleaban las mejillas regordetas y pálidas mientras le sugería qué cámara entusiasmaría a un fotógrafo serio. La respuesta le resultó atractiva a Enrique: una Rolleiflex de los años cincuenta. La caja de metal negro con pequeñas abolladuras tenía ese elegante aspecto retro y voluminoso de las cámaras de la segunda guerra mundial, una época romántica en la imaginación de Enrique. El devoto dependiente le explicó que las «Rolleis» poseían unas lentes de pulido fino que proporcionaban el tipo de detalle que anhela un fotógrafo artístico; y puesto que la cámara ya no se fabricaba, una lente de esa calidad solo podía obtenerse comprando una cámara de segunda mano.

Todo eso a Enrique le pareció una chorrada. Las cámaras eran una tecnología moderna. Según la experiencia de Enrique, la tecnología siempre progresaba. No se creyó demasiado las afirmaciones del hombre del sombrero negro, que con los rizos cayéndole a los lados de la cara, su traje y su delantal también parecía salido de la segunda guerra mundial, aunque más de *Le chagrin et la pitié* que de *La gran evasión*. Justo hasta el momento en que Margaret abrió el voluminoso paquete que Enrique había envuelto con papel de regalo, le preocupó que se riera de él por ser tan crédulo.

Pero no. No lo habían engañado. Aquella vez no hizo el ridículo, Margaret no se quejó de que no hubiera adivinado lo que le gustaba. Hubo una gratificante expresión, unos ojos desorbitados de agradable asombro, seguidos de «¡Oh, Dios mío, una Rollei!», como si se tratara de un tesoro que había codiciado con tanta intensidad que había considerado prudente mantenerlo en secreto. «¡Bombón!», exclamó Margaret, utilizando el apodo que había acuñado recientemente para él. «¡No deberías haberlo hecho!», exclamó con un brillo en los ojos, y se puso en pie de un brinco, alzándose de puntillas para besarlo con los labios frescos y húmedos.

Un triunfo. Todo lo contrario de la humillación del año anterior. Durante unos días Enrique quedó impregnado de una sensación de éxito varonil, frustrado tan solo por el ceño que ella puso cuando le preguntó por qué seguía sacando fotos con su Olympus y no con la fabulosa Rollei. «Es que todavía tengo que aprender a usarla», dijo Margaret con pinta de agobiada, como un estudiante que ha de redactar un trabajo difícil. Durante las semanas siguientes él le fue detrás. ¿Se había apuntado al curso que según ella necesitaba para aprender a utilizar correctamente la Rollei? ¿Quería que Enrique le comprara el trípode que, le habían dicho varias personas, necesitaba para esa cámara?

¿Había hecho limpiar la lente, puesto que Margaret afirmaba que en B & H se la habían vendido sin el trabajo necesario de restauración? ¿Podía llevársela al dependiente y quejarse? Y así sucesivamente, le iba haciendo preguntas con la intención de animarla, pero ella parecía tomárselo como si le diera la lata.

Ante el asombro y la irritación de Enrique, que con el tiempo se transformaron en una dolorosa herida, Margaret nunca utilizó la Rollei que tanta ilusión le había hecho, ni una sola vez.

—Es demasiado esfuerzo —dijo cuando vio que él no paraba de insistirle, ocho meses después de su cumpleaños—. Tengo que aprender y comprarme todo este material... y además hay que limpiar la lente. Buf —resopló—. Prefiero salir con mi pequeña compacta.

Por aquel entonces ya se habían casado, por lo que ya no se podía poner en entredicho su compromiso con Enrique, pero aquel rechazo renovó, con una intensidad que mantuvo oculta a Margaret, la cuestión de si su amor le proporcionaba algo aparte de la lealtad y el consuelo de una mascota. ¿Para qué lo necesitaba?, se preguntó Enrique. ¿Por qué iba a amarlo Margaret? Los sentimientos que experimentaba hacia él, ¿eran algo más que un reflejo biológico y burgués?

No mucho después de su decepción con la Rollei, Enrique le dijo en broma que era el marido perfecto para una guapa chica judía que quisiera escapar de su típico hogar de Queens: un hombre de piel olivácea y nombre español al que ella podía llevar a la celebración de la Pascua y anunciar encantada: «¡Es judío, mamá!». La manera en que ella asintió con la cabeza y la vibración de su cínica carcajada resonaron a lo largo de los años. Él poseía esa fe de novelista en la naturaleza reveladora de tales momentos, y durante mucho tiempo fue incapaz de oír la música de los sentimientos de Margaret hacia él sin que repicara la campana de la sátira.

Cuando llevaban ya casados un par de años, probó otra cosa. Se convenció de que el romanticismo y el arte eran un error con una chica tan práctica y hedonista. En diversas ocasiones la había oído comentar que le gustaría tener una licuadora, pues había roto el recipiente de cristal de la que tenía y luego perdido la base con el motor. Le compró una Osterizer reluciente confiando esta vez en que era algo que le gustaría y utilizaría. Y aquel regalo que prometía ser infalible resultó el más desastroso de todos.

—¿Una licuadora? —le soltó—. ¿Una *licuadora?* —repitió, poniendo una nota cómica en su consternación y su horror al pronunciar la palabra en un estridente gallo—. ¿Me regalas una *licuadora* por mi cumpleaños? No hay duda de que eres todo un romántico. ¿Qué me vas a regalar el año que viene? ¿Una plancha para hacer gofres?

Le repitió esa ingeniosa ocurrencia a Lily, que también consideró aquel regalo lo bastante hilarante como para contárselo a los comensales durante una cena en presencia de Enrique. Este sonrió con un avergonzado buen humor, pero por dentro hervía de bochorno, y le entraron deseos de estrangular a las dos chicas hasta que se volvieran tan moradas como uno de los batidos de fruta fresca que a Margaret le gustaba *licuar* en su tan desdeñado regalo.

Al año siguiente realizó otro heroico intento de regalarle algo que ella nunca se compraría. Margaret había vuelto a pintar durante sus vacaciones en la casa de los padres de Enrique en Maine. Estaba encantada por el entusiasmo que demostraba el padre de Enrique por dos paisajes de la costa rocosa que había pintado. Cuando regresaron a la ciudad, Margaret no perdió aquel renovado impulso por pintar y alquiló un espacio con una mujer que había conocido en clase de dibujo. Durante una visita que hizo Enrique a su estudio de una habitación desde el que se veía Union Square a vista de pájaro, observó que utilizaba dos cajas de cartón apiladas y una de las tapas como caballete. ¿Cómo no iba a gustarle a Margaret que aliviara ese déficit? Fue andando hasta Utrecht, en la Cuarta Avenida, donde Margaret compraba su material artístico, y adquirió un caballete de madera, caro pero de ninguna manera elaborado, un regalo útil y bonito.

Cuando sacó el regalo de su escondite en la escalera de incendios, tuvo una premonición de fracaso. Oyó cómo un Enrique más perspicaz le susurraba desde el sótano de su inconsciente que nada que fuera útil le gustaría a Margaret. Lily y su novio de entonces, probablemente gay, estaban felicitando a Margaret y brindando con champán mientras tomaban caviar canadiense. Los tres se volvieron hacia el ruido que hizo Enrique al entrar con una expectación efervescente. Este pudo contemplar las reacciones del trío mientras permanecía en la puerta con el caballete doblado y apoyado en el hombro como si fuera un rifle de juguete. Lily y su amigo gritaron entusiasmados y levantaron sus copas como saludo a su reflexiva magnanimidad. Margaret puso una cara larga de rechazo, como si Enrique hubiera entrado del brazo de otra chica.

Aquella reacción fue un misterio durante años. Su explicación del momento, la de que el caballete resultaba «demasiado práctico», no era cierta. Cuando en su vigésimo aniversario de bodas compartieron confidencias acerca de su matrimonio, ella finalmente se lo explicó.

Aunque el enigma se había resuelto, y aunque sabía que la reacción de Margaret no había tenido nada que ver con su gusto, en aquel momento, de pie sobre lo que podía acabar siendo la tumba de Margaret, y probablemente también la suya, seguía teniendo poca fe en ser capaz de elegir el lugar en el que ella preferiría descansar. A lo mejor tanto daba. Aquellas elegantes parcelas, tuvieran de vecinos a los arces o al roble, permitían tres entierros uno encima del otro. Enrique estaba eligiendo su última morada juntos. Puesto que él iría de visita durante algún tiempo antes de unirse a ella, quizá era lógico que reflejara más el gusto de él que el de ella. Y si por casualidad era el mismo, mejor, esa era la gracia del matrimonio.

Regresó de nuevo hacia los arces.

—¿No te decides? —le preguntó la siempre un tanto ansiosa y afectuosa Lily—. Yo creo que prefiero esta vista —le propuso ella mirando a la tumba de Peter Cooper* que quedaba a lo lejos, un reluciente templo blanco entre los frondosos árboles de junio. Le preguntó a su marido no gay con el que llevaba veinte años casada—: ¿Qué te parece?

—Es una vista estupenda —dijo Paul y la rodeó con el brazo—. Y Peter Cooper nos cae bien, ¿no es cierto? —Se quedaron abrazados y miraron a Enrique desde la ternura de su posición: la barbilla compungida, los hombros relajados, la cabeza inclinada con aire de interrogación.

—Esta vista la tienes desde las dos tumbas —señaló Enrique—. Solo depende de cómo te coloques.

—Vaya —suspiró Lily, dándose un golpe en la sien—. Pues sí que... —En aquellos días, sus ojos castaños habitualmente alegres se veían grandes y preocupados, como los de un niño el primer día que va a un colegio nuevo. Sus padres aún vivían; no se había muerto nadie cercano, y, de esa manera que solo se da en mujeres que han sido amigas toda la vida, Margaret era la persona con quien mantenía un vínculo más estrecho—. No sé —dijo la siempre dogmática Lily—. No me decido. No puedo ayudarte.

—Estás aquí. Eso ya es una ayuda —dijo él, y lo dijo en serio. Regresó al arce. Intentó disipar las preocupaciones de su cabeza y considerar qué lugar era más bonito.

Quince meses atrás, para el cumpleaños de Margaret, se lo había tomado con calma para ver si por fin era capaz de elegir solo un regalo que ella pudiera apreciar. Fue apenas unas cuantas semanas antes de que se enteraran de que el cáncer había entrado en metástasis y, aunque podían intentar frenar la enfer-

---

* Peter Cooper Hewitt (1861-1921) fue un inventor e ingeniero electrónico estadounidense que inventó la lámpara de vapor de mercurio, que supuso un importante avance en la historia de la iluminación eléctrica. (N. del T.)

medad, ya no tenía cura. Durante años, el día del aniversario de Margaret había seguido la misma rutina, un acuerdo negociado de las neurosis de ambos. Acompañaba a Margaret a una tienda donde ella había visto algo que le gustaba: un sombrero, una pulsera, un vestido, unos zapatos, y en una ocasión, una mesita de centro. Enrique interpretaba la farsa de comprar y envolver lo que ella había escogido para sí misma y ofrecérselo como si hubiera sido idea de ella. «Qué buen gusto tienes», decía Margaret con bastante convicción, para que los amigos que no estaban al corriente de la circunstancia a veces la creyeran y comentaran la suerte que tenía al contar con un marido con tanto criterio. Invariablemente, Margaret le besaba delante de todo el mundo, genuinamente encantada y satisfecha de su propia elección. Pero lo que consternaba más a Enrique era que las elecciones de su mujer nunca le parecían predecibles. La lección que aprendió fue que satisfacer a su esposa no era algo que pudiera memorizar leyendo un capítulo de *Nuestros cuerpos, nuestras vidas*. Sin embargo, por desalentadora que pareciera la tarea, la enfermedad de Margaret y su entereza en el sufrimiento lo llevaron a intentar por última vez encontrar algo que le hiciera ilusión.

Decidió dedicar algo más que unas cuantas horas a buscar el regalo. Se concedió un mes. Volvió a decidirse por unos pendientes. Le gustaban las orejas pequeñas y sin mácula de Margaret, y los momentos en que ella le permitía acurrucarse a su espalda y saborear ligeramente sus recovecos con la punta de la lengua, cosa que la hacía estremecerse de placer. Quería adornarlas.

Varias veces por semana iba a mirar tres joyerías de antigüedades de su barrio. Margaret había comprado regalos para ella y para sus amigas en esas tiendas. Enrique sabía ahora que ella prefería la plata antigua, de un color casi peltre, al relucir del oro, y que prefería una sola piedra engastada en un diseño que fuera complejo pero de pequeña escala. A la segunda semana, los dependientes se acostumbraron a sus visitas de una hora.

Una dependienta intuitiva observó las cosas que solían interesarle y le enseñó un par de pendientes de plata antiguos. Le dijo que eran de la década de 1880. Había documentos que lo demostraban, pero a él eso no le importaba, pues los pendientes poseían todos los elementos que él deseaba y uno que temía: un círculo de pequeños diamantes rodeaba el solitario rubí que había en el centro de cada pendiente. Eran más titilantes estrellas que diamantes, pero seguían siendo diamantes. Cuando la dependienta dijo: «¿Qué le parecen estos? Yo los encuentros delicados y preciosos», él contestó: «Yo también. Pero son diamantes. A mi mujer no le gustan los diamantes».

La dependienta se rió.

—A su mujer no le gustan los diamantes —repitió, como si fuera una broma.

—No —dijo Enrique—. No le gustan. —De todos modos, los estudió. Se los acercó casi hasta la nariz. Pero a pesar de los diamantes que rodeaban a los cálidos rubíes rojos, eran del gusto de Margaret. No los compró. Regresó a la tienda dos veces a la semana siguiente, cada vez más tentado. Eran los pendientes que quería comprarle, pero temía cometer otro error, otro ejemplo de su terca incapacidad para ver el mundo a través de los ojos de ella.

En la misma tienda había unos pendientes parecidos sin diamantes, pero el diseño que rodeaba sus solitarias piedras rojas era menos atractivo. En su opinión, en el par que a él le gustaba los diamantes estaban de más. Eran atractivos debido al trabajo en miniatura, una yedra esmeradamente entretejida de plata antigua tan bien trabajada que parecía orgánica. Sabía que a Margaret le gustaría el diseño. Pero ¿y los diamantes? ¿Le molestarían? ¿Y qué, si no le gustaban? Habían pasado tantas cosas en los veintinueve años transcurridos desde su primer y desastroso regalo. Se habían disipado muchas ilusiones. Se habían hecho muchas exhibiciones de fuerza. Ella le había dicho cosas tan crueles como nadie le diría nunca; y en más de una ocasión él había sido más cruel con ella. Se habían jurado amor; habían soportado el odio. Como hijos que eran, habían engendrado hijos, uno de los cuales ya era un hombre, y el otro iba camino de ello demasiado deprisa. Por entonces ella debía de saber que él sabía que a ella no le gustaban los diamantes. Si de todos modos se los compraba, porque estaba seguro de que el resto del diseño era de su gusto, tenía que creer que ella comprendería que lo había hecho con la mejor intención. Quizá no le gustaran, quizá nunca se los pusiera (tampoco le quedaba mucho tiempo para llevarlos), pero no podría ofenderse si, de nuevo, siguiendo la constante de su matrimonio, él fracasaba a la hora de elegirle un regalo sin ayuda. Tenían gustos diferentes, y a veces querían cosas diferentes el uno del otro, y sin embargo habían llevado una feliz vida juntos: él debía creer que ella lo comprendería.

Enrique los metió en su cajita de terciopelo y los envolvió con el papel de seda azul liso que a ella le gustaba, y le compró una tarjeta divertida de las que a ella le gustaba comprar para él. Enrique era más serio que ella, de manera que debajo de la línea chistosa de la tarjeta escribió unas palabras sentidas: «Para la única joya de mi vida».

—Uau —dijo Margaret cuando leyó la nota. Levantó la mirada hacia él, limpiándose la nariz para asegurarse de que no moqueaba a causa del protocolo de la nueva quimioterapia. Sonrió lánguidamente—. Bombón, ¿no has gastado mucho? Sería ridículo gastar mucho en mí a estas alturas.

—No digas eso —repuso Enrique.

—Bueno —dijo Margaret abriendo la cajita, esa chica ahorrativa de Queens—. Se los dejaré a Gregory o a Max para que se lo regalen a sus mujeres... —Se apagaron sus palabras al ver los pendientes. Los contempló un momento como si no supiera qué eran. Los observó entreabriendo ligeramente los labios y mirándolos con honda perplejidad.

La que me va a caer, se dijo Enrique preparándose, por no haberme acordado de que odia los diamantes.

—Endy... —susurró Margaret. Sacó los pendientes y los sostuvo en la palma de la mano bastante rato para decir: —Son hermosos. —Fue como si él no existiera. No hubo beso, ni objeción por el dinero, ni las artimañas habituales. Se acercó al espejo colgado en el vestíbulo delantero, el que utilizaba para echarse un último vistazo antes de atreverse a salir. Se los puso con un profundo aire de concentración y luego se quedó mirándose, con la peluca, las cejas pintadas, colocándose de un perfil, luego del otro. Repitió en voz baja—: Son hermosos. —Dos hileras de diminutas lágrimas transparentes le rodaron por cada mejilla, pero Enrique se dijo que probablemente eran lágrimas de quimioterapia. Aquel aparente éxito despertaba sus suspicacias, le daba miedo aceptar la enhorabuena de Margaret. Desde su diagnóstico, ella lo amaba y lo necesitaba con tanta intensidad que Enrique temía que fuera demasiado poco exigente con él.

Enrique se acercó para decir:

—No necesito cumplidos; me aseguré de poder devolverlos, de manera que si no te gustan, solo tienes que decirlo. —Para su sorpresa, ella siguió sin hacerle caso. Mantuvo los ojos húmedos fijos en su imagen del espejo y siguió poniendo ahora un perfil, ahora el otro. Y para que a Margaret le resultara más fácil rechazar su regalo añadió—: Hay otro par de pendientes sin diam...

—¡Son hermosos! —le soltó ella, enojada. Ni siquiera se volvió hacia él. Reculó, apretando la peluca para ajustarla—. Bombón, me encantan —dijo apasionadamente, dando media vuelta y avanzando hacia sus brazos. Margaret se puso de puntillas y apretó sus labios contra los de él susurrando entre beso y beso—: Son perfectos. Simplemente perfectos.

—¿Aunque tengan diamantes? —le susurró él, y esperó durante dos besos más antes de que ella dijera:

—Me encantan. Gracias.

Enrique no la creyó hasta que no los hubo llevado durante una semana entera, exceptuando la tarde en que fueron a hacerle una tomografía. Incluso se tomó la molestia de explicar esa omisión, diciendo que le daba miedo que se perdieran.

Enrique seguía sin estar absolutamente seguro de que esa victoria hubiese sido posible sin la ayuda de la enfermedad. Pero se recordó que por fin había conseguido comprender el gusto de Margaret, de manera que tenía derecho a tomar esa decisión. Cruzó la pequeña colina que iba de la parcela hasta el roble y se quedó allí, donde iría la lápida de Margaret y, algún día, la suya. Estudió lentamente el terreno, girando en un arco de trescientos sesenta grados y grabando en su memoria los árboles frondosos, las lápidas como centinelas, la imagen lejana del puerto de Nueva York, la pretenciosa tumba con columnas jónicas, y el camino gris y serpenteante que dividía las cuidadas parcelas y que pronto recorrería el coche fúnebre que habría de transportar hasta allí su cuerpo sin vida.

—Esta —les dijo a Lily y a Paul.

—Es hermosa —dijo Lily, aunque hacía un momento había sugerido que eligieran la otra—. Esta es la adecuada —añadió, conociendo la intensidad de su angustia.

—Es posible —contestó él.

11. El primer beso

Cuando Enrique pagó la cuenta con una firmeza que había aprendido de su padre —tras un gesto de rechazo con la cabeza, disuadiendo a Margaret con un ademán de la mano que daba a entender que les iba a ahorrar a ambos cometer un error mayúsculo—, supo que si aquella noche no la besaba, nunca podría perdonárselo. Había procurado que no se notara. Enrique había contestado a las preguntas de Margaret, había escuchado el relato de su vida, había fijado sus ojos en ella sin desviarlos hacia sus graciosos labios, su cuello terso y blanco, sus pechos recubiertos de lana. La miraba a los ojos más por miedo que por buena educación; la única vez que se la imaginó desnuda en sus brazos se olvidó de todo lo que habían hablado.

La verdad es que no podía imaginarse yendo de la mano con ella, y mucho menos follándosela. Cuando ella se giraba hacia un lado o hacia el otro para deslizar sus delgados brazos dentro de su chaqueta de plumas, Enrique echaba otro vistazo a sus piernas y nalgas bien torneadas. Parecía un sueño imposible, no una meta. ¿Cómo era posible que ningún hombre en la historia de la humanidad hubiera reunido el valor suficiente para besar a una mujer? Desde luego, no recordaba cómo había conseguido él esa proeza. Ya a los doce años había inclinado los labios para dirigirlos hacia una chica, aterrizando sin daño alguno sobre la formidable parrilla de su ortodoncia, pero el hombre hecho y derecho de veintiún años que salía del restaurante y regresaba hacia su barrio se sentía como si nunca hubiera hecho el amor, como si fuera tan ignorante y asexuado como un recién nacido.

Aunque ni se le pasaba por la cabeza atreverse a tocarla, su mente iba desbocada y calculaba cómo hacer frente a esa oportunidad. ¿Debía invitarla a su casa? ¿Con qué excusa? ¿Debería mirar hacia otro lado cuando pasaran por delante de su edificio, atreverse a acompañarla a su casa? De ese modo tendría que ser Margaret quien diera el paso. «¿Quieres subir?», le preguntaría. O no.

Y si no se lo preguntaba, ¿entonces qué? ¿Debería besarla delante del esnob del portero? Imposible. Que él mismo y Margaret estuvieran de público ya le parecía demasiada gente. De poder hacerlo, preferiría besarla sin que ni él mismo estuviera presente. Desde luego, eliminar aquellos ojos azules hacía que ese temible reto fuera mucho más fácil.

—¿Volvemos por el camino más corto? —preguntó Margaret cuando llegaron a la Séptima con Grove.

—Por donde quieras —dijo él con el estómago revuelto. ¿Cómo iba a llevarla al éxtasis si apenas podía caminar? Que Margaret se mostrara asequible, que su cita no fuera una aventura quijotesca, le parecía una señal de mal agüero, peor, en cierto modo perverso, que no tener ninguna oportunidad. La pelota estaba en su campo, y tenía que golpearla con fuerza para conseguir un punto ganador, suponía, cuando lo cierto es que no tenía fuerzas ni para levantar la raqueta.

—Te has tomado muy bien haberte equivocado —dijo ella. Igual le hubiera dado que le hablara en farsi; la mente de Enrique estaba bloqueada de miedo.

—¿Qué? —dijo paralizado.

—Haberte equivocado. Cuando te lo señalé, pareció que te daba igual.

—Pero si... fuiste tú quien... —comenzó a decir lentamente, como si se esforzara en comprender lo que ella quería decir. Lo pilló: «Pensaba que ir por Christopher era más rápido».

Tuvieron que intercambiar algunas frases antes de aclarar el malentendido de antes de la cena. Después de varios «Pero si tú dijiste», se dieron cuenta de que habían estado completamente de acuerdo acerca de qué camino era más rápido. Margaret había tomado el impreciso gesto de Enrique con la cabeza en dirección a Grove como una indicación de que quería ir por Christopher, y había decidido no insistir por educación. Cuando ella fue a coger por Christopher, Enrique, creyendo que Margaret quería guiar por tozudez, había decidido no protestar, también por educación.

—¡Caramba! —Margaret golpeó su cadera con tejanos contra la chaqueta militar—. Más vale que dejemos de ser tan amables el uno con el otro o nunca llegaremos a nada.

Enrique se inclinó hacia la hermosa cara de Margaret, tentándose.

—Cuanto más tardemos en llegar a donde vamos, más nos divertimos.

Después de tres veladas charlando con Margaret, Enrique estaba convencido de que había un campo en el que ella nunca lo igualaría: la conversación. Ella era inteligente, mucho más de lo que él había pensado en su primer encuentro, y sin duda más culta. Pero su atenta manera de escuchar lo que se decía le impedía preparar una respuesta inteligente, y su cautela a fin de no decir ninguna inexactitud —por dos veces se había parado a pensar si el detalle que iba a dar era correcto— hacía que el ritmo de sus intervenciones fuera atropellado y echaba a perder el ingenio de su observación. No había comprendido el secreto de hacer que una conversación resultara amena: cómo se dicen las cosas es más importante de lo que se dice. De manera que le sorprendía verse envuelto en un diálogo ingenioso con ella, y desde luego estaba seguro de que no iba a perder en ninguna lid de agudezas, como ocurría ahora. Margaret contempló sus labios cuando se le acercaron. Cuando se detuvieron a un paso de distancia de donde querían ir, ella le soltó una puñalada trapera:

—¿Y qué te hace pensar que alguna vez llegaremos a donde vamos?

Enrique casi soltó un grito ahogado, pero ella no alargó su sufrimiento. Apartó amablemente el estoque añadiendo:

—A lo mejor permaneceremos perdidos juntos para siempre.

Esa era la señal para actuar. Margaret tenía la barbilla hacia arriba, los labios entreabiertos cerca de los suyos. La luna no bañaba las casas del Village con su luz plateada, pero el amarillo de las farolas podría considerarse un resplandor romántico. El aire, en lugar de transportar el habitual aroma de orina y basura podrida, llevaba el aroma del humo de leña de las chimeneas cercanas. Tras la chispeante cara de Margaret, luces blancas de Navidad colgaban de una hilera de árboles. Los ojos de ella eran joviales, le ofrecía la boca. Y qué otra señal podía darle, aparte de coger su cabeza y ordenarle: «¡Bésame!».

Enrique sonrió, una sonrisa débil. Margaret lo había dejado sin voz. Tenía el cuerpo congelado de miedo. Los veinticinco centímetros que separaban sus labios parecían un abismo imposible de cruzar. Él no era el héroe romántico de su propia vida. No se habría sentido tan decepcionado consigo mismo si Margaret le hubiera dicho que era indigno de ella, que más le valía permanecer encerrado dentro de un sótano sin aire y que nunca se le permitiría hacer vida social. Enrique habría estado de acuerdo con ese veredicto. Allí y entonces, en su corazón y en su mente aceptó que nunca iba a tocar a esa mujer. Al igual que el desventurado Bernard, solo serían amigos. Y en ese espíritu dijo:

—Odio perderme.

Probablemente cualquier otra chica habría tomado esa réplica como un rechazo. Desde luego, en cuanto las palabras hubieron salido de sus labios, lamentó no habérselas guardado. Aquello no pareció desalentar a Margaret. Levantó la mirada al cielo y dijo con una expresión nostálgica:

—¿De verdad? A mí me encanta perderme. —Se volvió hacia Grove, el camino más corto, y echó a andar hacia su casa—. Adoro la aventura.

Él anduvo a su lado, aliviado de que la cuestión del sexo hubiera quedado resuelta, aunque fuera de manera insatisfactoria, y dijo:

—Me alegro por ti. Ojalá yo fuera en esa dirección.

—¿Y no vas? —exclamó ella. Se movía a paso vivo, con tanta prisa que Enrique estaba seguro de que quería separarse de él cuanto antes—. Vamos, dejaste el instituto. Te fuiste de casa a los dieciséis años. Has convivido —ella sonrió al decir la palabra— con una mujer mayor que tú. Eres mucho más aventurero que yo.

—La verdad es que no —insistió él. Siguió un espeso silencio que lo llenó de pánico. Lo asustaba que no tuvieran nada más de que hablar. Eran amigos, y esa idea lo relajaba, ya no tenía que preocuparse por cómo y cuándo saltar el abismo. Pero sin esa preocupación subyacente, su mente parecía haber perdido el rumbo. ¿Tenía algún sentido proseguir aquella velada? Le parecía que toda la empresa, todas aquellas semanas maniobrando para estar a solas con ella, eran una pérdida de tiempo. Por vergonzoso que fuera, teniendo en cuenta su confesa fe en el feminismo, tuvo que admitir que, aparentemente, su único interés por ella era sexual. No echaba de menos la presión para actuar, pero sin ella tanto le daba volver a casa a ver la tele.

—¿Y tus hermanos? —se oyó decir Enrique, aunque no tuviera conciencia de haber formado ese pensamiento—. ¿Son aventureros?

Ella soltó una risita que sonó melodiosa en su garganta, una complicada mezcla de afecto y desdén. Era una nota musical que ningún hombre podía dar: cómplice y sarcástica, cariñosa e irritada al mismo tiempo.

—Mis hermanos... —dijo Margaret—. Son los jóvenes más convencionales que puedas conocer. Qué chicos tan obedientes. —Exhaló un suspiro—. Mi madre les enseñó a portarse bien.

Enrique observó que ser obediente no era una cualidad que admirara en un hombre. En ese momento decidió que ese era el problema. Margaret imaginaba que Enrique era un chico malo. No sabía que si pudiera encontrar un líder en quien confiar, lo que a él le gustaría sería obedecer.

—¿Son más jóvenes que tú?

—No, Rob es mayor que yo. Cuatro años mayor y ha entrado prematuramente en la mediana edad. Se comporta como si tuviera la edad de mi padre. —Soltó una carcajada, otra melodía complicada, esta vez de decepción y perdón—. Cuando yo era pequeña se portaba muy mal conmigo. Me hacía rabiar a todas horas. —Negó con la cabeza, enmudecida por el recuerdo—. Una noche mis padres me dejaron a solas con él. Pedimos una pizza, cosa que me emocionó mucho. Mi favorita, con champiñones. Mientras esperábamos a que la trajeran, jugamos a indios y vaqueros, y Rob me engañó para que le permitiera atarme. Y cuando llegó la pizza no me soltó. Se la comió toda delante de mí, burlándose todo el rato. —Su cólera por lo sucedido no había perdido fuerza, como si hubiera ocurrido ayer.

—¿Cuántos años tenías?

—¿Seis? Espera. ¿Siete? No estoy segura. Veamos, eso fue...

Enrique no la dejó pensar. Había aprendido que su obsesión por la exactitud no la permitiría equivocarse ni por un par de meses, y esa precisión no le interesaba.

—Entonces tu hermano también era un niño, ¿no? Él también era un muchacho travieso. ¿Ya no es así? ¿Ya no ata a las chicas?

Ella soltó una carcajada.

—¡Ojalá! Si fuera así, le perdonaría. No, era un malvado, no un pervertido. Ahora tiene una plaza fija de profesor en Yale. Es un carca de veintiocho años.

—¿Tiene una plaza fija a los veintiocho?

—Probablemente ya tiene ganas de jubilarse. —Desvió la mirada y le dijo a los peldaños de una casa—. Es brillante. Un genio. Pero es un genio de la microeconomía. ¿Y a quién le importa eso? —Soltó una risotada y se volvió de nuevo hacia Enrique para añadir—: Lo lamento. Soy muy mala. Pero es cierto. ¿A quién le importa?

Para ella soy algo exótico, se dijo Enrique. Por eso le gusto. Pero no soy exótico. Soy tan del montón como su hermano, solo que mucho menos inteligente.

—¿Cuál es la diferencia entre un microeconomista y un economista normal?

—Bueno, son muy diferentes. No cometas este error en mi familia. Ellos desprecian a los macroeconomistas.

—Lo siento, pero yo no acabé el instituto. ¿Cuál es la diferencia entre macro y micro?

—Un economista es, ya sabes, alguien que emite opiniones acerca de si la bolsa subirá o bajará, o sobre si las tasas de interés suben o bajan, alguien que hace, bueno, eso dirían mi padre y Rob, *predicciones* acerca de la economía. Es algo que ellos no hacen de ninguna manera...

—¿Tu padre también es economista?

—Mi padre, Rob... E imagino que también quieren llevar a Larry por ese camino.

—Entonces, ¿qué calculan los microeconomistas?

—Si AT&T o Con Ed tienen que pedirle al gobierno un aumento de los tipos de interés o si tú has de calcular cuánto tienes que cobrar por tus productos a fin de cubrir los costes y otros posibles desastres y seguir teniendo beneficios, entonces contratas a un microeconomista y recurres a la *ciencia* —hizo una pausa para sonreírle a Enrique y dejar claro que ese énfasis era cosa de su padre y su hermano— y das con la cifra correcta. De todos modos, mi hermano da clases, mi padre antes daba clases y ahora tiene una empresa consultora, y mi hermano pequeño también estudia... es el negocio familiar.

—Entiendo —dijo Enrique. No había tomado vino con la cena, pero de haber ingerido una botella entera aquello le habría dejado sobrio de inmediato. Qué increíble abismo entre el negocio de su familia y el de él. El que el padre de Margaret trabajara para AT&T y Con Ed equivalía, para los padres de Enrique, a colaborar con el gobierno de Vichy. Y por amor de Dios, ¿qué pensarían los padres y hermanos de Margaret de esa lunática e izquierdosa familia de novelistas en bancarrota perpetua?

Hubo otro silencio. El portal de Enrique se hallaba tan solo a una manzana y media. Temía que el silencio le recordara a Margaret que pronto tendrían que decidir cuándo y dónde se despedían.

—Seguro que tu hermano lamenta lo de la pizza —dijo Enrique sin haberlo reflexionado mucho—. Tiene que estar muy apenado por lo que te hizo. Seguro que se avergüenza. —No estaba seguro de por qué defendía al hermano de Margaret. ¿Para intentar estar en desacuerdo con ella acerca de algo? ¿No es eso lo que hacen los amigos? ¿Disentir amigablemente?

Cuando se detuvieron en la esquina de la Sexta, Margaret hurgó en su bolso en busca de un cigarrillo.

—A Rob le gusta meterse con la gente. Es sarcástico. Muy sarcástico con todo. Pero le quiero. Y cuando era pequeña, le adoraba. Me parecía el mejor. Era mi hermano mayor y lo sabía todo. Pero era malo conmigo. No es culpa suya. Toda la vida tuvo a mi madre atosigándolo para que fuera perfecto y lo hiciera todo a la perfección. Plaza fija a los veintiocho. Qué barbaridad. De manera que lo entiendo. —Encendió el cigarrillo.

—¿Y tu hermano pequeño? —preguntó Enrique manteniendo el sesgo asexual de la conversación: como si acabaran de hacerse amigos en el campamento y hablaran de sus hermanos.

—Ah, Lawrence. Mi pequeño Larry. Larry el pequeñín. Es un encanto. Y como yo soy su hermana mayor, seis años mayor, él tiene que adorarme a mí.

Estaban cruzando la Sexta, acercándose al probable final de una velada que acabaría en un completo fracaso.

—Y tú le cuidabas mucho, naturalmente —dijo Enrique.

Ella soltó una carcajada que le salió de las tripas, una carcajada de las que puede producir un hombre.

—De hecho, yo era peor que Rob cuando me quedaba a solas con Larry. Una vez le causé una conmoción cerebral. Y en otra le rompí un brazo. Dos veces, después de dejarlo a solas conmigo, mis padres tuvieron que venir a buscarnos al hospital. —Se rió con una alegría contagiosa.

—¿Cómo le causaste la conmoción? —preguntó Enrique—. ¿Lo tiraste de cabeza?

—No... —dijo ella, hablando de manera entrecortada entre risa y risa—. Le estaba enseñando a montar en bicicleta.

—¿Y lo del brazo?

—Yo no le rompí el brazo.

—Venga, vamos. Confiésalo. Le arrastrabas del brazo a comprar drogas y se lo partiste...

—No, no, no. Le estaba enseñando a patinar...

Se estaban aproximando a la esquina de la Octava y la Sexta. Para ir al apartamento de Enrique tendrían que girar hacia el este. Si continuaban una manzana hacia el norte, rumbo a la Novena, se encaminarían al apartamento de ella.

Para despistarla cuando pasaban por la calle Octava para que la elección de ir al apartamento de ella tuviera lugar sin ninguna discusión, Enrique persistió en su broma:

—¿Patinar? Admítelo: querías heroína. ¿Qué hiciste? ¿Retorcerle el brazo para que te diera el dinero de su almuerzo?

Margaret se puso solemne. A Enrique le preocupó que fuera a protestar por su artera maniobra.

—Pobrecillo, Larry. Me encantaba quedarme con él —dijo Margaret con nostálgico afecto. Cruzó la calle y se dirigió hacia la Novena—. Era un chico tan dulce.

—¿Era? ¿Ahora es un asesino en serie?

—No, sigue siendo un encanto. Es solo un poco...

Se puso a pensar y se quedó pensativa. Enrique disfrutó de esa pausa en la conversación. La Novena, a pesar de los ruidosos taxis que pasaban, era mucho más tranquila que la estruendosa Octava. En algunos árboles de las casas se veían luces de Navidad, aunque en aquellos días de bancarrota y vandalismo lo más habitual era su ausencia. A Enrique le llegaba el olor de los troncos que ardían en las chimeneas, y se imaginaba la acogedora felicidad de las familias. Ya no sabía para qué quería seguir conociendo a Margaret. No tenía valor para conquistarla, eso estaba claro, pero no quería que fueran amigos. La verdad es que no sabía qué haría con una amiga como ella. ¿Ir a museos? ¿Aprender a hacer ganchillo? Pero caminar en silencio entre las casas y los edificios de piedra marrón donde Henry James, Mark Twain, Eleanor Roosevelt y Emma Lazarus y docenas de psiquiatras y sus desdichados pacientes habían hablado hasta decir basta, esperar a que Margaret le contara algún secreto de su corazón, ese caminar con calma a su lado, todo aquello eran cosas que podía hacer con satisfacción.

—Larry debería ser arquitecto —dijo ella por fin.

—¿También es economista?

Margaret frunció el ceño.

—Todavía no. Mis padres, mi madre sobre todo, le pinchan para que se haga economista. Ella cree que ser arquitecto es demasiado arriesgado.

—¡Qué! —Enrique soltó una carcajada. Para él, que no había acabado la secundaria, los arquitectos encontraban trabajo tan fácilmente como los economistas. Además, su amigo Sal, que sobrevivía diseñando oficinas y *lofts*, afirmaba que carecer de un título de arquitecto era lo que le impedía amasar una fortuna.

—Bueno, es mucho más difícil ganarse la vida como arquitecto. Pero cuando Larry era pequeño le gustaba dibujar. Aún le gusta. En la cena de Acción de Gracias dijo que la asignatura de plástica era su preferida. Y sus dibujos eran buenos, buenos de verdad. Eso hace que mi madre se ponga muy nerviosa. Él tiene una auténtica sensibilidad y talento para el dibujo, pero eso... —Negó con la cabeza y dijo en voz baja—. Pero eso implica ser artista. Y en mi familia no está bien visto. Al menos, no para los hombres.

Llegaron a la elegancia de la Quinta Avenida y contemplaron detenidamente una amplia vista desde el Arco de Triunfo de Washington Square hacia el sur, las luminosas cajas de las torres del World Trade; hacia el norte, la antena del Empire State parecía ansiar que le prestaran atención, como si fuera incapaz de aceptar que ya no era el edificio más alto de Manhattan.

—¿Pero a ti no te parece mal ser artista? —preguntó Enrique.

Ella se volvió y observó a Enrique con decepción.

—Se supone que tengo que casarme y tener hijos —dijo con un tono de «¿Es que no es evidente?» impregnando cada palabra.

De repente Enrique se sintió como si fuera el villano de la novela, el malo potencial de la historia de Margaret, el destructor de las esperanzas de realización de una jovencita. Su melodramática mente contempló la trama: Margaret, que pensaba haber encontrado un artista que la mantendría al liberarse de la opresión de unos padres burgueses tipo los Buddenbrook, se enamora de un melenudo niño prodigio; en lugar de escribir ella su gran novela, se convierte en poco más que una fregona con pretensiones que lleva una vida de agobio en un apartamento del Lower East Side y se dedica a criar a los hijos mientras Enrique escribe libros que son un fracaso y le pone los cuernos con actrices y poetisas. Con el tiempo, ese egoísta fracasado abandona a Margaret cuando ella es ya una mujer madura y no tiene un céntimo, y se va con una joven heredera del Upper East Side que cree que el eternamente joven Enrique es un genio por descubrir. Después de esa calamidad, Margaret escribe una virulenta obra de teatro acerca de las dificultades por las que pasan las chicas judías obedientes que gana el Pulitzer, el Tony y el Nobel.

Habría seguido elaborando ese serial, pero tuvo que responderle para evitar la impresión de que era un idiota.

—Naturalmente —dijo—. Se supone que tienes que casarte con un buen chico judío y tener tres hijos.

—¡Dos hijos! —exclamó Margaret—. Dame un respiro. Creo que incluso mi madre se quedaría satisfecha con dos. —El semáforo se puso verde y ella cruzó la calle, definitivamente rumbo a su apartamento. Enrique se preguntó si Margaret se había dado cuenta de que habían pasado de largo el edificio de él y lo informaría de que no tenía por qué acompañarla a casa, pero no fue así. Avanzaron hacia University Place al veloz paso de ella, tan llena de energía que a él, a pesar de sus largas piernas, le resultaba difícil mantenerse a su lado sin esforzarse. Enrique también se apresuró, dando gracias de no tener que tomar la decisión de alargar la velada. Sería ella quien lo invitaría a subir o no.

—¿Y? ¿Has decidido tenerlos?

—¿Si he decidido tener el qué? —preguntó Margaret como si no hubieran estado hablando de nada en particular—. ¿Niños? —añadió bruscamente sin el menor asombro—. Bah, no pienso en eso. No pienso en ello ni un momento.

—¿Te da igual? ¿No te preocupa no satisfacer las expectativas de tu madre?

—Bueno, me importa. Un poco. Supongo. No sé. No pienso en ello. Sé que, haga lo que haga, voy a decepcionarla y preocuparla.

A Enrique eso le pareció un comentario muy triste. Le parecía que, aparte de la indignación de sus padres porque no tuviera más éxito, aparte de que nunca estuvieran satisfechos por las alabanzas que los críticos dedicaban a la obra de Enrique, aparte de afirmar que su editor era un incompetente y que por eso no había conseguido vender más ejemplares de sus novelas, lo que había permanecido inalterable era la admiración de ambos por la calidad de su obra y su inflexible insistencia en que debía seguir escribiendo por muy desalentadora que fuera la reacción del mundo ante sus libros. Se dijo que de no haber tenido el apoyo de sus padres, ser artista le habría resultado demasiado difícil. Pero sabía que también ocurría lo contrario. Y así lo dijo.

—Bueno, casi todos los grandes artistas del mundo tuvieron padres que no querían que fueran artistas.

—Yo no soy una gran artista —objetó Margaret sin vehemencia—. Ni siquiera soy una artista. No sé qué soy —observó. Parecía una niña que contemplara un futuro misterioso y posible a la vez—. ¿Siempre supiste que querías ser escritor? Supongo que sí. Empezaste muy joven.

—No, no lo supe desde siempre. Había otras cosas que quería ser antes de escribir mi novela. Hasta los once años quise ser presidente de los Estados Unidos. —Margaret se rió. Enrique se inclinó hacia ella para recalcar su sinceridad—. Te lo digo de verdad. Me suscribí al *Congressional Record* y me presenté al consejo estudiantil, y no se me fue de la cabeza hasta que el padre de un amigo mío me dijo «Nunca te elegirán presidente. Ni en un millón de años. Eres medio hispano y medio judío. En este país no te elegirían ni para empleado de la perrera». Ahí fue cuando abandoné.

Margaret le tocó el brazo.

—Eso es terrible —exclamó, como si la herida siguiera sangrando. Enrique dejó de caminar. Se hallaban a media manzana del temido adiós, en el campo visual del crítico portero. Él estaba de cara a ella, disfrutando del peso pluma de su mano en su brazo. Allí permaneció antes de que Margaret lo apartara lentamente y comentara—: Menudo comentario tan desagradable. ¿Por qué fue tan desagradable con un niño?

—Tenía razón —contestó Enrique—. Podría haber llegado a senador por Nueva York, como mucho. Y con las ideas políticas de mis padres, ni siquiera a eso. Los exiliados cubanos me matarían antes que elegirme.

Estaba a punto de burlarse de su fantasía de triunfar en el

mundo de la política cuando Margaret, tan comprensiva hacía un momento, se encargó de ello:

—Antes de que se molestaran en asesinarte, tendrías que acabar la secundaria.

—Por eso lo dejé. ¿Por qué acabar la secundaria si no puedes ser presidente?

Los labios de Margaret formaron una sonrisa de labios cerrados que él ya había observado dos veces después de decir cosas que a ella le habían hecho gracia. Esta vez fue más pronunciada: una sonrisita maliciosa, unos ojos alegres, la cabeza inclinada en un gesto de apreciación, lleno de ironía y afecto; y en su actitud había un delicioso vestigio de orgullo de propietario, como si Enrique fuera una fuente de distracción para ella sola, no disponible para nadie más. De nuevo supo que debía besarla, pero se quedó petrificado hasta que ella dijo, recalcando cada palabra:

—¿De verdad querías ser presidente?

—Creía que podía cambiar el mundo —contestó Enrique.

Ella dejó escapar una solitaria carcajada de satisfacción.

—Lo veo. Veo perfectamente al chaval que pensaba eso.

Se volvió para recorrer la última mitad de la manzana, la que, creía él, lo decidiría todo.

Enrique le hizo otra pregunta, qué hacía exactamente su padre para AT&T, con la esperanza de que eso los distrajera a ambos de la decisión de despedirse. Mientras Margaret le explicaba que su padre a menudo testificaba en los tribunales y ante el Congreso en nombre de la compañía, cosa que al izquierdista Enrique le sonó muy corrupta, ella le soltó:

—¿Quieres subir y tomar un café? ¿O vino, cualquier cosa?

—Claro. —Enrique no dejó escapar la propuesta. Inmediatamente, en su cabeza, aquello volvía a ser una cita, y el estómago comenzó a revolvérsele.

Margaret no dejó de hablar mientras subían en el ascensor, entraban en el apartamento y se quitaban la chaqueta. Le preguntó si quería café, y él dijo que sí. Ella desapareció en su diminuta cocina.

La sala de estar o, mejor dicho, la zona donde se sentaban en su estudio en forma de L, la definían tres muebles: un pequeño sofá a rayas blancas y negras, un sillón de cuero negro de los Eames, y una sencilla mesita baja. En longitud, el sofá era más bien un confidente, y si él se sentaba allí y ella decidía colocarse a su lado, prácticamente se besarían cada vez que se miraran. El sillón de los Eames era una alternativa tentadoramente cobarde, pero él se armó de valor y se colocó en el sofá. Lo encontró muy incómodo, demasiado bajo para sus piernas largas y escuálidas. Tampoco tenía sitio para los pies, porque la base de la mesita tenía un estante casi de la misma extensión del tablero que le impedía estirarlas. En consecuencia, las rodillas le quedaban muy altas. Se sentía como una mantis religiosa o como una marioneta abandonada que se hubiera derrumbado en una incómoda confusión de extremidades. Quería ponerse de lado y colocar una rodilla sobre el sofá a fin de tener más sitio para extender las piernas, pero eso obligaría a Margaret a sentarse muy lejos, en el sillón de los Eames, cosa que, a la hora de besarse, podía equivaler a cruzar el océano Atlántico.

Entonces se le ocurrió que su elección del sofá no suponía el fin de la cuestión: ¿Y si ella ocupaba el sillón de los Eames? En aquel momento, Margaret apareció para decir:

—El agua solo tardará un par de minutos. ¿Quieres leche?

—Puso cara de preocupación—. No me queda.

—¿No tienes leche? —Enrique se quedó sorprendido. Lo único que había en su nevera era leche.

—Tomas leche con el café —dedujo Margaret, y volvió a meterse en la cocina. Enrique oyó el *shhoshh* de la nevera al deshacer el vacío—. Mierda. Lo siento. Tengo un poco de helado de vainilla. ¿Quieres que te ponga en el café? —Volvió a aparecer la mitad superior de Margaret, asomándose con una botella de

Breyers en la mano, una chica de ojos azules y cara pecosa dispuesta a complacerle.

—Tú tomas el café solo —le dijo Enrique. Ella asintió con recelo—. Eres un machote. Eres una chica machote. —Enrique se rió de su frase, complacido en general y consigo mismo. El tono de Margaret y cada uno de sus gestos le indicaba lo cómoda que se encontraba a solas con él. Enrique se relajó y disfrutó contemplando a sus anchas la cara alegre y perpleja de Margaret. Pensaba que no se atrevería a probar si ella retrocedería horrorizada ante el tacto de sus labios, pero, en cualquier caso, se sentía más calmado.

—Eso no tiene ningún sentido —dijo Margaret—. ¿Una chica machote? —Sacudió la botella—. Se me congelan los dedos. ¿Quieres helado?

—Tomaré el mío también solo. Puedo ser tan duro como tú.

Margaret volvió a desaparecer y regresó sin helado, y puso fin al suspense de dónde se sentaría. No escogió ni el sillón de los Eames ni el sofá, junto a él. Se colocó sobre el brazo libre del pequeño sofá, el que estaba más cerca de la cocina, supuestamente para poder levantarse más fácilmente y acabar de preparar el café. O quizá le gustaba la novedad de poder contemplar a Enrique desde una altura superior a la suya. En cualquier caso, optimista como se sentía ahora, Enrique soltó una carcajada ante sus absurdos cálculos acerca de algo que supuestamente tenía que llevarse a cabo con romántica elegancia.

—¿He dicho algo divertido? —preguntó Margaret.

—No. —Enrique confesó la simple verdad—: Me lo estoy pasando muy bien.

Durante un momento prolongado e inquietante, ella lo miró boquiabierta, con sus grandes ojos redondos y perplejos. Aquel silencio se prolongó tanto que a él no le habría sorprendido que Margaret le anunciara que lo cierto era que no se estaba divirtiendo. Enrique había olvidado lo que había aprendido de ella; su conversación no sería un toma y daca. Tras pensárselo atentamente, ella dijo:

—Yo también. La verdad es que es muy fácil hablar contigo.
—Silbó el hervidor—. Y eso es bastante raro —añadió al marcharse.

Regresó con una cafetera y tazas, y finalmente se colocó donde Enrique había esperado y temido, junto a él en el sofá, a distancia de beso. Siguieron charlando con la facilidad y fluidez de antes. Cuando ella le preguntó por su pasado, a él, como escritor autobiográfico que era, le resultó fácil repetir un discurso ya memorizado mientras su mente se concentraba en lo que le fascinaba de verdad: la hilera de pecas casi invisibles que Margaret tenía debajo de cada uno de sus exquisitos ojos, el leve puchero que formaban sus labios rosa pálido, la manera con que su barbilla rápidamente suavizaba su ángulo severo con una sonrisa. Cuando ella se volvió para sorber el café, hablando antes y después del pequeño trago de tan ansiosa como estaba por decirle algo, Enrique casi sintió que sus labios ávidos se posaban en el suave hueco de su cuello blanco y ascendían, beso a beso, hasta aquellos traviesos labios suyos para aquietar su impaciente manera de hablar.

Por su parte, Enrique tenía una última pregunta que hacer. No era una pregunta que pudiera formular con palabras. La inquietud por recibir una respuesta errónea fue aumentando hasta que, aunque no tenía sentido teniendo en cuenta de qué hablaban —ella le contaba que los Panteras Negras habían tomado el Straight de Cornell, y Enrique, que había asistido al juicio de Bobby Seale y Erica Huggins* en New Haven—, hubo un silencio, él desplazó todo el cuerpo sobre el sofá, se acercó a Margaret unos centímetros hasta que sus muslos se tocaron, y se inclinó.

Enrique se detuvo a mitad de camino de su meta. Margaret quedó en silencio. Una sobria oscuridad inundó sus luminosos

---

* Bobby Seale (1936) fue uno de los fundadores de la organización negra radical de los Panteras Negras. Fue juzgado junto con Erica Huggins por el asesinato de otro Pantera Negra, Alex Rackley, sospechoso de ser confidente de la policía. El juez desestimó el caso. (N. del T.)

ojos azules. Ella se quedó mirando los labios de Enrique como si calculara a qué podían saber. Este había llegado demasiado lejos como para retirarse. Se acercó un poco más, demasiado asustado como para respirar. Ella no le alentó. No hizo ningún gesto que delatara si separaría los labios para recibirle o los abriría para chillar.

Enrique los tocó para tantear el terreno y con exquisita suavidad, como si pudieran atacarlo. Cerró los ojos, abrumado al verse tan cerca de los océanos insondables de Margaret, y se acercó más al no percibir ninguna resistencia violenta. El cuerpo de Margaret cedió, sus labios se separaron, el líquido de su boca bañó la de Enrique en una breve inmersión, solo para unirse de nuevo y apretar. Él se acercó más y uno de sus brazos maniobró en torno al delgado hombro de Margaret, sus narices se rozaron mientras se abrían el uno al otro al unísono, y en una maravillosa ilusión, durante una fracción de segundo, pareció que ya no tenían ni principio ni fin. Sus bocas se cerraron, satisfechas por esa breve unión, y él se apartó mientras le brotaba una sonrisa en la boca. Ella no sonreía. Lo contemplaba de una manera solemne. Él esperaba una respuesta a su pregunta: ¿Puedo continuar?

Margaret extendió el brazo con ensimismada indolencia, el antebrazo derecho en equilibrio sobre el hombro de él, una mano delicada rozándole la mejilla. El pulgar y el índice de Margaret le cogieron el lóbulo de la oreja y lo apretaron ligeramente, como si fueran antiguos amantes con todas las preguntas respondidas y todo el tiempo del mundo. En esa posición ella retomó su relato de cómo la habían decepcionado los grupos radicales negros en el campus, soltándole la oreja tras algunas frases, satisfecha con lo que habían conseguido, incorporándose, sin más besos, como si pareciera no desear nada más de él que proseguir su interminable conversación.

12. Sentimientos familiares

Durante cinco días con sus noches un continuo flujo de personas entró en la casa de Enrique y Margaret y subió las escaleras que normalmente solo ellos, sus hijos o la mujer de la limpieza subían. Aquellos últimos visitantes cruzaron el pequeño estudio donde Enrique escribía los fines de semana y una pequeña entrada que daba a un dormitorio casi tan grande como el antiguo apartamento de Margaret, donde se besaron por primera vez. Su dormitorio estaba lleno de una luz que procedía de su amplia vista del sur de Manhattan, que solía estar dominada por las cajas rectangulares y relucientes de las torres del World Trade y cuyo vacío quedaba marcado aquellos días por la cima de un cuarteto de grúas. Enrique trajo sillas extra para los grupos más grandes, como por ejemplo cuando el padre y la madre de Margaret, sus hermanos y las mujeres de estos fueron a comer.

El último almuerzo de la familia Cohen con Margaret fue precedido por una confrontación que, en un aspecto, Enrique había temido durante todo su matrimonio. Margaret le pidió a Enrique que les dijera a Dorothy y Leonard que quería que su funeral se celebrara en la sinagoga del siglo XIX del Lower East Side, donde el ateo Enrique la había acompañado desde que le diagnosticaran el cáncer; que quería que el funeral lo presidiera su excéntrico rabino budista; y que deseaba ser enterrada no en la parcela de la familia en Nueva Jersey, sino en las colinas el cementerio de Green-Wood, en Brooklyn, desde donde se veía el sur de Manhattan, donde Margaret se había corrido sus juergas de joven, amansado a Enrique y criado a sus hijos, y donde moriría.

Margaret, al ver la expresión de temor en los ojos de su marido ante la perspectiva de tener que enfrentarse a sus padres sin ella, se aprestó a tranquilizarlo:

—Una vez se lo hayas dicho, yo confirmaré que eso es lo que quiero, pero no soporto tener que discutir con ellos, así que explícaselo. Así se harán a la idea, y luego me los mandas. —Enrique no contestó. Si Margaret no hubiera estado enferma, él habría intentado escaquearse del asunto, pero ¿cómo iba a hacerlo ahora? En cualquier caso, ¿no era esa la oportunidad para empezar a aprender algo nuevo? Los Cohen eran los abuelos de sus hijos; tendría que aprender a tratar con ellos sin ayuda—. Puedes hacerlo —dijo ella ante su silencio—. Protestarán, pero harán lo que yo quiera. Solo que no tengo ganas de escuchar sus tonterías.

Algo fallaba en su manera de plantear la situación, aunque Enrique no era capaz de señalar el qué, pero tenía poco tiempo para reflexionar sobre ello, ni siquiera media mañana. Sus padres llegaron a las diez de la mañana. Max, tras haber acabado la secundaria una semana antes, probablemente estaría durmiendo la mona después de haber ingerido una preocupante cantidad de alcohol. Margaret seguía arriba, inmersa en el largo proceso de vestirse. Tenía que sortear los tubos y puertos que no podían ocultarse completamente, la aplicación de maquillaje con los ojos llorosos y la falta de cejas, y el pelo postquimioterapia, que era frágil y ralo, aunque ya lo bastante tupido como para dificultar el proceso de ajustarse la peluca. Aquellos preparativos dejaron a Enrique a solas con Dorothy y Leonard en la sala de estar, una excelente oportunidad para informarlos de cómo iba a ser el funeral.

No tuvo mucha elección; fue la segunda pregunta de Dorothy.

—¿Max aún duerme? —preguntó inmediatamente después de que ella y Leonard se aposentaron en el sofá. Casi atropelló el sí de Enrique para preguntar, como era típico en ella, no una sola pregunta, sino todo un párrafo de interrogantes, emparedados entre suposiciones, consejos y respuestas a sus propias preguntas—. ¿Y qué me dices del funeral y todo eso? ¿Qué vais a hacer? Me refiero que, ¿por qué ibas a saber tú nada de todo eso? De funerales y cementerios. Nunca has tenido que hacer nada parecido. Menos en el caso de tu padre, pero tú no tuviste que organizar nada, ¿verdad? ¿No fue tu hermana quien se encargó de todo en Florida? Suponemos que quieres celebrar una ceremonia conmemorativa en Nueva York para tus amigos. Y a Margs le gusta su rabino. Lo sabemos. Así que su rabino podría hacerlo aquí, en Manhattan, no pasa nada. Pero ¿y el templo? ¿Vuestro templo es lo bastante grande para todo el mundo? Mucha gente querrá venir. Tenemos muchos amigos. Y vosotros tenéis muchos amigos. ¿No será demasiada gente para ese pequeño templo? Es tan pequeño. ¿Qué te parece lo que he pensado? Podríamos celebrar el funeral en nuestro templo para que viniera todo el mundo, y luego vosotros podríais celebrar la ceremonia conmemorativa en la ciudad, para vuestros amigos. Eso sería una solución. En muchos casos se celebra un funeral y una ceremonia conmemorativa. Pero ¿y la tumba? No tenéis tumba, ¿no? Margs y tú no lo habíais previsto. ¿Y por qué tendríais que haber pensado en ello? —Puso un gesto de incomodidad y bajó la voz, como si comentaran algo pornográfico—. En la tumba de nuestra familia hay mucho sitio. Cuando llegue el momento, y sabemos que falta mucho para eso, tú también podrías estar. No sé dónde quieres ir, si quieres estar con la familia de tu padre, pero nosotros te consideramos parte de nuestra familia, así que... —Negó con la cabeza, como si todos aquellos pensamientos fueran moscas que la rondaran. Exclamó—: Es terrible, es terrible... —Y el caparazón de su cara se agrietó de angustia al pensar en cómo iba a controlar la última ceremonia social de su hija. Aunque Dorothy se sentía obligada a organizarla, Enrique se daba cuenta de que aquel hecho era demasiado doloroso para que ella pudiera planificarlo.

Enrique dijo suavemente, depositando en la palabra todo el afecto de que fue capaz:

—Dorothy...

Pero ante el sonido de ese tono de consuelo, Dorothy abandonó el dolor, las arrugas se alisaron bajo el peso del maquillaje, y su voz regresó al estridente tono de la planificación:

—Es terrible, pero tenemos que pensar en estas cosas. El aparcamiento, por ejemplo. ¿Hay parking en tu templo? Y tu rabino. Tendríamos que conocerlo. Él no nos conoce. —Se interrumpió bruscamente, el aluvión de palabras se cortó sin más. La mente de Enrique le daba vueltas a cómo desenredar ese matorral de hechos erróneos y puras suposiciones. Dorothy se sentó recta como un palo en el sofá mientras el pánico emanaba de sus ojos azul pálido al tiempo que Leonard se hundía en el asiento y sus tristes ojos violeta nadaban en la desesperación.

Enrique se aclaró la garganta de la obstrucción de veintinueve años de objeciones que había tenido que tragar, del malestar por la manera de hacer las cosas de Dorothy, siempre adelantándose a todos, y del miedo que le constreñía ante la idea de ser incapaz de hacer lo que Margaret quería sin ofender al mismo tiempo a su madre. Y entonces se dio cuenta, mientras contemplaba la confusión y el dolor de los padres de Margaret. La dificultad que le presentaba aquella situación consistía en que mediar entre Margaret y su madre exigía una diplomacia extraordinaria, y Enrique no era nada diplomático. Los hijos de los Cohen eran maestros de la insinuación al tratar con su madre, a la hora de expresar sus deseos sin dejarlos explícitos, de rechazar una petición sin decir que no, de estar de acuerdo sin estarlo, de luchar sin golpes. Enrique siempre decía las cosas a la cara, gritaba los noes y canturreaba los síes; era una criatura que amaba los cielos despejados pero que también exigía los inevitables mares tempestuosos, las nubes negras y los vientos que aullaban en el huracán de todos los años para crear en la atmósfera de afecto un azul más intenso que antes. Nunca había desatado una tormenta Sabas sobre Dorothy, y hacerlo ahora, de todas las ocasiones en que se había sentido tentado, sería una catástrofe que no podrían reparar ni todos los voluntarios del mundo.

Y sin embargo, sin crear vientos huracanados, ¿cómo podía estar seguro de que el nudoso roble de preocupación y control de Dorothy se doblegaría ante la brisa de los deseos de Margaret? ¿De qué otra manera podía derrocar la poderosa necesidad de familiaridad de Dorothy? Ella quería sentarse en el mismo edificio anodino al que había ido durante treinta y cinco años, sabiendo que poseía un gran aparcamiento. Quería que la rodearan los amigos de toda la vida mientras ella se sentaba en el mismo banco de madera donde año tras año había expiado pecados que harían reír a cualquiera, y escuchado a su viejo amigo rabino que repetía lugares comunes que consolaban precisamente porque ya no significaban nada. Quería conducir por la misma carretera que había tomado una y otra vez para honrar las tumbas de su madre y su padre, y de la madre y el padre de su marido; sentirse segura en ese contexto nuevo y desgarrador repitiendo las mismas palabras y mirando la misma tierra levantada.

¿Cómo podía explicarle Enrique que, aunque Margaret estuviera muerta en el funeral, para poder irse en paz necesitaba imaginarse separándose de la gente que amaba en lugares que amaba? Necesitaba decir adiós en el evocador templo de piedra y madera levantado por artesanos europeos en medio de la miseria de las calles del Lower East Side, que no tenía aparcamiento porque estaba demasiado poblado por inmigrantes que intentaban ganarse la vida. Necesitaba imaginarse que la lloraban en un símbolo de la ascendencia judía que Margaret prefería considerar suyo, más que en la anónima casa donde había pasado su infancia en Queens, o en los céspedes y centros comerciales de Long Island, escenario de la posterior prosperidad de sus padres. Que sobre su cuerpo sin vida un rabino budista pronunciara un confuso discurso de consuelo que intentara reconciliar el tribalismo y la furia descarados del Antiguo Testamento con los modernos anhelos de aceptación y armonía. Como último gesto de mujer obligada a abandonar a su marido y a sus hijos demasiado pronto, deseaba yacer para siempre lo más cerca posible del lugar donde los había alimentado, y en el lugar más elegante y acogedor que pudiera encontrar. Que, incluso en la muerte, Margaret deseaba seducir más que exigir; que la lección que había aprendido de su madre era que a su familia le pedía emoción, no obediencia.

Enrique comprendió cuál había sido el obstáculo en sus veintinueve años de convivencia con esos creadores mitocondriales de hijos: para vencer a Dorothy o a Margaret, si es que alguna vez había ganado una batalla con esas mujeres, debía insistir sin discutir, desobedecer sin debatir. Siempre que había entablado una negociación, había perdido. Tras sus tumultuosos primeros años de matrimonio, solo unas cuantas veces le había exigido algo a gritos a Margaret, y nunca a Dorothy. Y tampoco de manera directa. Una o dos veces había utilizado a Margaret para pedirle algo a Dorothy, pero en aquellas ocasiones Margaret estaba de su lado: ella lo había utilizado como un matón entre bastidores. Pero anteriormente habían contradicho los deseos de Dorothy por cuestiones triviales, como por ejemplo si pasarían sus vacaciones escolares en la residencia de los Cohen en Florida. La triste circunstancia que les ocupaba ahora no podía decidirse por decreto. Necesitaba reconciliar lo irreconciliable.

Comenzó, como imaginó que haría un diplomático, colocándose en el sofá al lado de Dorothy, tan cerca como haría un amante. Le habló con voz serena.

—Margaret y yo lo hemos hablado todo. Margaret ha dejado

muy claro lo que quiere. No sé si te acuerdas de que dejamos de asistir al pequeño templo, el templo del Village donde Max y Gregory celebraron su Bar Mitzvah. Nos pasamos a una sinagoga grande y antigua del Lower East Side. —Dorothy se aprestó a interrumpirle, pero Enrique siguió hablando—. Es una sinagoga del siglo XIX parcialmente restaurada. De hecho, es el templo más antiguo que sobrevive en Nueva York...

—Margaret me estuvo hablando de él —dijo Leonard, enderezándose en el sofá mientras su curiosidad natural por la historia judía le sacaba de su dolor—. Ahora no funciona, ¿verdad?

—Nuestra congregación lo alquila un viernes sí y otro no, y en las grandes festividades. Nuestro rabino, que es budista...

—¿Es budista? —dijo Dorothy, y su cara se ensanchó en lo que bien pudo ser sorpresa u horror. En cualquier caso, ese detalle no le inspiraba confianza.

—Dice ser budista, pero fue un rabino tradicional durante muchos años, y llevamos casi dos asistiendo a su servicio, un viernes sí y otro no y en las festividades importantes. Margaret lo adora. Dice que es el primer rabino que le gusta. —Dorothy y Leonard comenzaron a hablar al mismo tiempo para recordarle que ya habían oído todo eso, pero Enrique sabía que ambos pensaban que les estaba proponiendo celebrar el funeral de Margaret en el pequeño templo de la calle Doce, donde ella solía llevar a sus hijos sola, cuando gozaba de buena salud y Enrique la desafiaba con el orgullo de su ateísmo. No esperó a que callaran para decir—: Lo conservan deliberadamente como un templo del siglo XIX que no hubiera tenido un buen mantenimiento. Ahora este aspecto ruinoso está de moda. Pero es un lugar totalmente seguro, limpio, tiene mucho sitio para vuestros amigos y los nuestros. No sé si tiene parking. Estoy seguro de que hay uno cerca. Pero es donde Margaret quiere que se celebre el funeral. Y quiere otra cosa. No desea ser enterrada en Nueva Jersey. Desea estar más cerca de Nueva York. Hay un cementerio en Brooklyn, es un monumento nacional, pero permiten que haya unas pocas tumbas nuevas, y lo he dispuesto para que...

Eso fue demasiado para Dorothy.

—¡No quiere que la entierren con nosotros! —exclamó, arrojando una bomba de histeria y culpa en el sereno discurso de Enrique. El deseo de Margaret de que la enterraran en un lugar que admiraba se acababa de convertir en un rechazo a su madre. Durante gran parte de su vida de casado, Enrique había querido chillarle a Dorothy que ese era su punto flaco, que no tenía idea de hasta qué punto su hija respetaba sus deseos. Quería gritarle ahora que debía intentar ver el mundo a través de los ojos de su hija. Esperó pasivamente a que su cólera estallara, como si fuera un transeúnte. Estaba seguro de que no sería capaz de reprimir su frustración, teniendo en cuenta lo fatigado que estaba y su necesidad de descargar la tensión. Se quedó esperando a que el Enrique de siempre, el joven confuso y desaforado a quien Margaret había rescatado, tuviera una pataleta y aumentara la desolación de aquella circunstancia ya de por sí desdichada.

Pero en su corazón no había ninguna tormenta. Cogió las manos de Dorothy, cosa que no había hecho nunca. Ella se quedó perpleja e intentó retirarlas pero él no se lo permitió. Los dedos y las palmas de las manos de Dorothy, rígidos, se relajaron. Enrique pronunció: «Dorothy» en el tono amable que había imaginado que utilizaría con una hija que tuviera el corazón roto. Le apretó las manos, y ella se las apretó a su vez, y los ojos asustados y angustiados de Dorothy se clavaron en los suyos.

—Dorothy, Margaret te quiere. Desea ser enterrada en Green-Wood *no* porque no desee estar contigo, sino porque le encanta Green-Wood. Una amiga de su grupo de apoyo está enterrada allí, y verla en ese cementerio la ayudó a superar la pérdida. No hay nada más. Se dispone a dejarnos, y eso se le hace muy cuesta arriba. Necesita saber que todo lo que tiene que ver con su muerte va a ocurrir como a ella le gustaría. Lo necesita para poder aceptar que va a ocurrir. Es todo lo que nos pide. Green-

Wood está cerca, mucho más cerca que Nueva Jersey. Puedes visitarla allí.

Los ojos pálidos de Dorothy parpadearon hasta adquirir un tono de azul más oscuro, como si levantaran una persiana para permitirle mirar en sus profundidades. A Enrique le pareció —y se preguntó si ella sentiría lo mismo— que por primera vez miraban los ojos de otra persona. Lo que vio no fue a la exigente matriarca que tanto le molestaba, ni a la burguesa que nunca lo veía como un triunfador, ni a la madre criticona que nunca elogiaba a su hija lo bastante. Vio a una muchacha solitaria que buscaba la aprobación de sus padres.

—Dorothy —le suplicó con toda la amabilidad que pudo—. Hagamos esto por ella. Es muy difícil para todos. Muy, muy difícil para ti, quizá más que para cualquiera de nosotros, pero pongámoselo lo más fácil que podamos a Margaret. Por ella, ¿de acuerdo?

—Claro —dijo ella con emoción, pasada ya la histeria—. Claro que quiero ponérselo fácil. Soy su madre. La amo. Se me rompe el corazón —dijo, y le brotaron las lágrimas—. Claro que haremos lo que ella quiera.

Avergonzada por mostrar su dolor, intentó taparse la cara con las manos, y él se las soltó. Dorothy buscó un pañuelo de papel en el bolsillo. Esa actividad le frenó las lágrimas. Necesitaba aparentar ser fuerte para sentirse fuerte, concluyó Enrique, y se volvió hacia Leonard. El anciano tenía los ojos anegados en lágrimas, pero no hacía nada para secárselas. Dijo con el tono solemne de un juramento:

—Haremos lo que Margaret quiera. ¿Necesitas ayuda con los preparativos? —Enrique negó con la cabeza—. ¿Estás seguro? —preguntó el patriarca.

—Estoy seguro —dijo Enrique y suspiró, respirando tranquilo. Por un momento, sintió un arrebato de felicidad, hasta que recordó cuán triste era lo que había conseguido.

Los hermanos de Margaret y sus esposas aparecieron en masa

a eso de las once y se quedaron hasta última hora de la tarde. A petición de Margaret, trajeron el almuerzo de la tienda de *delicatessen* de la Segunda Avenida, un famoso restaurante kosher. Ella tomó dos perritos calientes con mostaza y sauerkraut, y una patata rellena. Comieron en la mesa del comedor, pero luego Margaret se sintió cansada y le pidió a Enrique que subiera el gotero arriba, y los invitó a seguirla. Los atendió desde la cama, rompiendo la habitual formalidad de la familia en cuanto a emplazamiento, pero no en cuanto a la vestimenta. Todos iban muy arreglados, los hombres con pantalón *sport*, camisa con botones en el cuello y americana. Dorothy y las cuñadas llevaban vestido, como si fuera Acción de Gracias o Pascua. Pero en lugar de hablar de naderías como hacían habitualmente, se entregaron a emotivas evocaciones de la infancia, y elogiaron a Margaret como madre. Dorothy no alabó a Margaret de manera directa, sino que reprodujo comentarios halagadores que habían hecho amigos de Margaret. Esos encomios fueron poco convincentes, puesto que ese contacto con Margaret se limitaba a un rápido saludo al pasar por el club de campo, la verdadera fuente era Dorothy.

Esta manera indirecta de elogiar a Margaret en su lecho de muerte decepcionó e irritó completamente a Enrique. Sabía que Dorothy no pretendía ser mezquina. Finalmente comprendió que Dorothy y Leonard eran emocionalmente retraídos, no fríos; su reserva no significaba que amaran menos. No obstante, en todas las cosas había un momento en que había que armarse de valor. Enrique quería más de ellos que su timidez crónica. Su resentimiento crecía a medida que iba transcurriendo aquel día de evocaciones. Pero lo que más lo decepcionó fue que Dorothy no dijera nada acerca de la obra artística de su hija. Finalmente, después de horas de estar sentada delante del gran cuadro de Greg y Max que colgaba sobre la cama de Margaret, Dorothy dijo:

—Nunca había visto este cuadro.

Enrique esperó a que dijera que era hermoso, o al menos que sus nietos estaban muy guapos. Pero lo único que hizo fue repetir:

—No, no lo había visto nunca.

—Hay muchos cuadros suyos que no has visto —replicó groseramente Enrique.

—¡Nunca me invitó a verlos! —chilló Dorothy como si la hubieran pinchado con una aguja, y en cierto sentido, así había sido—. Nunca me invitaste. —Se volvió para acusar a Margaret—. Yo quería venir. ¿Te acuerdas? Dije que quería ver tu obra y que luego podíamos ir a comer. Por donde está tu estudio hay muchas galerías de arte, ¿no es cierto, Margs? ¿Te acuerdas? Dije que quería venir a ver tus cuadros y almorzar contigo y que podrías enseñarme esas nuevas galerías. Pero no me invitaste nunca —repitió Dorothy, como si fuera una niña desatendida y Margaret una madre que no da nada. Dorothy se puso de puntillas, erguida y alerta como un pájaro en su percha. Apoyaba una mano en la butaca de orejas en la que se había desplomado su marido y miraba apesadumbrada a su frágil hija. La progenie masculina de Dorothy ocupaba unas sillas plegables al pie del lecho de Margaret. Los dos hijos habían llegado a lo más alto en su profesión, eran hombres de mediana edad ricos y eminentes. Mantenían la barbilla baja en un gesto penitente, como si el fracaso de Margaret a la hora de acoger a su madre en su mundo también los acusara a ambos. Atónita por la queja de Dorothy, Margaret miró a su madre desconcertada. En aquella cara consumida por la enfermedad, sus ojos parecían más grandes, y su cuerpo era más pequeño que nunca. La cualidad traslúcida de su piel rivalizaba con la de los tubos de plástico que se adentraban en los puertos de su pecho. Por un momento nadie dijo nada.

Fue entonces cuando Enrique se dio cuenta de hasta qué punto era extraña aquella relación entre madre e hija. Dorothy esperaba que Margaret le diera una explicación en lo que todo el mundo sabía iba a ser la última conversación que madre e hija mantendrían. Dorothy era una mujer discreta, y ese era un asunto muy privado, y sin embargo se lo pedía en una habitación llena de gente, aunque todos eran miembros de la familia. ¿Acaso temía que, sin público, Margaret le dijera algo ofensivo? Cierto era que, durante su enfermedad, Margaret había mantenido a su madre a distancia, pero Enrique sospechaba que toda la familia, Dorothy incluida, lo había agradecido. El disgusto de aquella madre al verse impotente para detener lo que estaba ocurriéndole a su hija solo empeoraba las cosas. Margaret comprendía ese rasgo dominante de la naturaleza de su madre: necesitaba controlarlo todo para sentirse segura, pero nadie podía controlar la enfermedad.

Pero ¿por qué se había mantenido Margaret apartada de Dorothy cuando estaba sana? Enrique creía que esa era la cuestión que Dorothy quería ver respondida. Diez años atrás se había quejado amargamente de que Margaret y ella no mantuvieran una relación tan estrecha como las amigas de Dorothy y sus hijas, y llegó hasta el punto de acusar a Margaret de no poseer «sentimientos familiares». Margaret, una hija cumplidora en comparación con sus amigas, se sintió ofendida e irritada por la acusación. «Mi madre no sabe ser amiga mía», se quejó a Enrique, a quien eso le pareció un diagnóstico exacto. Pero no creía que Dorothy quisiera ser amiga de su hija. Creía que estaba ofendida porque Margaret ya no le pedía consejo.

Margaret había aceptado en una ocasión la opinión de su madre. Cuando Gregory y Max eran bebés, buscó el consejo de Dorothy acerca de toda clase de temas relacionados con la crianza de los hijos. Y cuando ya llevaba diez años casada, le pidió ayuda a su madre durante su crisis económica más grave, poco después de abandonar su trabajo para concentrarse en criar a los niños. Fue una época en que la carrera de Enrique, que de todos modos apenas daba para ir tirando, se derrumbó, y estuvo durante un año casi sin ingresos. En aquella época Dorothy aportó más que dinero. Ayudó a Margaret a encontrar una nueva niñera cuando la que tenía sufrió un accidente de coche. Alentó a Margaret a no volver a trabajar, contradiciendo el consejo de todas sus amigas, que opinaban que debía encontrar un empleo para aliviar la presión que sufría la carrera de Enrique. Dorothy insistió en que Enrique, con su ayuda económica, sobreviviría a ese «problema», tal como Dorothy calificaba su incapacidad para ganar con sus novelas el dinero suficiente para mantener a la familia. «Es una persona creativa», dijo entonces. «Los ingresos de las personas creativas suben y bajan. Y son gente que no sabe nada de dinero», añadió, cosa que indignó a Enrique, aunque eso no viniera al caso. Dorothy se daba cuenta de que él intentaba ganarse la vida. No era la falta de esfuerzo lo que le censuraba. Su hija había decidido amarle, y los Cohen la apoyarían siempre, para lo bueno y para lo malo. Dorothy, con su tiempo y con el dinero de Leonard, apuntaló todas las fracturas de fatiga que agrietaban el desesperado intento de Margaret y Enrique de recrear el modelo de familia nuclear tradicional de los años cincuenta hasta que Margaret consiguió lo que deseaba: la libertad para criar a sus hijos al tiempo que conservaba el lujo de tener a alguien que la ayudara a tiempo completo.

Una vez que Margaret, en su papel de madre joven, admitió que necesitaba ayuda, Dorothy la ayudó sin ningún problema y la rescató de que sus hijos tuvieran que compartir una habitación pequeña, de tener que mandarlos a una escuela pública y de otras mil calamidades que acechaban a los jóvenes neoyorquinos de buena familia. Pero Dorothy no se conformó con estos éxitos. Quiso cambiar la manera en que Margaret llevaba la casa, desde decidir cuánta ropa sucia había que llevar a la lavandería hasta insistir en que Greg, un niño sin ninguna aptitud musical, asistiera a las clases de violín de la academia Suzuki, algo que en aquella época hacía furor entre las hijas de las amigas de Dorothy de Long Island. Se quejaba de que no entendía por qué veraneaban en Maine, donde no había «gente como ellos». No aprobaba que Margaret decidiera trabajar en una pequeña revista que acababa de ponerse en marcha sin cobrar, y posteriormente no entendió por qué alquiló un estudio para pintar sin asistir al mismo tiempo a clases de dibujo. Al fin y al cabo, eso era lo que había hecho la amiga de Dorothy que había decidido empezar a pintar.

Dorothy metía las narices en cualquier nimia decisión que su hija tomaba, y lo mismo hacía, y de una manera igual de afectuosa e irritante, con sus amigas. Dorothy ignoraba que ni siquiera a Enrique se le permitía encender una luz en los recovecos de la mente de Margaret en los que ella decidía empezar o abandonar lo que fuera. De adolescente, Margaret ya había tenido que apartar a su madre para hacerse un sitio y poder crecer. Dorothy no entendía ese rasgo dominante en la naturaleza de su hija: Margaret necesitaba controlarlo todo, y no podía controlar a su madre. Ni cuando Margaret era adolescente, ni posteriormente, cuando ya era una esposa y una madre madura, comprendió Dorothy la necesidad de su hija de apartarla, y la segunda vez no se sintió menos herida. Enrique entendía que Margaret no había experimentado aquellas dos fases de la relación con su madre de ese modo. Margaret consideraba que había sido una hija obediente y cumplidora, y que cuando intentó hacerse colega de su madre, sus distintas personalidades colisionaron con demasiada fuerza como para que ninguna de las dos se sintiera a gusto.

Después de que a Margaret le diagnosticaran el cáncer, durante esa tercera y última fase de su relación, Dorothy y Margaret prometieron estrechar el contacto. Pero durante los primeros meses del tratamiento de Margaret, en un momento especialmente inoportuno, se toparon con un obstáculo. Margaret llamó a Dorothy para decirle que tenían que practicarle una operación de nueve horas durante la cual, entre otras manipulaciones extraordinarias, le extirparían la vejiga y se la sustituirían por otra construida con una parte de su intestino delgado. Enrique escuchó cómo su mujer se metía en lo que acabó siendo una discusión porque Dorothy sugirió, basándose en el comentario de una amiga, que su médico era un inepto. En aquella época Dorothy probablemente sabía muy poco de la gravedad de la dolencia de Margaret —y probablemente no necesitara saber más—, por muy claramente que le explicaran las cosas. Como resultado, aquella amiga de Dorothy había malentendido la valoración que había hecho esta del cáncer de Margaret. La amiga de Dorothy le dijo que conocía a alguien que padecía cáncer de vejiga, posiblemente un cáncer de vejiga superficial, y que no había hecho falta que se la extirparan, con lo que a lo mejor tampoco era necesario que se la extirparan a Margaret.

—¡No me estás escuchando, mamá! —Enrique oyó cómo Margaret, frustrada, levantaba la voz—. Por eso no entiendes lo que ocurre. ¡Porque no me escuchas! Tengo cáncer de vejiga en fase tres. Eso significa que me la tienen que extirpar. Si quiero vivir, es lo que han de hacer. No hay elección. ¡No quiero seguir hablando de esto! Ahora tengo que irme. —Y le colgó el teléfono a su madre.

De manera sistemática, cada vez que Margaret se enfurecía con Dorothy, unas horas más tarde Enrique recibía una llamada de Leonard en la que este decía:

—No sé si sabes qué ha pasado. Esta mañana Margaret le ha faltado el respeto a su madre. Dorothy está muy afectada. Demasiado afectada para hablar con Margaret. Yo también estoy muy afectado. Estoy seguro de que sabes que esto es muy difícil para Dorothy. Naturalmente, ahora Margaret no es la de siempre, y lo entiendo, pero debe ser indulgente con su madre. Su madre la quiere y solo desea lo mejor para ella. Pretende ayudarla. Eso es todo.

Enrique, furioso por dentro, emprendió una tímida defensa de su esposa.

—La que tiene cáncer es Margaret, Leonard. ¿No crees que es

con ella con quien hay que ser indulgente? —La torpeza de su expresión le reveló a Enrique lo inseguro que se sentía con su papel de diplomático pacificador dentro de la familia Cohen. Ese tipo de negociación interpuesta era desconocida entre los Sabas. De haber estado en el lugar de Margaret, Enrique le habría gritado a su madre y esta habría llorado y, a través de los cables de fibra óptica, le habría lanzado miles de pulsos verbales cargados de culpa. Si su padre se metía, lo más probable era que, más que ponerse a hacer de abogado de su esposa, se riera del episodio o lo comentara desde la distancia del observador. Pero el matrimonio de Guillermo y Rosa había terminado en divorcio después de cuarenta años. Ese hecho, entre otros, hacía que Enrique se lo pensara antes de concluir que la lealtad que Leonard le demostraba a Dorothy era equivocada. Decidió imitar a Leonard y defender a su mujer con la misma firmeza. No le salió muy bien. Leonard reivindicó la primacía de los sentimientos de su esposa como si anunciara una emergencia que todos los afectados debían concentrarse en aliviar; Enrique preguntó dócilmente si los sentimientos de Margaret no deberían ser prioritarios. El verdadero objetivo de la llamada de Leonard —y eso fue lo que tanto enfureció a Enrique— era hacer que este presionara a Margaret para que se disculpara ante su madre.

En su cabeza se desató una discusión llena de resentimiento. Su mujer se enfrentaba a la muerte y a una operación tan amedrentadora que los áridos términos médicos mareaban a Enrique por muchas veces que los leyera, y sin embargo, Margaret tenía que disculparse. ¿De qué? ¿De decir lo que pensaba cuando su madre era tan poco considerada? Naturalmente que Dorothy tenía buenas intenciones. Pero las buenas intenciones, en el mundo real —no en el planetario de los clubs de campo de Long Island y las comunidades valladas de Florida, no en una clase social en la que las mujeres podían pasar casi toda la vida sin trabajar, no en un agradable mundo de privilegios, donde los hijos e hijas adultos manejaban cuidadosamente la información para mantener en secreto los hechos más inquietantes, no en ese paraíso burgués que los Cohen se esforzaban en mantener para Dorothy, sino en el mundo real en el que vivía Enrique— las buenas intenciones simplemente no bastaban. Tenían que llevar aparejadas buenas obras. Que Dorothy estuviera demasiado asustada para enterarse de los detalles de la enfermedad de Margaret era algo comprensible, pero entonces que no se opusiera a las decisiones médicas de su hija, fruto de una meticulosa investigación.

Se dijo que quería que Margaret decidiera si llamar a su madre sin sentir la presión de Leonard. La verdad era que Enrique deseaba que fuera Dorothy quien se disculpara ante su hija. Por absurdo y cruel que le pareciera, quería que Dorothy, de ochenta años, mostrara sensatez y admitiera que se había equivocado. Seguía dándole vueltas al asunto cuando Margaret anunció:

—Por cierto, he hecho las paces con mi madre. Me sentía mal y la he llamado.

—Pero no habías hecho nada malo.

—Ya lo sé, pero ella se comporta como una idiota y no me escucha, nunca, es increíble lo poco que me escucha, pero también es... ya sabes. Piensa en cómo debe de sentirse, Bombón. Soy su hija. Imagínate que esto le ocurriera a Maxy o a Greg. Y cuando me he disculpado, ha ocurrido algo simplemente encantador. Ella ha dicho algo maravilloso. Histérico, pero maravilloso. —Margaret lo informó que Dorothy le había anunciado que a partir de ahora era importante que al final de cada conversación se acordaran de decirse que se querían, y que aquello inauguraba una nueva etapa en su relación. Serían francas y se dirían lo que pensaban—. Ha sido tan encantadora —dijo Margaret, y añadió con una sonrisa compungida—: Espero que sea verdad. Ya veremos.

A partir de entonces todas sus conversaciones finalizaron con un «Te quiero», pero mientras luchó por su vida Margaret fue incapaz de convertir a su madre en su confidente. Su madre tampoco se quejó por quedar al margen. La enfermedad no pudo curar sus diferencias, pero al menos llevó paz a su guerra.

Quizá por eso Margaret, en su lecho de muerte, parecía confusa por la pregunta de su madre en referencia a por qué no la había invitado a su estudio; pensaba que todo aquello había quedado aclarado. Toda la familia esperaba su respuesta en silencio. Cuando contestó lo hizo con una desarmante verdad:

—No me siento muy segura de mis cuadros, mamá. No me gusta enseñárselos a la gente. No eres tú. Es que no me gusta enseñarlos. —Hizo ademán de incorporarse mientras le decía a Enrique—: Es absurdo, pero creo que el tubo de mi estómago se ha atascado por culpa de los perritos calientes. Están dando media vuelta. —Se apartó las sábanas. Su GEP estaba lleno del material rojizo y marrón procedente del *delicatessen* de la Segunda Avenida. Los Cohen se dispersaron ante la crudeza de esa imagen.

Enrique y Margaret se retiraron al cuarto de baño. Era la primera vez que estaban solos desde que Enrique rechazara el funeral que Dorothy y Leonard tenían pensado. Llevaron a cabo la última autopsia de los sentimientos de los padres de Margaret. Enrique le relató su reacción mientras estaba de pie junto al lavamanos, ayudando a Margaret a succionar los trozos de comida sin digerir que resultaban demasiado voluminosos para salir por el angosto extremo del GEP. Era algo que ya tenían por la mano. Hubo una época en que ese grotesco procedimiento les había provocado náuseas. Cuando pareció que estaba saliendo más cantidad de perrito caliente y patata rellena de la que había entrado, los dos se pusieron a reír, y rieron aún más fuerte cuando Margaret dijo:

—Es como si me salieran todos los perritos calientes que me he comido en la vida. —Enrique succionaba y Margaret apretaba, y él le contó que Dorothy había dejado escapar una exclamación de pesar al enterarse de que Margaret no quería que la enterraran con su familia—. Has hecho un buen trabajo, Bombón —fue el dictamen de Margaret.

—¿Cómo lo sabes?

—Porque no me ha comentado ni una palabra de eso.

La autocensura no duró mucho. Dorothy sacó el tema inmediatamente después de que hubieran eliminado toda la comida judía y repuesto el tubo y la bolsa de drenaje en sus escondites. Los Cohen volvieron a reunirse en torno al lecho matrimonial. Ocuparon las sillas, a excepción de Dorothy, que se quedó detrás de su hijo mayor, el Rob que jugaba a indios y vaqueros y que ya no era malo, y anunció:

—¿Sabes qué, Margs? Me molestó que no quisieras estar en la tumba familiar con todos nosotros y se lo estaba diciendo a Rob, ¿y sabes qué? —Rió encantada—. ¡Resulta que él se ha comprado una tumba en New Haven!

Rob le guiñó el ojo a Enrique, como si los dos participaran de una conspiración.

—¿Quién quiere que le entierren en Nueva Jersey? Todo el mundo quiere ser enterrado cerca de donde vive. Excepto mis padres. Prefieren ser enterrados en un estado en el que nunca han vivido y que no les gusta.

Leonard dijo afectuosamente:

—No te pases de listo.

Dorothy protestó:

—El abuelo Sam compró la tumba porque era grande y una ganga. Ya sabéis cómo le gustaban las gangas. Y a mí me pareció bonito que estuviésemos todos juntos. ¡Y práctico! A solo una parada. —Dorothy se rió de su ocurrencia—. Pero eso no es importante. Nos queremos, eso es lo importante.

—Escucha, mamá, ¿quieres que te entierren conmigo? —dijo Margaret con una sonrisa traviesa—. No hay problema. En Green-Wood tienen otra tumba disponible. —Margaret levantó el brazo con fingida generosidad—. Estaremos todos juntos para siempre.

Dorothy se acercó a la cama por fin: parecía haberse pasado el día evitando cualquier contacto. Se sentó junto a su hija y le cogió la cara entre las manos.

—No creo que quieras ser mi vecina por toda la eternidad. —Besó a Margaret fuerte y deprisa, con su brusquedad habitual, y se volvió hacia sus nueras para informarlas de que—: Cuando Margaret era adolescente, me ordenó que no le hablara antes del desayuno.

—Y tampoco durante ni después del desayuno —dijo Margaret, lo que provocó una carcajada general—. No me gusta que me hablen hasta mediodía, ¿no es cierto, Enrique?

—Ajááá —dijo este, prolongando la palabra. La familia soltó una carcajada cómplice ante ese tono de miedo fingido. Pero su comedia era una mentira. Sabía cómo conseguir que su esposa hablara en cuanto había engullido su primera taza de café. A menudo Margaret prefería estar callada y sola. Muchas veces, durante los veintinueve años que habían pasado juntos, él había comprendido que su sola presencia, y el ruido y los problemas de los niños, y los altibajos de su carrera, y los melodramas de sus padres, la habían hecho desear estar en otra parte. Pero incluso cuando el matrimonio la agotaba profundamente, en los momentos en que la pareja a la que había decidido amar más la desesperaba, incluso entonces sabía Enrique cómo atraerla a la conversación. Siempre lo había sabido.

13. El gran seductor

Enrique le contó a Margaret todo de sí mismo. Había leído la metáfora «Le abrió su corazón» en Stendhal, Dickens, Balzac y Lérmontov, y probablemente, de manera sarcástica, en las novelas de Philip Roth. No obstante, lo que salió de él no parecía ser su corazón. Enrique le vació su alma, o su yo, o lo que le hiciera creer que era único. Le reveló todos sus sentimientos y secretos, o creyó haberlo hecho; y le relató todas las anécdotas de sus veintiún años de vida.

Durante la larga noche del 30 de diciembre de 1975, mientras las horas transcurrían hacia el amanecer de un nuevo día, la densa oscuridad que había más allá de la pared con ventanas situada detrás de la hermosa cabeza de Margaret permanecía inalterable, salpicada, que no revelada, por las aureolas color ámbar de las farolas de Nueva York. En el interior no había oscuridad gracias a que Margaret, al igual que Enrique, había comprado una de esas nuevas lámparas de pie halógenas. No la atenuó para crear un ambiente romántico. No encendió velas ni se medio embriagaron de vino. A Enrique lo rodeaba una iluminación alegre y exhibicionista: la intensa luz rebotaba en las paredes blancas y desnudas en su mayor parte, penetraba en los ojos azules de Margaret y brotaba del repiqueteo de su voz. Intercambiaron historias de sus vidas como si fueran estudiantes que empollan para un examen, vaciando una cafetera y fumándose medio paquete de cigarrillos cada uno. El cuerpo de Enrique estaba rígido y tenso: alerta como un depredador y cauto como una presa. Lo que le angustiaba no era desnudar sus sentimientos ante esa atenta joven de ojos insondables y estupefactos; lo que lo tenía temblando era saber que cuando ya no tuviera nada más que decir, tendría que pasar a hacer el amor. Y no solo el amor. Tendría que saciar sexualmente a esa criatura, que le parecía más hermosa e inteligente a cada minuto que pasaba, quizá una hembra humana, pero de una categoría tan superior que una mutación de la especie tan soberbia como esa debía de pertenecer a otra clasificación.

Enrique había tenido poco tiempo para reflexionar acerca de lo que había aprendido de Margaret. Su única oportunidad llegó durante una pausa para ir al baño, excusándose poco después de las cuatro de la mañana. El retrete era diminuto incluso para Nueva York. Había dos palmos de espacio entre la ducha-bañera, el lavamanos y el retrete, todo ello apiñado en una zona no mucho más grande que un armario. En la única pared libre —el resto eran espejo, bañera y puerta— colgaba una obra de arte abstracta: cuatro gruesos y espesos brochazos de pintura negra sobre un pequeño lienzo blanco, en forma de arcos o jorobas, que componían lo que podían ser nubes flotando o un cuarteto de gatos enfadados. Lo miró mientras su vejiga parecía vaciar la orina de diez personas, un proceso cómicamente largo y ruidoso, y el cuadro no le dijo nada, la misma nada que solían decirle los cuadros abstractos: no podía evitar intentar descodificarlos, aunque sabía que lo que había que hacer con ellos era «sentirlos». Tenía la esperanza de que esa inocua pintura no la hubiera hecho Margaret, aunque estaba seguro de que sí. Sin marco y con dos fragmentos de lienzo sin pintar, parecía obra de un principiante. Le sorprendió que lo hubiera colgado.

Sylvie, su ex novia, era pintora, o eso decía. Enrique tenía sus dudas. Le faltaba una idea global de lo que quería conseguir, y tampoco deseaba elaborar esa idea. Aceptaba trabajos de secretaria con la esperanza de que la echaran después de seis meses, el tiempo necesario para conseguir cobrar el desempleo, período que durante la recesión de los setenta se extendía a casi un año. A pesar de contar con tanta libertad para practicar su arte, producía poco. Durante los tres años y medio que convivieron, Enrique escribió una novela y media, mientras que Sylvie pintó menos de diez cuadros, y no acabó casi ninguno. Enrique la consideraba una perezosa, y basándose en los pocos esbozos que Sylvie había hecho de la forma humana, sospechaba que su predilección por lo abstracto tenía más que ver con su incapacidad para conseguir dibujar a la gente con las proporciones correctas que con haber trascendido la necesidad de ser figurativa. ¿Qué descabellada mala suerte podía haber hecho que se sintiera atraído por otra expresionista abstracta (así se hacía llamar)? Intentó tranquilizarse pensando que no era posible que Margaret se tomara la pintura en serio; a esas alturas ya le habría comentado algo.

A las cuatro y diez de la mañana de su tercer encuentro y su primera cita, Enrique captó muy vagamente la ambición última de Margaret. La primera impresión que había obtenido de Bernard era que Margaret trabajaba por su cuenta para algunas revistas. Enrique había supuesto erróneamente que corregía pruebas o verificaba datos, igual que Bernard; durante aquella primera noche de conversación en el apartamento de Enrique, este se había enterado de que era diseñadora gráfica. Cuando él le preguntó: «¿Eres artista?», ella puso algún reparo y contestó: «Hago la maquetación y escojo ilustraciones. A eso no se le puede llamar arte. Aunque se lo llama. Lo denominan dirección de arte», dijo, y le guiñó el ojo como si compartieran un secreto obsceno.

Mientras Margaret se tomaba su tostada de challah, le había contado que asistía a un curso de fotografía. Durante la Cena de Huérfanos, Enrique había observado brevemente dos fotografías enmarcadas en blanco y negro que colgaban sobre el sofá, pero no había tenido la oportunidad de fijarse en ellas. En el Buffalo Roadhouse, Margaret había mencionado que asistía a clases de interpretación. Pero cuando él le preguntó si quería ser actriz, ella contestó que solo lo hacía para pasar el rato, que carecía del talento y el desparpajo necesarios. También mencionó que asistía a clases de claqué con su amiga Lily, y que pronto comenzaría un curso de litografía. Mientras caminaban hasta el apartamento de Margaret, cuando ella le contó que su madre no quería que el hermano pequeño, Larry, fuera artista, y Enrique le preguntó si su madre le permitiría a ella serlo, Margaret le contestó por segunda vez que ella no era artista. Mientras se subía la cremallera, Enrique se tranquilizó a sí mismo diciéndose que la mediocre pintura del baño había sido el producto de una de sus diletantes exploraciones.

Que uno no supiera cuál era su ambición en la vida, aunque fuera un rasgo común en la gente de su edad, era algo que desconcertaba a Enrique. Había quemado todos los puentes que pudieran desviarlo de escribir novelas, y no renunciaría a su objetivo por difícil que se pusiera su carrera. Sabía que si acababa teniendo algún colchón de seguridad, algún día se desplomaría encima de él y fracasaría en su importante misión de escribir una serie de veinte libros, al igual que Zola y Balzac, con personajes entrecruzados, una visión alternativa de la gran ciudad de Nueva York habitada por los hombres y mujeres de la familia Sabas, un deslumbrante tapiz rebosante de penetrantes retratos de las grandezas y locuras de su gente. No entendía cómo una persona lista, inteligente e imaginativa como Margaret podía vivir sin la pasión de alcanzar algo. Resultaba desconcertante y hermosamente extraño. Y precisamente por eso la perspectiva de yacer desnudo con ella asomaba tan exquisita y aterradora. Y aunque afirmaba no ser sexista, lo cierto es que si ella hubiera sido un hombre, Enrique no habría sentido más que desprecio por su falta de una ambición concreta.

Cuando le tocó a Margaret ir al cuarto de baño, Enrique estudió las dos fotografías que había sobre el sofá. Había imaginado que las había hecho ella, pero al observarlas atentamente le pareció improbable. En la primera se veían dos hombres, uno anciano, el otro un veinteañero, sentados sobre una calle adoquinada con una gran red de pescar, que probablemente reparaban, extendida sobre las piernas. Lo raro era que vestían de calle: los dos iban con chaqueta de cuero, y el joven calzaba zapatos de vestir. La expresión de sus caras era recogida y relajada y no ajena al fotógrafo, como si este fuera un viejo amigo. En la otra foto aparecían tres niños pequeños haciendo cola en mitad de la calle de un pueblo. Al igual que los pescadores, parecían europeos, y el fondo de edificios bajos y torcidos y adoquines desnivelados, también. Los niños se veían alegres y serios a la vez. Uno sonreía, otro observaba con una seria nostalgia, y el último se veía pensativo. Todos exhibían sus sentimientos sin la menor reserva. Aunque miraban a la cámara, y era evidente que sabían que los estaban fotografiando, daban la impresión de estar escrutando directamente el alma del observador. Enrique tuvo la sensación de conocerlos gracias a esa fotografía: aquel estaba siempre un poco triste, el otro era travieso, el otro un encanto.

No había duda de que la persona que había tomado las fotografías poseía no solo buen ojo y control técnico, sino también una enorme experiencia. El escenario europeo y el que se hubiera ganado la confianza de los personajes convenció a Enrique de que las había tomado un hombre de mediana edad. Le preocupó que el hecho de no reconocer esas fotografías tan conseguidas delatara su ignorancia, pues debía de haberlas tomado alguien como Robert Capa o algún genio francés o italiano. No estaba seguro de quién era famoso por ese u otro tipo de fotografías. No había atendido cuando sus padres y sus hermanos mayores hablaban de Atget y Cartier-Bresson. Oír hablar de cine y fotografía era algo que irritaba infinitamente a Enrique, aunque ambas cosas le gustaran. Ir al cine por la tarde entre semana le satisfacía casi tanto como masturbarse, aunque ¿cómo podían compararse esos trucos mecánicos —cambiar una lente, manipular la luz y la sombra— con lo que Joyce identificaba acertadamente como la más elevada y espiritual de todas las artes: la novela? La pintura, la escultura, el teatro: esas sí eran formas artísticas elevadas. Pero ¿algo que procede de una máquina? A Enrique le encantaban las máquinas, porque si aprendías a hacerlas funcionar adecuadamente al final hacían lo que tú querías. No ocurría lo mismo con su cerebro. Consideraba que por muchas horas que dedicara a escribir, no había garantía ninguna de que ese esfuerzo desembocara en una frase sólida, y mucho menos le permitiera expresar plenamente lo que había en su imaginación.

No obstante, aquellas fotografías eran excelentes. Enrique se dijo que ojalá pudiera impresionar a Margaret identificando al autor. No había duda de que ella las valoraba. El enmarcado era elegante, con el paspartú adecuado. Quizá su ambición no estaba clara, pero teniendo en cuenta dónde había colocado el cuadro y dónde las fotografías, conocía la diferencia entre la creación de un aficionado y el producto de una búsqueda perseverante de la perfección.

—Son estupendas —dijo cuando Margaret regresó del cuarto de baño, en parte para expresar lo que sentía y en parte para anticiparse a cualquier insinuación de que después de las cuatro de la mañana debería irse a casa.

—Oh... —Margaret se quedó contemplando las fotografías enmarcadas como si hubiera olvidado su existencia—. Gracias... —dijo, y añadió—: Italia es maravillosa.

—¿Italia? —repitió Enrique. Anteriormente ella le había dicho que había pasado un semestre en el extranjero viviendo con una familia italiana. Por un momento, Enrique titubeó. ¿Era ella la autora de las fotos? No, probablemente las había comprado allí. Era demasiado tímido como para admitir su ignorancia, y lanzó un globo sonda—: ¿Así qué se tomaron en Italia?

—Sí... —volvió a decir ella en un tono distante, como si soñara con la época en que había vivido allí. Retomó su posición anterior en el sofá, y él también—. Ojalá hubiera hecho más fotos.

Eran *de* Margaret. Enrique se quedó muy sorprendido: eran muy buenas; ella se sentía lo bastante orgullosa como para colocarlas en un lugar prominente; llevaban horas charlando y Margaret ni siquiera había mencionado que la fotografía fuera su ambición, ni siquiera una afición.

—El año pasado asistí a un curso de revelado. —Soltó una carcajada, lanzándole una mirada recelosa mientras le confesaba el motivo—. Pensarás que soy una completa diletante por matricularme en tantos cursos estúpidos, pero son divertidos. Me gusta probar cosas.

—¡No pienso que seas ninguna diletante! —mintió Enrique—. A mí también me encanta aprender. Me das envidia. —Eso era cierto. Le daba envidia que ella hubiera aprendido claqué, fotografía, litografía, francés y técnicas básicas de interpretación. Él también quería saber lo más posible de cómo funcionaba el mundo. Pero no por un motivo tan absurdo como divertirse. Quería información para impresionar a los lectores y escarbar en la vida interior de sus personajes. El trabajo era donde casi todo el mundo invertía más tiempo y mantenía relaciones más complejas; le preocupaba escribir sobre personajes sin conocer, de una manera física e íntima, qué hacían exactamente cada día en su trabajo. Deseaba tener el carácter curioso y aventurero de Margaret. Aunque consideraba que el enfoque utilitario y preestablecido de su carrera era superior a las superficiales exploraciones de Margaret, reconocía que ella tenía más posibilidades de aprender los detalles que él necesitaba para que sus personajes respiraran y sangraran.

Margaret pareció complacida cuando Enrique dijo que la envidiaba. Se llevó la mano derecha al pelo y ahuecó los rizos negros que había aplastado por encima de su oreja perfectamente perfilada.

—Es que al final me aburro e intento alguna cosa nueva —dijo—. Es absurdo. Carezco de tu disciplina. O de la de mi hermano. Me parece tan increíble que hayas escrito tres novelas. ¿Cómo lo haces?

—Me siento solo en una habitación durante horas y horas —dijo, y era la pura verdad. Se desplazó en el sofá y señaló las fotografías con la intención de asegurarse—. ¿Tú has tomado estas fotos? —Margaret asintió arrugando la barbilla en un gesto compungido—. Son fabulosas —dijo Enrique—. Creía que eran copias caras de algún fotógrafo muy famoso, y me avergonzaba no conocer el nombre del autor. Lo que quiero decir es que son estupendas. Realmente de primera. —Se interrumpió al comprobar que sus francos elogios le habían llegado a Margaret más hondo que todo lo que había dicho antes.

—Oh... —fue lo único que salió de la boca de ella. Por primera vez en la vida, se sintió aturrullada. La chica que nunca se dejaba intimidar, la fría coqueta, la mujer calculadora, la conversadora burlona, la que sabía escuchar, la exploradora independiente, la hija resignada, la hermana cabreada, la hermana maternal: Enrique había visto y oído en ella todos esos colores y notas, pero esa era la primera vez que la privaba de su condición de mujer y la dejaba sonrojada y tartamudeante de placer. El efecto fue asombroso, y se descubrió pensando: *Si pudiera hacerle esto con mi pene, sería un hombre feliz.*

Se consoló al recordar lo que Sylvie le había enseñado en *Nuestros cuerpos, nuestras vidas* —que él podía garantizarle el mismo resultado con la boca—, pero incluso un joven bisoño como Enrique se daba cuenta de que con su franca reacción ante esas fotografías le había ofrecido a Margaret una satisfacción mucho más perdurable que la que pudieran proporcionarle sus diversos apéndices corporales, por muy diestramente que él los manejara.

En un destello —la clase de iluminación reveladora que tenía que alcanzar antes de poder describir bien un personaje— se dio cuenta de que los airados comentarios de Margaret acerca de la oposición de su madre a que su hermano fuera arquitecto, así como su resignado chiste de que a ella se le permitía hacer cualquier cosa siempre y cuando se casara y tuviera dos hijos, eran su manera indirecta de declarar su auténtico deseo. Aunque lo negara, deseaba ser artista. Probablemente quería ser una grandísima artista, se dijo Enrique, atisbando su ambición más profunda precisamente porque la mantenía oculta. Margaret quería creer en su propio talento, ser igual que Enrique, alguien que permanecía fiel a sí mismo día tras día, dedicar su vida a un refinamiento gradual de su don natural hasta producir una obra que pudiera exhibir con orgullo, no en un cuarto de baño, sino en las salas de estar del mundo. Durante un momento de euforia, vio con tolstoyana claridad lo que se ofrecían el uno al otro: el hecho de que Margaret fuera una mujer satisfecha de sí misma que disfrutaba de la vida le impediría entregarse al pesimismo y el resentimiento ante las decepciones del mundo, cosas que podían envenenar su obra; y la fe terca y cotidiana de Enrique en la capacidad del arte para elevar al artista y al público por encima de la mediocridad social la inspiraría a la hora de llegar a ser esa Margaret secreta, la gran artista que había tenido que ocultar a su pragmática familia e incluso a su propia tímida personalidad. Ella poseía un encanto que él nunca conseguiría, y él, la voluntad que ella no sabía imponer.

Enrique siguió intentando dar en la diana del placer de Margaret con más elogios de sus fotos, pero ella rechazó los posteriores halagos y pasó al tema de la tenacidad de Enrique.

—Has dicho que tu segunda novela fue mal y tuviste críticas realmente terribles. Pero enseguida empezaste tu tercer libro. ¿Cómo conseguiste no desanimarte?

Por entonces, su intuición acerca de la profunda lógica de lo que los conectaba se había perdido, oscurecida por una mezcla de lujuria y ansiedad: se preguntaba si debajo del suéter de lana había pecas que descendían hasta sus prominentes pechos; si se le endurecerían los pezones; si preferiría que su lengua los rodeara o los atacara de frente y si debía utilizar primero un método y luego el otro. Y bajo todos aquellos tentadores planes y visiones lo que le preocupaba, del mismo modo que un aviador miedoso teme el despegue, era si su pene iba a funcionar. Y si no funcionaba, ¿lo perdería todo? ¿Quedaría en nada todo lo que había dicho, todo lo que habían intercambiado?

Así que se puso a hablar apasionadamente, algo que podía hacer con facilidad porque, se le levantara la polla o no, su corazón y su mente estaban llenos de pasión. Describió la sensación de poder y excelencia que le proporcionaba la escritura, el gran logro de, después de días y días, semanas y semanas, meses y meses, acabar por fin una novela, llegar al mismísimo lugar donde había planeado, una satisfacción que no palidecía ni aunque el libro no resultara como habías pretendido. Nada podía empañar su orgullo al crear algo que salía de su cabeza, que pasaba de lo inmaterial a lo concreto. Ahí, en sus manos, estaba su universo, tan vivo y lleno de vida para Enrique —a veces, al menos— como el mundo real. Confesó sin empacho lo mucho que le gratificaba el proceso de escribir. No recurrió a las quejas habituales de los novelistas: el dolor de producir, la molesta sensación de no estar a la altura, la frustrante búsqueda de sentido e innovación. Admitió que a menudo consideraba que era un mal escritor y que todavía tenía que conseguir todo lo que había pretendido lograr en sus novelas, pero recalcaba que esos fracasos no echaban a perder el placer del intento. Se encontraba muy cerca de la prisión de aburrimiento de la que había escapado: seguía levantándose cada mañana y dando gracias al destino con el mayor fervor por no tener que ir más al instituto ni a ningún trabajo aburrido. Cuando él le confesó la embarazosa verdad de que tener en sus manos el manuscrito acabado de una novela le infundía una cálida sensación de éxito, y que casi suponía una recompensa suficiente en sí misma, ella puso una radiante sonrisa de aprobación.

Enrique reunió el valor para preguntarle si el cuadro del cuarto de baño era suyo.

—Sí —contestó ella encogiéndose de hombros y esquivando sus ojos inquisitivos—. No sé qué hago con eso. —Ella le sonrió avergonzada—. Pero ojalá lo supiera. La fotografía es divertida, pero preferiría pintar. —Se quedó pensativa de una manera que él no le había visto antes, y a continuación volvió a dirigirle sus ojos grandes como si quisiera comprobar qué pensaba.

Enrique apenas podía resistir el impulso de tocar sus animados labios y rodear aquellos brazos delgados y los hombros orgullosos. Sin previo aviso y sin transición física, se le abalanzó como si se zambullera en una piscina y se besaron por segunda vez. En aquella ocasión, ella se le abrió durante más tiempo y él se hundió más profundamente. Para su alivio, mientras estaba sumergido, la parte de su cuerpo que hasta entonces había carecido de fuerza y deseo se puso en posición de firmes bajo sus calzoncillos y empujó hacia el cinturón, como si reclamara que la pusieran en libertad.

Gracias a Dios, se dijo Enrique, no voy a quedarme impotente como la última vez, cuando su ligue de una noche acabó en fiasco después de quince minutos. Aquel fracaso asomaba en su recuerdo como la traumática evocación de un accidente de coche casi fatal. Con aquella chica, todo su cuerpo de cintura para abajo había quedado insensibilizado, pero ahora no ocurría lo mismo, no con Margaret. Todo va a ir bien, se dijo.

Y con la llegada de esa tranquilizadora predicción, inexplicablemente perdió toda la confianza de que fuera a ser cierto. El pánico inundó su cerebro y no lo abandonó cuando acabó aquel beso húmedo y ella levantó las piernas, acuclillándose sobre el sofá para quedar más alta, sonriéndole con esa absoluta seguridad en sí misma mientras rodeaba con un brazo el hombro de Enrique en un gesto posesivo. Aunque este sentía que la punta de la polla seguía hinchándose, apretada por el elástico de sus calzoncillos y totalmente bloqueada por el cinturón, le preocupaba su solidez. El miedo parecía absurdo, pues aquel estado parecía irreversible. Sintió el deseo de poder meter la mano y empujar aquel trasto exigente hacia un rincón donde tuviera sitio para expandirse, pero no tuvo valor para confesarle a Margaret la existencia de aquella erección. No sabía por qué debería avergonzarse del deseo que sentía por ella, y no se lo preguntaba. Lo que absorbía su mente era la probabilidad de que la constricción del cinturón de cuero causara un daño permanente que le dejara, al igual que el triste héroe de *Fiesta*, incapaz de consumar con el amor de su vida; en el caso de Enrique, no a causa de una emasculación infligida por una herida de guerra, sino gracias a una no menos devastadora lesión por morreo.

Valerosamente se arriesgó a sufrir más daños y se deslizó a lo largo del brazo de Margaret, como si resbalara por un pasamanos, para besar lo que llevaba horas tentándolo: la tersa suavidad de su cuello. Ella le permitió quedarse, aunque se estremeció cuando él apretó sus labios tibios de café en aquel hueco y probó el postre de su piel con un movimiento de lengua. Ella le apartó con la barbilla, lo que provocó un momento de alarma, pero fue para dejar sitio para su propio ataque, cayendo en picado y mordiéndole el labio inferior antes de cubrirle la boca con la suya mientras sus esqueléticos brazos tiraban de él con una fuerza sorprendente, como si fuera a tragárselo entero.

Incluso para alguien tan inseguro como Enrique, aquello pareció una clara señal de que ella lo deseaba. Ahora estaba dispuesta. Además, él tenía que cambiar algo, cuando menos, hacer un ajuste en sus pantalones. La incomodidad se había convertido en dolor, y él temía de verdad que, a no ser que conquistara o abandonara el campo enseguida, acabara ocurriéndole algo más que un imaginado daño literario a la parte de su cuerpo menos comprendida y más exigente. Tenía que seguir y arriesgarse a perder todo lo que tanto le había costado conquistar con aquella chica tan hermosa, ese genio sin descubrir, esa infinita fuente de buen humor, ese pelo negro, esos ojos azules, ese regalo de un blanco de nata que un novelista que fuese mucho más generoso que Enrique con sus personajes habría dejado caer como un oasis en medio de su desolación.

Margaret se mantenía cerca de sus labios. Lo contemplaba con ese gesto característico de expectación que él achacaba a que se conocían de hacía poco: probablemente ella quería revelarle algo. Las emociones de Margaret le resultaban indescifrables y emitían dos mensajes claros y desconcertantes: que deseaba todo lo que él podía darle, y que estaba igualmente preparada para quedar horrorizada o encantada.

Enrique se sintió abrumado. Y se oyó decir, sin haber considerado si era prudente o no decirlo:

—Tengo miedo.

Ella asintió como si hubiera sabido lo que él iba a decir.

—Yo también —dijo, como si ambos tuvieran miedo de algo que nada tenía que ver con ellos, como si fuera algo que acechara en el exterior, en la inmutable negrura de Nueva York.

—¿Qué es lo que te da miedo? —preguntó Enrique. No se imaginaba qué podría temer Margaret de aquella situación. Estaba totalmente enamorado de ella, y, aunque a lo mejor no llegara a saltar por la ventana si ella se lo pidiera, desde luego lo consideraría seriamente.

—Ya lo sabes —dijo ella, frunciendo el ceño como si se burlara de él.

¿A qué demonios se refería? ¿Al sexo? A ella no podía asustarla: era él quien debía tomar el mando; ella era deliciosa y bella; todo lo que tenía que hacer era quedarse echada mientras él, atento a sus reacciones, procedía a excitarla magistralmente para humedecer su receptividad y alcanzar él mismo un abultado estado de poder, procurando, al mismo tiempo, no entusiasmarse demasiado y acabar aquella unión de manera prematura. Lo había hecho bien muchas veces con Sylvie, aunque después de diversos intentos desastrosos. ¿Y si Margaret no tenía tanta paciencia? ¿Y si descubría que la fantasía que se había construido de él, esa fantasía de que era un hombre apasionado, seguro de sí mismo y decidido, era falsa y nunca se lo perdonaba? ¿No se disgustaría al enterarse de que, a pesar de sus tres años y medio de convivencia con una mujer, en el fondo seguía siendo virgen?

—No lo sé —dijo él—. Sé por qué estoy asustado, pero no por qué lo estás tú.

Enrique se rió. Se estaba comportando de un modo increíblemente estúpido, y eso se le hacía divertido.

—¿Qué es lo que asusta a todo el mundo?

Margaret puso una mueca como si él la hubiera pinchado con un palo puntiagudo.

—Bueno... —dijo indecisa—. ¿Qué te asusta a ti?

Enrique quiso decir: «Que no me funcione el pene o que me funcione demasiado rápido», pero tampoco estaba tan comprometido con la verdad.

—Yo primero, ¿eh? —Se hizo el remolón.

A ella eso le hizo mucha gracia.

—Sí. Tú primero.

—Que yo no te guste... ya sabes... —Y, abrumado por la vergüenza, asintió hacía la base de la L, ocupada casi por completo por el tálamo tamaño imperial de Margaret.

Margaret parpadeó asombrada. No una vez. Ni dos. Sino tres veces, como si su cerebro fuera una caja registradora incapaz de hacer sonar las palabras.

—¿Te refieres al sexo? —Su cara se sumió en la incertidumbre ante la respuesta que acababa de descubrir.

Al parecer, aquella posibilidad estaba tan alejada de su mente que Enrique tuvo que concluir que había cometido un tremendo error al colocarla ahí, y más de manera tan prominente.

—¿Por qué? —preguntó Margaret con su capacidad de pasar en un momento de la comprensiva delicadeza al frío sarcasmo—. ¿Hay algo repugnante en ti? —Pareció lamentar lo antipático de esas palabras—. Tus besos no me han repugnado —añadió, y para amortiguar aún más el golpe, lo besó, demorándose sobre sus labios y emitiendo un leve ronroneo de placer antes de echarse para atrás y reformular la pregunta—: ¿Qué te da miedo de ir a la cama?

Margaret había disimulado su sorpresa y consternación, pero el atisbo de una auténtica reacción de menosprecio asustó a Enrique. Su mente buscó frenética una mentira plausible. Lo que expresó, paradójicamente, fueron sus auténticos sentimientos.

—Estoy tan nervioso por el hecho de que sea nuestra primera vez y por estar tan enamorado de ti que me da miedo no tener una erección y que me eches a patadas y no volver a verte nunca más, y eso sería —le tembló la voz ante la triste perspectiva— terrible de cojones.

Como él había temido, Margaret palideció. Nunca le había ocurrido algo tan terrible. En su cara se leían claramente la sorpresa y la decepción. Lo había elogiado hacía solo unas horas por ser un hombre entre muchachos, y ahí estaba él, admitiendo, con una voz aguda y quejumbroso —y era una magnífica palabra para expresarlo, precisa y resonante—, su impotencia. Enrique la miró a los ojos, vio su mirada fulminante, de asombro, y se dio cuenta de que había cometido un error fatal.

—Creo que es mejor que me vaya —farfulló y bajó la vista al parqué, abrumado por la vergüenza.

Margaret se le echó encima antes de que pudiera levantarse. Se deslizó entre sus brazos, le besó el cuello, los labios, el párpado derecho, que él cerró a tiempo para evitar la ceguera, hasta la frente y en torno al ojo izquierdo, la mejilla izquierda, volvió a los labios, donde se detuvo y le sopló unas palabras boca a boca, una brisa cálida.

—No digas eso.

Los ojos de Margaret estaban tan cerca de los suyos, grandes y con un sentimiento que lo anegaba todo, que Enrique dejó de sentir su propio cuerpo y cayó dentro de ella, hablando como si ella y él fueran uno y esos fueran sentimientos que compartían.

—Pero es cierto —dijo él. Sería terrible no volver a verla, pensó, y no supo si lo había pronunciado en voz alta, así que dijo—: Sería terrible no volver a verte.

—Volverás a verme —susurró ella, y a continuación lo besó con furia antes de inclinar la cabeza y morderle el cuello con tanta fuerza que Enrique casi chilló. Margaret regresó a su campo de visión, lo llenó y dijo—: Pero tienes que hacerme un favor. No vuelvas a decir eso a no ser que lo pienses. Que lo pienses de verdad.

El cuerpo de Enrique estaba enardecido, pero su mente seguía confusa.

—No lo entiendo —soltó, incapaz de pensar mientras lo inundaba la luz de los ojos de Margaret.

—Nos seguiremos viendo. No te preocupes por eso. Y no te preocupes por el sexo. Pero no digas *eso* —recalcó la palabra con el desprecio que merecía la impotencia— a no ser que lo pienses de verdad.

Enrique, totalmente perdido, le preguntó perplejo:

—¿No quieres que diga que voy a estar impotente a menos que vaya a estar impotente de verdad?

En toda la noche, Margaret no se había reído ni de una sola de sus ocurrencias; con esa pregunta inocente y franca, Enrique dio en el blanco. Margaret echó la cabeza hacia atrás, reveló el hueco que había entre sus dientes, desnudó su vulnerable cuello y gorjeó durante su carcajada:

—No... no... no... —Suspiró de alivio, y sus labios picotearon los de él mientras susurraba—: No digas que me amas a no ser que sea cierto.

—Es cierto —se quejó él, ofendido. No entendía que habían estado hablando de cosas diferentes.

Margaret afirmó en un decidido tono corrector:

—Te gusto.

—¡Sí! —exclamó Enrique, sin comprender la distinción.

—Tú me gustas —dijo ella.

—Bien —contestó Enrique, todavía obtuso—. Me alegro —añadió.

Margaret se apretó contra él, llevó la boca cerca de su oreja derecha mientras con la mano izquierda cubría el bulto de sus tejanos negros. Susurró:

—De momento no digamos más que eso. —Y la idea pareció inyectarse directamente en la conciencia de Enrique. Todo lo que comprendía en ese momento, mientras ella lo acariciaba y resonaba en su cabeza la extraña confesión de que a ella le gustaba, pero no lo amaba, era que esa distinción significaba algo para ella. No obstante, para él no tenía ningún sentido, pasar de que Margaret le gustara a amarla había sido un proceso sin transición alguna.

De todos modos, estuvo un rato sin pensar mientras se besaban torpemente y se palpaban la carne a través de las obstrucciones de lana, algodón y tela de tejanos. Enrique se dejó flotar en las ondulaciones del tacto y el fascinante descubrimiento de dónde ella era dura y dónde era blanda, de cuándo se le abría y cuándo le molestaban sus manos. Con los ojos cerrados y los brazos entrelazados, Enrique había olvidado su nombre y dónde se encontraba cuando ella le cogió de la mano y se levantó.

Enrique debía de llevar mucho tiempo con los ojos cerrados, pues la opaca oscuridad de Nueva York se había convertido en un esperanzador azul oscuro, y hacia el este se veía el resplandor naranja del fuego del sol. Vio el bloque desierto: la calle desierta de coches y gente, los árboles sin hojas, las ventanas a oscuras. Un camión de la basura se aclaraba la garganta en la esquina, el canto del gallo que anunciaba que la ciudad estaba a punto de despertar. Totalmente vestida, Margaret lo arrastró hasta la cama y se tendieron por primera vez el uno junto al otro, y los pies de ella le llegaban a las rodillas, y los de él sobresalían del borde de la cama. Sus zapatillas de deporte colgaban en el aire. Se las quitó de una patada mientras seguían besándose.

El desplazamiento hacia la cama había reavivado en Enrique la conciencia de lo que estaba a punto de hacer. Le angustiaba la perspectiva de estar desnudos y quería que ocurriera lo antes posible. Tiró del suéter de Margaret y buscó por debajo, rozando con la punta de los dedos la sedosidad de su vientre. El tacto de Enrique la hizo susurrar y le abrió las caderas cubiertas de tejanos lo bastante como para apresarle la pierna, empujando el sexo contra el duro poste del esquelético muslo de Enrique. Se frotó contra él con el deseo y la independencia de un gato, arqueándose y emitiendo débiles sonidos, utilizándolo y deseándolo, aunque de alguna manera tampoco necesitándolo. Cuando las manos de Enrique alcanzaron la tenue tela de su sujetador y se colocaron debajo sin esfuerzo para poder deslizar las palmas rápidamente sobre sus pezones endurecidos, ella soltó un gruñido como si hubiera dado un puñetazo. Margaret apretó los labios, la entrepierna y el estómago contra él, como si pretendiera atravesar su piel y hundirse en él, y de repente ya estaba incorporada, sacándose el suéter y de pie para quitarse los tejanos, ya los tenía fuera y tiraba de la manta y las sábanas, bajándolas de manera que a Enrique no le quedó más opción que ponerse en pie y quedarse en calzoncillos. Se apresuró como si tuviera que ir a alguna parte, sin dejar de pensar que ojalá pudiera ir más lento.

Margaret tembló al meterse bajo las mantas en sujetador y bragas, y se enroscó en torno al escuálido cuerpo de Enrique, y a continuación se arqueó para colocar sus pies fríos sobre los muslos de él.

—Estás tan calentito —dijo ella hundiendo la cabeza contra su pecho y subiéndola hasta el cuello, mordiéndole otra vez y subiéndola hasta la boca mientras enroscaba los muslos en torno a la pierna derecha de Enrique para montarla. A través de la delgada tela de las bragas, él se daba cuenta de que estaba húmeda y completamente casada con su deseo. Enrique, sin embargo, estaba divorciado de su cuerpo, el cual, para su sorpresa, seguía duro en toda su extensión, y su erección parecía enorme contra la fina membrana de algodón que la separaba de la fría piel de Margaret.

Puesto que ella podía sentir el placer felizmente, Enrique bajó la cabeza y comenzó a viajar y explorar, pero no llegó muy lejos. En cuanto alcanzó sus pechos y comenzó a desabrocharle el sujetador, Margaret se incorporó, lo desabrochó ella misma y lo dejó caer sobre el parqué, y a continuación bajó las dos manos, se quitó las bragas y las arrojó lejos de la cama como si lanzara un sombrero. Él hizo lo mismo con los calzoncillos, y se sintió tremendamente desnudo. No recordaba si alguna vez se había sentido tan desprovisto de protección. Cuando ella volvió a acogerlo en sus brazos, apretando, deslizándose, apremiándolo para que se apretara contra su piel ahora cálida, colocando sus dedos delicados en torno a su polla tensa y dolorida, él se sintió tan perplejo y vulnerable como un recién nacido.

Enrique volvió a bajar la cabeza para hacerle el amor con la boca, pero ella lo apartó como si estuviera ya demasiado excitada como para soportar más excitación, y rodó hasta quedar boca arriba, atrayéndolo para que se le colocara encima. Él estaba duro como una piedra, tan rígido allí como en el resto del cuerpo, con lo que la cosa parecía lógica. Pero en cuanto se le colocó encima perdió toda sensibilidad ahí abajo; no sentía su sexo. Empujó porque se suponía que tenía que hacerlo, pero donde se suponía que había una abertura, él rebotó como una pelota lanzada floja. No fue un rebote infalible, sino más bien mustio.

La tristeza le abrumaba. Sintió pena por lo que perdería debido a ese inexplicable fracaso. Justo en el momento en que parecía que todo el trabajo duro estaba hecho, que había encontrado el puerto, resultaba que no era capaz de atracar. Qué desesperante haber estado tan próximo a la satisfacción y comprender, angustiado, que estaba condenado a no penetrar nunca ese misterio. Volvió a empujar. Pero supo, incluso antes de verse aplastado por la pared del cuerpo de Margaret, que fracasaría.

Margaret frunció el ceño, perpleja. Bajó la mano y le agarró el pene. Se estaba aflojando, cada vez más blando ante la evaluación de su mano. Y Enrique estaba seguro de que era desagradable al tacto.

—Lo siento —dijo Enrique, y lo sentía. Lo sentía más que nunca en su vida, un profundo pesar ante toda esa vida de felicidad que había perdido.

Ella se colocó de lado apartándose del decepcionante cuerpo de Enrique, quien salió de ella con un golpe seco, un pescado que boquea, perdiendo contacto completamente con Margaret. En ese rechazo, Enrique experimentó lo doloroso que era y sería ese abandono: quedaría más huérfano que cualquiera de los personajes de Dickens.

Pero ella no le dejó ir. Volvió a deslizarse en sus brazos, lo besó suavemente y le susurró al oído.

—Durmamos. —Con los dedos le acarició la espalda tensa, calmándolo—. Quedémonos echados y durmamos.

—Lo... —comenzó a decir él, sumido en un tremendo dolor, para excusar su fracaso. Solo consiguió pronunciar esa palabra: el sonido que produjo fue como el aullido de una criatura extraviada. Margaret enseguida lo interrumpió.

—Shhh... —dijo para calmarlo, pasándole la mano plana arriba y abajo del lomo—. Cierra los ojos —dijo Margaret, y él pasó del frío terror a la cálida fatiga. Le dolían los músculos como si hubiera corrido una maratón y le ardían los ojos como si hubiera caminado por un incendio. Los cerró, y eso supuso un alivio.

Sus pensamientos también se calmaron. Abandonaron el temible paisaje de la cama y pintaron una playa. Se hundió profundamente en la arena cálida y contempló un mar ondulante que se extendía hacia un horizonte azul e infinito.

—Durmamos —murmuró Margaret, y él se abandonó. Abandonó sus expectativas y se abandonó a sí mismo. Por primera vez en todas las horas que había pasado con Margaret, quizá por primera vez en su larga vida de veintiún años, dejó de pensar en un futuro de ambición y preocupaciones.

14. Amor de madre

El día después de que los padres de Margaret consintieran en respetar el funeral y el entierro que ella deseaba, la familia Cohen volvió a aparecer en masa en su apartamento. Los hermanos y sus esposas tuvieron audiencias separadas con Margaret, es de suponer que para despedirse. Las cuñadas se fueron antes que sus maridos a fin de que cada hermano pudiera estar un poco a solas con ella. Dorothy y Leonard también subieron solos, aunque a Enrique le pareció que sin haber planeado tener una última charla con ella. De hecho, parecían dar a entender que pensaban venir desde Great Neck cada día hasta el final. Enrique le expresó a Margaret su preocupación por ello durante un momento en que estuvieron los dos solos. Ella levantó una de sus cejas pintadas y declaró:

—Qué va. No te preocupes por eso.

Pero se preocupó. Y a cada minuto que pasaba le preocupaba más el poco tiempo que le quedaba para pasar con su mujer. Dedicarle otro día a su familia significaba que, exceptuando unas pocas palabras de afecto susurradas antes de que Margaret tomara la dosis de Ativan que la ayudaba a dormir, habría pasado otro día y otra noche sin poder estar a solas con ella. La noche anterior habían venido cuatro viejos amigos para tomar una última copa de champán y un poco de caviar con Margaret, y se habían quedado hasta tarde. Aquella noche vendrían Lily y Paul, otra despedida emotiva y difícil que agotaría a Margaret y la haría desear un sedante para dormir. En efecto, aquel sería otro día, uno de los apenas ocho que les quedaban, en el que estaría cerca de su mujer aunque, en realidad, separado.

Y al final resultó que se encontró a solas con el hermano pequeño de Margaret, Larry, ahora un hombre de mediana edad y medio calvo. En dos ocasiones, mientras su hermana lo cuidaba en casa, había resultado herido: una conmoción cerebral a los seis años, cuando ella intentaba enseñarle a montar en bici, y un brazo roto por culpa de un desventurado patín en la carretera de acceso a Utopia Parkway. Enrique creía que cuidar a Larry, por muy calamitosamente que lo hubiera hecho, le había enseñado a Margaret a ser una madre alegre y llena de energía. Cuando descubrió el espíritu de monitor de campamento que la animaba mientras jugaba a pelearse con sus hijos pequeños y lo fácilmente que hacía reír a los chicos, a veces adustos, Enrique había fantaseado con que estaba conociendo a la chica adolescente a la que su hermano pequeño, que la idolatraba, había perdonado todas las heridas. Temía el dolor que les esperaba a sus hijos y le daba miedo no ser capaz de consolarlos. Lo aliviaba la esperanza de que el depósito permanente de aquellas horas plácidas durante las que habían jugado en el suelo con su madre —no un recuerdo de felicidad, sino la asimilación no recordada de la dicha de Margaret por haberlas creado— pudiera proporcionarles un optimismo duradero que, con el tiempo, animara los corazones de sus hijos y les hiciera olvidar la crueldad de perderla.

A Enrique lo había criado una mujer desdichada, angustiada y miedosa. Se preguntaba si se habría enamorado de Margaret con el fin de proporcionarles a sus hijos una madre que los criara mejor. A su imaginación literaria le resultaba atractiva la idea de que la había elegido no solo por su piel blanca y pecosa, ni por sus luminosos ojos azules —señales de que tendría inmunidades distintas de las que proporcionaban la tez olivácea y los ojos castaños—, sino también porque su afectuoso relato del desastre ocurrido mientras cuidaba a su hermano Larry y la facilidad con que lo había aceptado le había llamado la atención. En los interminables Seders* y días de Acción de Gracias de los Cohen, había observado la permanente lealtad y amor de Larry hacia Margaret. Se preguntaba si aquel Larry de mediana edad comprendería que, sin saberlo, había aportado su grano de arena a la progenie de Enrique. Y se preguntaba si el hermano pequeño de Margaret podría comprender más fácilmente que él lo que supondría para sus hijos perder una madre tan vigorosa, sociable y valiente.

Enrique intentó dar con alguna pregunta que Larry pudiera responder sin demasiado esfuerzo, y que también reconociera el importante papel que había desempeñado en la vida de su hermana.

—Y dime: ¿has perdonado a Margaret por romperte el brazo y provocarte una conmoción cerebral? —preguntó, y le pareció una solución poco convincente.

Por un momento, Larry pareció incapaz de contestar. Pero enseguida lo hizo con toda franqueza.

—Fue una gran hermana mayor para mí. Era tan divertida. —Le rodaron las lágrimas por la cara como si aún fuera un niño y el acceso a sus sentimientos, un hecho rutinario—. Sé que bromeábamos acerca de esos accidentes, pero no fueron culpa suya. La verdad es que me sentía seguro cuando estaba con ella. Tanto daba lo que hiciera. Simplemente me encantaba estar con ella —dijo, y su cara se deformó de dolor. Enrique lo abrazó con fuerza, dándole unas palmaditas en la espalda hasta que Larry se hubo calmado lo suficiente como para respirar regularmente.

---

* Cena que celebran los judíos ortodoxos la primera y la segunda noche de la Pascua. (N. del T.)

También el padre de Margaret protagonizó una escena muy emotiva media hora más tarde. Leonard, con los hombros caídos, cruzó la sala de estar con apenada lentitud hasta acorralar a Enrique en la cocina, algo muy fácil en aquel espacio pequeño y sin ventanas. Enrique, luchando con la fatiga y el dolor de cabeza, se estaba tomando su sexta taza de café a la una y media del mediodía. Leonard apareció a su lado, junto a los fogones, y puso la mano en el antebrazo de Enrique, señal de que iba a decirle algo importante.

—No quiero entrometerme, pero ¿cuánto cuesta una tumba en Green-Wood?

—¿En Green-Wood? —dijo Enrique para ganar tiempo y prepararse para lo que pudiera venir. ¿Iba a objetar que era demasiado cara? ¿Iba a ofrecerse a pagarla? Tendría que decir no a ambas cosas, aunque sin infligirle otro golpe a ese hombre herido. Leonard era el patriarca, y eso no lo cuestionaba ni su hijo mayor, que había sobrepasado a su padre en eminencia. Pero la inminente muerte de su hermosa hija lo había afectado mucho; a cada ahora se le veía más pálido y débil, como si la pena lo consumiera.

A veces, mientras Enrique estudiaba la desolada cara de su suegro, le preocupaba que Leonard no sobreviviera a Margaret más que unas pocas semanas. En aquellos dos días, la intensidad del sufrimiento de los padres de Margaret se le hizo más física y vívida que en cualquier momento de los dos años y ocho meses que llevaba durando la enfermedad, y no solo porque Margaret se acercara al final. Hasta entonces sus visitas se habían visto cuidadosamente limitadas, por parte tanto de Margaret como de sus padres, a una duración que todos pudieran tolerar. Enrique a veces se había sentido molesto y desdeñoso con Leonard y Dorothy por lo escaso de su consuelo, una queja poco razonable, pues Margaret prefería mantenerlos alejados. Pero Enrique tuvo que admitir que ahora les daba gracias a ambos por haberle ahorrado el tener que contemplar de cerca su dolor mientras se les iba secando el corazón.

No había sido el caso de la madre de Enrique, que exigía que prestaran atención a su dolor. Cada sábado por la mañana, cuando visitaba a Rose en Riverdale, en su residencia, se veía obligado a darle la mano mientras ella lloraba por la enfermedad de Margaret, y a tranquilizarla diciéndole que él y los chicos se encontraban bien.

—¿Cómo vas a estar bien? —comentaba Rose, empecinada en su tristeza. Confortar a la inconsolable Rose era algo rutinario, el papel que había desempeñado toda la vida con su depresiva madre. Durante aquella crisis, sin embargo, el esfuerzo lo hizo chillar en el aislamiento de cristal de su coche mientras volvía a casa, desesperado por encontrar un momento para echar una cabezada antes de regresar con su esposa agonizante y dar gracias por conseguir estar de buen humor con ella. El contraste de aquellas reacciones parentales permitió que Enrique apreciara que la familia de su esposa lo había ayudado, a su manera, indirecta, a proporcionarle a Margaret la clase de consuelo que ellos no podían darle. Dorothy y Leonard —al igual que sus padres para él— no habían sido lo que Margaret hubiera deseado, pero habían encontrado una manera de mandarle la ayuda que precisaba a través de las fronteras embargadas de sus corazones.

—No es mucho dinero —le dijo a Leonard con la esperanza de evitarle cualquier inquietud a aquel hombre destrozado. Durante toda la vida, Leonard se había encargado de los problemas de su esposa y sus hijos y sus nietos. Y ahora no podía solucionar nada.

—¿Cuánto? —Leonard dijo muy serio.

—Diez mil —lo informó Enrique.

—¿De verdad? ¿Solo eso? —se preguntó en voz alta el microeconomista—. ¿Aunque haya tan pocas tumbas disponibles?

Enrique, aunque por lo general tenía un punto satírico, no encontró divertido que Leonard se preocupara por la oferta y la demanda. Era su manera de enfrentarse al mundo. Si no podía aliviarse con consideraciones de ese tipo en aquel momento, ¿cuándo lo haría?

—Bueno, supongo que la gente quiere comprar parcelas grandes, no una tumba suelta aquí y allá —le explicó Enrique, pensando en Dorothy, a la que jamás se le ocurriría elegir una tumba solitaria con la única compañía de gentiles del siglo XIX.

Leonard se quedó pensativo, estudiando el tema de los precios, supuso Enrique. En circunstancias normales, su suegro habría querido ver un folleto o la página web, y habría reflexionado sobre el coste relativo de los espacios para mausoleos en la parte nueva de Green-Wood en contraste con las parcelas disponibles que se apretaban entre las tumbas de la parte antigua, que eran monumentos históricos; y luego habría podido especular acerca de las desventajas de Brooklyn para los compradores procedentes de lugares prósperos como Long Island y otros factores. Enrique se imaginaba a Leonard concluyendo que los gerentes de Green-Wood deberían subir los precios. Desde luego, proclamaría con orgullo que su hija había encontrado una ganga. Pero Enrique había malinterpretado la manera de pensar de su suegro.

—No quiero ser indiscreto —afirmó Leonard finalmente—, pero ¿diez mil es mucho para ti?

Dorothy apareció sin avisar, hablando mientras entraba en la abarrotada cocina.

—¿Estáis tomando más café? ¿No es demasiado? Supongo que lo necesitas. —De manera insólita, besó a Enrique en la mejilla—. ¿Has dormido algo?

—¡Dorothy! —dijo bruscamente Leonard.

—¿Qué? —dijo ella, sabiendo, después de cincuenta años de matrimonio, que ese tono significaba que la había interrumpido. Ella fingió que no era cierto—. Solo quería saber de qué hablabas. Tampoco soy ninguna cotilla —añadió con la risa alegre de alguien que se conoce.

—Le estaba preguntando a Enrique por el precio de la tumba. Ha dicho que son diez mil...

—¿Diez mil? —dijo con la misma ambigua sorpresa que había

expresado al oír que el rabino de Margaret era budista. ¿Estaba de acuerdo con que diez mil parecía poco, o, dado que ella nunca elegiría una tumba tan solitaria, demasiado?

—Le preguntaba a Enrique si era demasiado dinero para él.

—¡No queremos ser entrometidos! —exclamó Dorothy, como si la hubiesen acusado de serlo—. Es que no queremos que gastes demasiado. Queremos ayudar.

—No, no es demasiado —dijo Enrique. En muchas ocasiones, después de que se rodara su primera película y por fin fuera solvente, Enrique había deseado informar a Leonard y a Dorothy de que ya no era un escritor arruinado. Pero Margaret le había prohibido hablar de dinero con sus padres. Cuando él le preguntó por qué, ella le contestó:

—No lo entenderán. —Cosa que le pareció ridícula, teniendo en cuenta que Leonard entendía más de dinero que casi ninguna otra persona sobre la faz de la tierra, y que Dorothy también parecía comprender excepcionalmente bien las consecuencias de la política monetaria sobre el mercado de valores. Pero Margaret insistió—: No entenderán que para ti no hay término medio, ni que lo que acaba de ocurrir con algo que has escrito nada tiene que ver con lo que podrías escribir posteriormente. Son como todos los demás, Enrique, no entienden la locura a la que te enfrentas, no entenderán que no tiene nada que ver con lo bien que escribes. —Suspiró, como agotada por haber vivido en tan estrecho contacto con su carrera—. ¡Y en cualquier caso, no es asunto suyo! —concluyó en un tono exasperado que sabía que Enrique no desobedecería. Eran sus padres, y su relación con ellos se llevaba a su manera.

No obstante, aquel mandato se había dado cuando Margaret se encontraba bien y viva; ahora que se estaba muriendo no podía permitir que sus padres pensaran que diez mil dólares era más de lo que se podía permitir.

—Escuchad —anunció—, dejad que os explique mi situación financiera...

Dorothy soltó un grito de pánico.

—¡Nada de detalles! ¡No nos cuentes los detalles! No queremos entrometer...

—Me da igual —dijo Enrique, sin creerla. De hecho, ella enseguida cayó en un silencio profundo y atento, cosa inhabitual en Dorothy—. Tenemos poco más de dos millones de dólares en acciones y bonos. La casa de Maine vale más o menos un millón, y no está hipotecada. Llevo un tiempo sin trabajar, y probablemente a partir de ahora me costará ganar mucho dinero, porque casi todos los escritores, una vez pasados los cincuenta, ganan mucho menos dinero a no ser que sean famosos, lo que por desgracia no es mi caso. Pero a los sesenta y seis cobraré una pensión de la Asociación de Escritores... —Se interrumpió para observar sus caras silenciosas. Tenían los labios sellados, los ojos atentos y el cuerpo inmóvil, como si los hubiera hechizado—. Tendré una pensión de unos cien mil dólares al año, así que con lo que hemos ahorrado, aun cuando no ganara dinero nunca más, podría vivir cómodamente. Sobre todo si dejo de vivir como un rey.

Hubo un largo silencio. Leonard parpadeó y suspiró. Dorothy por fin rompió el silencio:

—Dos millones...

—Un poco más de dos millones en acciones y...

Ella le interrumpió.

—Dos millones no es mucho dinero. Ahora ya no es mucho dinero. Y no tienes ni idea de cuáles van a ser tus ingresos. Hollywood no es de fiar —declaró, y volvió a besarlo en la mejilla, un acto inusitado de afecto espontáneo. Con su tono apresurado de tengo-que-coger-un-tren, Dorothy añadió—: No te preocupes. Margaret nos hizo prometerle que cuidaríamos de ti, y yo le dije que te consideramos como un hijo. Naturalmente que cuidaremos de ti. —Se volvió bruscamente y llamó—: ¿Rob? ¿Todavía estás arriba? —Salió de la diminuta cocina gritando—: Cuando acabes, quiero hacerle una pregunta a Margs. Rob, ¿todavía estás arriba?

Desconcertado, Enrique le dirigió una mirada a Leonard, quien a su vez lo estaba estudiando. Sus ojos pálidos parecían esperar a que Enrique hablara. Enrique tenía más en común con su suegra de lo que le gustaba admitir, y concedía una gran importancia al tema del dinero, sobre todo en lo que se refería a los demás; estaba convencido, por ejemplo, de que el precio de la tumba era más importante para Leonard que para él mismo, aunque no hubiera prueba de ello. Supuso que Leonard seguía queriendo que lo tranquilizara acerca del precio de la tumba, con lo que afirmó lo evidente:

—En todo caso, los diez mil no suponen gran cosa para mí. Margaret me pidió que le comprara la tumba, y eso sí significa mucho para mí. Quizá sea una distinción insignificante, pero me gustaría pagarla.

Leonard asintió con una gravedad tan solemne que Enrique pensó que se mostraba reacio a darle la razón.

—Sabes —comenzó a decir Leonard, pero le costó pronunciar las palabras. Se aclaró la garganta antes de proseguir—. Uno de nuestros amigos me preguntó: «¿Ya te has resignado?». —Calló y miró a Enrique a los ojos. En los de Leonard apareció una emoción que Enrique rara vez había visto en su suegro: cólera.

—¿Resignado? —preguntó Enrique, y tardó un momento en asimilar ese cambio de tema—. ¿Resignado? —repitió la palabra en un tono de perplejidad, aunque sabía qué significaba—. ¿Resignado a qué? ¿A la muerte de Margaret? —añadió con desdén.

Leonard asintió con una sonrisa amarga.

—«¿Estás resignado?», me preguntó mi amigo. «¿Lo has aceptado?», me preguntó. —Los ojos de Leonard se llenaron de lágrimas mientras fruncía el ceño con indignación—. Y yo le contesté: «No tengo elección. Tengo que aceptarlo. Pero ¿estoy resignado?». —Negó con la cabeza, como un toro que intenta desembarazarse de la espada del matador—. No —declaró como si pronunciara un juramento ante un tribunal—. «No», le dije a mi amigo. —Pronunció la palabra *amigo* como si significara «enemigo»—. «No estoy resignado.» —Se tambaleó hacia atrás hasta dar con la cocina, temblando mientras tartamudeaba su desafío sin esperanza—. No estoy resignado a la muerte de mi hija. —Enrique lo abrazó, casi tanto para mantenerlo en pie como para consolarlo. Aquel gesto físico le pareció una intrusión, y estaba casi convencido de que Leonard lo apartaría, pero el anciano se dejó abrazar, y su pecho se hinchó dos veces con unos fuertes sollozos que desahogaron su absoluta desesperación. Cuando lo hubo soltado, Leonard se apartó, buscando su pañuelo—. Ya basta —declaró. Discretamente se limpió las lágrimas y se sonó la nariz—. Ya está bien —decidió—. Me he desahogado. Lo siento —dijo.

—No tienes por qué decir que lo sientes —lo tranquilizó Enrique.

El padre de Margaret asintió.

—No sé cómo has podido encargarte de todo. Yo no habría sido capaz. —Y como siempre que sus amigos o familiares le hacían ese cumplido, Enrique se preguntó, por milésima vez, si había en él alguna crítica oculta.

¿Debería haberse derrumbado? Muchas veces había querido hacerlo, y lo había hecho en secreto, en su despacho, en el coche, y dos veces en medio de una multitud de desconocidos en una calle de Nueva York. Pero tenía hijos. Al igual que Dorothy y Leonard, tenía unos hijos a los que acabar de criar. Siempre había supuesto que Margaret se encargaría de ello, que le sobreviviría y estaría encima de ellos mientras fueran adultos. Pero todavía le quedaba esa tarea por delante. Para su sorpresa, hasta ese momento consolar a sus hijos había sido algo sencillo, una cuestión de transmitir la información con franqueza y dejar que se sintieran tristes y asustados. Sus emociones, por doloroso que fuera ver cómo les pesaban sobre sus jóvenes hombros, eran puras, carecían del narcisismo de la gente más próxima en edad a Margaret, quienes se sentían más cerca de la bala que la había herido mortalmente. Max y Gregory estaban muy afectados, perplejos ante la enfermedad de su madre y aterrados por aquella muerte inminente. Enrique estaba seguro de que lo peor aún tenía que venir: cuando perdieran la cartera y ella ya no respondiera al teléfono; o ya no contestara a sus e-mails pidiéndole consejo para una importante entrevista de trabajo; o cuando nadie les advirtiera que tuvieran una americana a mano cuando visitaran a sus abuelos en el club de golf; o cuando ya no pudieran llamarla para oírle decir lo guapos y encantadores que eran después de que alguna chica zahareña los rechazara, o para oír cómo chillaba de alegría ante algún triunfo en su carrera; cuando se dirigieran al altar para casarse con su amada y no la vieran en primera fila; cuando tuvieran en sus brazos a los nietos de Margaret y no pudieran entregarle el futuro a ella: sería entonces cuando necesitarían a Enrique. Si se hubiera derrumbado durante la enfermedad de Margaret, le habría fallado a ella y habría asustado a los chicos, y después de un desastre como ese, ¿cómo habría podido coserles las heridas? ¿Y cómo podrían sentirse tranquilos Dorothy y Leonard de no haber sabido que había alguien relativamente sensato y cariñoso cuidando de sus nietos? Al final, después de años de confusión, se daba cuenta de que lo que él había considerado su punto fuerte, la escritura, no era lo que más había aportado a la gente que amaba. Su verdadero talento consistía en poder aceptar lo que sentían, por distinto que fuera de su verdadera naturaleza.

Se llevó el café al sofá repasando mentalmente el programa de Margaret. Mañana era el día de Greg, y también debía ser la última conversación privada de Max con ella. Greg llegaba aquella noche de Washington D. C., donde había estado trabajando desde que se licenciara en la universidad dos años atrás. El plan era que pasara el día a solas con su madre. Max, que se había visto obligado a presenciar día tras día la enfermedad de su madre durante sus últimos años de instituto, todavía tenía que manifestar cuándo quería pasar sus últimas horas con ella, si es que quería pasar alguna. A mediodía, Max había aparecido después de haberse emborrachado la noche anterior en un intento de cerrar los ojos ante lo que estaba pasando. Echó un vistazo a las caras largas de abuelos y tíos, y salió para encontrarse con alguien, o eso dijo. Enrique le detuvo en el ascensor para recordarle que si quería pasar unas horas a solas con su madre debía ser pronto, puesto que al día siguiente abandonaría los esteroides, y entonces tendría mucho sueño o estaría inconsciente.

—Te lo diré luego —dijo Max.

— ¿No quieres pasar un rato a solas con ella? —le insistió Enrique, y deseó no haberlo hecho incluso antes de que los ojos inyectados en sangre de Max pusieran una mueca de dolor.

—No lo sé —dijo Max—, deja de preguntármelo. —Y se fue corriendo hacia el ascensor.

Enrique tuvo que concluir que Max estaba sopesando seriamente la posibilidad de no despedirse de su querida madre. Aquello le parecía absurdo. Él la adoraba. Durante la peor fase de la enfermedad, Max solía pasar bajo los cables del gotero para encaramarse al lecho y acurrucarse contra el cuerpo herido de su madre apoyándole la cabeza en el hombro. Cuando ella se sentía más débil, él le colocaba la cabeza en el hombro y le acariciaba la mejilla. Enrique creía que esa renuncia a despedirse de su madre era fruto de su cólera contra la muerte. Max estaba furioso por el fracaso de todos los esfuerzos por detener la enfermedad, aunque lo que más parecía enfurecerle era que lo único que parecía importarle a su madre fuera a qué universidad iría y qué trabajo tendría durante el verano en que ella muriera.

Enrique intentó salvar a Max del último intento de Margaret por controlar la vida de su hijo pequeño.

—No le quiero holgazaneando cuando yo me muera, tristón y bebiendo demasiado —declaró Margaret. Observó la cara de desaprobación de Enrique y suplicó sin aliento—. Tengo que seguir dándole la tabarra, Bombón. Puedo renunciar a todo lo demás, pero no puedo dejar de darles la tabarra a mis chicos.

—Eso abortó su intento de proteger a Max. Durante todo su matrimonio, Margaret había esgrimido esa especie de imperativo emocional para conseguir lo que quería. Enrique le rebatía afirmando que no entraba en razón, cruzaba espadas verbales de desafío, y a veces la reprendía, la intimidaba o gimoteaba y suplicaba. Daba igual. Todas las tácticas fallaban. Quizá en una o dos ocasiones durante los veintinueve años de matrimonio, tras anunciar: «No puedo», ella cedió, pero en esta ocasión Enrique no podía esperar ganar. Se sentía igualmente impotente contra la negativa de Max a programar una hora con su madre. Y temía las consecuencias. Enrique sentía pena por los sentimientos de Max, agitados y a flor de piel, pero una intempestiva negativa a decirle adiós a su madre sería algo que lamentaría toda la vida.

¿Y cuándo le llegaría el turno de despedirse a él? A Margaret solo le quedaba un día más de esteroides. Greg lo consumiría, y luego el último grupo de amigos ocuparía otro día, y Enrique esperaba que Max también tuviera su momento. Le preocupaba que Margaret entrara en declive más rápidamente de lo que estaba previsto y él perdiera su preciosa oportunidad. Tenía que dejar pasar primero a los otros, pues era el anfitrión de esta lúgubre fiesta y Margaret había insistido en que la ayudara. De acuerdo. Pero tenían tantas cosas que decirse. ¿Habría tiempo suficiente?

Rob, el brillante y distinguido hermano mayor de Margaret, bajó las escaleras después de su audiencia y cruzó a pasos decididos la sala para sentarse al lado de Enrique, que tomaba otra dosis de cafeína en el sofá.

—Margaret y yo hemos hablado —dijo con un aire amable y una sonrisa divertida—. Me ha pedido que la ayude a descansar un poco de nuestros padres. Me los llevaré un par de días. De todos modos, tampoco es bueno para ellos. Deberían estar con sus amigos. Son ellos quienes pueden consolarles.

—¿Estás seguro? —dijo Enrique, preguntándose por el amigo «resignado» de Leonard.

Rob estaba seguro.

—Sí. Janice y yo nos quedaremos en Great Neck con ellos. Los mantendremos ocupados. Eso os dará a ti, a Margaret y a los chicos un poco de tiempo para estar solos.

Enrique dijo: «Gracias» de la manera más lenta y sentida que fue capaz.

Rob asintió.

—Le he prometido a Margaret que tú y yo estaremos en contacto. Sé que tú pasarás página, naturalmente, deberías hacerlo, todos lo sabemos y queremos que lo hagas. Pero si necesitas ayuda con lo que sea, con Max o Gregory, le he dicho que puedes contar conmigo. No quiere que vaciles en llamarme. Lo harás, ¿verdad?

Enrique se quedó un momento desconcertado. Todavía no era viudo, y en un primer momento no entendió que «pasar página» se refería a enamorarse de otra mujer. Él también suponía que con el tiempo viviría o se casaría con otra mujer, pues a él le gustaban tanto las relaciones como las mujeres. Pero aquello le pareció raro, como si te dijeran que todos los objetos, tanto da lo que pesen, caen a la misma velocidad. Eso se podía demostrar, pero parecía imposible. Tras un segundo de vacilación, entendió lo que significaba «pasar página». Había considerado lo suficiente la cuestión de tener otra relación como para haber decidido que, por sus hijos, dejaría pasar al menos cuatro años antes de presentarse con una sustituta de su madre, por muy inofensiva que fuera. Los cuatro años de Max en la universidad parecían un intervalo adecuado. Estaba a punto de contarle su idea a Rob cuando se dio cuenta de que esa conversación con el hermano mayor de Margaret era absurda y de mal gusto. Lo que hizo fue contestar a la pregunta, o a lo que él pensaba que le preguntaban:

—Naturalmente que estaremos en contacto. Los chicos y yo os veremos por Pascua y Acción de Gracias. Iremos a todas las reuniones familiares.

Ahora fue Rob quien pareció perplejo. Frunció el entrecejo y ladeó la cabeza como si intentara desentrañar lo que Enrique acababa de decir:

—Claro, lo que quiero decirte es que si hay algún problema yo puedo ayudarte. Margaret quiere estar segura de que seguiremos en contacto. Por si necesitas algo.

Solo entonces Enrique, demasiado reconcentrado en sí mismo, se dio cuenta de lo que debía de haber ocurrido arriba. Había supuesto que en las últimas conversaciones de Margaret con sus familiares hablarían de sus cosas. Margaret, por el contrario, intercedía por Enrique y sus hijos, asegurándose de que todo aquello de lo que ya no pudiera encargarse quedaba a cargo de sus apoderados. Por amor de Dios, se dedicaba a hablar de él.

Enrique se apresuró a tranquilizar a Rob prometiéndole que le llamaría si necesitaba algo, y manoseó diversos seguros y otros papeles de Green-Wood al pie de las escaleras. Esperó a que todos los Cohen, exceptuando a Dorothy, se hubieran reunido en la sala. Subió las escaleras para sentarse en su despacho, delante del dormitorio, haciendo cola para ser el siguiente después de la madre de Margaret. Mientras se acercaba al descansillo, las oyó hablar. Amortiguó las pisadas con la esperanza de poder escuchar aquella supervisión post mórtem que su mujer estaba planeando. ¿Qué les estaba encargando a cada uno que hicieran por él? ¿Que lo vieran felizmente casado de nuevo? ¿Que supervisaran cómo cuidaba de los chicos? ¿De qué era él incapaz de encargarse, según ella?

La puerta que separaba su despacho del dormitorio estaba completamente abierta, pero una pared le impedía ver el lecho conyugal. Mientras se acercaba a la puerta, se preguntó si debería entrar e interrumpir caso de que Dorothy le estuviera dando la lata a Margaret. Escuchar resultó fácil. No habían oído sus pasos, probablemente porque sus voces no eran solo fuertes, sino exaltadas. En lugar de su crispación habitual, Dorothy era todo afecto y dicha mientras canturreaba una fuga de elogios.

—Les cuento a mis amigos lo estupenda madre que eres, mucho mejor de lo que fui yo. Max y Gregory son dos chicos tan brillantes, tan cariñosos, tan listos y seguros de sí mismos porque tú has sido para ellos una gran amiga, una gran madre. Confían en ti y te aman, y son tan buenos y serios que harán algo bueno en el mundo. Estoy tan orgullosa de ti, Margs, tan orgullosa...

Y Margaret, con una voz límpida de amor, también hablaba, no sobre la voz de su madre, sino en armonía con esta.

—Tú eres la responsable, mamá. De ti aprendí a ser madre...

—No, no —decía Dorothy—. Tú les educaste a tu manera. Yo creía que estabas loca por quedarte en Manhattan y llevarlos a esos colegios, a ese absurdo colegio de la iglesia cristiana que me daba miedo, pero tú...

—Mamá, mamá, mamá —llamó Margaret, como si Dorothy le hubiera dado la espalda y necesitara su atención—. Mamá, escúchame, por favor. Escucha. Escucha.

—¿Qué, cariño? —Dorothy parecía haber conseguido que su voz fuera más amable, toda la estridencia de su angustia había desaparecido, y la sustituía un ardor sin aliento—. Te estoy escuchando —dijo, no a la defensiva sino como una promesa.

Hubo un silencio. Enrique oyó un frufrú de sábanas y la curiosidad le pudo. Se inclinó y se asomó por el vano de la puerta. Desde allí vio a madre e hija reflejadas en el cristal de una fotografía enmarcada de Max y Greg cuando eran pequeños que colgaba de la pared de delante de la cama. Margaret había conseguido incorporarse y abrazaba a su madre, y aquel no era uno de esos eficientes y rígidos abrazos de distanciamiento, sino que la apretaba y la mantenía contra el pecho, como si Dorothy fuera su niña. Margaret susurraba, más allá de la rígida curva del peinado con laca de su madre, a una oreja tan pequeña y perfectamente formada como la suya:

—Lo aprendí de ti. Como madre, todo lo que sé lo aprendí de ti. Eres mi heroína, mamá. Siempre fuiste mi heroína.

Dorothy, con la cabeza apoyada contra el corazón de su hija, sollozó la respuesta como si fuera un niño agradecido:

—Eres mía, eres mía, eres mía.

Embargada por la emoción, fue incapaz de decir más, y Enrique, avergonzado, con la cabeza palpitándole de las lágrimas que se habían quedado atascadas en algún lugar de su cráneo, retrocedió hacia la zona sin ventanas de su escritorio para que tuvieran intimidad. De pie en las sombras, se acordó de la esposa contenida de la que a menudo se había quejado, de la mujer sermoneadora de la que a veces había anhelado desesperadamente librarse, y en su cabeza resonaban unas palabras que golpeaban su alma como tambores, como si Dios le clavara en el suelo: *Ella es buena. Es tan buena y dulce, y yo tan mezquino y amargado. Ella está llena de amor y yo estoy vacío sin ella.*

15. Amor perdido

Enrique estaba enamorado. No podía dejar de pensar en ella. Mientras tecleaba, mientras pedía un café en la tienda de comida preparada, mientras estaba bajo la ducha, cuando encendía un cigarrillo, cuando empujaba a su hijo de casi dos años en el cochecito, pensaba en saborearla, en cómo su cuerpo ágil se doblaba bajo sus manos abiertas como si la lujuria le hubiera derretido la columna vertebral, en cómo su piel tensa se entregaba a su lengua, en cómo todas las partes de ella, las claras y las oscuras, tenían ese sabor dulce e intenso, como si ella fuera la mismísima tierra de la Madre Tierra. Su olor cálido y fragante perduraba en sus fosas nasales allí donde iba, una brisa de perpetua primavera en medio de la nieve fangosa de Manhattan del desabrido febrero, y cuando Enrique cambiaba los pañales o vaciaba el lavavajillas, sonreía ante los destellos de la memoria táctil; cómo los labios curvados y húmedos de ella se abrían igual que los pétalos de una flor; cómo levantaba las caderas y arqueaba el vientre cuando llegaba al orgasmo. Enrique esperaba con impaciencia sus exclamaciones divertidas y descabelladas, expresadas con delicioso ingenio, burlándose de sí misma, y le entusiasmaba el que ella mostrara una actitud abierta hacia el sexo. Encontraba muy alentador que ella se pusiera vehementemente de su parte para enfrentarse a todos aquellos contra los que él se sentía impotente: el inútil de hermanastro que tenía por socio, el parlanchín e ineficaz de su agente, su productor timorato e indeciso y, sobre todo, una esposa exigente que no lo satisfacía.

Enrique estaba enamorado de Sally Winthrop. Rebosaba amor, un amor profundo, apasionado y maduro que daba la casualidad que también era ilícito. Nada tenía que ver con ese espejismo de amor que había sentido por Margaret, que poco había tardado en convertirse en la monotonía burguesa del matrimonio, en la idea de la vida de una escolar sin humor: la rutina brutal de levantarse al alba con el olor a rancio de la leche del biberón, de administrar lentamente las cucharadas del puré de verduras, y luego irse a la cama temprano apestando al alcohol de las toallitas de bebé, aliviado tan solo por las largas horas que pasaba a mediodía hablando por teléfono con su indolente y divagador hermano mientras trabajaban en unos relatos tan vacíos de auténtico sentimiento e intrincado conflicto, tan abarrotados de tramas tópicas y personajes falsos, que a veces se preguntaba qué ocurriría si ese sueño imposible se hacía realidad y uno de los siete guiones por los que le habían pagado diez veces la cantidad que había recibido por sus tres novelas descatalogadas (y eso era solo la mitad del dinero total recibido, pues lo repartía, como era pertinente, con su hermano) llegaba a rodarse de milagro, si soportaría verlo en la pantalla grande, y si, algo más improbable aún, les gustaría a unos perfectos desconocidos.

Y luego estaba la penosa e idiotizante rutina de la vida social. Cenar una vez por semana con Wendy, la vieja amiga del campamento de Margaret, y su marido izquierdista, que sutilmente intentaba convencerte de que su pequeño era superior a Gregory porque su diminuto genio ya hacía caca en el váter, un auténtico Einstein de los intestinos. Y luego estaban aquellos patéticos e interminables fines de semana en los que contemplaba con cara de sueño los cajones de arena, sus hombros caídos junto a los hombros caídos de otros padres que alardeaban de sus hijos mientras Margaret hacía piña con las madres. Mientras estaba sentado con los papis, oía cómo Margaret se hacía eco de la estridencia de la voz de su madre durante la Pascua y el Día de Acción de Gracias, perorando largo y tendido y con extraordinario detalle acerca de cuestiones tan aburridas que a veces sospechaba que se trataba de un nuevo tipo de *performance* artística, que Margaret hacía una sátira de sí misma durante las veinticuatro horas: «¿De verdad se cree Maclaren que esas lamentables patas de aluminio de su cochecito plegable soportarán las sacudidas de las calles de Nueva York? ¿O incluso esa cosa tan de barrio residencial de meterlo y sacarlo del maletero del coche? ¡Sobre todo con las patadas que le da Enrique para cerrarlo! En cuanto las toca se rompen. ¿Sabes qué necesita realmente Manhattan? Una gran superficie adonde ir a comprar. Pagar precios de supermercado por unos pañales es simplemente, no sé, obsceno. Y, Dios mío, ¿de verdad tengo que pedir plaza en la guardería antes de que Greggy cumpla los dos años?».

Y después de todas esas agudas observaciones sociales, después de que Enrique fuera a buscar una segunda taza de café, venían sus diatribas sobre el trabajo, sobre todo las quejas acerca de sus jefes, los mandamases de *Newsweek*, donde ella trabajaba como directora de arte adjunta, que si bebían mucho y siempre estaban magreando a las chicas, que si tenían un gusto horrible con las corbatas y no tenían ni idea de composición al elegir las fotos, que si los colores para los gráficos desentonaban, que si eran unos indecisos y constantemente rompían la portada en un desesperado intento de adivinar el viernes qué historia sería importante el lunes, el día que salía la revista, cuando, por amor de Dios, era evidente que intentar estar al día era absurdo, con ese nuevo canal de televisión por cable con noticias las veinticuatro horas y los periódicos. Todo lo que podían esperar las revistas de actualidad era proporcionar a sus lectores una mirada en profundidad de los titulares de la semana anterior, pero no, decían que esas portadas no vendían. La verdad, anunció por diezmilésima vez, es que lo que vende son las estrellas de cine. Deberían dejarlo y publicar solo clones de la revista *People*, declamaba Margaret semana tras semana, en invierno, primavera, verano y otoño.

Que ella le aburriera era malo, aunque podía tolerar el tedio, se juraba, solo que, después de dieciséis horas de monotonía física y mental, tampoco follaba con él. Ni siquiera el rápido placer de un polvo de diez minutos. No tenía la menor esperanza de que nada le aliviara de esa vida doméstica de eunuco. Ninguna expectativa de recompensa. Exceptuando un acto sexual clínico y a regañadientes una vez al mes como mucho, aunque no era raro que se espaciara a una vez cada dos meses. Y esos raros éxitos se alcanzaban solo después de horas de súplicas y persuasión. Casi cada noche, tras haber seguido todas las normas para crear una familia joven y entusiasta juntos, se iban a la cama como una pareja asexuada de ochenta años. Ese era el callado horror que sentía Enrique mientras se acurrucaban entre la ropa de cama castrada, uno en cada punta del tálamo matrimonial: esa ciruela pasa de lujuria que ella le ofrecía a la edad de veintiocho años como dieta presente y futura. Eso era lo que destruía su alma.

Y en torno a la pulpa de ese resentimiento a punto de estallar, como la gruesa piel de una fruta tropical, estaba la vergüenza por quejarse. Bromeaba con otros padres jóvenes acerca de su mutua frustración. A veces, en cenas de parejas con hijos, había chistes sobre aquellas vidas privadas de sexo que contaban tanto ellos como ellas. Eran una generación liberada, después de todo, que había follado hasta quedarse tontos, y eso era precisamente lo que abochornaba a Enrique. Ese no había sido su caso. Él solo había follado para acabar llevando una vida seria, el severo trabajo de la vida familiar, después de perderse por completo las alegrías psicodélicas de la universidad. Pero había un sentido más profundo de fracaso moral en su sensación de aflicción y cólera ante la negligencia de su mujer: estaba traicionando los imperativos políticos de su madre feminista y de la esfera feminista en la que vivía. Margaret era un paradigma de la Nueva Madre de los ochenta, un valeroso ejemplo de tenerlo todo y hacerlo todo, de tener un empleo con mucha presión, ganar tanto como Enrique en su nueva encarnación de guionista demasiado bien pagado y cuyas obras nunca llegaban a la pantalla; y Margaret, además, en comparación con casi todas sus amigas, había triunfado a la hora de conseguir que su marido compartiera los deberes domésticos. Enrique nunca cocinaba, pero limpiaba de verdad, no solo lo que ensuciaban él y el bebé, sino también lo que ensuciaba su esposa, y se encargaba él solo de Gregory los miércoles, los jueves y el viernes por la noche, y todo el sábado, a fin de que Margaret pudiera recuperarse del cierre de la revista de los viernes, que la obligaba a permanecer en la oficina hasta las dos de la mañana y a veces hasta el amanecer. Cuando su relación con Sally se transformó en amor, intentó convencerse de que Margaret también debía estar engañándolo, dada su falta de interés en tener sexo con él y las altas horas a las que volvía. De hecho, Sally, su amada, también se preguntaba en voz alta si Margaret no tenía un romance en la oficina, sin duda para espolearle a que pusiera fin a su matrimonio. Pero una investigación somera lo convenció de que, aunque a lo mejor le interesara echar un quiqui de vez en cuando, la agenda de Margaret estaba también demasiado apretada a causa del trabajo y sus obligaciones de madre como para permitirle nada parecido a lo que Enrique estaba disfrutando con Sally. Rubia, seductora, calentorra, una auténtica *wasp*, Sally, con sus preciosos y opulentos pechos blancos y sus pezones gruesos y marrones, su deliciosa risa ante el ingenio de Enrique, sus ojos verdes y su admiración por sus brillantes observaciones del absurdo del mundo del cine, y sus orgasmos en los que se estremecía de deseo, tan diferentes de los reacios gruñidos de Margaret desde que era madre, cuyos éxtasis casi forzados parecían fruto más de la intimidación que de la seducción.

Enrique, por otro lado, contaba con el lujo de disfrutar de Sally por la mañana y por la noche, a veces durante una semana entera, y su pasión quedaba cómodamente oculta en un hotel de cuatro estrellas de Los Ángeles pagado por la Warner Bros., la Columbia o la Universal, porque casi cada dos meses él y su hermano volaban en primera clase y asistían a cenas, invitados al elegante Spago o al clásico Musso & Frank, presumiblemente para compensarles por el bombardeo de notas del estudio durante el día. Sally se había mudado a Los Ángeles, abandonando su desastrosa carrera de asesora editorial —donde, más que descubrir *best sellers*, ella era el *best seller* que todos los hombres querían leer— para intentarlo con la droga más dura de la literatura: el desarrollo de argumentos en Hollywood.

Enrique conocía a Sally de Nueva York, y era algo natural que todos consideraban inocente, que se vieran cada vez que los dos estaban en Los Ángeles. A Margaret y a Lily, y a todos los amigos de Enrique en Nueva York y a sus conocidos en Los Ángeles, no les parecía nada extraordinario, después de todo, Sally había ido a la universidad con Margaret y Lily. De hecho, Sally era una de las mejores amigas de Margaret, y el tercer componente de un trío de jóvenes de Cornell que habían formado una falange perfumada para conquistar Manhattan. La única razón por la que Sally no había asistido a la Cena de Huérfanos era que se había ido a casa a pasar las vacaciones de Navidad. Con su profunda unión física palpitándole en las venas, Enrique a veces se preguntaba —un pensamiento que le parecía casi peor que la aventura misma, aunque solo fuera porque, de manera colateral, deseaba que su amado hijo Gregory no existiera— si, de haber estado junto a Sally en lugar de junto a la aburrida Pam en la cena de Margaret, ahora no estaría casado con la lúbrica señorita Winthrop, y el terrible error de su matrimonio con Margaret no habría ocurrido.

Esa oscura pulpa de traición emocional a su esposa, sumada a la gruesa piel de la vergüenza ideológica, convertía a Enrique, a sus ojos, en un ser tan codicioso, manipulador y tortuoso como Yago. Y también convertía el sexo con Sally —después de cenar en Beverly Hills con amigos comunes y con su hermanastro, que no sabía nada (estaba demasiado ocupado con sus constantes adulterios como para darse cuenta de la apasionada aventura de Enrique), y después de falsas escenas de despedida muy bien representadas delante del aparcacoches, y después de que Sally condujera en círculo durante quince minutos antes de dirigirse al hotel Chateau Marmont para llamar suavemente a la puerta de la suite de Enrique—, convertía el sabor de cada beso, el baño de cada abrazo líquido, en una suculenta fruta prohibida. Y durante los dos viajes que Sally hizo a Nueva York, cada día fue a ver a Enrique a su despacho de una habitación, a una manzana de donde él y Margaret criaban a su hijo. Allí se tapaban la boca el uno al otro o alcanzaban el orgasmo incómodos sobre el sofá o violentamente sobre la alfombra, a fin de que los psiquiatras y los pacientes que había en las habitaciones de al lado no sintieran la tentación de investigar otras líbidos diferentes a la suya.

Durante casi un año, Enrique disfrutó de todo el sexo que había soñado. Más incluso del que había soñado, pues ese desenfreno y esa temeridad incluyeron una noche vergonzosa e imperdonable (que él disfrutó con regocijo) en la que Margaret tomó la iniciativa del sexo —un hecho sin precedentes después del nacimiento del niño, sin duda inconscientemente provocado por las peligrosas feromonas que emitía su marido—, la misma noche en la que él se había follado a Sally por la tarde. Y lo más extraño, una invitación a volverse incluso más perverso, fue que mientras aquella noche estaba dentro de su mujer se sintió relajado, casi aburrido, sin duda porque no había tenido que esperar dos meses para alcanzar ese momento, con lo que no le importaba que después de que Margaret acabara de ejecutar su mecánico deber conyugal faltaran otros dos meses antes de poder disfrutar de nuevo de la intensa y calmante acogida que solo una mujer podía proporcionar. Como acto de intimidad física, la grotesca traición de aquella noche no le pareció nada mal: eran dos amantes follando, en lugar de dos socios comerciales repasando los libros. Y al parecer, Margaret también prefería que la lujuria de Enrique fuera menos ávida, desde luego menos desesperada. Porque como él no estaba contenido ni se refrenaba, como no sentía la ansiedad de prolongar el placer, Margaret, una rareza desde el primer año de su relación, se dejó llevar. Se relajó y gimió como hacía durante sus primeros encuentros, cuando ella lo amaba, cuando ella lo deseaba no como un papá que hace recados para su hijo, no como ese marido trofeo que descargaba el cochecito en la casa de sus padres en Great Neck, no como un accesorio necesario para una vida plena, sino como hombre.

Y sí, gracias a Dios, aleluya, ese era el motivo por el que no se odiaba lo bastante como para poner fin a su traición, a su doble traición, pues por primera vez en los interminables veintiocho años de su vida frustrante e ineficaz, por fin era un hombre de verdad con una polla de verdad que se abría paso no solo en una, sino en dos hermosas mujeres y en el mismo glorioso día de jodienda. Había fracasado como novelista, había renunciado a su sueño de ser un moderno Balzac después de que su cuarto libro no encontrara un editor dispuesto a pagar más de cinco mil asquerosos dólares, y eso solo si añadía un final feliz. ¿Qué clase de final feliz eran cinco mil dólares por dos años de trabajo? «Si lo que quieren es que haga de puta», declaró amargamente, «al menos deberían pagarme bien.» Descubrió que en Hollywood le pagaban bien.

Y había encontrado también una recompensa aún mayor, esa libertad expansiva con Sally, tanto sexual como emocional. Sally era más divertida que Margaret cuando comentaba las tribulaciones guionísticas de Enrique, aunque no se mostraba sarcástica con sus trabajos en Hollywood, no se burlaba de que tuviera que amoldarse a las ideas de los demás, no se impacientaba con los idiotas con los que trataba, no ponía un gesto de hastío y escepticismo ante la idea de que Enrique se convirtiera en productor o director, y, desde luego, no mostraba oposición cuando él se preguntaba en voz alta si, por el bien de su carrera en el mundo del cine, no debería mudarse a Los Ángeles. Margaret parecía satisfecha con la monotonía de su esforzada vida familiar, por mucho que en el parque se quejara a las otras madres, mientras que Enrique, exceptuando la libertad condicional de los brazos de Sally, se sentía en una cárcel.

A Enrique nunca se le ocurrió huir de ese campo de internamiento. Sally sí se lo propuso. Cuando se acercaban al primer aniversario de su aventura, ella se instaló en Los Ángeles para siempre después de conseguir trabajo en una serie de televisión, empleo que llevaba aparejada la promesa de escribir un episodio, y, si la cosa iba bien, ascender a guionista en plantilla. Le dijo a Enrique que alguien con su experiencia y habilidad podría conseguir muchos trabajos en televisión y que, además, él empezaría casi en lo más alto, quizá no como guionista productor ejecutivo, pero desde luego sí como coordinador de guionistas y coproductor ejecutivo, y pronto, con sus fabulosas ideas, estaría ganando millones. Otras personas menos interesadas y mejor informadas le habían dicho lo mismo: su agente, algunos productores y todos los escritores que había conocido allí. Según un aforismo de Hollywood, los guionistas tenían glamour y se codeaban con las estrellas, pero eran los escritores de televisión quienes poseían el dinero y el poder. El plan de Sally era que se divorciara de Margaret, pusiera fin a su frustrante sociedad con su hermanastro, se mudara a Los Ángeles y se hiciera rico como creador de series de televisión. Por atrevido, egoísta y deshonroso que eso pudiera parecerle al alma de Enrique, también contaba con más posibilidades de hacerse rico, famoso y feliz que de languidecer como un novelista fracasado en Manhattan. Si se quedaba, su única esperanza de éxito sería que le tocara la lotería de conseguir que uno de sus guiones se convirtiera en una película de éxito mientras cambiaba pañales y esperaba a que su esposa asexuada recuperara el sueño atrasado.

Y sí, naturalmente que, sin ninguna duda, le daría la espalda a todas aquellas cosas en las que, según su educación, debía creer: la obsoleta fe de sus padres en la novela literaria, la censura ética de estos al imperativo de Hollywood de amoldarse a los gustos del público y, por la manera en que estos se referían a sus amigos divorciados, la desaprobación moral que fácilmente podría imaginarse que sentirían Guillermo y Rose por un hijo que en una relación valoraba el sexo por encima de todo lo demás, y que abandonaba a su nieto para que lo criaran los abuelos maternos en medio de la fácil comodidad material y los timoratos valores de una de las culturas burguesas menos aventureras y más cínicas: los judíos de Long Island.

El desdén de los padres de Enrique por el mundo de los Cohen era muy anterior a su encuentro con Margaret. Guillermo y Rose habían rechazado el ideal de clase media de los que luchaban por ascender, los convencionalmente religiosos, culturalmente obedientes, intelectualmente mansos y políticamente cautos mucho antes de que Enrique naciera. En su juventud habían trabajado para defender su fe en la revolución obrera y habían arriesgado su vida por ella, y ello a pesar de que esa revolución había destruido su cómodo mundo. Las revelaciones de los horrores de la Unión Soviética cometidos a finales de la década de 1940 no les convencieron de haberse equivocado, solo de que Stalin era malvado. En la época reaganiana posterior a la guerra de Vietnam, cuando la gente se enriquecía sin rubor y los Estados Unidos se idealizaban como el Bien y el resto del mundo no eran más que los Malos y los Débiles, sus padres habían modificado su discurso extremista, aunque no su desaprobación básica de una vida regida tan solo por el egoísta beneficio material, y tampoco su desprecio por los artistas a los que les preocupaba más la aprobación del público que revelar su mundo lo más honestamente posible.

Enrique, a los veintiocho años, creía que sus padres aprobaban que se ganara la vida para poder educar a su nieto. Aunque ellos afirmaran que deseaban que volviera a escribir novelas serias, también reconocían que su hijo había trazado una línea muy clara entre lo que sería degradar sus novelas y el hecho de amoldarse a los gustos del público en los guiones que escribía con su hermanastro. Lamentaban, pero aplaudían, que se hubiera negado a cambiar el final de su cuarta novela siguiendo el gusto del editor y prefiriera escribir guiones estúpidos. Y parecían comprender que al elegir a Margaret había escogido una buena pareja, a pesar de la idea convencional que ella tuviera de cómo debían vivir: en un edificio con portero, llevando a su hijo a un colegio privado, y con la idea de que Enrique se pusiera a escribir sus novelas solo después de haber conseguido suficiente dinero para pagar sus gastos en Manhattan.

De ninguna de las maneras —que él advirtiera, al menos— le hicieron avergonzarse de haberse casado con ella. Por el contrario, su padre adoraba a Margaret, con aquellos ojos azules siempre alegres, con sus pullas a Enrique, y siempre atenta a las anécdotas de Guillermo. A su vez, Guillermo tenía la costumbre de halagar a Margaret, su habitual y exagerado elogio a cualquiera que mostrara la menor inclinación a ser creativo, y proclamaba que sus fotografías y sus cuadros revelaban un talento extraordinario, e insistía en que debería dedicar más tiempo a su arte, que un poco más de trabajo era todo lo que necesitaba para obtener la aclamación del mundo. Ignoraba oportunamente que Margaret no disponía de horas libres para convertirse en Mary Cassatt;* que apenas disponía de media hora para ir a la peluquería, algo mucho más importante que la realización estética para una mujer que quisiera hacer carrera en Nueva York.

A Rose también le caía bien Margaret, o al menos todo lo bien

---

* Pintora estadounidense (1844-1926) que expuso con los impresionistas invitada por Degas. *(N. del T.)*

que podía caerle cualquier mujer que le arrebatara la primacía en el corazón de su hijo. Y los padres de Enrique se mostraban simpáticos, aunque siempre condescendientes, con los Cohen.

—Son inteligentes, mucho más inteligentes de lo que se permiten —decía el padre de Enrique, y este sabía que igual le daría estar hablando de educar a las clases trabajadoras para que se rebelaran—. Y como todos los judíos —era el comentario de doble filo de su padre antisemita—, son muy cultos. Van a todos los museos, ven todas las obras de teatro serias, compran todos los libros importantes. No sé si los leen, pero los compran. Dios sabe qué sacan de todo eso, pero apoyan las artes y Dios los bendiga por ello —decía con la aprobación y el afecto que uno podría expresar por un fiel sirviente de la familia.

—Son realmente generosos con Margaret —comentaba su madre con una débil sonrisa, como si hubiera quedado agotada con la búsqueda de ese cumplido—. Esa es una cualidad maravillosa. Mucha gente con tanto dinero como ellos se muestra tacaña con sus hijos. —Y no podía resistirse a añadir—: Su madre es una de esas mujeres a las que les gusta seguir siendo jóvenes, ¿sabes? Fingir que sigue siendo una chica. A mí es algo que me trae sin cuidado... —Otra débil sonrisa mientras no terminaba de rematar su caracterización—. Creo que es importante aceptar la edad que tienes —añadía con una sonrisa de compungida amabilidad, como si esa información, aunque dolorosa, fuera un regalo que hubiera que atesorar y no una expresión de su envidia por el hecho de que Dorothy no se hubiera visto obligada a colocar la talla que vestía en una cápsula del tiempo.

Enrique no atribuía la condescendencia de sus padres a ninguna inseguridad. Equiparaba la imagen que sus padres tenían de los Cohen a la fidelidad irreflexiva de un miembro del Partido Comunista. Pero cada vez que pensaba en ello, sentía que había declarada una lucha entre suegros por el alma de su matrimonio. Aunque se le podía perdonar que su esposa trabajara en *Newsweek* y él escribiera guiones, para llegar a ser el hijo perfecto él debía convertirse en un novelista brillante, y ella, en una pintora exquisita, un matrimonio de artistas, como Guillermo y Rose. Y también sabía que para que Margaret consiguiera ser la hija perfecta, Enrique tendría que ganar el dinero suficiente para impresionar a los amigos de Dorothy y Leonard en el club de golf, no los ochenta mil al año con los que conseguía impresionar a sus colegas escritores, sino los millones que hacían que todo el mundo se volviera para mirarte en el Templo Beth-El. Al menos le parecía que ganaba lo suficiente como para que Margaret dejara de trabajar si lo deseaba, aunque sospechaba que la socialmente convencional Dorothy superaría a todas las madres de Great Neck, feministas o no, si su hija conseguía tener otro hijo y al mismo tiempo ser ascendida a directora de arte del *Newsweek*.

Era Sally —la extravagante y jocunda Sally Winthrop de labios carnosos, cuya familia había llegado en el *Mayflower* y había pasado muchas generaciones sin que se le ocurriera cambiar la sociedad americana—, era solo ella la que parecía concebir un futuro para Enrique que satisficiera sus anhelos agostados. Le ofrecía sexo, dinero, coches rápidos y una vida libre de pañales y libre de la cantinela del comunismo y el capitalismo. Sin embargo, también estaba libre de otra cosa, y esa era su hijo Gregory. El hijo de Enrique, a sus veinte meses de edad, no abultaba mucho. No era más que un hatillo cálido de carne blanda, un bebé Michelin que masticaba un chupete, un diminuto luchador de sumo que avanzaba a amplias zancadas en el cajón de arena de Washington Square, un ser inocente de cara redonda y enormes ojos azules, un bebé que había comenzado a hablar a una edad precoz y que, de manera increíble, ya parecía reconocer las letras. Enrique tenía que reprimirse para no proclamar ante los otros orgullosos padres del parque el incipiente genio de su hijo. Pero eso era simplemente la fatuidad y el orgullo familiar de los Sabas. Y eso era algo que no quería reconocer. Y tampoco quería reconocer que experimentaba un gran consuelo cada vez que tenía a su hijo en brazos, o se apretaba contra su pecho en la mochila o se le acurrucaba en el hombro durante la siesta. Últimamente Gregory había comenzado a sentarse junto a Enrique sobre la alfombra de la sala y a jugar pacientemente con sus bloques de madera mientras su padre se enfurecía y animaba a los irritantes Knicks. Gregory levantaba la mirada llena de curiosidad hacia el televisor, y según si Enrique chillaba o aplaudía, comentaba: «No bueno» o «¡Bueno!».

Era divertido y encantador, pero para Enrique el mayor placer, algo que no le había contado a nadie, ni siquiera a Margaret, tenía lugar cuando después de otro día desesperadamente estúpido de escribir, escribir y escribir a fin de satisfacer las subterráneas simplicidades de la industria cinematográfica, al entrar cubierto de la mugre de los tópicos en un hogar de monotonía sexual, en recompensa por sus esfuerzos, le entregaban un cansado Gregory, el cual depositaba su cabeza sudorosa sobre el pecho de Enrique y suspiraba de alivio y gratitud. O cuando entraba y oía desde el dormitorio la aguda voz de su hijo resonando de alegría: «¡Papi!», seguida de los golpes de sus zancadas de sumo mientras corría hacia él para que lo cogiera en brazos. A Enrique no se le había ocurrido que ese fuera un sentimiento varonil. Le avergonzaba parecer más maternal que James Bond. Lo que entendía era que Gregory lo amaba como nadie más lo había querido ni podía quererle, y, ya puestos, lo querría nunca.

Le dijo a Sally:

—No sé si soy capaz de abandonar a mi hijo. —Pero aquel noble sentimiento no era lo que experimentaba. Había algo físico en su relación, un vínculo umbilical con ese heredero que aún andaba tambaleándose, inquieto, dulce, brillante y con pañales. Aquellas horas que pasaba a solas con Gregory, cuidándolo, incluyendo la monotonía que, le gustaba creer, excusaba su flagrante traición a Margaret, habían ido acumulando una fe en algo que no podía identificar ni explicar, y en lo que tampoco confiaba. ¿Se proponía convertirse en la encarnación viva de ese chiste judío acerca de una pareja de nonagenarios que pretenden divorciarse después de haberse pasado setenta años odiándose? Y cuando les preguntaban por qué habían tardado tanto, respondían que habían querido esperar a que los niños hubieran muerto. ¿Podía tolerar de verdad una vida sin amor ni lujuria solo para ahorrarle a su hijo el trauma de la separación de sus padres? ¿De verdad podía pasar toda la vida con una mujer a la que dejaría en ese mismo momento, sin pensárselo un instante, solo por el milagroso hijo que ella había creado?

Podía fundar una nueva familia en Los Ángeles con Sally, y, al igual que millones de padres divorciados, compartir la custodia de Gregory, cosa que sería mejor para todos, Margaret incluida, que desde luego no amaba Enrique y a la que él tampoco hacía feliz.

Pero. Pero. Pero le preocupaba que en Los Ángeles todo acabara siendo lo mismo, detrás de sus gafas de sol y el parabrisas tintado de su BMW, detrás de su aparcamiento en la Warner, y detrás de las ventanas con estores de su despacho bungaló. ¿Se hincharía Sally y expulsaría un hijo y se aburriría con los altibajos de su carrera y se obsesionaría con la fatiga del metal de los cochecitos y con qué guardería de Beverly Hills era el camino más rápido hacia Harvard? ¿Había otro escape del campo de concentración del matrimonio que no fuera permanecer soltero? ¿Algún gran artista, ni que fuera de segunda fila, había estado felizmente casado? ¿Acaso la verdad simple y oculta no era que intentaba llevar una vida que no deseaba a ninguna costa? ¿Dónde estaba el temerario joven que había abandonado el instituto y al que no le preocupaba nada más que su arte? ¿Era él —el novelista prodigio que tanto tiempo llevaba huérfano—, era él el prisionero que ahora sacudía la jaula de Enrique?

Sally le hizo enfrentarse a esas preguntas. Como siempre, ella se mostraba divertida y franca, honesta y comprensiva y codiciosa y, en cierto modo, al igual que su cuerpo, dura y blanda, dándolo y tomándolo todo al mismo tiempo.

—Para ti es fabuloso. Yo tampoco querría renunciar a nada. Tienes a dos mujeres estupendas enamoradas de ti. Cada vez que la Warner Bros. te manda un billete para que vueles en primera clase, tienes a tu amante aquí en Los Ángeles que te dice que eres un genio, y tienes a tu esposa, una mujer guapa y triunfadora, en Nueva York, donde cría a su hijo pequeño. Yo no renunciaría, si fuera tú. Pero piensa una cosa: yo no tengo autoestima, pero estoy enamorada de ti y te deseo, te deseo todo para mí o tendré que buscarme otro buen marido judío, o al menos un marido medio judío, porque estoy harta de los *wasp*, son todos alcohólicos y les da igual que tengas un orgasmo o no antes de correrse. ¡Son educados en todo menos en el sexo! De manera que tendrás que elegir. Quiero que te cases conmigo y me veneres del mismo modo que veneras a Margaret, y quiero que me hagas rica y me folles y me des hijos y seas un gran padre para ellos igual que lo eres para Greggy, y si tú no quieres, de acuerdo. Lo entiendo. No deberías hacerlo. Probablemente no deberías. Lo que quiero decir es: ¡fíjate, lo que estoy haciendo es horrible! Quiero a Margaret. Es una de mis mejores amigas y siempre se ha portado bien conmigo. Bueno, a veces ha sido un poco cabrona, pero eso es porque cree que soy una persona autodestructiva, y tiene razón, ¡lo soy! De todos modos, no tengo motivos para ponerme a desear que se muera. Eso es horrible. ¿Soy un monstruo? No pudo seguir sintiendo esto por ella. No puedo seguir sintiendo esto por ti. No puedo seguir sintiendo esto por mí. Tienes que dejarla. No me puedo creer que no tenga escrúpulos, siempre me consideré una buena chica, pero no lo soy. Y tanto da, nada de todo esto importa, porque la verdad es que eres desgraciado con Margaret y conmigo estás exultante. ¿No es cierto? Dímelo. ¿No es cierto?

Esta conversación era una llamada telefónica. Sally se encontraba en su nuevo apartamento de Santa Mónica y él en su despacho de Manhattan contemplando una página de diálogo acerca de nada. Quizá divirtiera a alguien. A un idiota, sin duda.

—Sí —respondió él a esa pregunta admirablemente franca. Tuvo que admitir la verdad sencilla y humana de la situación: cuando estaba con Sally siempre era feliz. A veces ella lo irritaba, pero nunca lo hacía sentir insignificante.

Y él dio el primer paso hacia el divorcio, la zancada del cobarde, aunque, sin embargo, un movimiento hacia delante. Esperó a haber acostado a Gregory después de pasarse una larga noche de sábado cuidándolo para que Margaret pudiera recuperarse del trabajo del día anterior, y entró en su dormitorio, donde su mujer estaba echada completamente vestida sobre la cama, leyendo una novela policíaca, y se sentó lo bastante cerca como para rozarle las piernas, y se la quedó mirando. Cuando ella levantó la mirada hacia él y con aquellos grandes ojos azules le preguntó: «¿Va todo bien?», Enrique suspiró. Un suspiro largo y profundo. Margaret, debajo de su superficie parlanchina y exigente, ya debía de llevar tiempo preocupada, pues dejó el libro, se incorporó hasta quedar sentada y preguntó:

—¿Qué ocurre?

Él intentó soltarle un discurso, un discurso serio y desmañado. Se sentía a punto de llorar, como si fuera su corazón el que estuviera a punto de romperse, lo cual tenía poco sentido para él, pues se consideraba el malo, el mezquino y el débil. Quizá tenía miedo de la reacción de Margaret. Solo un par de veces se había enfrentado a ella cuando esta se había puesto tozuda, y el efecto había sido sobrecogedor. Había sacudido los brazos chillando proclamaciones hiperbólicas de desarreglo emocional. Eran demostraciones de histeria totales. El reflejo inmediato de Enrique fue reformularlo todo a fin de restaurar el núcleo básico de Margaret. Tuvo la impresión de que se rompería en pedazos y sus partes saldrían volando y no podrían volver a recomponerse, de que él —de una manera muy real— la estaba destruyendo por negarse a asistir a los servicios del Yom Kippur con sus padres el primer año que vivieron juntos; por quedarse hasta tarde jugando en el club local de backgammon; o por dormir hasta mediodía día tras día cuando su cuarto libro fue rechazado una y otra vez. «¡No puedo soportarlo!», exclamaba Margaret. Lo que exasperaba especialmente a Enrique era que en todos los casos él pensaba que lo cierto era lo contrario. Era él quien no podía soportarlo. ¿Cómo esperaba Margaret que él fingiera creer en una religión en la que no creía? ¿Cómo esperaba que renunciara a algo que le gustaba solo porque a ella no le interesaba? Pero sobre todo, ¿cómo, en nombre de Dios, esperaba que estuviera contento mientras el sueño de su vida, ser novelista, quedaba destruido?

Porque eso eran concesiones que no significaban nada, afirmó ella. Todo lo que ella le pedía era que se comportara como un adulto responsable, y, además, ella sabía que serían más felices si las cosas se hacían a su manera. Margaret era egoísta de la única manera eficaz en que la gente puede ser egoísta, totalmente convencida de que su manera de vivir es la mejor y obrando en consecuencia. Todos los intentos de Enrique por modificar sus reglas ella los transformaba en derviches giratorios de sentimientos frágiles y frenéticos que no admitían discusión, y mucho menos un pacto. Y si él se enfurecía o se enfurruñaba o se consolaba, o se escondía debajo de la cama como un chucho asustado después de que la tormenta hubiera amainado; los edificios de él quedaban arrasados y los de ella se erguían más altos. Ahora a Enrique le daba miedo que ella reaccionara del mismo modo, solo que en ese momento no sería capaz de contener la rabia, pues estaba seguro de que Margaret se equivocaba: él no era más feliz viviendo a la manera de ella.

Y eso fue lo que le dijo, sentado junto a ella en la cama, con una voz ahogada, ronca, apenas audible. Le contó una mentira por omisión. No le dijo nada de Sally ni de su aventura, pero dejó claros sus sentimientos:

—No soy feliz. No puedo —las palabras pesaban tanto que

tuvo que pararse y aspirar para hacerlas salir—, no puedo seguir viviendo así.

—¿Que no puedes seguir viviendo cómo? ¿De qué estás hablando? ¿Del sexo? ¿Tiene que ver con el sexo? —dijo como si la palabra misma fuera despreciable—. Estoy cansada, por amor de Dios. Tenemos un bebé, yo tengo un trabajo. No puedo encenderme y apagarme como tú. No soy un interruptor de la luz... —Enrique podía oír la desesperación que pronto comenzaría a girar y se convertiría en un tornado de «No puedos» que arrasaría sus necesidades y deseos.

—Todo esto es una chorrada —dijo Enrique sin dejarse intimidar por los cielos oscuros ni por la amenaza de unas emociones a ciento veinte kilómetros por hora.

—¿El qué? —dijo ella sobresaltada.

Él repitió sin inmutarse:

—Esto es una chorrada. No tenemos relaciones sexuales porque algo va mal en nuestro matrimonio. Y, o lo afrontamos, o va a... —Volvió a suspirar, sintiéndose tan triste y asustado que comenzó a marearse y se preguntó si no se desmayaría—. Va a terminarse —dijo con auténtico pesar.

—¿Que va a... —Margaret vaciló— ... terminarse? —repitió con más incredulidad que angustia.

Él se enfrentó a sus ojos azules. A menudo parecían asustados. Solo que ahora, cuando él finalmente hacía una afirmación realmente aterradora, Margaret no parecía sorprendida. Por el contrario, sus ojos se ensombrecieron de cólera. Él no se arredró. Dijo de manera lenta y firme:

—Va a terminarse. No puedo seguir con esto. De verdad que no puedo. —Eso ya lo había decidido: al menos afrontaría la situación con franqueza.

Enrique la había asustado, desde luego. La había asustado hasta lo más hondo, y la sobriedad reemplazó a la histeria como reacción. Margaret cogió su cajetilla de Camel Lights —había dejado de fumar durante una temporada durante el embarazo, pero había vuelto después de unos meses—, sacó uno, lo encendió y se incorporó recogiendo las piernas para que no quedaran cerca de Enrique. Le lanzó una mirada furiosa, la boca apretada y la barbilla hacia delante, fría de rabia:

—¿Qué es esto? ¿Qué coño esperas que haga?

Sally —la amante de Enrique, su amor, la amiga de Margaret, su rival— había sugerido la solución, el cobarde acuerdo que, juiciosamente, estimó que Enrique tendría el valor de proponer: un consejero matrimonial. Él se había aferrado a la idea porque aplazaría al menos unas semanas el tener que enfrentarse a la terrible elección que Sally le estaba planteando. Enrique no se hacía ilusiones acerca de por qué Sally proponía esa maniobra dilatoria. Conocía las estadísticas: casi todos los que acudían a un consejero matrimonial acababan divorciándose. Era la etapa intermedia para los emocionalmente retraídos, gente como Enrique, demasiado tímida para decir la verdad sin un árbitro. Entendía que, según el cálculo de Sally, aunque aquello pospondría la decisión, supondría aumentar las probabilidades de que acabara decidiéndose por ella.

Margaret nunca había ido a ninguna terapia, pero después de todo era judía, y prácticamente no podía negarse a ir a ver a un médico para que la ayudara. Dijo:

—¿Y de qué vamos a hablar? ¿De cambiar pañales?

—Ese es el problema —dijo Enrique—. No hablamos de otra cosa.

—¿Crees que es culpa mía?

—Hablémoslo con el terapeuta —dijo Enrique, y se puso en pie dando por finalizada la conversación, la primera vez que ocurría en su matrimonio.

Por cortesía, sin embargo, Enrique dejó que fuera Margaret quien buscara el terapeuta, un tal doctor Goldfarb. Se lo recomendó una amiga de Lily que afirmaba que Goldfarb había salvado su matrimonio. Margaret debía de haber quedado impresionada por el descontentadizo discurso de Enrique y su posterior silencio, pues concertó una cita para esa misma semana, el martes, día en que solo tenía que ir a la revista unas cuantas horas.

Llegaron por separado, cosa que no parecía desentonar con la situación, y se encontraron en la silenciosa sala de espera de Goldfarb, con el ubicuo cartel de la exposición del Museo de Arte Metropolitano y el ineludible revistero de mimbre abarrotado de ejemplares de la revista del *New York Times* y de *The New Yorker*. Margaret cogió una revista y la hojeó violentamente, como si el director la hubiera ofendido personalmente. Desde su conversación en la cama lo hacía todo y lo había hecho todo con unos movimientos rígidos y furiosos, los labios en un gesto retraído y una mirada glacial en sus ojos azules. En la actitud fría y censuradora de Margaret, todo confirmaba no solo que no lo amaba, sino que tampoco lo aprobaba. A pesar de la condescendencia con que se refería a sus hermanos y de que se quejaba de que su padre era demasiado tímido a la hora de contradecir los planes y normas de Dorothy, Margaret esperaba la misma obediencia de Enrique. Se le permitía ser el artista libre con quien ella se había casado aventuradamente... menos con ella; ella lo quería siempre atado para meterlo en el horno.

Enseguida les hicieron entrar en el despacho de Goldfarb. Se sentaron incómodos en un par de sillas de capitán de barco de madera noble y sin adornos, al otro lado de la mesa del terapeuta. Goldfarb ocupaba una silla giratoria de alto respaldo y forrada de cuero que parecía considerablemente más cómoda. Las gruesas bolsas que había debajo de los ojos saltones del psiquiatra y su color gris apagado hacían que pareciera a punto de dormirse. El doctor Goldfarb les explicó que, a pesar de ser un freudiano tradicional, evidentemente la terapia de pareja no le permitía quedarse callado, por lo que llevaba aquellas sesiones de manera un poco diferente. No obstante, añadió que prefería escuchar lo que ellos tuvieran que decirle a hablar.

Anotó la información vital, incluido el seguro médico, y a continuación dirigió una mirada siniestra, primero a Enrique, mientras decía:

—¿Qué le trae aquí? —Se volvió hacia Margaret antes de que él pudiera responder y añadió—: ¿Qué ocurre en su matrimonio? —dejando que fueran ellos quienes decidieran quién debía responder.

Margaret le dirigió a Goldfarb una sonrisa amplia y falsa, una sonrisa de cóctel, y no dijo nada. Goldfarb volvió a mirar a Enrique.

—¿Cuáles son tus sentimientos, Ricky?

Margaret le corrigió antes de que lo hiciera Enrique.

—Enrique —dijo Margaret.

Eso pareció aburrir tremendamente a Goldfarb.

—Lo siento. En-Ricky —dijo, americanizando otra vez la tercera sílaba—. ¿Qué le ha traído aquí? —preguntó.

No estoy enamorado de ella, quiso decir Enrique. De hecho, ni siquiera me gusta. ¿Cómo se arregla eso? Incapaz de expresar esos sentimientos en voz alta, apartó la mirada de los ojos de pescado del psiquiatra y los dirigió al perfil de su bella y fría esposa. Esta, con sus dientes recién arreglados, perfectos en proporción y de un blanco resplandeciente, ponía una sonrisa radiante que ocultaba la desaprobación y rechazo que le producía su marido tras una actitud jovial y completamente superficial.

Hubo un largo silencio. Enrique la miró, Margaret miró al doctor, el psiquiatra los estudió a los dos.

—Al parecer, su marido quiere que empiece usted, Margaret —dijo Goldfarb, hablando con lentitud y arrastrando las palabras—. ¿Está preparada?

Con estupor, Enrique se dio cuenta de que no sabía qué iba a decir Margaret. Suponía que era desdichada, pero ¿lo había dicho? Suponía que quería quejarse de él, pero no estaba seguro. Sabía lo que ella pensaba de las obras de teatro y películas que habían visto juntos. Sabía lo que pensaba de sus amigos, de sus respectivas familias y de Gregory. Sabía lo que pensaba de Ronald Reagan y de la ley que obligaba a recoger las cacas de los perros en la calle. Pero no sabía qué iba a decir de su matrimonio. Estaba impaciente por oírlo, le daba miedo oírlo, y le daba miedo moverse o hacer ningún ruido por temor a que los auténticos sentimientos de Margaret se sobresaltaran y huyeran.

Pero Margaret no dijo nada. Se quedó mirando al vacío, como un precavido neoyorquino en el metro fingiendo que los pasajeros que van con él no existen. Enrique sintió pánico ante aquel silencio de estatua. Goldfarb, sin embargo, no se mostró impaciente. Se arrellanó aún más en su mullida butaca, al parecer preparándose para oír una larga historia, e hizo una petición que el joven Enrique no había hecho nunca: «Dime, Margaret. Dime lo que piensas de tu matrimonio».

16. Últimas palabras

A las cinco de la tarde del tercer día después de que Margaret dejara de tomar esteroides y suero intravenoso, Enrique acompañó al piso de arriba al último de sus amigos. Diane, miembro del grupo de apoyo contra el cáncer avanzado de Margaret, no era una amiga en sentido estricto, pero Margaret opinaba que no podía negarle a una compañera de armas la oportunidad de ver aquello a lo que pronto se enfrentaría. Enrique regresó inmediatamente a la sala de estar, pues después de haber escuchado la conversación de Margaret con Dorothy había decidido respetar totalmente la intimidad de sus despedidas. Como mucho, le quedaban cinco días de vida. Su familia, sus amigos más íntimos y sus hijos ya se habían despedido. Aquella noche sería la primera que pasarían solos desde que ella le anunciara a Enrique que deseaba morir lo más rápidamente posible dentro de lo que permitía la ley. Se la veía sensiblemente más débil y somnolienta que el día anterior; pronto entraría en coma. Enrique se acomodó en el sofá a la espera de que Diane se marchara al cabo de media hora, cuando su turno llegaría por fin.

Durante la semana anterior, Enrique había hecho lo que ella le había pedido: ayudarla a coordinar las dolorosas despedidas de su familia y amigos. Exceptuando un breve desahogo en lágrimas, no había obligado a Margaret a consolarlo, y esperaba evitar que viera el miedo que sentía a vivir sin ella. Desde luego, esperaba no decir nada que pudiera herirla, aunque se preguntaba si podrían despedirse de manera satisfactoria sin que los dos asumieran ese riesgo. Se dijeran lo que se dijeran, sería el final de las conversaciones que habían comenzado cuando él tenía veintiún años y se habían prolongado, para bien o para mal, hasta sus cincuenta. Anhelaba penetrar el misterio de cómo habían conseguido llevar una vida juntos siendo tan diferentes en su carácter y en lo que cada uno esperaba del otro. Y aunque no encontrara ninguna respuesta en la última conversación que mantuviera con su mujer, al menos quería decirle lo que ella había significado para él, y oírle decir a Margaret lo que él había significado para ella, porque pronto solo quedaría la soledad del monólogo.

Muchas de las cosas que lo habían preocupado aquellos días habían salido bien. Gregory y Max se habían despedido de su madre. Ambas despedidas habían sido características de las diferentes relaciones que había mantenido con ellos y de la manera distinta con que ambos habían vivido su enfermedad. Cuando le diagnosticaron el cáncer, Gregory tenía veinte años y estaba en la universidad. Cuando se licenció un año más tarde, mientras su madre estaba en remisión, aceptó un empleo en una revista liberal de Washington D. C. A los pocos meses ya era una joven estrella del periodismo político, sobre todo como bloguero, y al poco ya hablaba en la radio y en la televisión, de manera que sus orgullosos padres pudieron disfrutar de su éxito precoz desde la cama del hospital de Margaret. Como Gregory tenía que viajar para ver a su madre, casi todas sus audiencias se programaban con antelación. Ella tenía tiempo de prepararse, disimulaba todo lo posible los estragos de la enfermedad y de los extenuantes tratamientos que había soportado para seguir con vida. Había sufrido dos crisis lo bastante graves como para que Gregory tuviera que ir a Nueva York, y entonces este había visto a la paciente sin adornos: sin peluca, sin que el camisón del hospital la cubriera del todo, demasiado febril o demasiado débil como para poder conversar con su energía habitual, demasiado triste al saber que no viviría para ver cómo su primogénito se convertía en un hombre grueso, calvo y eminente. Gregory se quedaba estupefacto cada vez que su madre cortaba en seco la conversación, pero Enrique comprendía por qué. A medida que se desvanecía la esperanza de una cura, a Margaret se le hacía imposible mirar a sus hijos prolongadamente sin que las lágrimas ensombrecieran sus luminosos ojos; quería ahorrarles de su muerte lo único que estaba en su mano: el dolor que sentía al abandonarlos.

Greg se había mostrado valiente al ver a su madre en sus momentos más bajos en aquellas dos emergencias. Y también su hermano, Max. Pero como Max había vivido con sus padres a lo largo de toda la enfermedad, se había visto obligado a afrontar con estoicismo aquellas visiones, y espectáculos mucho peores, mucho más a menudo. Las diversas infecciones y las crisis cada vez más graves de los bloqueos del aparato digestivo de Margaret habían obligado a Enrique a llevarla a la UVI del Sloan-Kettering en plena noche al menos una docena de veces, abandonando a su hijo adolescente prácticamente sin previo aviso. Cada vez, Enrique le dejaba una nota a Max por si se despertaba o le susurraba una rápida explicación junto a la cama si aún tenía la luz encendida, o se decía que le daría tiempo a volver antes de que el despertador de Max sonara a las siete. Gregory había tenido una madre saludable durante sus deprimentes años de secundaria. Para bien, y algunas veces desde luego para mal, había recibido la completa atención de Enrique y Margaret durante el extraño nerviosismo y excitación de solicitar plaza en una universidad e irse de casa. Max había perdido la atención de su madre durante aquellos años, y también la mayor parte de la de su padre.

Ninguno de los dos chicos se había quejado a Enrique del deterioro de su madre. Lo que habían dicho fue breve e irrebatible: «Tiene mala pinta. Espero que se mejore pronto». Le habían formulado algunas preguntas sencillas y directas acerca del tratamiento: «¿Pueden hacer algo los médicos para que pueda volver a comer o beber?». Y la más difícil de responder con precisión: «¿Va a ponerse bien?», hasta septiembre pasado, cuando Enrique les explicó que, por lo que se refería a la ciencia, no podía curarse.

Los dos hijos reaccionaron de manera diferente en forma y en fondo ante la enfermedad de su madre. Gregory había sido un chico obediente, tan intimidado por Margaret que solo con que ella pronunciara su nombre en tono brusco, él ya pegaba un salto. Cuando la desobedecía, lo hacía igual que cuando Margaret desobedecía a su madre. «No sé si eso es una buena idea», decía, y se enfurruñaba negándose a seguir discutiendo. Siempre que le era posible, recurría a un acto invisible de desafío o a la inacción a fin de evitar al máximo la confrontación, aunque negándose a rendirse. Cuando decidía doblegar su voluntad y hacer lo que su madre le pedía, lo hacía con la misma expresión de rabia que cerraba la cara de Margaret cuando se sentía sojuzgada por su madre. Gregory deseaba que las relaciones con su madre fueran pacíficas y cariñosas, lo mismo que había deseado Margaret con la suya.

Parecía normal que el día anterior, después de haber pasado cinco horas y media a solas con su madre, Gregory bajara lentamente las escaleras y apareciera con una expresión pacífica en la cara. Se quedó de pie en la zona del comedor, a buena distancia de la posición de su padre en el sofá, contemplándolo detenidamente a través de sus gafas rectangulares a la moda. Enrique, aliviado al verle tan sereno, se le acercó para abrazarlo. De cerca, vio que se había equivocado. Los ojos azules de su hijo, aunque secos, estaban anegados de dolor.

Greg los desvió al suelo y exhaló un suspiro de absoluta desesperación. Queriendo mandar a la porra el dolor, Enrique intentó abrazar a su hijo. Greg era casi tan alto como su padre, más ancho de pecho y hombros de lo que nunca había sido Enrique. A Margaret le gustaba llamarlo «mi Osito» cuando no era más que un bebé, una especie de bollo caliente, pero en aquellos días su aspecto tenía algo de oso: grande, amable y pensativo. También era capaz de rugir, lo había demostrado como escritor. Pero ahora Gregory apretaba la coronilla torpemente contra el pecho de su padre, como si deseara refugiarse en su interior. Sus fuertes brazos rodearon a Enrique y miró más allá de su espalda, no tanto abrazando a su padre como pegándose a él.

En ese medio abrazo, Enrique no podía ver la cara de su hijo ni darle palmadas en la espalda, pero podía besarle la coronilla, tal como solía hacer cuando de pequeño lo llevaba en la mochila de sirsaca. Lo besó dos veces y susurró: «¿Estás bien?», aunque era evidente que nada de todo aquello estaba bien ni lo estaría nunca. Había formulado esa pregunta desesperada tantas veces que una noche que no podía dormir pensó en por qué seguía preguntándoles a sus hijos algo tan imposible. Decidió que era porque, a pesar de que todas las pruebas apuntaran a lo contrario, algo debía de poder hacer para que todo estuviera bien. Enrique se despreciaba a sí mismo por permitirse tanta fatuidad. ¿Qué desesperada vanidad le hacía pensar que podía transformar la muerte de su mujer en algo bueno... o malo? Él era increíblemente irrelevante. Intentaba encontrar la llave que le permitiera entrar en la puerta de la pérdida de sus hijos e, incapaz, se quedaba fuera trastabillando. Él, como padre, debería ser la persona que mejor pudiera consolarlos, pero Enrique creía ser de mucha menos ayuda que los amigos de sus hijos, y Dios sabía qué buscaban ellos como bálsamo, el alcohol, desde luego, y —esperaba Enrique, y rezaba por ello— el consuelo en los brazos de alguna joven hermosa. Cada vez que intentaba consolarlos, parecían sentirse peor. Repetidamente intentaba tranquilizarlos diciéndoles que estaban llevando muy bien la enfermedad de su madre, y que Margaret estaría orgullosa de ellos.

Y aunque nunca había sido más cierto, cada una de sus palabras sonaba hueca y falsa. En su vida Enrique se había sentido estúpido, necio, inepto y torpe muchas veces, pero nunca tan completamente inútil.

Gregory farfulló algo con una voz llorosa.

—¿Qué? —le susurró Enrique al oído de su hijo. Greg irguió la cabeza y al hacerlo le dio un golpe a su padre en la barbilla tan fuerte que lo hizo retroceder un paso.

—Lo siento —dijo, extendiendo un brazo hacia Enrique y masajeándole el hombro.

—Estoy bien. —Enrique se rió de la torpeza de ambos antes de volver a preguntar—: ¿Qué has dicho? No te he oído.

Greg negó con la cabeza, moviendo la barbilla. Enrique echó un brazo en torno a su hijo y maniobró hasta que quedaron hombro con hombro, apoyándose el uno en el otro.

—Cuéntame —le suplicó.

—Es tan triste —susurró Greg antes de que se le cerrara la garganta y tuviera que cerrar también sus ojos azules con gafas para contener las lágrimas.

—Sí —murmuró Enrique, y ya no tuvo nada más que decir.

Gregory era incapaz de enfrentarse a aquella pérdida; lo superaba. Enrique acercó a su hijo a sus brazos y abrazó completamente su gran dolor. Quería empaparse de la pena de su hijo hasta la última gota. Se dio cuenta de que eso era lo que debería poder conseguir un padre: erradicar físicamente la infelicidad de un hijo. Después de todo, él y Margaret habían creado la tragedia del dolor de Gregory. Su sufrimiento les pertenecía a ellos. Enrique se dijo, mientras a Greg le temblaban los brazos, que el dolor de su hijo debería ser algo que pudiera borrar con un amor inexpresado.

Cuando Gregory se fue a dar una vuelta, Enrique subió las escaleras esperando encontrar a su esposa sollozando. Margaret estaba incorporada. Se había quitado la peluca y la había dejado sobre la cama, donde parecía un animal peludo con la espalda rota. A través de las ventanas, Margaret contemplaba el cielo azul de junio del sur de Manhattan con una expresión de contento. Le relucían las lágrimas en la cara, pero en aquellos días eso era una constante, y casi todas se debían a la quimioterapia.

—¿Cómo ha ido? —preguntó Enrique.

Margaret se volvió hacia Enrique, y en su cara había una mezcla de nostálgica tristeza y satisfacción.

—Me ha dejado que lo mimara —confesó, como si fuera un placer del que se sintiera culpable—. Me ha dejado coserle un botón de la camisa, y decirle que se cortara el pelo, y en general portarme como una madre tonta, y no ha protestado por nada. Ha sido tan dulce. —Le caían gotas de agua por las mejillas, pero no había aflicción en su voz.

Enrique se metió en la cama junto a ella, procurando sortear los diversos tubos médicos, y la apretó contra su pecho. Ella había sido siempre físicamente mucho más pequeña que él, aunque en todos los demás aspectos pareciera más grande, sobre todo en espíritu. Ahora se la veía más pequeña que nunca, pesaba menos de cuarenta y cinco kilos, y los delicados huesos de su cara asomaban como palos de una tienda de campaña que sostenían su piel casi traslúcida. Se estaba apagando. No de una manera elegante, como un fundido en una película de Hollywood; pues la elegancia la echaba a perder el tubo que extraía el contenido de su estómago inoperante y los catéteres que llevaba encima del seno derecho. Pero ahí estaba la inmensa belleza del intenso azul marino de sus ojos, más grandes ahora que su cara había adelgazado. Se la veía bastante distinta, pero era fácilmente reconocible como la misma belleza de cuando era joven y saludable: perduraban los fantasmas de su vigoroso buen humor en sus pómulos altos y en el chispear de su risa, unos ojos azules sobre un fondo de piel blanca y pelo negro.

—Estás tan calentito —susurró ella, colocando la cabeza, con su fina capa de pelusa por la quimioterapia, en la curva de su hombro. Margaret cerró los ojos llorosos. Fuerza, comprendió Enrique mientras sentía la fragilidad en toda la longitud de aquel cuerpo, fuerza era lo que siempre había obtenido de aquella mujer menuda. Y era algo que la enfermedad le había arrebatado, invirtiendo la polaridad de su matrimonio.

Cinco semanas atrás, Margaret le había dicho a Lily en presencia de su marido:

—Enrique es fuerte. Es capaz de llevar cualquier carga. —Se lo había dicho después de relatarle que le había ordenado que se enfrentara a los médicos para que estos consintieran en llevar a cabo una operación sin esperanza, y que le había pedido que les explicara el motivo a sus agitados y confusos padres.

—Eso es mucho pedir —le había comentado a Margaret la comprensiva Lily, que era su manera amable de decir que quizá le estaba pidiendo demasiado a Enrique.

—Es capaz de llevar cualquier carga que le imponga —contestó Margaret, y las dos mujeres se lo quedaron mirando como si fuera un monumento conocido y bonito. Enrique sospechaba que Margaret no había estado tan segura de su fuerza antes de la enfermedad. Y desde luego, él no lo había estado.

Después de haber permanecido en silencio y abrazados, Margaret exclamó:

—Me encanta estar contigo y con los chicos —como si estuviera confesando una aventura—. Es lo que voy a echar de menos. No me da miedo morir. —Levantó la cabeza y lo miró. Le caían las lágrimas, pero sonreía a través de ellas, increíblemente libre de amargura o pesar—. Sé que parece una locura, pero no tengo miedo. Lo más duro, lo que más echaré de menos es estar contigo y con Greggy y con Maxy. Me lo paso muy bien con vosotros. Voy a echaros mucho de menos —susurró, sin darle una importancia filosófica a la vida y a la muerte, pero sí mucha al mundo de sus sentimientos—. Eso es lo que me entristece. Tener que renunciar a ti y a los chicos —dijo con dulces notas de amor incondicional.

Enrique estaba sin habla, consolado hasta lo más hondo al oír que estar con él y sus hijos era la alegría más grande de la vida de Margaret. Si un desconocido le hubiera preguntado, en cualquier momento de su matrimonio, aquel día incluido, qué le había dado a Margaret como marido, jamás se le habría ocurrido mencionar el placer de su compañía. Imaginaba que tampoco era nada descabellado, pues Margaret había decidido pasar la vida con él, pero nunca se le había ocurrido. Él era una persona difícil, y muy a menudo se sentía irritado e infeliz con su carrera, o preocupado por la actividad social más sencilla, o indeciso por si estaba bien con ese suéter o aquellos pantalones, y se escarbaba los dientes después de las comidas, y nunca olvidaba la menor afrenta del menor amigo, y a veces, cuando se hablaba de política, despotricaba contra gente que amaba como si fueran miembros del Partido Nazi. Tenía la impresión de ser una compañía desagradable, y quién iba a saberlo mejor que él, que pasaba las veinticuatro horas del día a su lado. ¿Cómo era posible que Margaret, que había vivido con él durante casi tres décadas, hubiera pasado por alto el hecho de que era un pelmazo?

A lo mejor se le había olvidado lo amargado que solía estar. La enfermedad de Margaret había cambiado algo básico en el mecanismo de la cabeza y el corazón de Enrique. Después del impacto del diagnóstico, cuando ella ya estaba lo suficientemente bien para ir al cine o al teatro, ya no le importaba si la película o la obra eran buenas o no, o si algún majadero que ganaba diez veces más que Enrique había conseguido colar un diálogo inepto, una trama malísima, unos personajes de cartón piedra y una historia tramposa. Ya no se sentía resentido con los amigos que le habían suplicado que les regalara un ejemplar de una de sus novelas y nunca le habían hecho ningún comentario. Casi todos ellos habían sido amables y cariñosos con Margaret en su enfermedad, y él no cambiaría esa compasión por ningún exagerado halago de una novela que ya no estaba a la venta.

Por fin, después de décadas de darle vueltas, tras haber visto morir a su padre lentamente y ahora ver cómo la madre de sus hijos se consumía poco a poco, estaba convencido de que la muerte era algo más que la mejor manera de resolver la historia de un personaje, que la muerte era, de hecho, real. Ahora comprendía, en el mismísimo núcleo de todas las células de su cerebro, que él y todos los que estaban sobre la tierra pronto desaparecerían. Y con esa comprensión acompañándolo día y noche, sonaba a falso enfadarse por nada, ni siquiera por la muerte, pues la muerte era, después de todo, la consecuencia más ecuánime de la vida.

Se quedó tendido junto a Margaret, deleitándose en el brillo de su elogio, contento de que su frágil esposa se calentara con su cuerpo como si fuera un fuego reconfortante, y se sintió preparado para comenzar a despedirse de ella. No era un gran momento para mantener su última conversación, pero él había preparado un discurso preliminar. En primer lugar, quería darle las gracias por decir que lo que más echaría de menos de la vida sería estar con él y con sus hijos. Y luego quería decirle algo que quizá sonara cruel al principio. Quería decirle que, hasta la semana que le diagnosticaron el cáncer, no había estado seguro de si estaba enamorado de ella. La había conocido tan joven, habían tenido hijos tan jóvenes, se había sentido desdichado consigo mismo cuando eran tan jóvenes, que no había tenido manera de saber hasta qué punto aquello era amor o tan solo el indolente transcurrir de la vida cotidiana. Había asumido que la amaba, pero no lo había sabido con certeza hasta que no se enfrentó al terror, al hecho y a la monotonía de su enfermedad. Solo entonces supo, cuando se le presentó la realidad inmediata y física, que haría lo que fuera necesario para mantenerla con vida, incluyendo renunciar a su queridísima escritura, y al sexo, y al dinero, y a lo que le quedaba de vanidad. Habría renunciado a todo, excepto a sus hijos, para que ella siguiera con él.

—Mugs —susurró Enrique, y aspiró profundamente, dispuesto a ser franco y a arriesgarse a asustarla por un momento hablándole de la ignorancia en la que había vivido. Pero entonces oyó que su hermana, Rebecca, lo llamaba desde abajo.

—¿Enrique? Lo siento, ¿Enrique? ¿Estás arriba?

—Estoy aquí —dijo él—. ¿Qué ocurre? —Rebecca los había cuidado estupendamente durante la enfermedad, sobre todo en aquellas últimas semanas. Había permanecido en la habitación de invitados, hablado con Enrique y consolado a Margaret, y con su compañía había confortado a Max y a la familia de Margaret. La consideración que había mostrado hacia sus sentimientos había sido precisa y meditada. No los interrumpiría a no ser que ocurriera algo malo.

Se trataba de su hermano, le explicó Rebecca desde el pie de las escaleras, o más bien el hermano de ella y hermanastro de él. Leo había llamado para decir que pasaría dentro de quince minutos con su hijo, Jonah, el primo de Max y Greg, que tenía diecisiete años, para poder despedirse de Margaret.

—Oh, Dios mío —farfulló Margaret desesperada.

Enrique se separó lentamente de su esposa procurando no tirar del GEP del estómago. Fue a lo alto de las escaleras.

—¿Qué? —preguntó, mirando en dirección a su hermana—. ¿Para qué demonios viene?

Rebecca, avergonzada, tartamudeó:

—Lo siento. No he podido impedirlo. No aceptaba un no por respuesta. Incluso le he mentido y le he dicho que hoy era el día que Max iba a estar con Margaret, pero me ha contestado que solo se quedaría diez minutos.

—Leo ya se ha despedido de ella —se quejó Enrique—. Todo el mundo se ha despedido una vez, ¿y él quiere despedirse dos veces? ¿Qué es esto, una especie de competición? A ver quién visita más veces el lecho de muerte... y el ganador es Leo Rosen.

Rebeca se rió de la manera en que Enrique se burlaba del engreimiento de su hermano. Enrique oyó cómo Margaret soltaba una carcajada en estacato desde la cama. En todo su matrimonio rara vez había conseguido sonsacarle ni siquiera una débil sonrisa ante sus ocurrencias. Solo había conseguido provocarle auténticas carcajadas dándose sonoros batacazos. En una ocasión había resbalado en el suelo recién encerado de la sala mientras llevaba en la mano un vaso de Coca-Cola Light. El vaso había salido volando y él había aterrizado sobre la espalda. Desde aquella posición había conseguido agarrar el vaso, algo impresionante de no ser por el hecho de que lo había pillado al revés, y el burbujeante contenido le había caído en la cara. Ahora Margaret se había reído igual que entonces.

Como siempre, Rebecca intentó ver el lado bueno de aquella situación.

—Creo que Leo considera que es importante que Jonah se despida de Margaret. Ya sé que es algo sentimental, pero así es él, muy sentimental...

—Jonah apenas nos conoce —se quejó Enrique—. Nos ve una vez al año. Como mucho.

—No pasa nada —exclamó Margaret.

—¿Prefieres que no lo deje subir? —repuso Rebecca—. Puedo decirle que Margaret duerme o que Max está con ella.

—¡Sí, dile que se vaya! Dile que Margaret está con Max —contestó Enrique. Quería volver junto a su esposa y decirle lo mucho que ella había mitigado las decepciones de su vida, cuántos placeres cotidianos le había proporcionado y cuántas cosas había hecho por él sin que se lo reconociera; y que, en la última década, sobre todo durante aquellos años en los que ella estaba mejorando y también mientras estaba enferma, había llegado a amarla más intensamente que nunca; que junto con sus hijos, era lo que más apreciaba en la vida.

Sonó el interfono.

—¿Ya está aquí? —preguntó Enrique, casi llorando de frustración.

—Dijo que tardaría quince minutos en llegar. —Rebecca dio una patada en el suelo—. Pero ya conoces a Leo. ¡Siempre llega media hora tarde! No me pude creer que esta vez no exagerara. —Se puso en posición de firmes—. Le diré lo que tú quieras.

—Por amor de Dios —gimoteó Enrique como si fuera un niño—, en tres años nos ha visitado dos veces en el hospital. —Proclamó esa queja como si fuera una noticia terrible, aunque tanto Rebecca como Margaret lo sabían perfectamente—. ¿Y ahora vienen dos veces en dos días a despedirse?

Margaret apareció en la entrada de su dormitorio. Recorrer los tres metros que la separaban de la cama la había agotado. Se apoyó en el marco de la puerta y dijo respirando con dificultad: «Bombón. Deja que suba». El interfono volvió a sonar. Quería discutir con ella por lo que estaba pasando. El hermano de Enrique los había abandonado cuando más lo necesitaban, al igual que había hecho durante otros períodos de la vida de Enrique, aunque no tan dolorosos; y ahora le robaba a Enrique los preciosos minutos que le quedaban con ella. La manera en que Margaret se enfrentaba al narcisismo de Leo —solía mostrarse fría y excesivamente cortés— era ineficaz. La gente realmente egoísta, como su hermano, no percibía las sutiles indirectas de rechazo; necesitaban un puñetazo en la nariz.

Además, faltando apenas unos días para su muerte, ¿por qué iba a molestarse Margaret en ser educada?, se preguntaba Enrique. La miró —ya no tenía cejas, su pelo era un estropajo, los huesos de los codos casi le sobresalían de la piel, su mano izquierda transportaba una bolsa con el contenido de su estómago, la mano derecha se apoyaba en la pared como si apenas se sostuviera en pie— y se sintió, como se había sentido tan a menudo, totalmente incapaz de contradecirla.

—Me libraré de él enseguida, Bombón —dijo ella para tranquilizarlo—. Esta vez no me esconderé. Me quedaré de pie para que pueda verme de arriba abajo. No se quedará mucho, te lo prometo. ¿Vale? —Margaret suspiró, agotada, mientras el interfono sonaba una tercera vez.

Enrique le dijo a Rebecca que los dejara subir. Se quedó a un lado, como un centinela en un rincón. Por lo impresionado que pareció Leo, quedó claro que Margaret le había engañado completamente cuando se había arreglado para su primera despedida. Leo desvió la mirada del torso lleno de pinchazos de Margaret mientras soltaba el sentimental discurso que obviamente había preparado hacía horas, y que, también obviamente, le enorgullecía pronunciar. Enrique se dio cuenta, por la manera en que Leo se hinchaba para hacer su declaración, que lo que pretendía era poder contar a los demás las conmovedoras frases que había pronunciado delante de su cuñada agonizante, y lo cariñoso y considerado que había sido Jonah al acompañarlo. Leo le contó a Margaret que le había estado diciendo a Jonah lo mucho que admiraba la manera en que Margaret había criado a sus primos; que, de todas las madres que conocía, ella poseía el estilo más coherente y estimulante, y que había permitido que Greg y Max aprendieran a pensar por su cuenta y de una manera atrevida. A Leo no le preocupó que al reconocer la superioridad de Margaret pudiera socavar la confianza de su hijo acerca de cómo lo había educado su madre. Por el contrario, esa era su táctica: se daba mérito al elogiar a una mujer que agonizaba al tiempo que emprendía un ataque encubierto contra su ex mujer.

A Enrique le habría divertido contemplar la enrevesada ruindad de Leo de no haber estado tan cansado: en los huesos, en la carne, en la cabeza, en el corazón y en el alma. Tan cansado estaba que se le olvidó qué pretendía decirle exactamente a Margaret, aparte de lo mucho que la amaba, y que no se había dado cuenta de lo mucho que la amaba hasta que estuvo a punto de perderla. ¿Realmente era eso lo que quería decir? De repente le pareció estúpido y cruel.

Margaret escuchó cortésmente a su cuñado, levantando y tirando suavemente de la bolsa de fluido estomacal verde y naranja para acelerar el proceso de vaciado, llamando así la atención hacia el repulsivo líquido. El verde de la mezcla procedía de la bilis, el naranja de un polo de fruta, y parecía un residuo radiactivo. La manera en que los ojos de Leo se apartaban de la bolsa era tronchante, pero lo único en que Enrique era capaz de pensar —en lugar de en reconstruir el hermoso y sincero sentimiento que anteriormente había querido proclamar ante Margaret— era en que eso era lo que tendría que esperar a partir de ahora: un mundo sin su esposa controlada y controladora, hermosa y valiente, divertida y exigente, cariñosa y reservada; un mundo rebosante de narcisistas limitados como su hermano, que incluso ante la inminente muerte de Margaret estaba demasiado ocupado ajustando cuentas como para expresar unas palabras de cariño sinceras.

¿Era eso lo que fallaba en lo que quería decirle a Margaret?, se preguntó mientras aceptaba un torpe abrazo de su hermano y su sobrino, los acompañaba abajo y mantenía abierta la puerta para asegurarse de que se marchaban. ¿Acaso él también participaba de la pose rebuscada y autorreferencial de su inteligente pero inútil familia? ¿Por qué no decir sencillamente te quiero, te echaré de menos más que ninguna otra cosa en la vida, y gracias por amarme, por amar a una persona difícil, infantil y deforme como yo, gracias, gracias, gracias...?

No consiguió decir ninguna de las dos cosas. Sonó el teléfono. Rebecca intentó cogerlo, y entonces Max salió de su dormitorio. Enrique pensaba que estaba fuera, y le sorprendió doblemente comprobar que lo acompañaba una joven. Se presentó con el nombre de Lisa. Max se había referido a menudo a ella últimamente, siempre como parte de un grupo con el que salía. Enrique nunca le había preguntado si eran pareja. Después de aquel saludo ya no tuvo que preguntarlo. Lisa miraba a Enrique con unos ojos azules muy grandes en el centro de una cara amable y jovial. Quiso decirle «Enhorabuena» a su hijo. Pero, como el latoso rezongón en que se había convertido últimamente, preguntó:

—Mañana a mediodía te he reservado un rato con tu madre. ¿Te va bien?

Max asintió. La falta de sueño le había puesto unos ojos de mapache, y en aquellos días llevaba la espalda siempre encorvada, como si un perpetuo viento frío la recorriera.

—Ahora tenemos que irnos —farfulló Max, y tiró de la mano de Lisa, la cual giró alegremente, encantada de ser su pareja de baile. Se fue detrás de su hijo.

—Encantada de conocerle —le gritó a Enrique con una sonrisa que parecía ser de disculpa por la brusquedad del dolor de Max.

En su corazón, Max todavía combatía la enfermedad de su madre, pero al final había aceptado decirle adiós. Enrique se había dado cuenta de que aquello seguiría siendo una derrota que su hijo nunca podría asumir.

Enrique había hecho todo lo que había podido para que Margaret no se diera cuenta de que su hijo no lo aceptaba, aunque ella lo había intuido. Enrique lo supo por la manera en que Margaret le comentó un día con alivio:

—Bueno. —Y había susurrado—: Espero que todo esto no me separe de Maxy. Para él es muy difícil, porque no he podido acabar... —se le quebró la voz—... porque no he podido aguantar hasta que fuera a la universidad, no he podido hacer nada por él. Ha sido muy duro.

—Has hecho muchísimo por él —dijo Enrique, besándole la frente.

—Tú has hecho mucho por él, Bombón. Lo has cuidado mucho.

—Yo no he hecho una mierda —dijo Enrique—. Lo ha hecho él. Lo ha hecho todo por su cuenta. —Padre e hijo habían mantenido una franca charla un mes después de que su madre enfermara, una conversación de la que nunca le había hablado a Margaret. Max no era un chico obediente como su hermano mayor: discutía y se metía con su madre hasta irritarla profundamente cuando ella le daba la lata; y no le daba ningún miedo el genio de su madre. Cuando iba a noveno parecía que se estaba preparando para convertir en un infierno sus años de instituto. Las líneas de combate ya se habían formado. Margaret sabía que Max era tan inteligente como su hermano mayor, que sacaba sobresaliente en todo, y Max sabía que Margaret poseía la fe común a todas las madres judías en que sacar las mejores notas era la mejor medida de una buena educación. Max le propinó una serie de tremendos golpes a su madre durante el tercer trimestre: recibió dos notables, poniendo en peligro su futuro a la hora de ingresar en la Ivy League.* Luego, cuando llevaba un mes en décimo curso, les llegó un aviso de que Max había descuidado sus deberes en dos asignaturas: no había entregado un trabajo de inglés y no estaba preparado para el examen de matemáticas. Una semana después, a Margaret le diagnosticaron la enfermedad.

Durante la segunda semana del primer tratamiento de quimioterapia de su madre, Max cogió a su padre por banda y le preguntó en qué podía ayudar.

—Muy bien —dijo Enrique—. Te seré franco. Quiero a tu madre, tú quieres a tu madre, pero los dos sabemos que está obsesionada con las notas. Cree que si sacas solo sobresalientes, todo te va estupendamente. Podrías estar inyectándote heroína o emparedando cadáveres en el cuarto de baño, pero mientras ella lucha por vivir, si sacas sobresalientes ella creerá que todo te va de primera. Si quieres ayudarme a cuidar de ella, haz los deberes lo mejor que puedas. —Ese fue el final de los notables de Max. Enrique creía que una de las razones por las que Margaret soportaba enfrentarse a la muerte con serenidad y elegancia era que Max había entrado en Yale.

La existencia de Lisa fue otra de las noticias que Enrique le llevó a Margaret después de contestar la llamada telefónica de

---

* Grupo de las universidades más prestigiosas del este de los Estados Unidos. *(N. del T.)*

la enfermera de pacientes terminales, que deseaba adelantar su visita para ver cómo le iba a Margaret y preguntarle si le faltaba material. Enrique no le dijo a Margaret ninguna de aquellas cosas altisonantes que le rondaban por la cabeza. Le habló de la novia de Max. Durante un rato, charlaron como si la vida fuera normal, y Margaret sonrió cuando Enrique la informó de que Lisa tenía los ojos grandes y azules. Consiguió provocarle la segunda carcajada del día al añadir:

—No son tan bonitos como los tuyos.

—¿Pero es guapa? ¿Es dulce con él?

—Sí —dijo Enrique, aunque no sabía nada de ella, y no estaba seguro de que fuera la novia de Max. Llegó la enfermera. Y luego Rebecca tuvo que irse a casa a pasar la noche y quiso despedirse solo por si acaso. Y luego volvió Greg. Y luego Enrique le administró a su mujer una dosis de Ativan intravenoso y la preparó para dormir. Mientras Enrique echaba una cabezada delante de otro partido que los Mets perdieron, Greg lo despertó y le dijo:

—Es mejor que te vayas a la cama, papá.

Se metió en la cama junto a su mujer, que dormía profundamente, y la besó suavemente en la frente para no despertarla. Y no tardó en despertarse, como siempre, a las cinco de la mañana, con la sensación de que no había dormido nada. Se duchó, se afeitó y se comió un cuenco de cereales y dejó entrar a Lily para su visita matinal. Durante aquella última semana, Lily se había pasado por su casa cada vez que iba y volvía de trabajar. Enrique salió a tomar un café y a dar un paseo.

Mientras estuvo fuera, Margaret escogió la ropa con la que quería que la enterraran. A Enrique no se le había ocurrido que Margaret desearía elegir su vestimenta para su último acontecimiento social, pero debería haberlo pensado. Margaret había elegido el cementerio, el templo, el rabino y la música. Lily, que la conocía desde hacía mucho tiempo, la ayudó. De jóvenes habían ido de compras juntas, se habían aconsejado acerca de sus respectivos vestidos de boda, y Margaret le había pasado la ropa de sus hijos al hijo y la hija de Lily. Antes de cualquier acontecimiento social importante, se consultaban acerca de qué llevar. Incluso habían comentado qué debían ponerse sus maridos. Así pues, para aquellas dos buenas amigas era una lógica colaboración final.

Cuando Enrique volvió, Lily ya se había marchado, y encontró a su esposa sentada en una silla, aún en camisón, contemplando una caja grande que estaba sobre la cama.

—Mi última tarea —dijo Margaret. Señaló la caja, que no tenía tapa, y que antaño había contenido su par de botas negras preferido, que había comprado mientras la enfermedad estaba en remisión, a un precio bochornoso y enamorada de aquella piel lujosa. Las botas estaban erguidas en el suelo. En la caja había una blusa de seda blanca, una falda negra larga que solía ceñirle las caderas delgadas y sus elegantes piernas, y una chaqueta de lana gris texturizada con motas amarillas y negras, una de sus preferidas.

—Me gustaría que me enterraran con esta ropa. ¿De acuerdo, Bombón? —Margaret sonrió—. Y las botas. —Enrique asintió. La vio tímida—. Y una cosa más, espero que no te importe. Sé que es un gran derroche, sé que has gastado mucho dinero, pero ¿te parecería bien que me enterraran con los pendientes que me regalaste? —Abrió la mano y mostró la cajita de terciopelo que contenía el primer regalo que le gustó de todos los que le hizo—. Los adoro. Sé que es una locura, un auténtico despilfarro, pero ¿te asegurarás de que los lleve?

—Naturalmente que me parece bien —soltó Enrique antes de que fluyera un río de agua en su cabeza—. Me aseguraré. No te preocupes.

—Gracias —dijo ella—. Muy bien. Ya está. —Margaret le entregó la caja. Enrique se acercó a la silla, arrodillándose para quedar a nivel de ella, como si le propusiera matrimonio, y cogió la caja—. Ya está —comentó ella encogiendo los hombros y poniendo una sonrisa recatada de jovencita, como si buscara la aprobación de su marido—. Mi última tarea ha terminado. —Apoyó la cabeza en el hombro de Enrique y quedaron un largo rato así abrazados. Enrique quería hablar, pero era incapaz de pronunciar palabra. Mientras rodeaba con sus gruesos brazos aquel cuerpo frágil, no pudo evitar hacer lo que había prometido que no haría. Se permitió sentir que la estaba perdiendo, y sollozó en los brazos de su mujer.

—Lo siento, lo siento —farfulló.

Margaret le acarició la mejilla derecha con la mano y eso lo hizo llorar más. Se cubrió los ojos hasta que Margaret dijo algo dulce y ridículo.

—Gracias, Enrique. Gracias por hacer que mi vida fuera divertida. En Queens, o en cualquier otra parte, mi vida habría sido estúpida y aburrida. Una vida boba, sin ti habría tenido una vida estúpida y aburrida.

—Eso no es cierto —dijo él, porque no era cierto.

—Sí, lo es. Tú la has hecho muy divertida.

Enrique dejó de discutir con ella. Sabía que lo decía para que se sintiera mejor, que le perdonaba todo aquello que él no podía perdonarse, todas las veces que no había conseguido que la vida fuera divertida para ella.

—¿Me ayudas a vestirme y arreglarme para Maxy? —preguntó.

Enrique la ayudó a ducharse, metiendo los tubos en una bolsa para protegerlos del agua. Le trajo un sujetador y una camiseta blanca, la ayudó a meterse en los tejanos que le sobraban por todas partes y le puso un cinturón para ajustárselos.

Enrique permaneció sentado en el piso de abajo durante las tres horas que su hijo pequeño pasó con su madre, y se dio cuenta de algo muy triste, tan triste y tan inadvertido que casi subió corriendo las escaleras para interrumpirlos antes de que su cansado cerebro lo olvidara. Margaret acababa de despedirse de él. Pedirle si podía llevar aquellos pendientes para siempre era su manera de decirle que había quedado satisfecha con él como marido. En lugar de ponerse a llorar, debería haberle dicho entonces lo que tenía preparado. Bueno, no pasa nada, se dijo. Me queda mañana. Tengo todo el día de mañana.

Apareció Max, que bajó corriendo las escaleras y se apresuró hacia la puerta de entrada mientras le gritaba a Enrique:

—Tengo que irme.

Enrique corrió detrás de él antes de que se fuera.

—¿Cómo ha ido?

—¡Cómo ha ido! —contestó más como si aquella pregunta fuera digna de un lunático. Aquello era el reflejo de la lucha, su resistencia a perderla.

—Lo siento. —Enrique se dio cuenta de que le estaba causando dolor a su hijo.

—Supongo que ha ido bien —dijo Max—. No lo sé. —Dijo ahogando un sollozo—: No sé qué decir. —Enrique intentó abrazarlo—. Estoy bien, estoy bien —dijo Max, apartando a su padre, aunque el pecho le temblaba y las lágrimas manaban de sus ojos azules—. Tengo que irme. He quedado con Lisa. Ha estado bien, hablar con mamá ha estado bien, pero tengo que irme.

Enrique lo soltó. Vio la oportunidad de preguntarle a Margaret cómo había ido. Esta le dijo que Max se había mostrado físicamente cariñoso con ella, como siempre, que se había acurrucado su lado y no había mostrado temor a su cuerpo enfermo. Pero no había sido capaz de decir gran cosa, el dolor lo había dejado mudo.

—De todos modos, me ha hablado de Lisa —dijo Margaret—. Me ha alegrado que estuviera dispuesto a hablarme de ella. Y he podido tenerlo abrazado durante mucho rato —susurró, agradecida.

Y entonces llegó Diane, la última persona en despedirse. Enrique regresó al comedor, para esperar durante aquella última interrupción. Observó cómo el reloj de la televisión por cable daba las 17.26 y se dijo: Cuatro minutos más y es mía.

Y entonces Diane lo llamó:

—¿Enrique? ¿Puedes subir? No se encuentra bien.

Presa del pánico, Enrique subió las escaleras de dos en dos. Cuando entró en el dormitorio, no vio a Margaret. Diane estaba inclinada sobre la cama, pero se volvió al oírlo entrar.

—Será mejor que me vaya —dijo, y desapareció.

Margaret estaba acurrucada en posición fetal, sepultada de pies a cabeza bajo una colcha que Enrique había dejado doblada a los pies de la cama, ahora que estaban en junio. Debía de haberle pedido a Diane que la tapara.

Antes de poder apartar la colcha lo suficiente para verla, lo supo. Lo supo por las otras infecciones graves y la fiebre alta, lo supo por el temblor de la colcha y lo supo por sus gritos desesperados cuando intentó apartarla.

—No, no, no —dijo ella a través del castañeteo de los dientes—. No me la quites. Estoy congelada —suplicó. Enrique no le hizo caso y bajó la colcha para meter dentro su cuerpo larguirucho, porque ella siempre decía que estaba muy calentito. Todo lo deprisa que pudo, subió la colcha hasta la barbilla dejando fuera solo la coronilla de Margaret. La rodeó con sus brazos, se apretó contra su cuerpo tembloroso y rezó para que se apagaran aquella sacudidas. En caso contrario, se vería obligado a llamar al médico para preguntarle qué medicamento debía administrarle. Pero esperaba no llegar a ese punto. Margaret había prohibido cualquier medida que le alargara la vida. Si llamaba, la doctora Ko le daría orden de impedir que Margaret fuera consciente de lo que estaba ocurriendo: que la hiciera entrar en coma si era necesario. Las drogas la harían sentir mejor, cosa que, naturalmente, él quería, pero ya no habría más conversación, Enrique ya no podría decir unas últimas palabras de agradecimiento.

Margaret gritó:

—¡La manta, la manta! —Enrique cubrió sus cabezas con la colcha, encerrándolos en una cueva de calor. En la oscuridad, ella dijo a través del castañeteo de sus dientes:

—Me siento muy mal. Me siento muy mal.

—Lo siento —susurró él, y la apretó con fuerza—. Te quiero.

—Y aunque era un hombre sin Dios, rezó para que aquellas no fueran las últimas palabras que ella le oyera decir.

17. Un matrimonio feliz

Enrique se despertó junto a su mujer de una manera gradual y tranquila. Se puso boca arriba y se estiró, amodorrado como si hubiera estado tomando el sol, contemplando cómo la luz azul previa al alba entraba por la ventana abierta. Escuchó cómo el agua chapoteaba contra los pilares del hotel Danieli. Desde luego, se dijo, Venecia es una ciudad que se hunde. Entraba el aire suave de octubre, y a Enrique no le preocupó que penetrara por la ventana más cara por la que nunca había pagado. Se sentía totalmente sereno. Esa feliz ausencia de expectativas o preocupaciones era extraña, casi insólita en su vida, y durante un mes había sentido tan solo lo contrario.

Durante las semanas anteriores al viaje de Margaret desde Nueva York hasta el aeropuerto de Fráncfort, donde se encontró con él para ir juntos a Italia, Enrique había dormido en una encogida posición fetal, como si estuviera sometido a un bombardeo en una trinchera. Cada mañana, al despertar, le dolían las mandíbulas y las encías, cosa que, según le había advertido seriamente el dentista, significaba que hacía chirriar los dientes. También sentía el habitual dolor de estómago por la angustia que le causaba su carrera. Pero no experimentó nada de eso durante su primera noche en Venecia, durante ese amanecer en el Danieli.

Había pasado tres días en la Feria del Libro de Fráncfort para promocionar la edición alemana de su octava novela, que había sido publicada sin el menor éxito en los Estados Unidos un año y medio antes. El origen de todas aquellas noches de mal dormir era el habitual desánimo ante cómo el mundo recibía su literatura, la profunda reverberación del fracaso. Y mientras pensaba de esa guisa en su carrera, podía oír la queja de su buen amigo y colega Porter:

—No es ningún fracaso, Enrique. Confundes el dinero con la calidad.

Porter Beekman, bastión de la santurronería y el cinismo de Nueva Inglaterra en el campo de la literatura, acertaba sin duda al trazar esa distinción, aunque eso no le sirviera de consuelo. Cierto, años atrás Enrique se había sentido un fracasado absoluto cuando la mala acogida comercial de sus novelas le obligó a enfrentarse al oculto temor de que no fueran buenas. Pero las escasas ventas de su último libro no habían hecho mella en su satisfacción por el trabajo. No, su fracaso a la hora de conseguir un amplio público lo desesperaba precisamente porque creía haber conseguido su mejor obra. No se trataba de la emoción trascendente y melodramática —voy a suicidarme— de sus decepciones juveniles. Se parecía más bien a vivir la sentencia de un tribunal después de la última apelación, la aceptación sumisa del envejecimiento y la muerte.

Había envejecido; tenía cuarenta y tres años. Había vivido la muerte de alguien a quien amaba, que representaba para él todo lo que era vigoroso en la vida: su padre. Había visto aquel rostro apuesto y vibrante inmóvil y sin sangre. Había oído cómo aquella voz resonante, colérica o eufórica, callaba para siempre. Y ocho meses después de la pérdida de su progenitor, Enrique había experimentado la muerte de su ambición al ver cómo su novela más ambiciosa aparecía y desaparecía sin dejar huella. Sabía que lo que pudiera alcanzar en el futuro nunca se acercaría a sus sueños de juventud.

Durante más de un año se dijo que su desesperación general no era algo permanente, sino el proceso natural de llorar a su padre y un libro que le había exigido demasiado. La novela le había ocupado dos años de investigación y había tardado casi el mismo tiempo en escribirla, y en medio había habido otro año de interrupciones para escribir guiones, que eran los que pagaban el proyecto literario. Incluso más importante que la inversión de cinco años en el libro era lo fatigado que se sentía: las novecientas páginas se acercaban más a tres novelas que a una, y parecían haber agotado todo lo que sabía de la gente y el mundo. Ten paciencia, se dijo, y superarás tanto la pérdida como la derrota.

Sin embargo, aquellos sentimientos de abandono y desánimo no fueron temporales. Supo por qué mucho antes de volar a Fráncfort. La pérdida de su padre, el motor de su carrera, fue permanente e irreparable. Cuando menos, Guillermo había sido un padre incondicional. Cuando Enrique, en un esfuerzo por ahorrarle a su padre esas trivialidades, dejó de relatarle sus reuniones de guionistas, Guillermo se quejó de inmediato.

—Crees que solo es cosa tuya. Pero yo creo que tú y yo somos la misma persona —dijo con un guiño cómplice a su narcisismo—. Al no decirme lo que ocurre en tus reuniones, me apartas de mi carrera. —Y aunque se sentía orgulloso de su larga novela, Enrique creía que era su fracaso supremo. Que cuando una novela tan ambiciosa no consigue que su autor resulte crucial para su generación, se convierte, sobre todo para él, en la prueba definitiva de los límites del talento de ese escritor.

Se preguntó cómo podría seguir viviendo y mantener la inspiración, la esperanza, el interés por la vida. Naturalmente, podía vivir a través de sus hijos, y presumiblemente destruirlos, pues, había concluido por propia experiencia, no hay mayor probabilidad de decepción que verse colonizado por la ambición de un progenitor. Quizá eso era culpar a su padre de sus propias carencias. Después de todo, Freud había observado que «el hombre que es el indiscutido favorito de su madre siempre lleva en su interior la sensación de que puede conquistar el mundo». Evidentemente, Enrique había sido alentado por el progenitor equivocado.

A primera vista, no debería haberse sentido angustiado por la feria, pues su editor alemán simplemente tenía la gentileza de pagarle un vuelo para que promocionara un poco el libro; no se esperaba gran cosa ni de él ni de su novela. Por desgracia para Enrique, el viaje le había hecho revivir la decepción de la publicación en Estados Unidos, como si fuera un veterano de guerra destrozado que evoca sus recuerdos más traumáticos, y sentía agudamente la ausencia del apoyo en cuerpo y alma de su padre, sobre todo cuando intentaba dormir. Y peor aún, cualquier esperanza reprimida que Enrique hubiera podido albergar de que en Alemania recibieran su libro mejor que en su propio país había quedado desinflada por la reseña destacada y desdeñosa que apareció el día de su llegada. Durante tres días tuvo que hacer frente al desastre, peroró monótonamente en entrevistas absurdas para pequeños medios de comunicación, y esperó a reunirse con Margaret para celebrar su vigésimo aniversario de boda en Venecia.

Llegaron la mañana de aquel día, el 15 de octubre. Enrique pensaba que no sería una compañía ni agradable ni divertida, y tampoco esperaba pasárselo bien. Se equivocaba.

Se echaron una siesta después de instalarse en una suite enorme y de techos altos: había una sala de estar ostentosa y absurdamente elegante, un sofá y un sillón de orejas de bordes dorados, recubiertos por metros y metros de terciopelo marrón; un dormitorio tranquilo y enmoquetado en gris dominado por un gran espejo de vidrio de plomo que colgaba sobre una modesta chimenea, y una romántica y clásica vista del Golfo de Venecia. Cuando despertaron, ella lo sorprendió cuando pasó de estar acurrucada a hacer el amor de manera desenfrenada. Años atrás habían comentado muchas veces que lo único que conseguía la permanente avidez sexual de Enrique era apagar la libido de Margaret. Enrique sabía que no era prudente proponerle relaciones sexuales cuando la cosa flotaba en el aire, sobre todo el día de su aniversario. Había supuesto que ella esperaría hasta después de cenar, porque las siestas la envolvían en una niebla refunfuñona hasta que se había tomado un café y había permanecido una hora a solas. Aquel lujurioso despertar fue un regalo.

Y tampoco hizo el amor como era habitual en ella. Margaret suspiró, se estiró y se arqueó como un gato, mientras que habitualmente sus movimientos eran más tensos y atléticos, fruto de su resistencia a entregarse al placer. El cuerpo de Margaret fue líquido y receptivo hasta el orgasmo, que no se elaboró lentamente sino que esta vez llegó sin avisar. Ella le agarró como si fuera a inmovilizarlo, le clavó las uñas en la espalda y le mordió el hombro derecho antes del clímax, y sin embargo en mitad del éxtasis todavía encontró un momento para lanzarle a su marido una sonrisa de soslayo y comentarle como si estuvieran dando un paseo: «Creo que tengo hambre», en lugar de permanecer solemne y silenciosa durante la relación. Y para él fue diferente. Su descarga no fue tan espasmódica, sino más como un grifo que se abre y fluye. Mientras Margaret y Enrique retozaban en la cama del Danieli, se sentían extrañamente serenos en mitad de la excitación.

Y luego tomaron un expreso en la Piazza San Marco, como se supone que han de hacer los turistas, y procuraron, junto con otras decenas de parejas, no perderse cómo el reloj de la torre daba las horas, y recorrieron las antiguas, estrechas y bonancibles calles hasta el restaurante donde su agente en Los Ángeles, Rick, lo había dispuesto todo para celebrar su aniversario. Margaret le había advertido a Enrique que Venecia tenía fama de ser una ciudad donde se comía mal. Rick les había dicho que conocía al chef y propietario de un estupendo restaurante en Venecia y que les organizaría una comida especial para ellos.

Cuando llegaron, aquel restaurante supuestamente elegante le pareció a Enrique demasiado modesto. Era poco más que un escaparate vacío: diez mesas pequeñas, y ni siquiera contaba con una persiana que protegiera a los clientes de las miradas curiosas. El suelo desnudo de madera y las paredes pintadas de blanco encajaban perfectamente con el gusto de Margaret, precisamente porque la sala era informal y se mezclaba con la estrecha calle adoquinada adonde habían llegado siguiendo la ruta que les había dibujado el conserje en el mapa del hotel. El restaurante estaba lleno de clientes y había cola, lo que rápidamente transformó el escepticismo de Enrique en angustia por su reserva.

Pero su preocupación era infundada. Los hicieron pasar delante de los demás y los sentaron a una mesa libre, en el rincón más tranquilo del bullicioso restaurante. El chef, un hombre de cara redondeada y mejillas sonrosadas, salió a estrecharle la mano y a besar la de Margaret antes de anunciar, en un inglés a trompicones, que no tenían que elegir ningún plato, que todo estaba arreglado. ¿Podría elegir el vino?, le preguntó Enrique, y el propietario asintió como si pensar lo contrario hubiera sido absurdo.

Que los platos y el vino aparecieran y desaparecieran al ritmo de su apetito y del flujo de la conversación, y que se les tratara sin ninguna formalidad, les dio la impresión de haber entrado a cenar en casa de un amigo. En ningún momento se sintieron forasteros. Y el que fueran los únicos comensales que hablaban inglés le otorgó a la velada un sentimiento de intimidad, de estar en familia, una combinación mágica e imposible.

La camarera, la esposa del propietario, les lanzaba sonrisas radiantes entre plato y plato y consiguió convencer a Enrique de que el espectáculo de una pareja de mediana edad portándose de manera romántica no era risible. Regresaron cogidos de la mano, meciendo los brazos a un ritmo infantil, hasta que llegaron a la Piazza San Marco, donde una brisa congeló a Margaret. Él la apretó contra sí, y como un solo cuerpo cruzaron la plaza escuchando los ecos de un grupo de jóvenes que gritaban y cantaban, una música de cámara que salía de una ventana, el viento susurrando a través de los túneles de callejas laterales más estrechas y el agua lamiendo el malecón. Era la estación de la *acqua alta*, la marea alta. Sobre los adoquines se habían colocado unos tablones de madera, elevados dos palmos, que conducían al hotel Danieli, y sus zapatos resonaron como si fueran a caballo.

En el hotel los esperaba un fax. Era de Rick, y les informaba que había una oferta de un estudio para que reescribiera una adaptación de lo que cuando Enrique era pequeño se denominaba un cómic, pero que a medida que se acercaba el milenio había ascendido a la categoría de novela gráfica. Margaret no frunció el ceño como habría hecho normalmente ante la falta de líneas divisorias de la industria del cine. Era 1997, y Enrique ni siquiera disponía de un móvil que pudiera utilizarse en Europa; de haberlo tenido, Rick hubiera interrumpido su cena de aniversario. Naturalmente, Enrique era un adulto y podía ignorar la llamada o, ya puestos, arrojar ese fax a la basura, pero Margaret y Enrique comprendían que era un adicto a la escritura y que adaptar un cómic para hacer una película que podía llegar a rodarse o no era lo único que le quedaba para alimentar su adicción.

—Lo siento —dijo cuando en recepción un hombre distinguido le entregó el fax y la llave antigua de bronce.

—No pasa nada —concedió Margaret—. La cena ha sido estupenda. Rick tiene todo mi reconocimiento.

Enrique abrió el fax mientras subían las escaleras alfombradas en color dorado, pasaban bajo los arcos góticos que subían a la tercera planta, ascendían casi al techo de cristal de aquella parte del hotel, la más antigua, un palacio del siglo XIV reformado. Enrique había leído en el folleto del hotel que la novelista francesa George Sand se había alojado en él con su amante Alfred de Musset. Aquellos cuatro días en Venecia iban a costarle más

de diez mil dólares, un dispendio al que Margaret, esa chica ahorrativa de Queens, había puesto bastantes objeciones.

—Podemos ser rancios y tacaños mientras estamos allí —dijo
Enrique—, pero no me he pasado todos estos años escribiendo
mierda para viajar en tercera y alojarme en un Days Inn.

Margaret se rió y dijo:

—Venecia Days Inn —como si le encantara la idea. Aceptó
todos los derroches de Enrique y aportó los suyos propios, incluyendo un almuerzo al día siguiente en Locanda Cipriani, en
la isla de Torcello, donde solían ir Lady Di y Hemingway, así
como otras personas que parece inverosímil relacionar con el
viejo Ernest y la realeza, como Madonna o Stephen Hawking,
no se acordaba muy bien.

Cuando llegaron a su habitación, leyeron el fax atentamente.
El estudio había acordado pagarle su última tarifa, su «cotiza-
ción», tal como se le llamaba en el negocio, a condición de que
dijera sí o no el lunes y pudiera volar a Los Ángeles a final de semana para comenzar a trabajar con el director y las notas del estudio. Notas antes de escribir una sola línea de guión. Esa era
una de las brillantes innovaciones de Hollywood, criticar al escritor antes de que empiece. Necesitaban el guión deprisa, afirmaba, para poder empezar a rodar antes del Año Nuevo. Eso no
impresionó a Enrique. Los estudios siempre exigían que el escritor se diera prisa porque el rodaje era inminente, y luego, tras
recibir el guión, el proyecto avanzaba a paso de tortuga.

—Han aceptado mi precio —dijo Enrique en tono lúgubre.

—Bien —dijo Margaret, comprimiendo la palabra en poco
más que un gorjeo, señal de que no quería discutirlo.

—Quieren que vaya a Los Ángeles el próximo fin de semana
para una reunión el lunes.

—El miércoles volvemos. —Margaret se encogió de hombros—. Tendrás mucho tiempo para hacer las maletas.

—¿Crees que debería hacerlo? —preguntó Enrique.

—Haz lo que quieras.

—Vamos —suplicó Enrique—. Dime. ¿Qué piensas?

Margaret no le hizo caso. Se quedó en el centro de la sala marrón, mirando a un lado y a otro entre un diván cómodamente pequeño y un suntuoso sillón de orejas, como si no tuviera claro cuál elegir.

—Es ridículo, pero voy a darme otro baño —anunció, dejando claro que importunarla con su carrera no era romántico. Pero Enrique detestaba tomar esas decisiones sin consultarla.

—¿Debería darme un baño contigo? —preguntó Enrique, sin decirlo en serio.

—No cabrías, Bombón —dijo ella riendo—. ¿No has visto qué bañera tan pequeña? Si apenas quepo yo. —Se le acercó y le acarició la mejilla—. Pobre chiquitín —dijo para tomarle el pelo—. Este mundo se te queda pequeño.

Enrique se desvistió, se puso el grueso albornoz del Danieli y se apoltronó en el sillón de orejas. Escuchó cómo el agua chapoteaba suavemente en torno a su mujer y volvió a leer el fax. Era un pequeño pecio que la corriente de su carrera había depositado a sus pies desnudos. No sentía lástima por sí mismo; se sentía avergonzado. Durante tanto tiempo había sido un ejemplo por haber publicado una novela a los diecisiete años, que a pesar de las palabras de consuelo de Porter y otros familiares y amigos, lo que le fastidiaba, lo que le molestaba de verdad, era la sospecha de que se había ganado su destino.

Guardó el fax con su pasaporte, para no verlo pero tampoco perderlo hasta el lunes. Debo disfrutar de este fin de semana, se ordenó, y se encaminó al cuarto de baño para echarle un lento y detenido vistazo al cuerpo desnudo de su mujer en la bañera.

Margaret tenía cuarenta y siete años. Tenía la piel blanca y salpicada de pecas por debajo de la clavícula. Había una línea regular que a él le gustaba seguir que le cruzaba los pechos y seguía por sus brazos tersos y sin vello, difuminándose hacia las delicadas depresiones de sus codos y el color crema de sus antebrazos. También le salpicaba aquí y allá la parte interior de sus muslos suaves y delgados. Enrique recordó la sorpresa de Margaret la primera vez que le confesó cuánto le gustaban sus pecas; a ella siempre le habían incomodado. Margaret era más vanidosa que ninguna otra mujer que él conociera, actrices aparte. A menudo salía después de una sesión en el cuarto de baño amenazando con operarse los ojos porque le estaban saliendo las bolsas de su padre. Parecía decirlo en serio, y Enrique se asustaba al pensar que algún día lo haría, y operación tras operación se convertiría en una de esas mujeres de expresión asombrada e impertérrita y cuerpo tan descarnado que la cabeza parece más ancha que los hombros. Hasta ese momento Margaret había hecho ejercicio casi cada día y había mantenido su figura sin silicona ni bisturí. Y aún así, Enrique sabía que estaba insatisfecha con su cuerpo. Y su cuerpo no era, naturalmente, el mismo que él vio, veintidós años atrás, al contemplarla desnuda por primera vez. Los pechos, que habían amamantado sus hijos, eran más pequeños, los pezones más oscuros y ya no resistentes a la gravedad; su barriga, aunque todavía lisa, era más ancha y blanca; y había una fina cicatriz blanca producida por la cesárea sobre la cresta de su vello púbico todavía negro. Cuando aquella tarde Enrique le agarró las nalgas para penetrarla hasta el fondo, estas le habían llenado las manos sin derramarse, pero eran almohadones, no una fruta firme. Enrique no lo admitiría ante ningún amigo masculino, pero el cuerpo maduro de Margaret le excitaba precisamente porque no era la misma carne que había deseado cuando era joven y estúpido. Ahora la deseaba porque lo que antaño había despertado su lujuria ahora estaba marcado por el paisaje de la historia de su vida juntos; y aunque era algo que él no sabía y no podía saber mientras ella viviera, la deseaba porque, mientras estaba en sus brazos, se sentía a salvo.

—¿Me estás mirando? —preguntó Margaret. No miraba hacia la puerta, sino hacia una ventana cubierta de terciopelo.

—Eres hermosa —dijo Enrique.

—Deja de mirarme —contestó ella.

—¿Por qué? —preguntó él, para poder decirle, cuando ella confesara que se avergonzaba de su cuerpo envejecido, que seguía siendo hermosa.

—Porque no te conozco lo bastante —dijo ella.

Margaret no solía ser ingeniosa. De acuerdo con la tradición y actitudes de las mujeres asquenazíes que se habían trasladado de Polonia a Queens, su conversación era de tipo práctico. Rara vez exhibía la inteligencia que había trasmitido y alentado en sus hijos. Enrique volvió a la cama. Saber que ya habían llevado a cabo su cópula de aniversario resultaba muy relajante. Hasta la llegada del fax, el viaje había sido mágico. Enrique estaba decidido a no permitir que su carrera le echara a perder una vez más la diversión.

La oyó salir de la bañera y avanzar sobre el suelo de mármol. Imaginó su entrepierna húmeda y negra. Se preguntó por qué el chiste que había hecho acerca de que la mirara desnuda perduraba en su mente. Cuando Margaret apareció con el canesú de seda blanco que había comprado para esas vacaciones sexys, él observó la gran peca que había sobre su rodilla derecha y que siempre había disfrutado al contemplarla durante los meses de verano, cuando ella llevaba pantalón corto, y entonces se dio cuenta de qué le había sorprendido de su comentario: *Me conoce, eso es lo que es divertido. Me conoce perfectamente; soy yo el que no la conoce a ella.*

Se besaron larga y profundamente, y él tuvo otra erección, pero cuando ella le preguntó, con cierta renuencia: «¿Quieres hacerlo?», él mintió y dijo: «Estoy bien». Ella le dio un beso de buenas noches con evidente gratitud y se quedó dormida a los pocos segundos. Él se quedó echado de lado, escuchando el chapoteo del agua, y se dijo: *Estoy enamorado de Margaret.* Saboreó ese sorprendente hecho con honda satisfacción y decidió que sacaría a relucir el tema inmencionable al día siguiente durante el elegante almuerzo en Torcello.

Sabía que evocar recuerdos desagradables supondría poner en peligro su disposición romántica, pero creía que nada terrible podría ocurrir en un sitio con un nombre tan musical. Torcello. Torcello. Quería saber más de la herida que Margaret llevaba consigo y nunca comentaba, y curarla si podía. Decidió que en Torcello se atrevería a hablar de ello.

Durmió relajado y sin sueños, la primera vez que descansaba de verdad en meses. Durante el lánguido y expansivo despertar antes del alba, Margaret suspiró y se volvió hacia él sin decir palabra, retomando una respiración lenta y rítmica, como si durmiera profundamente. Su brazo, perfumado con aceites de baño, se enroscó por su espalda, y unos dedos pequeños y fríos descendieron por su barriga hasta agarrarle la polla, algo que no había hecho al despertarse desde su primer año juntos. Hicieron otra vez el amor de manera relajada y adormilada, algo poco habitual, y él se olvidó de su determinación a mantener una conversación sincera. Tampoco la recordó mientras tomaban café y pan en un local no más grande que un quiosco de periódicos, ni tampoco cuando buscaron el museo Peggy Guggenheim en otro palacio veneciano reformado del Gran Canal.

Mientras avanzaban lentamente arrastrados por el flujo de turistas junto a los pintores de la escuela cubista y futurista, Enrique se acordó. No prestó atención a los cuadros. Contempló a Margaret mientras esta los estudiaba, un espectáculo que le pareció fascinante. Se quedó encantado con su método lúcido y misterioso de analizar el arte, sin detenerse junto a Braque y luego parándose ante un Kandinsky durante dos largos minutos, entrecerrando los ojos como si estuviera desenfocado, y abandonándolo con un suspiro de nostalgia.

—¿Te ha gustado? —preguntó Enrique.

—No está mal —contestó Margaret. Eso le hizo reír.

Enrique sabía por la ropa de Margaret, por la decoración de su apartamento, por sus fotografías y cuadros, que ella poseía una mirada exigente y creativa. Leía mucho, mucho más que él, y tenía criterio con los libros. Pero a Margaret le daba igual que fueran originales o profundos; leía para entretenerse. Con las imágenes, sin embargo, buscaba algo más que placer o relajación. Poseía un don que le resultaba misterioso incluso a ella. Para Enrique, la prueba de su talento innato era que él era incapaz de reconstruir el proceso de cómo Margaret había sabido que su elección del color y la composición funcionarían. A menudo, lo que ella intentaba parecía condenado al fracaso. Pero desde la elección de la ropa hasta la composición del cuadro, siempre acababa acertando. Para Enrique, esa era la diferencia que distinguía el oficio del talento, el aprender lo que quedaba bien y el poseer la inspiración de un gusto impecable.

Margaret le resultaba un misterio. De hecho, ella era un misterio incluso para sus amigos. Desde luego, estaba infravalorada. De entre las personas que conocían, pocas eran las que la consideraban la persona con talento del matrimonio. Casi todos sabían que, aunque ella era sociable y simpática, él era el que diría algo que provocaría irritación o goce, un diálogo que recordarían. Y cuando uno de sus amigos tenía una crisis, acudían a él en busca de comprensión y ayuda; Margaret a veces los reprendía o insistía en que siguieran su consejo. En los primeros años de su matrimonio, que él fuera más popular la sorprendía, y a él también, porque Enrique sabía, y suponía que ella también, que Margaret era tan inteligente como él, y sin duda más culta; que ella juzgaba a las personas que conocían de una manera menos cándida que él, por lo que su consejo sería probablemente más sensato. Lo que les diferenciaba en la consideración que les tenían sus amigos era que, a pesar de la amplia sonrisa y amistosa conversación de Margaret, ella, a diferencia de Enrique, con sus autocompasivas confesiones íntimas y sus críticas a la sociedad de Enrique, permanecía impenetrable a todo el mundo: conocidos, familia y amigos íntimos. Había una parte de ella que mantenía clausurada, en un lugar secreto que ni siquiera Enrique conocía.

Margaret lo informó de que a la Locanda Cipriani de Torcello se podía llegar en la embarcación privada del restaurante, lo que resultaba caro —supuestamente la manera en que habían viajado Hemingway, Madonna, Lady Di y Stephen Hawking—, pero ella quería tomar el *vaporetto*, el barco público, porque sería más divertido. Enrique contempló con envidia la hermosa lancha con paneles de madera, pero Margaret tenía razón en que ir en *vaporetto* sería más animado. Qué alegría estar hombro con hombro en un bote lleno de joviales turistas que no parecían decorosos y tristones en su espléndido aislamiento, igual que esos ricos viajeros, sino que parloteaban y señalaban y comían cualquier cosa y se quejaban y reían, todos llenos de vida, excepto un joven que se había puesto verde. Y Margaret se lo pasó bomba, como si fuera una niña, fotografiando a los dos jóvenes venecianos fornidos y de piel olivácea que manejaban el barco, gallardos con sus camisetas a rayas azules y blancas y sus pantalones azules acampanados, sus cabezas de tupido pelo negro rematadas con un elegante gorro rojo.

—Estás enamorada —la acusó Enrique cuando convenció al más apuesto de los dos para que posara para ella en la proa tirando de la maroma del muelle.

Su mujer le contestó con una maliciosa sonrisa.

—Se parecen mucho a ti, Bombón —le susurró, y le dio un beso veloz y suave en los labios, los de ella húmedos, fríos y salados de las salpicaduras del Golfo de Venecia. Enrique hizo un gesto de escepticismo—. Ese es el aspecto que tenías cuando te conocí —corrigió ella.

Margaret quería ser amable. De joven él era escuálido y desgarbado, nunca había tenido el cuerpo enjuto y musculoso de un marinero. Pero antaño su cabeza había estado poblada de una mata de pelo negro como el azabache.

—Podrías demandarme por publicidad engañosa —dijo Enrique señalando su cabeza medio calva.

Ella puso una sonrisa compungida.

—¿Crees que un tribunal me devolverá mi cintura de avispa? Llegaron al restaurante cuarenta y cinco minutos antes de la hora de la reserva. Margaret ya lo había previsto y llevó a Enrique a un paseo recomendado en la guía, tomando un sendero que seguía el perímetro de la isla.

—Tendríamos que tomar champán —le dijo Margaret—. Es un almuerzo muy decadente. Probablemente ya ni cenaremos.

—Yo siempre necesito cenar —dijo Enrique, y se detuvo en un lugar despejado del camino que dominaba una amplia vista. Extendió el brazo derecho y le hizo señas a Margaret para que entrara. Ella le obedeció, aunque se dio cuenta de que quería seguir caminando. Había un pequeño arbusto con unas diminutas flores amarillas que se mecía entre ellos y el agua y la ciudad que flotaba a lo lejos. Hacía calor. Zumbaban las abejas y por todas partes parecía haber flores. Enrique se preguntó cómo era posible que fuera octubre. Quizá la isla estaba emplazada en alguna latitud mágica donde siempre era primavera y donde solo vivían los muy ricos. La abrazó con fuerza y a continuación la soltó.

—¿Quieres seguir andando?

—Deberíamos volver. Quiero llegar un poco antes para poder escoger una mesa en la sombra. Hoy hace muchísimo calor. Como si fuera verano. Me encanta.

Dieron media vuelta y regresaron al edificio verde de poca altura que habían identificado como la Locanda. Enrique suspiró profundamente.

—¿Estás pensando en lo del guión? —preguntó Margaret.

—Sí —mintió él.

—No lo hagas si no quieres. Si quieres escribir otra novela, tenemos dinero suficiente.

Eso fue una sorpresa. Complacido, la cogió de la mano y mecieron los brazos tal como solían hacer cuando salían a pasear con sus hijos pequeños. Llegaron al final del camino y enfilaron el sendero de gravilla que conducía hasta la Locanda.

—¿Así que crees que debería escribir otra novela?

Margaret no contestó. Le dirigía el perfil, sin mirarle a los ojos. El silencio se hizo demasiado largo. Ella no quería hablar, pero al igual que él, se dijo Enrique, aquel día deseaba decir la verdad.

—Puedes decirme lo que piensas —insistió él.

—No, no creo que deba —contestó ella, ya que le preguntaban. Margaret lo miró a los ojos y puso un puchero de arrepentimiento, señal de que creía haber herido sus sentimientos.

Él no dijo nada mientras entraban en el restaurante y recorrían un pasillo con fotografías de Hemingway y el príncipe Carlos hasta llegar al jardín exterior, donde las mesas estaban puestas con gruesos manteles, una vajilla centelleante y una cubertería de plata reluciente.

Siguiendo las órdenes de Margaret, Enrique se había vestido de punta en blanco, con un *blazer* azul, unos pantalones grises, y una camisa a rayas blancas y azules. Se había negado a llevar corbata. Ahora se decía que ojalá se la hubiera puesto. Se sentía desnudo en comparación con los camareros de traje negro y pajarita y con los dos hombres mayores de cara rubicunda y ataviados con trajes de raya diplomática sentados a la mesa de al lado, acompañados por un par de mujeres enjoyadas con vestidos floreados. Por otra parte, aunque los habían acomodado en una mesa en sombras bajo un dosel de parras, en aquel jardín sin aire hacía calor, y le alegraba no haberse puesto nada en torno al cuello. Quería quitarse la chaqueta, pero le daba miedo de que lo echaran del restaurante por desvestirse de manera tan escandalosa. A pesar de que le incomodaba la formalidad, cuando contempló a su sonriente esposa, guapa y alegre como una jovencita con su vestido de seda negra con un dibujo abstracto rojo y curvo bajándole por un pecho, cruzándole la cintura y desapareciéndole por la cadera, se sintió relajado y libre de todas las preocupaciones mundanas.

Asintió cuando el camarero le sugirió que comenzaran con

champán, y Margaret puso una sonrisa radiante cuando el camarero lo descorchó, vertiendo las burbujas doradas en las copas flauta.

Primero, Enrique brindó por ella.

—Te quiero.

A lo que ella contestó:

—Te quiero.

Y luego volvió a lo que habían hablado antes.

—Así que no quieres que escriba una novela. —Ella pareció avergonzada y preocupada—. No pasa nada —dijo Enrique—. No estoy enfadado. No te asustes. Dime la verdad.

—No estoy asustada —insistió ella. Suspiró—. Lo digo por egoísmo. No tiene nada que ver con lo que tú quieres. Si quieres escribir novelas, debes hacerlo, pero para mí no es divertido. Tampoco creo que sea muy divertido para ti, pero es tu oficio.

—¿No es divertido porque me pongo de mal humor?

—¡No! —Margaret negó con la cabeza en un gesto de irritación, como hacía siempre que él no entendía enseguida lo que quería decir—. No te pones de mal humor por escribir novelas. Ya no. No creo que debas escribir libros porque el público que hay para las novelas serias es muy pequeño. A la gente le encantan las películas. A todo el mundo le encantan las películas. Sobre todo a la gente del mundo editorial. De todos modos, lo digo por egoísmo. Tus proyectos cinematográficos para mí son divertidos. Te visito en los platós de Praga, de Londres, de París, y conozco a estrellas de cine y directores y voy a los estrenos y tomo caviar en Air France y —levantó la copa, y por poco no chocó con una abeja que, procedente del espaldar de arriba, zumbaba hacia un rosal que atenuaba el borde del edificio principal— puedo almorzar con mi marido en Torcello.

Mientras elegían los tres platos del menú a precio fijo y contemplaban cómo las mesas se llenaban de clientes bien vestidos y guapos o viejos y ricos, Enrique se preparó para abordar el tema espinoso. Después de todo, ella había dicho algo que le había resultado difícil: que la gran ambición de Enrique en la vida para ella era un latazo y preferiría que no siguiera por ahí. Él tenía derecho a plantear algo peliagudo.

—Margaret. —Se enderezó en la silla de mimbre y la miró a la cara—. Hay una cosa que quiero decirte.

—¡Oh, oh! —dijo Margaret, poniendo cara de niña asustada.

Perplejo, él la miró a los ojos, vio un terror adulto, y no supo qué decir. No tenía claro cómo abordarlo.

—No es nada terrible. Solo quería preguntarte si soy el causante, al menos en parte, de que hayas dejado de pintar.

Ella parpadeó, confusa. Enrique no había formulado la pregunta de manera adecuada. En el *vaporetto* y durante su paseo había estado repasando lo que había ocurrido hacía tres años, cuando Margaret por fin encauzó su energía en la pintura sin distracciones. Cada día pasaba muchas horas en el estudio, por las noches mostraba esa mirada abstraída de un artista cuya obra reside permanentemente en su cabeza. Contrariamente a sus intentos anteriores, en esa época acababa cuadro tras cuadro. Y lo más sorprendente fue que llevó a casa cuatro y los colgó para que todos los vieran. Eran obras hechas con gran seguridad, cuadros inmensos de sus hijos a partir de fotografías que ella había tomado. En los cuadros se reflejaba de manera clarividente la ilusión y el deseo de atención de los niños, ampliados de tal manera que podías ver que, en su jovial y conmovedor narcisismo, ya asomaba la edad adulta, incluyendo la decepción que acompaña a esta.

Los amigos quedaron impresionados y quisieron encargarle retratos de sus hijos. Ella sonrió pero nunca aceptó. Solo después de que Enrique le insistiera hasta el punto de irritarla se lo explicó. No quería pintar por encargo, dijo. Con el tiempo, una amiga de un amigo, que llevaba una de las principales galerías de Nueva York, fue a ver los cuadros que Margaret exhibía en su apartamento, y luego fue al estudio a ver los demás, y le dijo que su trabajo era excelente y comercial y que debería hacer una exposición. Tampoco podía esperar comenzar por lo más alto, así que esta galerista recomendó a Margaret a una docena de pequeñas galerías de moda en el SoHo y en el Lower East Side. Le aconsejó a Margaret que mandara un portafolio de diapositivas de sus cuadros, y fue con ella al estudio por segunda vez para ayudarla a elegir los mejores. Margaret le hizo caso enseguida, y no mostró señal alguna de su habitual renuencia y cautela a la hora de enseñar su obra. Mandó las diapositivas a las galerías lo antes posible. La energía y entusiasmo que eso infundió a su cuerpo durante la semana que estuvo esperando respuesta fue asombrosa y significativa para Enrique. Mientras escuchaba sus entusiastas planes para pintar una serie nueva y totalmente distinta, concluyó que había pasado todos aquellos años sin decidirse a ser una artista simplemente para protegerse. Estaba claro que quería ser reconocida tanto como él.

Los rechazos llegaron lentamente al principio. La segunda semana tuvo tres. Eran, como bien sabía Enrique, el tipo de rechazos que anhelan los artistas principiantes. No cartas formularias, sino meditadas explicaciones de por qué su serie, aunque provocativa y bien ejecutada, no encajaba con su idea de lo que buscaban sus clientes. Algunos le proponían recomendarla a otras galerías; uno le sugirió que aceptara encargos para hacer retratos y poco a poco se construyera un público. Todos le pedían que si cambiaba de tema, por favor les enseñara los cuadros a ellos primero.

—Alguien los aceptará —la animó Enrique.

El martes de la semana siguiente, Enrique llegó a casa para almorzar con ella. Margaret ya había recogido el correo. La encontró echada sobre la *chaise longue* que había bajo las escaleras, donde le gustaba leer novelas policíacas por la tarde. Tenía la cara bañada en lágrimas. Desperdigadas por el suelo había ocho cartas de rechazo. Cuando él le preguntó: «¿Qué ocurre?», ella las señaló. Enrique las leyó todas. Todas la animaban, expresaban su pesar, le sugerían otras galerías, y muchas repetían el consejo de que aceptara encargos para pintar retratos de niños a fin de crearse un público. Todas le pedían que cuando intentara pintar algo que no fueran retratos, por favor acudieran a ellos los primeros.

—Margaret —dijo Enrique poniendo el corazón en cada palabra—, si yo hubiera recibido estas cartas de rechazo cuando empezaba, habría estado entusiasmado. Les gusta tu obra de verdad. Se han tomado la molestia de escribir estas cartas. Si creyeran que estás perdiendo el tiempo y haciéndoles perder el suyo, enviarían una carta formularia. No se ven capaces de vender tus cuadros, pero quieren que sigas pintando, y con el tiempo te aceptarán. No te desanimes. Sé que parece que estoy diciendo una bobada, pero son unos rechazos estupendos.

Margaret había parado de llorar. Sus ojos estaban tristes y desconsolados, y extrañamente cariñosos. Durante un instante no dijo nada. Enrique temía que se hundiera en su clásica reticencia y se negara a revelar sus pensamientos. Pero habló.

—Te he estado observando —dijo Margaret, y calló.

—¿Qué? —preguntó Enrique, confuso.

—Durante veinte años he observado cómo lo aceptabas —señaló las cartas de rechazo— y seguías adelante, y no sé cómo lo haces. Yo no puedo. No pudo hacerlo. Lo siento. No soy lo bastante fuerte.

Enrique la levantó de la *chaise longue*, los brazos de ella inertes y derrotados, la abrazó y le susurró:

—Entonces simplemente pinta. No enseñes tu obra. Si no puedes aceptarlo, simplemente pinta.

Margaret lo aceptó. Durante un tiempo pintó, y comenzó una nueva serie que, para sorpresa de Enrique, fue mejor, más lograda, realizada con más confianza, como si los rechazos la hubieran reforzado. Pero no había sido así; u otra cosa había minado su fuerza. La energía para luchar fue efímera. Llevó a casa menos lienzos, y pronto ninguno. Al cabo de seis meses dejó de ir al estudio de manera regular, y en agosto, mientras estaban en Maine, mencionó que en diciembre no pensaba renovar el contrato del estudio.

La mirada de terror de Margaret ante lo que él pudiera decir había abandonado su cara. Tomó la copa de champán y puso una sonrisa de suficiencia.

—¿Tú? No dejé de pintar por tu culpa. ¿Por qué tendría que haber dejado de pintar por tu culpa? No tiene nada que ver contigo.

En lo espinoso de aquel asunto o de cualquier otro que ella tuviera en cuarentena residía el temor de Enrique a la hora de abordarlo.

—Espera. Frena. No lo entiendes.

—¿El qué? —El arbusto espinoso se movía en su dirección—. ¿Qué es lo que no entiendo?

—He sufrido muchos reveses en mi carrera. En multitud de ocasiones he querido abandonar y tú me has animado a seguir adelante. Incluso cuando hice que nos endeudáramos me apoyaste. Pero cuando tuviste esa decepción porque las galerías no aceptaron tu serie y lo dejaste, yo no...

Ella le cortó en seco.

—No tuvo nada que ver con eso. —Llegó el entrante y se quedaron callados mientras el camarero manipulaba los platos delante de ellos. Enrique lo había estropeado todo: la sonrisa juvenil de Margaret, su carcajada traviesa, el relucir de sus ojos había desaparecido. Aquello había sido un error. El dolor era demasiado profundo. Cuando el camarero se marchó, ella dijo—: No hablemos más de esto.

—Siento haber sacado al tema, pero intentemos hablarlo ahora que...

—No quiero —le espetó ella, negándose a mirarlo.

Enrique quedó derrotado. *¿Realmente amo a esta mujer?*, se preguntó. *La necesito. Ella es mi vida. Pero ¿la amo con su intimidad y su carácter quisquilloso y controlador? Detesto que no* *quiera ceder un ápice.* Hurgó el primer plato con el tenedor, ravioli de atún —suficiente para una comida completa— y se sintió apesadumbrado. Oyó el zumbido de una abeja al pasar y el murmullo en inglés de los ancianos que tenían al lado. Y entonces oyó hablar a su mujer en un tono dulce y conciliador:

—Yo no soy como tú. No necesito pintar para ser feliz. —Enrique levantó la vista hacia los ojos azules de Margaret, más pálidos de lo habitual bajo el deslumbrante sol de la perpetua primavera de Torcello, que lo contemplaban rogándole abiertamente que la comprendiera—. Y lo que me molesta es que siempre pienso que no seré lo bastante buena para ti a no ser que me convierta en artista. A veces creo que no me amarás a menos que sea un artista.

Enrique se quedó estupefacto. No tenía ni idea de que la hiciera sentirse así. Pero no lo negó de buenas a primeras.

—En tu familia hay esa especie de obsesión por los artistas. Todo el mundo tiene que ser artista o no es lo bastante bueno. Me gusta pintar. Me gusta hacer fotos. Pero no quiero hacer carrera con eso. Cuando intenté emprender una carrera artística me sentí desgraciada. No soy como tú. Tardé un poco en averiguarlo. No necesito pintar para ser feliz. Soy feliz. Aquí. Contigo. Haciendo esto. —Con un gesto señaló el jardín, la anciana pareja de ingleses, las abejas, los arbustos en flor en octubre, los camareros con sus trajes negros y, por último, a Enrique—. Soy feliz —dijo, y la alegría convirtió su alegato en una sonrisa—. Si eres feliz conmigo, así, entonces yo soy feliz.

Enrique supo que la imputación de Margaret era merecida. Enrique había pasado años haciendo terapia para librarse de los prejuicios, quejas, esnobismos e ignorancia de sus padres: ella debía de haber sufrido durante esa lucha. Pero no puso esa excusa. Le juró, hasta que estuvo seguro de que Margaret le creía, que le daba igual si no volvía a tocar un pincel o una cámara en su vida, que ella era todo lo que quería.

Y por un momento, en la amnistía de su aniversario, Enrique

comprendió su matrimonio. Aquella soleada tarde en Torcello se dio cuenta de que respetaba de un modo reverencial la manera con que Margaret aceptaba su lugar en el mundo; que ella encarnaba lo que para él era perdurable: ahora que su padre había desaparecido, que su vanidad había desaparecido, que su fe en el arte había desaparecido, lo que él había extraído de auténtico valor de la vida era la vida que ella le había dado.

18. Sin amor

—Esto no es un matrimonio. No somos más que dos personas que hacemos recados y compartimos un apartamento. Nos pasamos a Greg. Este es el contacto más íntimo que tenemos. Llego a casa, él me entrega el bebé...

—Yo no te entrego el bebé cuando llegas a casa. —Enrique no pudo evitar interrumpir, aunque supuso que el doctor Goldfarb objetaría que, tal como se le había pedido, Margaret estaba expresando sus sentimientos acerca de su matrimonio—. ¡Llegas a casa a las dos de la mañana! No te entrego al...

—Me refiero a los miércoles. —Margaret no le miró. Su cara soleada derramaba su resplandor solo sobre el consejero matrimonial—. Y los escasos jueves que Enrique no va a alguna proyección con Porter. —Añadió—: Le gusta mucho más estar con Porter que conmigo.

El psiquiatra le lanzó una mirada a Enrique. ¿Qué quiere decir esta cara avinagrada?, se preguntó Enrique. ¿Es que este tipo se cree que soy gay? Porter tampoco folla conmigo, pero al menos me habla de algo que no sea la durabilidad de los cochecitos para niño.

—¿Quién es... Paula? —preguntó el psiquiatra con una lúgubre voz de bajo.

—Porter —le corrigió Enrique.

—Porter Beekman. El crítico —proclamó Margaret, como si estuviera presentándolo en una cena. Estaba sentada y tiesa como un palo, y sus dientes (que, tras un procedimiento de ortodoncia mostraban un blanco reluciente y un tamaño de proporciones correctas) se exhibían gracias a una sonrisa de reina de la belleza—. El crítico de cine del *New York Times*...

—Crítico de cine suplefaltas —la corrigió Enrique—. Y también es novelista.

—¿Suplefaltas? —dijo Goldfarb—. Sé quién es. Pero no sé qué significa... suplefaltas.

Enrique le explicó someramente que el crítico principal elegía lo que quería reseñar y que el suplefaltas se quedaba con los restos, al tiempo que no dejaba de preguntarse qué demonios hacía pagando ciento veinte dólares la hora para explicar las complejidades de la jerarquía del periodismo.

Mientras tanto, Margaret seguía sentada de manera elegante, sonriéndole al sombrío psiquiatra como si este fuera el director de la junta de propietarios de un edificio y necesitara su aprobación para mudarse al apartamento de sus sueños. La alegría que fluía de ella y desaparecía en el agujero negro de aquel silencio freudiano parecía heroica, y también descabellada, como la carga de la Brigada Ligera. Cuando el psiquiatra le preguntó:

—¿Por qué cree usted que En-Ricky prefiere estar con Porter antes que con usted?

Ella le contestó con una voz entusiasta, como si anunciara que había ganado la lotería:

—Prefiere estar con cualquiera a estar conmigo.

Enrique le negó con la cabeza al doctor Goldfarb. No quería volver a interrumpir, pero no podía dejar pasar eso. Era ella la que no quería estar con él, y la prueba era que nunca quería tener relaciones sexuales. Pensándolo mejor, le alegró no haber aportado aquella prueba, pues sin duda Margaret no consideraba que tener relaciones sexuales y pasar el tiempo con alguien fueran cosas equivalentes. A lo mejor aquello no convencía al psiquiatra de ojos de pescado, pues mucha gente parecía creer que follar era algo menos íntimo que cenar en un restaurante de tres estrellas. Cómo detestaba la cárcel burguesa a la que se había condenado. Cómo detestaba lo que estaba haciendo en aquel momento: estaba sentado en la consulta de un psiquiatra de Park Avenue esperando el momento adecuado para decir: «Mira, ni siquiera pido que me la chupen. ¡Este matrimonio iría bien solo con que ella se abriera de piernas más de una vez cada dos meses!». Pero su vanidad nunca le permitiría ser tan crudo ni tan franco. Además, estaba seguro de que le caería un reproche, o feminista por parte de Margaret o freudiano por parte del psiquiatra. Considerando lo importante que es la relación sexual para la continuación de la especie, parecía extraordinario el poco apoyo público de que gozaba el acto sexual.

—¿Está usted celosa de este tal... Porter? —preguntó el analista, titubeando con aquel nombre anglosajón tanto como con el nombre latino de Enrique. Imagino que solo sabe pronunciar nombres judíos, se dijo Enrique amargamente, convencido de que aquel tipo plúmbeo era una pérdida de tiempo. Pero aquella era una queja perversa: era Enrique el que había solicitado la mediación de un consejero como método pasivo e hipócrita para escapar de su matrimonio; la incompetencia podría resultar útil.

Por un momento, Margaret vaciló. ¿Celosa de Porter? ¿Es que ella se cree que soy gay?, se preguntó Enrique, comenzando a indignarse ante esa idea. Primero deja de follar conmigo. Luego decide que soy maricón. Pues una de tus mejores amigas desde luego no piensa que soy gay, le espetó mentalmente a Margaret.

—No. No es eso. Me da igual quiénes sean sus amigos. Es que tengo la impresión de que Enrique nunca quiere estar conmigo. Prefiere salir con nuestra amiga Lily y escuchar las historias de sus citas desastrosas...

¿De qué habla?, se preguntó Enrique. Si Lily prácticamente está prometida; ya no tiene citas desastrosas.

—Se pasó un año entero, justo después de que nos fuéramos a vivir juntos, jugando hasta altas horas en un club de backgammon y durmiendo todo el día, de manera que no lo veía.

—¡Lo dejé! —chilló Enrique, con una estridente voz prepubescente—. Eso fue hace seis años. Antes de que nos casáramos.

—Solo lo dejó porque amenacé con marcharme. —Aunque no miraba en dirección a Enrique, hizo una pausa lo bastante larga como para dejar claro que él no podía contradecirla—. Siempre había algo que le gustaba más que estar conmigo —dijo reemprendiendo su acusación—. Cuando estamos en casa, se queda hasta tarde mirando la televisión. Nunca se va a la cama conmigo...

—No estoy cansado, y tú nunca quieres hacer el amor. ¿Qué quieres que haga? ¿Quedarme echado en la oscuridad?

Margaret puso una amplia sonrisa, pero su voz se hizo más sonora y estridente. Era igual que su madre cuando intentaba dominar la conversación en la larga y abarrotada mesa de Pascua.

—Me parece que eso es lo único que Enrique quiere de mí. Sexo. Si quiere hablar, llama a Porter o a su hermano o a su padre. Prefiere hablar con Lily que conmigo. —Goldfarb levantó las cejas ante esa segunda mención de Lily. Margaret se lo explicó—: Es mi mejor amiga. A Enrique le encanta llamarla para que le aconseje acerca de su carrera...

—Lily es editora, yo soy escritor... —comenzó a objetar Enrique, pero Margaret lo interrumpió.

—No se me ocurre nada que le guste hacer conmigo. Nunca quiere que vayamos a ningún sitio los dos solos. Y cuando por fin vamos a una fiesta (y nunca, nunca quiere ir a ninguna parte), Enrique se aparta de mi lado inmediatamente y se pone a hablar con los demás. Cada día come con algún amigo y se lo cuenta todo. Sus padres vienen de visita constantemente, y le encanta hablar con ellos. Se llevan muy bien con el niño, y no me importa que vengan, pero tengo la impresión de que tiene más intimidad con sus padres que conmigo. No creo que quiera pasar un rato conmigo, ni hablar conmigo, ni que le importe lo que yo siento. Lo único que le interesa es follarme.

La cólera y la vergüenza habían anudado la lengua de Enrique. Estaba indignado por la manera en que ella había presentado los hechos. Sin embargo, tampoco podía negar que tuviera razón. Naturalmente, después de siete años viviendo juntos, no quería pasar todo el tiempo con ella. Naturalmente, le gustaba estar con sus amigos y su familia y hablar con ellos de sus sentimientos. Naturalmente, quería tener relaciones sexuales con su mujer antes que con su padre. Le era profundamente fiel a Margaret, pensaba, olvidando que en aquel momento estaba teniendo una aventura con una de las mejores amigas de su mujer. Quería rebatirla. Quería señalar que llevaban años casi sin mantener relaciones, y que él había aceptado esa privación casi sin rechistar. Había sido mucho más paciente que, por ejemplo, su infiel hermanastro, que se iba a follar por ahí cada semana, cosa que él no había hecho ni una vez en siete años. Pero esa distinción entrañaría reconocer su aventura. Y lo que hizo fue quedarse mirando al psiquiatra con la esperanza de que él le aclarara las cosas a Margaret.

—Margaret —comenzó a decir el adusto analista. Ella asintió con gran interés, sentada al borde de la silla, como una alumna atenta—. Has explicado muy claramente lo que sientes. Y te has expresado con gran claridad. Pero hay algo que me desconcierta —ah, se dijo Enrique con cierta satisfacción, ahora le soltará que no está siendo razonable—, y es que hablas de lo infeliz que te sientes con una gran sonrisa en la cara y de una manera entusiasta, como si fuera una buena noticia. ¿A qué obedece? Son sentimientos tristes. ¿No te hacen sentir triste?

Enrique se volvió hacia ella. Estaba de acuerdo. La actitud casi frívola con que se había desahogado era extraña. Lo cabreaba que casi hubiera fanfarroneado de sus quejas. La sonrisa de Margaret había desaparecido. El psiquiatra la había desconcertado. Enrique estaba contento. Perdía las discusiones con su mujer por culpa de aquel truco que ella dominaba: transformaba las críticas que él le hacía en lo que a ella no le gustaba de él. Fíjate en el jiu-jitsu del que acababa de echar mano: el problema de su matrimonio es que Enrique quiere mantener relaciones sexuales con su esposa. ¡Qué asco! Es posible, solo es posible, que este consejero matrimonial que parece un pescado perezoso le enseñe que esa es una manera de pensar muy extraña.

Margaret se volvió hacia las ventanas. A una manzana de distancia, el sol caía sesgado sobre Central Park y recorría los tejados de la Quinta Avenida, llenando sus ojos azul marino. Los rayos del sol se remansaron en su cara, la desbordaron y comenzaron a caer: azules y amarillos resbalando por sus mejillas. Enrique tardó un momento en comprender que eran lágrimas, no rayos de sol.

—Estoy triste —dijo Margaret, y su voz ya no fue ronca ni ansiosa. Fue la voz cariñosa que utilizaba con el pequeño Gregory para consolarlo o para susurrarle a Enrique apelativos cariñosos cuando estaba contenta con él—. Estoy muy triste —repitió, y las lágrimas se agarraron a su barbilla antes de caerle en el regazo—. Amo a Enrique y creo que él ya no me ama. Somos unos desconocidos. Ya no me quiere, no quiere conocerme, no le importo, soy solo una carga para él. —La cara le brillaba de pena, y sollozó. Como si empujara unas fichas de póquer, el doctor Goldfarb utilizó dos dedos para acercarle la caja de Kleenex que tenía a su lado. Margaret se secó la cara y dijo—: Gracias. —A continuación se sonó la nariz.

Enrique sintió deseos de abrazarla. Quería asegurarle que la amaba. Pero no se movió ni habló. ¿No había venido para eso? ¿No había venido con la esperanza de que a lo largo de aquellas sesiones ella aceptaría que él ya no la amaba? Entonces él se sentiría libre para abandonar ese matrimonio y vivir feliz con Sally, que abría sus labios carnosos cada día para besarlo y que le decía que lo amaba sin la ayuda de un psiquiatra. Sally era divertida y exigente y se entregaba y le contaba cualquier pensamiento que le pasaba por la cabeza. De una manera esencial, era mucho más fácil de amar que Margaret. Aunque él se sentía miserable e indigno —un villano de esos que merecen que les silben en una película, un vigilante insensible en un campo de concentración, el muchacho materialista y superficial del que la heroína dejará de estar enamorada para poder encontrar al hombre adecuado, afectuoso y que la cuide—, aunque sabía que era malo e indigno y que debería disculparse, no dijo nada.

Margaret también se quedó en silencio. Siguió llorando, menuda e inmóvil en su silla, una muchacha con el corazón roto. Que él siguiera sin decir nada, ni una palabra para tranquilizarla, lo dejó aún más consternado. Enrique suponía que Margaret también debía de estar indignada y muy dolida porque él no hubiera dicho que la amaba. El doctor Goldfarb, como un rinoceronte, maniobró su enorme cabeza calva y clavó sus ojos apagados en Enrique. No de manera acusadora. Ni con repugnancia. Con una leve curiosidad.

—¿Y qué piensa usted de todo esto, En-Ricky? —preguntó—. ¿Cómo le hace sentir lo que está diciendo Margaret?

—Bueno, naturalmente amo a Margaret —dijo en un tono ofendido—. Me casé con ella. —Su mujer emitió otra serie de sollozos. Agarró más pañuelos de papel y se los llevó a la boca como refuerzo, para contener los sentimientos heridos. Lanzó una mirada en dirección a Enrique, y él vio sus ojos, la primera mirada directa que intercambiaban desde que se encontraran en la sala de espera. La mirada habitualmente descarada de Margaret era ahora un caos de dolor agudo. El gesto de sufrimiento y la herida que provocó ese contacto visual fueron asombrosos. Margaret no pudo seguir aguantándole la mirada. Apartó la cara de él, dirigió los ojos a un rincón, a una alfombra vacía y una papelera de mimbre. Se aclaró la garganta y recuperó el control de sí misma. Mientras Enrique observaba esa lucha, se dio cuenta, por primera vez en los siete años desde que la conocía, de que su actitud fría (esa voz entrecortada y estridente, esa postura juvenil y vigilante) era un escudo y un disfraz—. No sé por qué se siente así —le dijo Enrique al analista. Se volvió sobre la dura silla de madera para dirigirse hacia el digno perfil de Margaret—. No sabía que yo te importaba tanto.

—¡Qué! —le soltó Margaret, recuperando su tono de profesor de segundo curso que reprende a los alumnos, el hielo apareciendo en sus ojos—. Eso es ridículo.

—No lo sabía —le dijo Enrique. Margaret seguía sin volverse hacia él. Se defendió dirigiéndose a Goldfarb—. No lo sabía. Mi impresión es que ya no quiere estar conmigo. En parte es el sexo, sí. Pero creo que ya está aburrida de oír cómo me quejo de mi carrera y aburrida de... —Relató una letanía de datos: que al parecer Porter no le caía bien; que parecía irritarla que él mantuviera una relación tan estrecha con sus padres, tan diferente de la de ella con los suyos, de los que estaba distanciada; que estaba harta de oírle protestar por tener que escribir guiones a medias con su hermanastro; que llevaba años sin querer hacer el amor con él, no solo desde que naciera Greg.

Enrique le contó al analista que desde el principio de su relación ella había intentado controlar todos los aspectos de su comportamiento.

—Todo lo que hacemos, los amigos que vemos, las fiestas a las que asistimos, si mantenemos relaciones sexuales o no, lo decide ella.

Margaret había cambiado el comportamiento cotidiano de Enrique durante los años anteriores al nacimiento de su hijo insistiendo en que debía dejar de comportarse como un crío, dejar de jugar hasta altas horas de la noche, de pasarse medio día durmiendo, de tirar la ropa por el suelo, de amontonar platos sucios en el fregadero, de quedarse en casa enfurruñado, mirando el baloncesto por la tele en lugar de salir y disfrutar del mundo. Le había hecho de madre mientras pasaba de la adolescencia a la edad adulta, y en el proceso lo había controlado. Cualquier perspicaz detective que le investigara tendría que corroborar la afirmación de Enrique. No obstante, él tenía la sensación de que aquel testimonio equivalía a una mentira monumental. De hecho, estaba contento de que ella le hubiera estado encima para que creciera. De lo contrario, ¿cómo habría logrado convencer a Sally de que se enamorara de él?

Al parecer, fue una mentira convincente. Margaret parecía querer creer que él se sentía muy infeliz con su trabajo y que pensaba que, con su desesperación, la estaba saturando. Y cuando Enrique se quejó del comportamiento controlador de Margaret, el psiquiatra también pareció querer creerlo. Pero Enrique no se había engañado a sí mismo. La verdad era que ya no la amaba. El problema de aquel matrimonio no era ella. Era él. No era ella la causa de que él se sintiera agobiado por las expectativas de sus padres, por la falta de talento y la irresponsabilidad de su hermanastro. Ella no era responsable de que él se mostrara demasiado pasivo con su carrera, a diferencia de Porter y otros escritores que conocía. Ella no era la única causa de que, en todos los aspectos de su vida —la familia y el trabajo—, sus días no fueran gratificantes. No era culpa suya que solo en los brazos de Sally se sintiera vivo. Si podía escapar de la celda de su existencia en Nueva York, de su familia, de su carrera, de sus propias expectativas, podría ser feliz. Dejar plantada a Margaret y todo su pasado, y huir al sol y los placeres de Los Ángeles, lo solucionaría todo. La verdad es que todo resultaría muy sencillo, si no fuera por Greg.

El doctor Goldfarb volvió a centrarse en Margaret.

—¿Por qué no quiere mantener relaciones sexuales con su marido? —le preguntó.

—Sí que quiero —protestó Margaret—. Es solo que no estoy excitada constantemente como él. Y no puedo pasar de los pañales a las mamadas tan fácilmente.

—¿Por qué no? Más o menos es la misma zona —dijo Enrique

y se rió... solo. Margaret ya ni se dignaba al sexo oral, quiso decir. Era parca en su afecto. Eso tenía que significar que él ya no le gustaba. Y eso se lo estaba ocultando al psiquiatra. A lo mejor lo amaba, pero no le gustaba. Y a él Margaret ni le gustaba ni la amaba. Esa era la verdad. Ese matrimonio era un error.

—Yo no le doy a un interruptor y de repente tengo ganas —insistió Margaret—. Tiene que haber un poco de romanticismo, un poco de intimidad.

—Eso es ridículo. Tenemos una intimidad absoluta —dijo Enrique, y mientras lo decía, se lo creyó.

—¿Y qué me dice de ustedes como padres? —preguntó Goldfarb, una pregunta extraña, se dijo Enrique, como caída del cielo—. ¿Qué tal padre es Enrique? —le preguntó a Margaret.

—Oh, es un buen padre. —No lo dijo como un cumplido, sino como algo despreciable.

—Margaret es una buena madre, de verdad, una madre realmente cariñosa —concedió Enrique en un tono que sugería que su talento maternal era una especie de truco carente de mérito.

Ese fue todo el terreno que cubrieron en la primera sesión. Enrique miró al psiquiatra en busca de una respuesta. Margaret también. Quería un veredicto. El dictamen fue que les convendría seguir con la terapia a ciento veinte dólares la hora, y que si tenían seguro, la próxima vez trajeran los papeles.

Cogieron un taxi en la Quinta y volvieron a casa en silencio. Cuando se detuvieron en un semáforo de la Cincuenta y nueve, él apartó la mirada del hotel Plaza y vio que a Margaret las lágrimas le rodaban por las mejillas. Cuando ella se dio cuenta de que Enrique la miraba, se las secó con la palma de la mano. Cuando sus delicados dedos se posaron sobre el vinilo del taxi, él puso la mano sobre la de ella. Margaret no se opuso ni la retiró, pero tampoco reaccionó. Se quedó mirando al frente, su mano quedó yerta bajo la de él.

Llegaron al apartamento y escucharon el informe de la niñera acerca de cómo había pasado el día Gregory. Había sido un día duro. Se había caído corriendo por el parque y se había raspado una rodilla, una ristra de al menos una docena de cortes que le cruzaban la articulación y que se veían en carne viva. También le había entrado arena en el ojo derecho, que estaba inyectado en sangre e hinchado. Greg tampoco se había echado la siesta, y estaba muy cansado e inquieto. Y para colmo de males, en cuanto el agua le había tocado la rodilla dañada, no había querido bañarse. Tenía el pelo enmarañado y el cuello sucio.

—Estás hecho un desastre —dijo Margaret con triste afecto, abrazando su torso rollizo. Greg la abrazó arrojando sus brazos regordetes en torno a su cuello y cerrando los ojos de alivio—. Pues no hay baño, cariño. Si no quieres bañarte, no pasa nada —murmuró Margaret, besándole la frente sudorosa.

La niñera se fue. Margaret y Greg se aposentaron en el sofá con la manta amarilla del niño, cuyo borde de satén estaba deshilachado y prometía una desastrosa erosión en los meses siguientes. Eso ya había incitado a Margaret a comprar una segunda manta amarilla e introducirla poco a poco como sustituta. Greg aceptaba agarrarse a la nueva solo si la primera estaba presente. Con los dos fetiches entrelazados, solo su cabeza asomaba de esa tienda de campaña amarilla, fragante y cálida a causa de la panadería que era su piel de veinte meses.

Enrique se acomodó en el sillón Eames que había al lado y se los quedó mirando, concentrándose en cuándo decirle que quería divorciarse. Faltaba una semana para la siguiente sesión con Goldfarb. Después de la dureza de la sesión de aquel día, no le apetecía otra. Todavía no se había disculpado ante ella ni le había dicho que la amaba con el tono serio y tranquilizador que ella merecía. «Naturalmente que amo a Margaret», le había lloriqueado a Goldfarb. «Me casé con ella», había sido su prueba. Al revivir en su cabeza ese importante momento de la sesión mientras contemplaba cómo Margaret consolaba a su hijo, aquellas palabras tan poco generosas le dibujaron una mueca de disgusto. Muy bien, se dijo, contemplando a madre e hijo, ¿soy capaz de hacerlo? ¿De verdad soy capaz de hacerles esto?

Era un tópico de su clase social y de la época, el Nueva York de 1983, que un mal matrimonio era peor para un niño que un divorcio. Casi todos sus amigos, así como sus medio hermanos Leo y Rebecca, eran hijos de divorciados. Aunque todos eran neuróticos e infelices, muchos lo eran menos que Enrique, producto de un hogar donde se discutía mucho pero que no se había roto. Sin la menor duda, un divorcio sería lo mejor para Enrique. Al escuchar a la rechazada Margaret, tenía que concluir que también sería mejor para ella. La verdad siempre es mejor era el mantra de la generación que había soportado la administración Nixon. Lo que él sentía —que ya no le gustaba a Margaret— y lo que ella sentía —que él ya no la amaba— daban como resultado, lo miraras como lo miraras, la misma suma: no debían seguir juntos. Si yo tengo razón y ella es demasiado controladora, entonces necesita un hombre a quien eso no le importe. Y si ella tiene razón y yo no sé ser feliz con ella, entonces ella necesita un hombre que sepa serlo. En última instancia, quién tenía razón y quién se equivocaba a la hora de recapitular las pruebas era irrelevante para el veredicto.

—Se ha dormido —dijo Enrique al observar que los pesados párpados de Greg se habían cerrado y que su pecho cubierto de amarillo subía y bajaba de manera lenta y profunda.

—Lo sé —dijo Margaret.

—¿No crees que no es momento de hacer la siesta ahora que falta poco para acostarse?

Margaret se encogió de hombros y puso una mirada como diciendo: ¿Qué más da? El mundo se está acabando.

—Tengo que ir a hacer pis —anunció.

—Dámelo.

Ella le lanzó una mirada furibunda.

—No lo despiertes —le advirtió.

—Naturalmente que no lo despertaré —dijo él indignado.

Margaret se levantó suavemente. Greg abrió los ojos un momento y emitió una suave queja. Margaret lo arrulló, le besó la frente y lo dejó en el regazo de Enrique. Greg colocó su cálida cabeza en el hueco del hombro de su padre y volvió a un plácido sueño.

Margaret se detuvo antes de salir. Miró la cabeza serena del niño sobre su padre y sonrió complacida ante esa combinación, pero ante nada más.

—¿Pedimos algo de comer? —preguntó Enrique.

—Chino —dijo ella, y se alejó.

Enrique miró por la ventana de la sala. Aunque vivían en la calle Décima, a una manzana al norte del antiguo apartamento de Margaret, aquella vista estaba once plantas por encima de un patio que daba al sur. El patio no estaba completamente cerrado; a través de una abertura se veía la calle Novena. No recordó que una vez había caminado ansioso entre aquellos árboles matando el tiempo antes de la Cena de Huérfanos de Margaret. Contempló sin memoria cómo las mismas ramas se mecían a una brisa suave y olió el aroma a bollo de su hijo, y se vio a sí mismo en un BMW descapotable color Burdeos conduciendo por Sunset Boulevard mientras el pelo rubio de Sally ondeaba su lado, y se dijo: *¿A quién cojones estoy engañando?*

Comentó su decisión con Porter y con nadie más. Solo su hermanastro, un hombre tan infiel a su mujer que su consejo no serviría de nada, estaba también al corriente de su aventura. Porter no le dio ningún consejo. Suspiró y se quejó de su miserable matrimonio, pródigo en niños y parco en sexo.

Dos días más tarde Enrique telefoneó a Sally, que estaba en Santa Mónica. Le dijo que la amaba, que ella era buena para él, pero que había cometido un error. Había tenido un hijo con Margaret, y aunque no la amaba y nunca la amaría, creía que sería peor para todos —para Margaret, para Greg y para él— si la dejaba.

Sally discutió, desde luego, pero se quedó frustrada por la falta de argumentos de Enrique. Este coincidió en que su vida era miserable y en que lo seguiría siendo para siempre. Aceptó que Margaret acabaría siendo más feliz si él se marchaba. Incluso concedió que era posible que un divorcio fuera lo mejor para Gregory. «Pero soy incapaz de hacerlo» fue la única explicación que dio, y era toda la verdad que él entendía de sus sentimientos.

Sally no cedió hasta después de más de una semana de conversaciones tristes y dolorosas. Ella sufría, desde luego, pero durante aquellas angustiosas llamadas telefónicas él nunca la consoló diciéndole lo desolado que se sentía por la ruptura de su relación. Después de unas cuantas deshonestas sesiones más con Goldfarb, Enrique les anunció a él y a Margaret que iba a seguir una terapia individual, que tenía problemas que necesitaba resolver antes de que su matrimonio pudiera mejorar. No le parecía que aquello fuera del todo una mentira, y tampoco que se acercara siquiera a una mentira. Se sentía infeliz con todos los aspectos de su vida. No podía ser que su matrimonio fuera la única causa. Margaret y él decidieron mantener la hora que tenían pedida para la terapia para verse a solas, un oasis de intimidad en su matrimonio abarrotado de gente. También contrataron los servicios de una canguro los martes por la noche para pasar una velada juntos y solos. Sus relaciones, incluidas las sexuales, mejoraron, aunque sin pasión.

Y él comenzó su propia terapia, el único alivio al duelo privado por lo que había sacrificado. Aparte de a su nuevo psiquiatra, no le habló a nadie más de su aventura, y les hizo jurar a Porter y a su hermanastro que guardarían el secreto. Durante un año, aquella tremenda pérdida ensombreció sus días. Caminaba con aire cansino hasta su despacho a las ocho y media cada mañana y regresaba a las cinco cada tarde, yendo y viniendo con unos pasos que se hacían eco de su desesperación, con la cabeza doliéndole de nostalgia, el corazón encogido de dolor. A cada paso tenía la certeza de que estaba condenado a vivir sin amor, y sin esperanza de amor, el resto de su vida.

19. Amor interrumpido

Todo lo referente a la enfermedad de Margaret parecía haber sido planeado para que ocurriera con una inoportunidad malintencionada. La crisis sobrevino mientras Natalie Ko estaba pasando veinticuatro horas fuera de la ciudad, en un congreso en Atlanta. El doctor Ambinder, un médico joven que estaba de guardia, apareció enseguida. No tardó en contestar el mensaje de Enrique y le consultó por teléfono el estado de Margaret con todo detalle, pero los múltiples lazos sociales que mantenían con la doctora Ko habrían hecho que esta comprobara las cosas por sí misma. Aunque por sus responsabilidades administrativas ya no visitaba a los pacientes en el servicio de terminales, en el caso de Margaret había hecho una excepción y acudido a su apartamento para comentar cómo podía morir. El especial interés que Ko se había tomado por Margaret era un ejemplo de los privilegios especiales que se les concedían por la gente importante que conocían gracias a la carrera de Enrique, y había sido de considerable utilidad y consuelo durante su lucha: poder ingresar en los hospitales después de medianoche, saltarse las listas de espera para las pruebas, conseguir el número de móvil y el correo electrónico de los médicos. Esos extras habían sido tranquilizadores y de gran ayuda, y habían hecho que Enrique se sintiera útil, pero no había salvado la vida de su mujer.

—Tiene escalofríos, temblores y delira —informó Enrique en ese tono neutro que había aprendido a mantener por mucho pánico que sintiera, a fin de que el personal médico no perdiera la confianza en él.

—¿Qué temperatura tiene? —le preguntó el joven Ambinder.

—No le he tomado la temperatura. Pasa de temblar de manera incontrolable y tener frío a apartar la manta de una patada. La mitad del tiempo está como un horno. También habla de manera incoherente o duerme, de manera que es evidente que tiene una fiebre muy alta. Así que no creo que importe mucho lo alta que sea, teniendo en cuenta que no quiere vivir, pero si cree de verdad que saber la temperatura es importante, le pondré el termómetro. En este momento eso la hará sentir muy incómoda. Está enterrada bajo las mantas y le molesta que la destape. —Hubo una época en que habría sido impensable que desobedeciera, ni aunque fuera un ápice, cualquier orden de un médico de cualquier edad.

—No, no pasa nada, no hace falta saber la temperatura exacta. ¿Le ha dado Ativan para controlar los escalofríos?

—Sí, dos miligramos por vía oral.

—Muy bien... —dijo lentamente Ambinder, y se quedó en silencio, sin saber qué añadir. Enrique comprendía su dilema. No iban a ponerse a tratar el origen de la fiebre de Margaret. Por lo que no le administrarían antibióticos. Ya se le había dado un sedante para aliviar los efectos de la fiebre. ¿Qué otra cosa se podía hacer sino añadir más paliativos, cosa que la sumiría en la inconsciencia?

La hermanastra de Enrique, que había dado media vuelta mientras volvía a casa por la autopista de Long Island ante la noticia del repentino declive de Margaret, estaba de pie e impotente delante de la cama. Rebecca apartó la mirada del temblor de la acurrucada Margaret, tapada con dos gruesas colchas en junio, y preguntó:

—¿Traigo otra manta?

Enrique negó con la cabeza y dijo al teléfono:

—Le he administrado Ativan por vía oral, no por el gotero.

—La dosis oral está bien —contestó el joven médico.

Enrique discutió sin discutir.

—Mmm, no está claro hasta qué punto su estómago puede asimilar el Ativan por culpa del GEP.

Ambinder le contradijo seguro de sí mismo:

—El JEP no tiene por qué influir...

Enrique le interrumpió:

—Me refiero al GEP de su estómago. No al JEP entérico. Comprendo que el JEP entérico no afectaría la dosis oral, pero el GEP estomacal lo drenaría inmediatamente. Simplemente no sé hasta qué punto puede asimilar el Ativan de ese modo. —Sus escrúpulos le obligaban a señalar que quizá debería administrarle el sedante por vía intravenosa. No deseaba verse obligado a ello. Margaret deliraba y era imposible comunicarse con ella. Aquello podía ser reversible; si lograba bajarle la fiebre, quizá Enrique aún tendría una oportunidad de hablar con ella. Pero si Ambinder le ordenaba administrarle Ativan intravenoso, era probable que quedara tan sedada que ya no pudiera volver a comunicarse con ella ni aunque le bajara la fiebre. Por desgracia, esa era la tarea que le había impuesto Margaret: le había pedido que la ayudara a morir en casa y estando lo menos consciente posible. Si eso significaba tener que sacrificar su imperioso deseo de despedirse de ella de verdad, que así fuera.

—Lleva un GEP en el estómago. Muy bien. —Ambinder asimiló ese dato. Tal como había sospechado Enrique, se le había olvidado—. Para que esté más cómoda... —No acabó la frase—. ¿Qué hospital tiene más cerca?

—Quiere morir en casa. La doctora Ko le prometió a Margaret que haría todo lo que pudiera para obedecer su deseo. ¿En qué está pensando?

—En darle un antibiótico para que le baje la fiebre. Pero si hay que dárselo por el suero, he de ingresarla...

—Tengo dos dosis de cefepime intravenoso —le interrumpió Enrique—. Puedo administrárselas. Puede mandar dos bolsas más. También puedo administrarle Ativan intravenoso.

— ¿Tiene cefepime?

—Sí. Me quedan dos bolsas de la infección que sufrió en marzo.

— ¿Lo ha mantenido refrigerado? —preguntó Ambinder.

—Sí. Puedo administrárselo, pero ella no quiere nada que le prolongue la vida.

—El antibiótico no le prolongará la vida si no le ponen suero.

—Esa es mi pregunta —dijo Enrique, contemplando cómo el pequeño bulto que era su mujer temblaba bajo una montaña de colchas azules—. ¿Hay algún peligro en intentar bajarle la fiebre de manera que pueda morir en paz?

—Podría no ser una infección —dijo Ambinder.

— ¿Qué podría ser, entonces? —preguntó Enrique, aunque ya imaginaba lo que iba a decir Ambinder. Se sentó en la silla del escritorio de Margaret, donde a ella le gustaba trabajar con el Photoshop en su ordenador, jugando con las imágenes que había tomado hacía años: el presente alterando el pasado para entretenimiento del futuro. «Es divertido», le había dicho ella un año atrás, cuando estaba en remisión y había regresado a la fotografía feliz y de buena gana, con la gratitud de los perdonados. Enrique estaba exhausto. Otro diagnóstico, otro remedio: las catacumbas de su enfermedad parecían no tener salida. Margaret quería que la lucha acabara. ¿Cómo podía ser tan difícil rendirse?

—Podrían ser las toxinas que han liberado sus riñones al dejar de funcionar.

Eso era lo que había temido que diría el joven médico. Natalie Ko le había advertido a Enrique que en los últimos días, y en un pequeño porcentaje de casos, cuando un cuerpo se deshidrata los riñones o el hígado pueden liberar venenos que normalmente procesarían, toxinas que provocan delirio. Y había recetado un frasco de Toracina líquida para aliviar la reacción caso de que eso ocurriera. Enrique estaba buscando en la mininevera donde estaba almacenada, a un metro de distancia, junto con tres bolsas sobrantes de suero, el cefepime, una cantidad de Ativan intravenoso para pasar un mes, y una bomba para proporcionarle dosis continuas si era necesario mantenerla totalmente sedada. Enrique pensaba que la Toracina se utilizaba tan solo para tratar a los esquizofrénicos. Receloso de por qué la doctora Ko quería añadir un antipsicótico para tratar los últimos días de su esposa, le preguntó cómo iba la Toracina, que supuestamente se utilizaba para alterar la química del cerebro, a eliminar las toxinas liberadas por los riñones y el hígado. Ella le dio una respuesta que Enrique a menudo había oído a los médicos, y cuya vaguedad no le gustaba. «No sabemos exactamente cómo funciona, pero funciona.» La Toracina, ¿destruye las toxinas o disminuye su efecto?, se preguntó Enrique. ¿O simplemente es un sedante tan poderoso que paraliza a los pacientes y convence a los cuidadores atribulados de que las personas que tienen a su cargo se sienten mejor cuando en realidad solo son más fáciles de manejar? Sospechaba que esa era la verdad.

—Aquí tengo Toracina —dijo Enrique.

—Sí, ya lo veo en las notas de la doctora Ko —dijo Ambinder—. A lo mejor debería darle una dosis de Toracina y ver si eso ayuda —añadió en un tono vacilante que no inspiraba confianza.

Enrique le propuso lo siguiente:

—¿No debería comenzar con algo de cefepime y luego darle otra dosis de supositorios de Tylenol y ver si eso la hace sentir mejor antes de recurrir a la Toracina?

Estaba anteponiendo sus intereses, pues lo más probable era que aquel tratamiento le devolviera a Margaret la lucidez. Así podrían hablar. No mucho tiempo, solo un párrafo o dos de despedida. Enrique se sentía por fin capaz de explicarle lo que ella había significado en su vida. Estaba dispuesto a expresar que en sus veintinueve años juntos los dos habían cambiado, no una, sino tres veces; que él había llegado no solo a necesitarla, sino a amarla más intensamente que nunca: no como un trofeo que hay que conquistar, no como un competidor a derrotar, no como un hábito demasiado continuado como para romperlo, sino como una pareja con todas las de la ley, que era piel de su piel, la cabeza de su corazón y el corazón de su alma. Ese era su objetivo secreto, pero también creía que su tratamiento sería mejor para Margaret. Ella quería estar tranquila cuando muriera, pero no paralizada en un inactivo tormento por las drogas.

—¿Por qué no las dos cosas? —preguntó Ambinder, como si Enrique fuera un médico más veterano.

El punto que formaba Margaret bajo las sábanas había dejado de temblar. A lo mejor se había dormido.

—A mí me parece que esto es fiebre, no un delirio tóxico —dijo Enrique.

—Es difícil ver la diferencia —dijo Ambinder, recuperando la seguridad en sí mismo.

—Mi padre tuvo una infección del revestimiento del cerebro debida a una válvula cardíaca defectuosa, y lo estuve cuidando un tiempo hasta que pude conseguir una enfermera privada —informó Enrique al joven médico. Hizo una pausa, preguntándose por qué se molestaba en entrar en detalles. ¿Me estoy quejando?—. En cualquier caso, aquello parecía diferente. Papá movía los intestinos de manera incontrolable. Se retorcía diciendo locuras. Margaret tan solo tiembla, y no habla más que para quejarse o pedir agua. En este momento parece haberse dormido.

—¿Le está dando agua? —le interrumpió Ambinder.

—Lleva el GEP estomacal. Así que, sí, le doy agua.

Se le había vuelto a olvidar al médico de guardia. Lo disimuló añadiendo:

—Bueno, pasa a través del estómago. Al igual que con el Ativan, puede que absorba parte del agua. Podría prolongar las cosas.

—¿Cuánto tiempo? ¿Una hora? No quiero que tenga la garganta reseca sin necesidad. ¿De verdad tengo que dejar de darle agua porque lleve un GEP estomacal? —¿Por qué estoy discutiendo? Él no está aquí. Puedo hacer lo que quiera. De hecho, podría matarla. Debería matarla. Debería ponerle el almohadón en la cara y acabar. O meterle todo el Ativan de golpe en las venas y pararle el corazón. Eso es lo que ella quiere. Si realmente quiero cumplir sus deseos, eso es lo que debería hacer.

—Muy bien —concedió Ambinder—. Dele cefepime. Le mandaré un ciclo completo. Y el supositorio de Tylenol. Si dentro de tres horas no ha mejorado, llámeme y discutiremos qué opciones tenemos.

Enrique se fue al cuarto de baño a lavarse las manos. Mientras se las secaba, llamó a Rebecca para explicarle cómo podía ayudarlo. Se puso guantes, sacó el paquete de antibiótico de la nevera, rompió el precinto, y colgó la bolsa de cefepime. Por desgracia, Margaret se había desconectado de todas sus vías, y a fin de alcanzar el puerto de su pecho tuvo que levantar las dos colchas. Tendría que quitarle lo que llevaba puesto; no recordaba si llevaba una prenda que pudiera desabrocharse. Esperaba no tener que molestarla hasta ese punto. Antes de apartar las colchas, también preparó el supositorio de Tylenol, entregándoselo a Rebecca junto con el lubricante para que lo tuviera preparado, puesto que tendría que destapar la parte inferior de Margaret para hacer eso, y no quería someterla dos veces al doloroso aire.

Durante meses, aquellas tareas de enfermero lo habían distraído del terror que sentía. Había habido veces en que manejar los tubos y las agujas y las invasiones del cuerpo de su mujer le había repelido, pero el trabajo físico de cuidarla, el saber que podía aliviar el temor de Margaret a lo que le esperaba o proporcionarle nutrientes para mantenerla con vida y que se pudiera despedir de sus hijos, la distracción y el consuelo de aquellas tareas físicas, después de toda una vida de haber hecho tan poco que fuera útil para nadie, lo ayudaron a reprimir su espeluznante incomprensión de lo que se avecinaba.

Esa ilusión de utilidad ya no le servía como motivación mientras preparaba aquellas últimas medidas desesperadas. La verdad era que sus deberes de enfermero le proporcionaban algo más que la sensación de estar ocupado. Estaba ese pensamiento mágico no reconocido: mientras la cuidara, viviría. Su cerebro había comprendido durante nueve meses que Margaret pronto dejaría de hablar y reaccionar, su cuerpo se quedaría frío y rígido y se lo llevarían para sepultarlo bajo tierra; pero mientras estaba junto a la cama armado con aquellos fútiles paliativos, supo que su corazón no comprendía ese final irremisible, no podía comprender que dentro de tres o cuatro días algo distinto a las discusiones, la infidelidad, el aburrimiento o el odio acabarían con su matrimonio para siempre, dijera lo que dijera o hiciera lo que hiciera.

Le entregó a Rebecca el supositorio de Tylenol y un paquete de lubricante.

—Cuando te lo pida, dame primero el lubricante y luego el supositorio.

Su hermana parecía angustiada y aprensiva. No estaba acostumbrada a ejercer de enfermera. Aunque se había habituado a ver el contenido del GEP estomacal, nunca había presenciado el resto de las tareas de Enrique. Pero mantuvo el tipo, y Enrique estuvo seguro de que no le fallaría si Margaret se resistía.

Enrique vaciló un momento, estudió aquel pequeño e inmóvil arabesco que había bajo las colchas y se sintió un estúpido por perturbar su inconsciencia. Margaret quería que el sufrimiento acabara; ¿por qué no la dejaba en paz? Intento mitigar su sufrimiento, se dijo para no pensar que le daba esos remedios por él, para que pudieran hablar. Unió el extremo de la conexión intravenosa con el cefepime y levantó una esquina de las colchas para ver el torso superior de Margaret. Tenía los ojos completamente cerrados, y la cara enjuta, tan inmóvil como una máscara mortuoria. Ni se movió ni se quejó. Vio cómo el pecho le subía y le bajaba ligeramente. Estaba viva, cosa que lo alivió, aunque se dijo que eso era egoísmo. Por suerte, tenía el cuello de la camiseta lo bastante bajo como para que le asomaran como si fueran adornos los tres puertos de vivos colores. Enrique metió la frente bajo las colchas, desenroscó la tapa del puerto azul, lo limpió con la toallita antiséptica que ya había abierto, y conectó el antibiótico. Retrocedió suavemente y las colchas volvieron a enterrar a Margaret, y a continuación ajustó el ritmo del gotero y el antibiótico comenzó a fluir.

Acababa de desobedecer los deseos de Margaret. La estaba tratando para una posible infección aunque ella le había pedido que cesara todo tratamiento. Se dijo que si estuviera consciente y no delirando no se opondría, puesto que el cefepime, aunque podía aliviar sus síntomas combatiendo la infección, no le prolongaría la vida, siempre y cuando él no le añadiera un suero.

Hizo una pausa antes de dar el paso siguiente: insertar el supositorio.

—¿Todo va bien? —preguntó Rebecca.

Enrique asintió. Un pensamiento pecaminoso le había pasado por la cabeza. Le había dado el antibiótico en contra de sus deseos, entonces ¿por qué no conectarle una bolsa de suero? Tenía fiebre. Un litro podía hacer que se sintiera mejor, y no le alargaría la vida más de medio día, calculó. ¿Le echaría en cara Margaret que le concediera doce horas más?

No podía darse por vencido. Esa era la verdad, ¿o no? Aquellas maniobras eran egoístas. No podía evitar seguir apropiándose de ella. Por eso no había conseguido decirle adiós. No era por las hordas de visitantes o por la funesta llegada de esa infección o ataque tóxico, fuera lo que fuera lo que la atormentaba ahora. Se lo había repetido una y otra vez: se está muriendo, mi esposa se está muriendo, Margaret se está muriendo. El otro día ella se había referido a sí misma en pasado. «¿Recuerdas cómo me encantaba perderme yendo en coche contigo y con los niños?

Me encantaba que me llamarais la Chica Aventurera, ¿te acuerdas, Enrique? Yo era tu Chica Aventurera», había dicho como si fuera un fantasma que lo visitara. «Ayúdame a hacer esto», le había suplicado en el hospital. «Eres tan fuerte, Enrique», le había dicho. «Quiero morirme en casa y en paz. Tú puedes hacer eso por mí.» No iba a desobedecerla. El antibiótico no le prolongaría la vida, pero el suero sí. A lo largo de los años había aprendido a quejarse de la autocracia de su mujer, y ella había tenido la amabilidad, de vez en cuando, de dejarle creer que podía vencerla. Aunque Margaret estaba inconsciente y agonizaba y era incapaz de oponer la menor resistencia, era casi imposible desobedecerla.

—Muy bien, ¿estás preparada? —le preguntó Enrique a Rebecca, y untó el supositorio de lubricante.

Su hermana levantó las colchas por la parte de abajo. Los pies de Margaret asomaron fuera de la cama, aunque menos de un palmo. Enrique le separó las nalgas con una mano e invadió el cuerpo de su mujer con el dedo índice de la mano derecha. «Hace mucho que me acostumbré a perder toda mi dignidad como paciente», había comentado Margaret cuando la doctora Ko le propuso los supositorios para aliviar la fiebre y sortear así el hecho de que llevaba un drenaje en el estómago. Margaret se tensó y gimió ante aquella invasión, pero al cabo de un segundo Enrique ya estaba fuera y la volvían a cubrir las colchas. Margaret se tranquilizó de inmediato y no volvió moverse. Él se inclinó hacia ella y besó la dura parte superior del bulto que debía de corresponder a la cabeza. Mejórate, amor mío, se dijo y miró el reloj. Dentro de tres horas serían las nueve. Quizá entonces, se dijo. A lo mejor entonces saldría del delirio y recobraría la conciencia. La próxima vez no vacilaría. Mi esposa se muere, se dijo en tono de represión. Tu esposa se está muriendo, se reprochó. Dile lo que tengas que decirle o no lo oirá nunca.

❖

Enrique se despertó en la cama de Margaret. Asustado, casi sale de un salto. Margaret tenía los ojos muy abiertos y lo miraba fijamente. Estaban a menos de un palmo de distancia y ella llenaba todo su campo visual. Se apartó para no verla de tan cerca, pero se dio con la cabeza en la pared.

—Au —dijo ella, como si hubiera sentido el golpe por simpatía. Pero él observó algo escalofriante en sus ojos: una falta de afecto, una actitud fría y calculadora.

Se despertó rápidamente y lo comprendió. Naturalmente. Ella lo odiaba por culpa de su fracaso. Su patético fracaso sexual la había molestado. Enrique se había quedado dormido como un cordero, un bobo romántico, confiando en que después del sueño su amor estaría intacto, y en lugar de eso, a la brillante luz del sol que entraba a listas por las persianas del apartamento de Margaret, se disponían los estragos de la noche anterior: Enrique y su polla ineficaz la habían decepcionado de una manera irrecuperable.

¿Qué le diría Margaret? ¿La verdad? ¡Quiero que te largues, fantoche! O una mentira piadosa: tengo que prepararme para ir a mi fiesta de Año Nuevo; hablaremos después de las vacaciones. Y cuando llamara, ella le diría que estaba ocupada para todo lo que quedaba de siglo.

Margaret abrió la boca para hablar. A él se le ocurrió algo desesperado: bésala, silénciala y tómala, tómala enseguida y haz que se corra de verdad y tu miserable actuación de ayer quedará borrada. No lo hizo. De hecho, no tenía ni idea de qué hacer. Se quedó esperando, temiendo sus palabras. Al final ella dijo:

—Voy a preparar café. ¿Quieres una taza?

¿Era esa su manera de decirle que no quería volver a intentar copular con él? ¿O era su manera de indicarle que podía quedarse y desayunar si lo deseaba, que disponía de todo el tiempo del mundo para demostrarle que era lo bastante hombre para ella? ¿O era su manera de conseguir que se levantara y saliera de la cama, y que luego saliera de su vida? O quizá era su manera de decirle que deseaba tomarse un café.

Él dijo:

—Por supuesto —y contradijo la petición, o al menos su inmediatez, rodeándola con un brazo, acercándola y avanzando hacia sus labios. Ella esperó, ni resistiéndose ni entregándose. Él la besó inseguro, los labios apenas se tocaron, con una cautela más propia de quien besa a un tiburón que de quien abraza a una mujer con la que ha pasado la noche.

Margaret tenía los labios agrietados y secos por culpa del invierno neoyorquino y el calor del apartamento. Los de él también lo estaban. Ambos sabían a cigarrillos y café rancios. Los ojos de Enrique vieron el despertador con radio que estaba junto a la cama; eran las once y media. Habían dormido menos de cuatro horas. No era de extrañar que tuvieran la lengua pastosa y les doliera todo el cuerpo, y no por el ejercicio de la lujuria. No tenía sentido iniciar una exploración más prolongada en aquellas circunstancias. De todos modos, lo hizo. Margaret tenía los pechos firmes y cálidos sobre su torso escuálido. La mano izquierda de Enrique descendió por su espalda tersa y fuerte. La mano derecha abarcó el lateral de la tersa columna de su cuello. Estaba empalmado. Empalmado como no lo había estado nunca, aunque todas las demás partes de su cuerpo estaban agotadas y débiles. Se apretó contra ella mientras se besaban, cada vez más profunda y prolongadamente, familiarizados ya con el ritmo del otro después de las exploraciones de la noche anterior. Los olores a rancio se disiparon y fueron reemplazados por algo dulce que brotó del interior de ella y que él decidió que era su bondad natural.

Estaba cachondo como un perro, se sentía estúpido por su impaciencia, la mano izquierda agarró un globo de su trasero apretándolo de manera imperiosa. Necesito hacerlo ahora. Superarlo de una vez. Demostrarle que soy digno para no perderla. Porque eso sería un desastre. Había dormido junto a ella totalmente confiado. El olor de Margaret, entre una rociada de limón y un bollo caliente, se había infiltrado en su piel. Mientras la miraba y la escuchaba, no era consciente de su propia torpeza, de los obstáculos del mundo, de la incesante competición del género masculino, y, lo mejor de todo, de la desconcertante sensación de ir siempre a la deriva. A pesar de las etiquetas que identificaban a Enrique —judío, latino, neoyorquino, alguien que había dejado el instituto, novelista prodigio—, y a pesar de todas las formidables presencias que le habían acompañado en su infancia —un padre apasionado e intimidante; una madre inteligente y necesitada de cariño; un hermanastro codicioso y sociable; una hermanastra honesta que no le temía a nada—, le parecía que carecía de alguien que conociera su auténtica personalidad, que carecía de un lugar donde descansar, que carecía, en una palabra, de un hogar. Hasta que no conoció a Margaret no se dio cuenta de que se sentía desconocido y perdido en el mundo. Para el Enrique de veintiún años aquella sensación era inexplicable, pero sabía que mientras miraba a los ojos de Margaret se sentía a salvo.

De manera que empujó la polla hacia ella para metérsela, para unirse con ese corazón, ese espíritu, ese cuerpo, para perderse en su belleza y su certidumbre. Movió las caderas contra ella y sintió una humedad y una abertura en lo que momentos antes había estado sellado. Se vio asqueroso y desagradable, pero el deseo pudo más que el buen juicio y tensó tanto los músculos que le pareció que se le iban a partir.

—Espera —dijo ella.

Él se apartó como si le hubieran pegado un tiro.

—Tengo que recargar el diafragma.

Margaret salió de la cama, y él contempló la deliciosa visión de sus pechos saltando libremente mientras desaparecía en el cuarto de baño. Se había olvidado completamente de los anticonceptivos. ¿Qué demonios le estaba pasando? Se había vuelto tan loco que se le había pasado por alto, que era como decir que le daba igual si se quedaba embarazada. Él nunca había querido tener hijos. Para un novelista literario, tener un bebé sería un desastre completo: nunca sería capaz de mantener una familia. Además, ¿cuándo demonios se había puesto el diafragma la noche anterior? La respuesta le llegó sola: la visita al cuarto de baño a las tres de la mañana. Ella lo deseaba. Era evidente. Hasta Enrique tenía que admitir que aquella mujer lo deseaba.

Cuando Margaret volvió, correteando y metiéndose apresuradamente bajo la gruesa colcha en un destello de blanco y del triángulo negro de su sexo, Enrique olió el residuo del espermicida en la mano derecha de ella cuando le atrajo hacía sí. Naturalmente, Enrique ya no estaba empalmado, pero se dijo que unos minutos de besuqueo le harían volver a estar en forma, sobre todo ahora que se daba cuenta de que era bien recibido.

Se equivocaba. Los mismos besos, los mismos olores, el mismo tacto, la tersura y dulzura de su piel no le devolvieron esa dureza de roble que le permitiera volver a entrar en ella. Eso era más grave que la impotencia por los nervios de la noche anterior. Se estaba portando como un eunuco. Se sentía como un chaval que no tenía ni idea de lo que era una erección, para el que aquella criatura cálida y fértil era algo ajeno y aterrador.

Ella bajó los brazos y tiró de su miembro infantil. Enrique sintió débilmente sus dedos, pero aquella cosa diminuta, encogida e inútil no parecía pertenecerle. La expresión de la cara de Margaret era peor que su insensibilidad. Los grandes ojos de ella lo atravesaron expresando el fracaso de ahí abajo. De ellos manaba la consternación y el discurso. Margaret lo soltó.

—Lo siento —dijo Enrique.

—No te preocupes —contestó ella en un tono cortante que lo preocupó—. Prepararé café. —Salió de la cama agarrando las bragas y el sujetador tirados por ahí, y desapareció hacia el interior del armario que había junto al cuarto de baño. Volvió a aparecer en tejanos, camiseta y suéter para volver a volatilizarse tras la esquina de la L, rumbo a la cocina.

Enrique no se sintió abrumado por la desesperación. Sospechaba que esta aparecería más tarde. Le había fallado a Margaret, y eso había quedado claro por las prisas con que se había ido. Era un triste hecho que a los veintiún años estuviera acostumbrado al fracaso. Sus novelas no eran *best sellers*, ¿por qué iba a ser un hombre? Trastabilló por el parqué recogiendo su armadura negra, intentando meter las piernas dentro de los tejanos negros y los brazos por la lana de su jersey de cuello alto negro. Qué raro que no tuviera ganas de suicidarse, sabiendo que había conocido a la mujer de sus sueños y la había perdido. Durante sus largas conversaciones, Enrique había confirmado que su conexión era profunda y había conseguido convencerla de que lo invitara a su cama, y ayer había echado todo por la borda con su patética falta de virilidad.

Una reacción racional sería tirarse por la ventana. Podía hacerlo allí mismo. Coger carrerilla, saltar por encima de la mesa de cristal del comedor, hacer añicos su cristalera y caer a través del gélido aire para quedar empalado en el esquelético árbol que había abajo, y acabar con las tripas chisporroteando por culpa de las tristes luces navideñas. Cuando el *New York Times* entrevistara a Margaret para la breve noticia del fallecimiento de ese peculiar novelista adolescente, confiaba en que, por respeto a él, suprimiera la información de que su polla no había funcionado, y así los lectores supondrían que se había suicidado porque ella lo había rechazado como pretendiente, una causa mucho más respetable. Quizá la publicidad ayudara a vender su inminente novela. Ya no era necesario vivir hasta la fecha de la publicación, puesto que su editor de los cojones ya no le conseguía entrevistas. Desde luego, no tenía ninguna idea para una cuarta novela, y dudaba que volviera a tener alguna, ahora que se enfrentaba a toda una vida de incapacitación para poder practicar el sexo. ¿Cómo había conseguido convertirse en un héroe de Hemingway sin luchar en ninguna guerra?

—¿Quieres un bollo? —preguntó Margaret, volviendo a salir de la cocina. Su actitud era eficiente. No fría, sino cautelosa. Naturalmente, se dijo Enrique, está creando cierta distancia para que los dos podamos fingir que no soy un matado, un coche cuyo motor petardea cuando debería ir a velocidad de crucero.

La admiró por ello, la gracia y elegancia de su rechazo, su valiente intento de ignorar su humillante fracaso.

—No, gracias. Debería irme, ducharme y afeitarme para la fiesta de Año Nuevo. —Enrique se inclinó hacia ella, y Margaret pareció alarmada por ese movimiento. Probablemente le da miedo que vuelva a besarla, que le acerque la falsa promesa de mi cuerpo—. Escucha —una parte de él se comportaba con una extraña seguridad en sí mismo, mencionando lo inmencionable—, lamento no haber sido capaz de...

Margaret interrumpió su disculpa.

—No te preocupes por eso. Yo no lo lamento.

Enrique no la creyó, pero un Enrique seguro de sí mismo se abrió paso a través de su escepticismo, un Enrique que no conocía y al que no podía acceder a su antojo, un Enrique que la abrazó con una total confianza, inclinándose para besarla una vez, dos, tres veces, demorándose para susurrar:

—Me muero de ganas de hacer el amor contigo. Es algo que me ha puesto muy nervioso. Supongo que me da miedo porque te quiero.

Margaret se echó hacia atrás lo suficiente para poner en marcha sus reflectores, azules y más azules a medida que lo taladraban, como si él fuera un enigma que hubiera que resolver. Tras una larga pausa, ella habló en tono cómplice.

—No digas eso. Eso es lo que te pone tan nervioso. Simplemente nos estamos conociendo. Relájate. —Acercó su cara a la de él, besándolo una vez más, primero deprisa y luego lentamente, prolongándolo. Él volvió a empalmarse. Ella lo apartó—. No vuelvas a embalarte —dijo ella con una sonrisa traviesa—. ¿Qué haces el día de Año Nuevo?

—Nada —dijo Enrique, infinitamente aliviado por el hecho de que, al parecer, Margaret quería volver a verlo.

—¿Quieres comer conmigo y otras tres mujeres?

—Claro —dijo él. Habría dicho lo mismo de haberle propuesto almorzar con la Gestapo.

—Nada de hombres —añadió Margaret—. Solo tú y las chicas. ¿Seguro que podrás soportarlo?

—Confío en mis posibilidades —dijo Enrique, y se acercó para otro beso.

Margaret lo apartó poniéndole las dos manos en el pecho.

—Vete. Los dos necesitamos un descanso.

Se vio desterrado a la calle, el oasis de la hermosa calle Novena en medio del páramo de una Nueva York en bancarrota. Pasó lentamente junto a la gente sin hogar, los drogadictos y algún que otro trabajador cauteloso y respetable, demasiado pobre o necesitado para poder tomarse el día de Nochevieja libre.

Su apartamento nuevecito le pareció diminuto y sin alma. La imagen de su máquina de escribir Selectric encima de su escritorio de roble lo hizo sentir más como un secretario que como un novelista. Estaba tan agotado que se desvistió, se arrojó sobre su angosta cama e intentó dormir. No pudo. No podía quitarse de la cabeza la imagen de Margaret y su cuerpo blanco corriendo para meterse debajo de las sábanas con él. Se masturbó como un exorcismo más que otra cosa, molesto porque su polla pareciera funcionar perfectamente solo cuando no había nadie cerca a quien impresionar. Se duchó, se afeitó y se puso unos tejanos negros y una camisa azul de trabajo, se preparó un café y esperó, con aire sombrío, a que llegara la hora de ir a una fiesta de Nochevieja en casa de un amigo de Sal, donde le habían dicho que habría mujeres libres y sin compromiso. Le parecía absurdo conocer a nadie más. Había encontrado a la mujer de sus sueños, y en la vida real era incapaz de acostarse con ella.

20. Aflicción

Enrique nunca había mirado un cadáver. Ni siquiera a nadie que acabara de morir. Lo único que había tolerado había sido echarles un vistazo rápido a los restos embalsamados de su abuela, aterrorizado por su cara de ochenta y cinco años alisada hasta la textura del mármol: los labios sellados, los ojos cerrados como puertas de hierro. Esa escultura de la madre de su padre fabricada en la funeraria, su abuela de libro de cuentos, carecía de vida en su muerte. Ni atisbo de lo humano, del alma que acababa de abandonarla.

Ese cuerpo muerto que yacía en el hospital Beth Israel, esa quietud de metro ochenta y siete, de mejillas descarnadas, mandíbula floja, esa carne de su padre, aunque fría cuando le besó la frente, seguía poseyendo la temperatura de su vida. Y las arrugas de la cara de Guillermo, la piel floja del cuello, la leve separación de los labios sin sangre, no parecían totalmente carentes de la vida de su espíritu. El padre de Enrique no estaba allí, pero no había salido de la sala.

Enrique le susurró, por si la enfermera de guardia podía oírlo: «Lo siento, papá. Lamento no haber estado aquí». No pudo decir más, abatido por la falta de respuesta. Durante toda su vida a Enrique le había preocupado en lo más hondo, y le había molestado que le preocupara tanto, lo que su padre pensara de su manera de hablar, de su aspecto, de sus esperanzas, de lo que escribía. Ni un milímetro de Enrique había escapado de la valoración de su padre. En Enrique no se había formado ni un hábito, ni un gusto, ni una ambición que no hubiera sobrevivido al acoso de su padre o sin que desfilara en el orgullo de su aprobación. Ahora había perdido su brújula.

Pasaban dieciséis minutos de las tres de la mañana. Incluso la hora evocaba a su padre. «En la noche oscura del alma», le gustaba decir a Guillermo, citando a Scott Fitzgerald, «son siempre las tres de la mañana.» Y Enrique se descubrió pensando en el hecho de que su padre creía que Scott Fitzgerald estaba sobrevalorado, y se preguntaba si aquella opinión obedecía a la envidia o a la estética, o a ambas cosas, y entonces se volvió a ver al pie de la cama de un hospital, contemplando los labios grises de su padre muerto.

La llamada telefónica de la enfermera de la sección de terminales del Beth Israel había sacado a Enrique de un sueño profundo a las 2.37 de la mañana. «Lo lamento, señor Sabas, pero su padre ha fallecido», dijo la enfermera, y añadió que había que trasladar el cadáver al depósito dentro de dos horas. Si quería pasar algo de tiempo con su padre, debía acudir de inmediato. Enrique telefoneó a su hermanastro y a su hermanastra para darles la noticia, y Margaret lo abrazó y lo besó en la cama mientras él se quedaba mirando las dos cajas de luz, las Torres Gemelas, centradas en las ventanas de su dormitorio a oscuras, atónito ante el hecho de que la muerte de su padre, que había visto venir durante un año, hubiera ocurrido por fin. No quería ver el cadáver de su padre, pero se sentía obligado a ir. ¿Lo hacía obedeciendo una convención? ¿O había algo que ver en la muerte?

Se vistió rápidamente y Margaret lo acompañó al piso de abajo. Max, que tenía once años, salió de su dormitorio y preguntó si le había ocurrido algo al abuelo. Tanto él como su her-

mano mayor se llevaban muy bien con Guillermo. Su abuelo les
hacía de canguro al menos una vez por semana y los malcriaba
con toda desfachatez, llenándoles la cabeza con sus halagos y
sus grandes ambiciones e inteligencia. Max abrazó a su padre,
apretando fuerte con sus bracitos. Enrique preguntó:
—¿Te ha despertado el teléfono?
Max dijo:
—Cada vez que pasa algo malo en la familia lo sé. —Y añadió con la atrevida solemnidad de un niño prepubescente—: El
abuelo te quería, papá.
Margaret le dirigió una sonrisa compungida a Enrique y otra
orgullosa a Max, y a continuación cogió a su hijo pequeño de la
mano y lo devolvió a la cama. Enrique se acordó de esa imagen,
la de su esposa y su hijo a salvo y esperándolo a que volviera,
mientras contemplaba el cadáver de Guillermo, tendido boca
arriba, grande, las manos peludas dobladas delante del pecho,
sus rasgos poderosos, que no estaban dormidos, porque en el
sueño hay mucha animación, sino inmóviles como una piedra,
y callados. Más callados incluso que aquellos meses airados del
comienzo de la adolescencia de Enrique, cuando vivían en dor-
mitorios separados por tres metros de distancia y su padre se
negaba a hablar con él.
Quería decirle a Guillermo que Max había oído la llamada telefónica del hospital y pretendía ser el guardián de la familia.
—Has interpretado perfectamente el papel de hijo latino —le
había dicho su reflexivo padre tres meses atrás, cuando el incesante dolor que le provocaba la propagación de su cáncer de
próstata a los huesos comenzó a ser más fuerte que las dosis
de morfina, y sus conversaciones empezaron a reflejar cada vez
más que estaban llegando al último acto de la obra—. Lo sabes,
¿verdad? Has hecho todo lo que un padre latino desearía de su
hijo. —Los nietos que Enrique le había dado eran parte de ese
logro, y la madre que él les había proporcionado era una parte
igual de importante. Margaret protegía a sus hijos, y también

los azuzaba, con ferocidad y ternura, y no vacilaba a la hora de enseñarles lo que estaba bien y lo que estaba mal, algo que Guillermo apreciaba.

—Tus nietos serán hombres cabales —había dicho Enrique cuando Guillermo se había quejado de que no los vería alcanzar la madurez.

—Eso ya lo sé —había dicho Guillermo—. Estoy seguro de que llegarán a algo en la vida. Margaret procurará que conquisten el mundo. —Se echó a reír—. U otra cosa.

—Lo siento —le dijo Enrique al cadáver, en un segundo intento por disculparse—. Siento no haber... —Pero ahora no pudo acabar la frase. Los tres días y noches anteriores, mientras Guillermo había estado en coma, Enrique no lo había velado. El primer día se fue a las tres horas. El segundo se quedó dos. Antes del tercer día —ayer—, Enrique se había inclinado sobre la cama, había besado la frente arrugada de su padre y escuchado durante un rato la respiración acelerada que le habían dicho era consecuencia de la ascitis, un líquido canceroso creado por el tumor de la próstata que llenaba la cavidad abdominal de Guillermo y le presionaba los pulmones. Finalmente acercó la boca al oído izquierdo de su padre y susurró—: Ya está, papá. Ya puedes irte. No tienes de qué preocuparte. —Enumeró todas las cosas que su padre le había dicho que le preocupaban: la confirmación de que se había firmado un contrato con una editorial universitaria para reeditar todas sus novelas; que cuidaría de su hermanastra, Rebecca, y de sus hijos, y por último añadió—: Estoy bien, papá. Margaret está bien. Tus nietos están bien. Puedes irte. Ya puedes irte. —Lo dijo siguiendo el consejo del folleto del hospital, que aconsejaba qué decirle a un paciente en coma y agonizante. No se creyó ni por un segundo que esas extrañas palabras se recomendaran en beneficio del paciente. Mientras las pronunciaba, supo en lo más hondo que eran para consolarle a él. Proporcionaban la agradable ilusión de que Enrique estaba preparado para que su padre muriera.

¿Por qué no?, se había dicho mientras regresaba a casa caminando para cenar con Margaret y sus hijos, apenas unas horas, eso lo sabía ahora, antes del último aliento de su padre. Había llegado el momento de que su padre se fuera. Guillermo había tenido una vida satisfactoria, había causado muchos problemas y había sido fuente de inspiración. Había llevado el apellido Sabas muy lejos desde la oscuridad y pobreza de su infancia sin padre en Tampa, entre fabricantes de puros. Tengo cuarenta y dos años, se dijo Enrique, estoy felizmente casado, tengo dos hijos, he publicado ocho novelas y escrito tres películas. Estoy preparado para la muerte de mi padre.

Unos pensamientos valerosos, pero ante la realidad del final Enrique se derrumbó al pie de la cama del hospital, cayendo de rodillas, avergonzado de haber abandonado a su padre en manos de los celadores, de haber vuelto a casa con la alegre Margaret y sus enérgicos muchachos dejando que su padre muriera solo entre desconocidos. No he sido el perfecto hijo latino, se dijo. Intentó disculparse por tercera vez ante el cadáver. «Lamento no haber estado aquí, papá.» No oyó ninguna respuesta, ni sarcasmo, ni perdón, ni rabia, ni amargura, ni amor. Nada salió de la mole de su padre; su disculpa no valía nada. Había fracasado en el último momento, después de esforzarse toda la vida por ser más justo con su padre de lo que su padre había sido con él; se había escabullido, demasiado asustado por la muerte para echarle un último vistazo a la vida.

Pasó otros diez minutos sintiéndose incómodo delante del cadáver de Guillermo, como si fuera alguien tímido en un cóctel lleno de desconocidos. Como no tenía palabras para despedirse, besó la fría frente de lo que había sido su padre, le dijo a aquel recipiente vacío que lo amaba y regresó a casa por las mismas calles que había recorrido tras el nacimiento de cada uno de sus hijos en el Beth Israel, las mismas calles que recorrería cinco años más tarde, cuando a Margaret, a una hora tardía de la noche, se le diagnosticara un cáncer y tuviera que volver apre-

suradamente a casa y fingir que todo iba bien mientras despertaba a Max para ir al colegio. En el crepúsculo, mientras regresaba a la vida con su mujer y sus hijos después de la muerte de
su padre, comenzó a comprender algo, vio el vago perfil del
puente sin rampa entre el nacimiento y la muerte, y la muerte y
el nacimiento, el puente que la gente cruza toda su vida convencida de que se hallan en una autopista hacia algo nuevo.

El teléfono estuvo sonando todo el día. Margaret, al igual que
había hecho durante la enfermedad del padre de Enrique, se encargó de numerosas gestiones relacionadas con la muerte. Ella
y Rebecca fueron a la funeraria y se encargaron de todo. Margaret contestó a casi todas las llamadas. Enrique escuchó su tono
de pesar, aligerado con amables sentimientos.

—Pobre Guillermo —dijo Margaret con auténtico afecto—,
sufría tanto. Era muy difícil verlo con ese dolor. Era un hombre
tan entusiasta, disfrutaba tanto de la vida y le gustaba tanto pasarlo bien. Mejor que ya no sufra más.

Había articulado el caos de su padre en esas frases sencillas,
envolviendo en un paquete perfecto y tranquilizador todas las
locuras que su padre había hecho en la vejez: divorciarse de la
madre de Guillermo después de cuarenta años de matrimonio,
emperrarse en vivir solo, aunque muchas mujeres habrían estado encantadas de cuidarlo a cambio del placer de oír la atronadora música de su personalidad.

Guillermo se había mudado a un pequeño apartamento a dos
manzanas de distancia, convirtiéndose en un apéndice cotidiano
de la vida de Enrique, y a veces en una carga. Durante los últimos cinco años Enrique había almorzado con su padre una vez
por semana; Guillermo les hacía de canguro a los chicos otra
noche por semana, después de lo cual siempre daba un informe.
Padre e hijo hablaban por teléfono casi cada día. Después de la
adolescencia de Enrique, que había sido una guerra diaria de
reñir o de no hablarse, de recelo ante las exigencias de su padre
y de ansia por cumplir sus expectativas, se habían convertido

casi en una sola persona. Escuchar cómo su esposa resumía sin esfuerzo las largas columnas de los comportamientos irracionales de Guillermo era consolador, e irritante.

El día del funeral, Enrique se vio de repente solo en su dormitorio mientras abajo Margaret supervisaba la vestimenta de sus hijos, y también, infatigable y de buen humor, telefoneaba a todo el clan familiar, izando sus velas deshilachadas para asegurarse de que llegaban al puerto correcto y a la hora correcta. Al final fue a supervisar a Enrique.

Margaret, a su mediana edad, iba, como siempre, perfectamente conjuntada. Aunque vestida con su atavío más severo, falda gris, blusa blanca, chaqueta gris —casi como para ir a la oficina—, llevaba un calzado ligero y seguía estando tan guapa como una jovencita con su tupido pelo negro, su cara blanca y redonda, sus vivaces ojos azules, y su acogedora sonrisa. Inspiraba confianza. Derramaba esplendor y energía, y un incomparable buen humor.

—¿Qué te parece? —preguntó Enrique señalando su traje de Armani, negro y elegante. Había elegido una corbata marrón—. ¿Crees que es demasiado? ¿Debería llevar una corbata negra?

—No tienes por qué llevar corbata negra —dijo Margaret con su habitual precisión. Le arregló el nudo—. Estás estupendo —dijo—. Guillermo se sentiría orgulloso. Le gustaba que fueras elegante. Una vez me dijo que yo siempre te vestía estupendamente. Que antes de conocerme eras un dejado.

—Pero si tú odiabas el gusto que él tenía con la ropa —dijo Enrique.

—Es que tenía un gusto terrible —dijo Margaret, y se rió como si fuera uno de los encantos de Guillermo—. ¡Acuérdate de aquel traje que te compró! —Veinte años atrás, para hacer las paces después de una terrible discusión, un desacuerdo, hay que ver, por una película, Guillermo le había comprado a Enrique un terno al menos dos tallas demasiado grande. La talla cuarenta y seis le habría sentado perfectamente a su narcisista padre, y tenía una forma cuadrada que no favorecía al escuálido Enrique. Además de esos defectos, era de un extraño color verde que, según Margaret, daba la impresión de que Enrique sufría de gripe estomacal—. ¡Tronchante! —Se rió alegremente al recordarlo. Guillermo se jactaba de su gusto a la hora de vestir. Margaret se daba cuenta de ello, y nunca se burló de su afición, típica de la clase obrera, por los colores demasiado chillones, o de su ambición de vestir con la sosería de un WASP, cosa que, en el mejor de los casos, acababa con el latino de Guillermo comprando colores de pavo real en Brooks Brothers. Con ellos parecía menos un hombre que vivía en Wesport y más un dictador latinoamericano exiliado que había encontrado refugio en Greenwich Village.

El recuerdo evocado por Margaret no hizo que Enrique se acordara de la comedia de la susceptibilidad sartorial de su padre. Le hizo recordar palabras desagradables de su última riña, insultos desmedidos, como todas sus batallas. Tras nacer Greg, habían acordado un alto el fuego. Nunca habían firmado una auténtica paz. Más bien, habían decidido no matarse y formar una alianza estratégica por el bien del apellido Sabas. Enrique nunca le dijo a su padre que lo quería sin un punto de ironía o sin la excusa de un adiós o la despedida de una carta. No había entendido, ni acababa de creerse, que algún día perdería para siempre la oportunidad de decírselo de una manera dickensianamente seria.

—Lo siento, Bombón —dijo Margaret, viendo probablemente la tristeza de su marido. Le acarició la mejilla y se puso de puntillas para besarlo suavemente y añadir en un susurro—: Siento que tu padre haya muerto.

Entonces se levantó la marea de todo lo que él había estado reprimiendo, y le salió por los ojos y le oprimió el pecho en su prisa por escapar. Enrique se dobló por la mitad, como si alguien le hubiera golpeado en el estómago con una porra. Sintió las manos de Margaret en su cuerpo, tratando de apretarlo contra su pecho. Enrique la apartó ocultando la cara, enfadado y avergonzado. Se dijo que todo era culpa de Margaret: que él hubiera traicionado a su familia, que mentalmente se burlara de ellos, la falsa paz que Margaret le había exigido que mantuviera con su padre, su hermanastro y su madre para que las reuniones familiares con los niños no fueran aún más desquiciadas. Todo había sido obra suya, y también que no hubiera permanecido junto al lecho de muerte de su padre. Fue Margaret quien le dijo que no tenía objeto pasarse toda la noche velando en el hospital, que eso preocuparía a Greg y a Max, y le agotaría y no serviría de nada.

—Está en coma —dijo Margaret—. No sabe si hay alguien allí con él.

Enrique se acurrucó en la cama. Margaret estaba encima de él, intentando rodearle con sus brazos, apretarlo contra sí, pero con su metro noventa de estatura él formó una bola tan cerrada que ahora ella era más alta que él. Sintió el aliento de Margaret en la mejilla mientras intentaba acercar los labios a los suyos, pero solo pudo besarle la frente mientras susurraba: «Pobrecillo, pobrecillo», desesperada por consolarlo. Pero ella era la culpable, la culpable de todo, de haber traicionado todo lo que su padre quería que fuera —un gran artista, un osado narrador de la verdad—, todo lo había echado por la borda para vivir en la miseria burguesa de compras sin fin y en la cobardía de la seguridad. La verdad, la amarga verdad:

—Tú no me quieres —lloriqueó como un animal fiero y afligido. Sacó la cabeza de su escondrijo fetal para soltarle en un gruñido—: ¡Tú no me quieres!

—¿Qué? —Su mujer estaba perpleja.

Enrique intentó huir de la tormenta de confusión de su cabeza, saliendo a trompicones de la cama sin haberse puesto primero en pie, y se tambaleó, oyó gritar a Margaret mientras caía sobre los estrechos tablones de roble del suelo. Y en medio de esa torpeza aún pudo chillar:

—Tú no me quieres.

Margaret le tocó la espalda y lo cogió de los hombros para ayudarlo a levantarse, mientras le preguntaba:

—¿Estás bien? ¿Te has hecho daño?

Enrique se soltó de un tirón y se puso en pie acercándose a las ventanas, huyendo hacia el paisaje de la ciudad para escapar de sí mismo, para salir de aquella cabeza que nunca lo dejaba en paz. Estoy loco, decidió, un dictamen nítido que atravesó el matorral de pensamientos desorganizados que abarrotaban su cráneo. Estoy perdiendo la cabeza.

Margaret apareció en su campo de visión, agachada bajo sus brazos, su rostro feliz destrozado en arrugas de confusión.

—Enrique —suplicó—, ¿de qué estás hablando? Te amo. ¿Es que no sabes que te amo?

—No, no me amas —dijo él sollozando, incapaz de seguir comportándose racionalmente. Berreó y se escuchó repetir—: No me amas, no me amas —como si no fuera él quien dijera esas palabras, sino que se las oyera a un desconocido perturbado.

Ella lo abrazó y afirmó:

—Te quiero mucho. —Margaret se echó hacia atrás mientras estaba en sus brazos para mirarle los ojos y hacerle frente—: ¿Cómo es posible que no sepas que te amo?

Enrique se desplomó en el sofá que había bajo las ventanas. Ella se sentó a su lado, acariciándole la mano, besándole la mejilla, intentando consolarlo mientras él temblaba como una hoja al viento. Por un momento se quedó quieto. A continuación volvió a temblar y gimió.

—Shhh —dijo Margaret. Enrique apoyó la cabeza en su pecho, cerró los ojos e intentó dejar de escuchar sus gimoteos. Pararon los temblores. Cuando su cerebro también detuvo su frenético ruido, su desaforado intento de salir de su cráneo y huir hacia el cielo, se dijo: *¿De dónde ha salido esto?*

En cuanto estuvo tranquilo, Margaret levantó la cabeza, lo besó en los labios y preguntó en voz baja:

—Sabes que te amo. ¿Verdad, Enrique? ¿Sabes que te amo más que nunca? —Se lo quedó mirando, a menos de un palmo de distancia, con el océano Pacífico de sus ojos llevándose su locura—. Lo sabes. ¿Verdad?

—No —dijo Enrique. Solo para dejar constancia.

—¿Cómo es posible que no lo sepas? —El asombro llenaba la voz de Margaret. Entreabría los labios en un gesto de estupefacción.

—Estoy loco —dijo Enrique—. Tu marido está loco.

—Es normal que estés triste por tu padre.

Enrique la agarró y las palabras salieron enseguida, aunque el pensamiento no hubiera llegado a formarse:

—Me da miedo que dejes de amarme. Me da miedo que ya no me quieras.

—Nunca dejaré de amarte —dijo Margaret, con la misma llaneza con que pediría en un restaurante—. Eres mi vida —dijo simplemente.

Enrique apretó su pequeño cuerpo tan fuerte como fue capaz. Margaret soltó un gruñido ante esa presión y farfulló:

—A no ser que me rompas la espalda, entonces dejaré de amarte.

Pero Enrique no rebajó la tensión de sus brazos y ella no se retorció ni volvió a quejarse. Enrique se dijo que ojalá pudiera meterla dentro de sí mismo e incorporar su espíritu. Sintió alivio, un prolongado suspiro de gratitud porque la carrera hubiera terminado, porque a pesar de todos sus errores, sus fracasos, el desgaste que había provocado en los demás, todo el amor y buenas intenciones y grandes ambiciones que había aplastado y a las que había renunciado, todos sus errores, hubiera existido una misericordia inesperada y él no hubiera sido castigado. La vida le había dado a Margaret para que estuviera completo.

21. Por fin

La fiebre remitió. Margaret no estaba en coma, pero no acababa de estar del todo consciente. A las nueve Enrique apartó las colchas para comprobar si necesitaba otro supositorio de Tylenol. Margaret respondió negando levemente con la cabeza cuando él le preguntó si tenía frío o calor, y farfulló un adormilado «Vale» cuando él le ofreció agua. Abrió la boca con avidez manteniendo los ojos cerrados, como si estuviera decidida a no ver ni oír el mundo. Apenas separó la cabeza del almohadón para beber, gastando la menor energía posible. En cuanto pudo, volvió a acurrucarse en posición fetal, tan inmóvil que parecía que estuviera hibernando.

Quiere sumirse en la paz del olvido, se dijo Enrique contemplando el perfil que se dibujaba por encima del borde de la sábana. Aquella mañana, una despierta Margaret había anunciado que había completado su última tarea, elegir la ropa con que quería que la enterraran. Ahora Enrique se daba cuenta de que cuando le había pedido que la dejara llevarse a la tumba los pendientes que él le había regalado por su cumpleaños, había pretendido que esa fuera su despedida, sus últimas palabras de aprobación y gratitud. Ella había hablado y él no había contestado. Levantó la vista hacia el cielo de aquel atardecer de junio, veteado desde el oeste por los dedos rosados de Homero, y sintió una premonición de lo que pronto sería su vida. Esa sensación de estar solo era muy distinta de la soledad. Era una especie de confinamiento solitario en su propio cráneo y en su propio corazón que no había conocido desde los veintiún años. Todos esos años había caminado por el mundo con despreocupación, creyendo ser una criatura independiente que por un casual estaba casada con Margaret. La verdadera naturaleza de esa separación se le revelaba ahora que se acercaban a la despedida final. Parte de su ser le pertenecía a ella y viajaría con ella. Abandonado. Esa era la palabra. Enrique, observando desde el muelle sin decir adiós con la mano, estaba siendo abandonado por Margaret y por él mismo, el hombre que ella había creado a partir de su amor.

Colgó la segunda bolsa de cefepime y fue capaz de desconectar la dosis anterior y añadir una nueva sin molestarla porque el tubo colgaba fuera de las sábanas. No podía devolverla a la vida con esos remedios humanos. Ella quería menguar como un día de verano, disiparse de manera gradual y amable en la noche azul negruzca. Algo mucho más grande e insondable la reclamaba. Los ojos de Enrique se desviaron hasta las bolsas prohibidas de suero, colocadas en una caja marrón cerca de la pequeña nevera. La somnolencia formaba parte del proceso de la muerte, le habían dicho. Un litro podría actuar como una taza de café fuerte y devolverle la conciencia para que Enrique pudiera satisfacer su necesidad egoísta de ella. Y él era un hombre codicioso, ¿o no? ¿Acaso no había tomado y tomado de su esposa? ¿No la había obligado a tener que soportar a los inútiles de sus padres y al avaricioso de su hermano? ¿Acaso no le había permitido languidecer en el pragmatismo pesimista de su familia en lugar de estimular su seguridad en sí misma para producir arte? Y qué poco se le había permitido crear a Margaret en medio de esas novelas y guiones suyos tan engreídos e interminablemente comentados: apenas esas fotografías de gente que hacía su vida con cordial y valiente determinación; los cuadros de los niños con su conmovedora bravuconería ante un mundo demasiado grande y cruel para satisfacer sus cándidas ambiciones; sus últimos cuadros de estilizadas reses, inundados de vivos rojos y amarillos. Todo aquello poseía una amplia y generosa aceptación de la vida que no existía en la cabeza competitiva y furiosa de Enrique.

Francamente, Enrique no entendía cómo su corazón, afligido por la pobreza, podría permitirse perder los fondos del cariñoso carácter de Margaret. ¿Existía optimismo en su espíritu sin la elevación de la mirada azul de Margaret y la confianza que le otorgaba la fe que ella tenía en sus fuerzas? En realidad, él no era fuerte. Sin ella se sentía simplemente confundido. No había más que ver lo que le estaba ocurriendo en ese mismo momento —privado de sus tareas de secretario y enfermero—, sin ella como enlace con el mundo, una manera de ser, no se le ocurrió otra cosa que hacer que quedarse allí como un estúpido contemplando el ocaso sobre Manhattan con tristeza en lugar de con asombro ante su belleza. ¿Cómo iba a disfrutar de aquella hermosura? Sabía que los edificios de la ciudad, por altos que fueran, no eran permanentes, y sabía que los sabores, los sonidos y el tacto de la vida no eran para siempre. Su cabeza estaba constantemente en el futuro o en el pasado, mientras que la de Margaret residía en el presente. Ella era la vida, y ahora la vida estaba muriendo.

Decidió no conectar la bolsa de suero. Podía justificar lo que había hecho hasta ese momento, controlar la fiebre con un antibiótico, pero sin prolongar la vida. En cualquier caso, el proceso probablemente era irreversible. Sin suero ni nutrición durante cuatro días, ella se hundiría en la debilidad que precedía al coma definitivo. Decidió mantener la esperanza de que si se quedaba junto ella sin apartarse ni un segundo, se le concedería una pausa en la sedación y Margaret estaría lo bastante consciente para que pudiera expresarle no los miedos de su futuro sin ella, sino lo mucho que apreciaba el tiempo y el afecto que ella le había prodigado, y lo agradecido que estaba de haberla tenido, no solo durante toda su vida adulta, sino aunque solo hubiera sido un día.

Y si no, si había perdido su oportunidad de despedirse debidamente de ella, al menos no había sido absurdamente cruel con Margaret. Moriría sin saber que la había traicionado con una de sus amigas. Sally había vuelto a relacionarse con Margaret después de que esta cayera enferma, enviándole un e-mail o llamándola cada pocas semanas desde Londres, donde vivía con su marido inglés y dos gemelas rubias. Un año atrás había cruzado el Atlántico para visitarla, había pasado unas horas a solas con Margaret, y después Lily se les había unido para almorzar, el trío reunido. Enrique había procurado mantenerse alejado. No para evitar una situación embarazosa; él y Sally se habían visto en compañía de más gente en algún cumpleaños, y esos encuentros habían sido amistosos y fáciles. Enrique deseaba que disfrutaran evocando su juventud sin hombres.

Sally era un artefacto difícil de manejar. En el sentido más profundo, su aventura había sido irrelevante para el matrimonio de Enrique. Pero este sabía que, de todos modos, si Margaret lo averiguaba se sentiría profundamente dolida y furiosa. Nunca habría podido explicarle que el infiel Enrique estaba tan muerto como la aventura misma. En cuanto a Sally, feliz después de veinte años de matrimonio, el episodio era un intenso bochorno que habría olvidado de buena gana. No temía que Sally lo mencionara.

Lily había informado a Enrique de lo desgarrador que había sido ayudar a Margaret a escoger su atavío para la tumba y de lo triste que había sido también llevarle a Margaret su portátil para que pudiera escribir unos cuantos e-mails de despedida a otros amigos a los que no había podido decir adiós cara a cara, Sally entre ellos. Para Enrique supuso un espantoso recordatorio de lo débil y estúpido que había sido, de lo cerca que había estado, por ejemplo, de no criar a su hijo Max, de no descubrir el verdadero amor de la vida matrimonial de su madurez, o de no convertirse en el hombre que era hora. Y por una vez se sintió aliviado de que Margaret se hallara al borde de la muerte, de que su miedo a que algún día ella se enterara de manera innecesaria de su traición quedara también enterrado. Algo bueno había en que aquello fuera definitivo.

Bajó las escaleras e informó a Rebecca de cómo se encontraba Margaret, y le dio las gracias por haber aceptado dormir en la habitación vacía de Greg por si él la necesitaba. Llamó al móvil de Max. Había salido con Lisa y le dijo a Enrique que aquella noche no volvería a casa, pero que aparecería antes de mediodía por si su padre lo precisaba. Enrique llamó a Greg, que regresaría mañana para velar a su madre, y lo informó de cómo se encontraba esta.

—Ahora está tranquila —dijo ajustándose a la verdad, aunque se sintió falso al decirlo. Le repitió aquella extraña afirmación a Leonard en el informe diario que hacía a la familia de Margaret, reunida en Great Neck. Leonard dijo que irían al día siguiente, después de no haberla visitado en dos días. Enrique fue incapaz de reunir el valor suficiente para pedirles que no lo hicieran. ¿Y si recuperaba la lucidez justo en el momento en que ellos decidían estar junto a su lecho? Decidió que le pediría a Rebecca, o a cualquiera que estuviera por ahí, que mantuviera a Dorothy y a Leonard ocupados en el piso de abajo.

Hinchó el colchón inflable porque temía enredarse en alguno de los tubos del drenaje del estómago de Margaret o en los tubos intravenosos. Colocó el colchón a pocos dedos del pie de la cama, para estar seguro de oírla mientras dormía. Tras unos minutos de intentar leer, su cabeza golpeó la página. A las nueve y media apagó todas las luces y se quedó echado en la oscuridad, escuchando la respiración de Margaret.

Se despertó con el corazón percutiéndole en el pecho. Unos gemidos salían de la cama de Margaret. Eran unos extraños sonidos de desasosiego. Encendió la luz. No entendió lo que vio. Una gran serpiente verde y blanca se deslizaba por el colchón. Parecía arrastrar algo que había matado. Enrique se quedó mirando durante un momento como un estúpido y se frotó los ojos. Volvió a mirar. Margaret estaba enredada en la sábana encimera y una manta verde que no recordaba haberle echado por encima. Se retorcía intranquila, tirando del grueso tubo y de la bolsa del drenaje del estómago.

Le costó encontrar la cabeza. Aunque las piernas estaban destapadas, el torso era una confusión de sábana y manta. Mientras la desenvolvía lentamente, le preocupó estrangularla. Margaret no parecía saber qué hacía Enrique ni dónde se encontraba. Se movía a ciegas, los ojos fuertemente cerrados, aunque parecía buscar algo que esperaba encontrar en la cama, pues reptaba por toda la superficie. Enrique no se imaginaba qué podía ser lo que esperaba encontrar, ni aunque fuera en pleno delirio.

Le preguntó:

—Margaret, ¿qué quieres? —No tuvo respuesta. Intentó taparla, pero ella se escabulló reptando hacia el pie de la cama—. ¿Quieres ir al cuarto de baño? —preguntó Enrique, sin saber por qué hacía una suposición tan infundada, hasta que se dio cuenta de que le llegaba un olor a excrementos. Apartó la sábana encimera y el misterio quedó resuelto.

Margaret había ensuciado la cama con una diarrea pastosa. Sus movimientos la habían aplastado dentro de las bragas, la parte de atrás de la camiseta y casi toda la parte central de la sábana bajera. Margaret probablemente intentara huir de la incomodidad y del olor, pero quería seguir durmiendo.

—Margaret, vuelvo enseguida. No te muevas demasiado —dijo Enrique, temiendo que se cayera de la cama, una advertencia inútil, imaginó, debido a su estado de semidelirio. A lo mejor penetraría en alguna parte de su inconsciente. No tenía más remedio que dejarla sola para poder limpiar las heces—. Margaret, vuelvo enseguida, ¿entendido? Estoy aquí. No te preocupes.

Bajó los escalones de dos en dos, olvidando que iba descalzo y que los peldaños estaban resbaladizos. Allí donde la escalera daba un giro de noventa grados, el pie derecho no encontró suelo. Estuvo a punto de caer, pero el hombro derecho golpeó contra la pared. Eso le dolió, aunque le permitió volver a agarrarse a la barandilla y no caer rodando los cinco peldaños que quedaban. Aterrizó de culo, y el golpe le repercutió hasta el cráneo. No parecía que se hubiera roto nada. El pensar que había estado a punto de caer de cabeza le aceleró el corazón, que ya le latía con fuerza, lo bastante como para sentirlo a través de la pared del pecho. Se reprendió: «Ahora no tengas un ataque al corazón. Espera a la semana que viene». Llamó: «¿Rebeca?», por si había oído el golpe, con la esperanza de que estuviera despierta para ayudarlo. Podía ver el reloj de pared de la cocina. Eran las doce cuarenta y cinco de la noche, y a lo mejor aún no se había acostado.

No hubo respuesta. Tenía prisa por volver con Margaret. Se puso en pie. Le dolía la espalda y el muslo derecho. Al tocarse la pierna le dolió tanto que se preguntó si se habría roto algo, pero pudo andar sin problemas hasta el pasillo al que daban las habitaciones de los chicos. Rebecca tenía la luz apagada. Abrió la chirriante puerta del armario de las sábanas lo más silenciosamente que pudo sacando dos juegos de sábana bajera y sábana encimera. Basándose en sus experiencias anteriores con las infecciones, se había vuelto un experto a la hora de prever los problemas. Si había ocurrido un accidente, era probable que volviera a ocurrir otro.

No se preguntó cómo era posible que Margaret hubiera tenido movimiento intestinal, pues no digería comida desde febrero. El misterio lo había resuelto hacía meses uno de los médicos de Margaret: el recubrimiento de los intestinos se desprendía cada pocos días; además, pequeños fragmentos de comida conseguían sortear el GEP estomacal y meterse en el tracto digestivo totalmente bloqueado. Durante la semana anterior, Margaret había masticado y tragado sus platos preferidos. En la cocina, Enrique cogió dos bolsas de basura, dos rollos de papel de cocina, una caja extra de toallitas húmedas, y lo llevó todo escaleras arriba, sintiendo la espalda y el muslo doloridos.

Margaret seguía luchando por huir del olor y la suciedad. Enrique encendió todas las luces para ver qué tenía que limpiar. Los ojos de Margaret siguieron cerrados.

—Margaret, voy a quitar las sábanas de la cama y a limpiarte, ¿de acuerdo? No puedes salir de la cama, ¿entendido?

No hubo respuesta. Enrique se puso los guantes de látex. Le quitó las bragas y la camiseta. Ella emitió algunos sonidos pero no tuvo más reacción. Enrique se quedó consternado al descubrir que el pegajoso excremento le cubría casi todas las nalgas y la zona lumbar, y de ahí la sensación que ya tenía de no poder escapar de él.

—Margaret, las toallitas húmedas a lo mejor te parecerán frías. Lo siento, pero... —Se le ocurrió una alternativa—. Espera —dijo de manera innecesaria, pues ella seguía sin reaccionar. Enrique se fue a toda prisa al cuarto de baño, encontró un par de toallas pequeñas y las empapó con agua caliente en el lavamanos, asomando la cabeza para ver qué hacía Margaret. Vio que se acercaba peligrosamente al borde de la cama por el lado que quedaba bajo las ventanas. Volvió en dos zancadas.

Las toallitas calientes no la molestaron. No obstante, no fueron suficientes. Había demasiada mierda, y se había secado hasta formar una capa resistente. Tuvo que utilizar las toallitas húmedas. Las frotó un momento con las manos para calentarlas. Aunque llevaba látex, seguían estando frías. Margaret se apartó al sentir el roce y emitió un ruido gutural, pero no estaba consciente. Su insensibilidad le resultó tan deprimente como el olor, la suciedad y la indignidad de lo que le estaba ocurriendo al cuerpo de su amada. ¿Por qué esta enfermedad se lo estaba poniendo tan difícil?, se preguntó, desconcertado ante su crueldad.

—Ya no puede más —dijo en voz alta, como si el cáncer estuviera en la puerta observando con satisfacción su obra —. Déjala en paz.

Después de haberla limpiado, enrolló la sábana bajera por un lado hasta llegar al cuerpo de Margaret, y entonces la empujó suavemente hacia el tope que había colocado para que no se cayera, encima del sobrecolchón. Quitó la sábana sucia y comprobó si la diarrea había llegado al colchón. Por suerte no. Colocó una nueva sábana ajustable, la desenrolló hasta el cuerpo de Margaret, empujó a esta hasta ponerla encima, y a continuación extendió el resto. Comprobó de nuevo si la había limpiado bien —Margaret parecía haber vuelto a caer en una profunda inconsciencia—, encontró dos manchas que se le habían pasado por alto, las limpió y le puso unas bragas y una camiseta limpias. Ponerle la camiseta le costó, no conseguía meter la cabeza por el agujero. Ni siquiera estas torpes maniobras parecieron alterarla. Enrique comprobó la colcha, vio que estaba manchada en una esquina, soltó una maldición y descubrió que la otra colcha estaba limpia. Margaret no temblaba, de manera que con una bastaría. Cuando hubo extendido sobre ella la sábana encimera seguida de la colcha limpia y la hubo besado en la frente, experimentó un profundo sentimiento de satisfacción y alivio. Estaba tranquila y cómoda. Él lo había solucionado. Había comprendido su mudo malestar y había conseguido que se sintiera mejor.

La alegría de lo que había conseguido no duró mucho. Estaba agotado y le dolía la espalda. Colocó las sábanas manchadas, las toallas y la ropa en una bolsa de plástico para la colada; y las toallitas usadas y los guantes de látex en otra para tirarlos. La colcha sucia era demasiado grande para las bolsas que tenía a mano. Bajó a buscar una más grande. Cuando regresó, Margaret no se había movido.

Probablemente esto es el coma, se dijo. No tenía la menor conciencia del mundo ni de él. Solo había reaccionado a lo que sentía la piel de su cuerpo. Ya no estaba. La Margaret con la que necesitaba hablar ya no estaba.

❉

Enrique intentó tomárselo con calma. Aunque estaba despierto a la intempestiva hora de las ocho cuarenta y cinco, esperó hasta las once de la mañana del día de Año Nuevo de 1976 antes de levantar el pesado auricular del teléfono negro para marcar el número de Margaret, y cuando ya había marcado dos dígitos, volvió a colgar el auricular con un golpe seco que provocó un apagado repique en la campana interior de la base. Hubo algo en el silencio antinatural que se oía en la habitualmente bulliciosa calle Octava que le convenció de que era demasiado temprano para llamar y preguntar si podía recogerla para el almuerzo, y asegurarse, así, de que seguía estando invitado.

Le habían entrado las dudas respecto de si sería bienvenido a unirse a Margaret y sus amigas en su primera comida del año, pues se daba cuenta —acercándose a la medianoche de una aburrida fiesta de Nochevieja mientras temía ese incómodo momento en el que los solteros tienen que besar a alguien para celebrar el nuevo año— de que no sabía ni cuándo ni dónde tenía lugar esa comida. Margaret lo había invitado sin darle más detalles.

A la mañana siguiente, Enrique había hinchado esa omisión hasta convertirla en la sospecha de que Margaret, astutamente, no le había dado la dirección porque su intención era no volver a verlo nunca. Se imaginó esperando todo el día junto al teléfono hasta que al final no podía más y llamaba, y entonces una jovial aunque un tanto gélida Margaret le decía que ella y sus amigas habían estado de fiesta hasta el amanecer, y que se había dormido y se le había pasado la hora de aquel almuerzo. Y que lo lamentaba y que ya quedarían otro día pronto. Y, naturalmente, Enrique nunca volvía a saber de ella. Se convenció de que la noche anterior, en el divertido, jaranero y sudoroso baile en el que Margaret había celebrado la llegada de 1976, había conocido a un hombre con un pene en condiciones, en cuyos brazos languidecía mientras se daba cuenta con horror de que tendría que enfrentarse al triste Enrique y a sus patéticas esperanzas de volver a disfrutar con ella de salmón ahumado y bollos. Cuando levantó el auricular y puso el índice en el agujero para marcar, imaginó lo que ocurriría si completaba la llamada. Oyó vivamente la carcajada complacida de su triunfante rival después de que ella colgara tras explicarle que el almuerzo se había cancelado porque dos de sus amigas sufrían botulismo. Vio a ese calavera abarcando su delicioso pecho y besándole el pezón mientras ella soltaba una risita traviesa. Aquello era demasiado. No llames, se dijo. Aunque pasarse todo el día sentado junto al teléfono supondría una humillante vigilia, siempre sería mucho mejor que hacer el ridículo yéndole detrás a alguien que no quería verte. La decisión de no llamarla lo calmó, aunque lo sumió en un estado de amargura y desesperanza.

A las once y cuarto volvió a levantar el auricular. Llegó a marcar cinco de los siete dígitos necesarios antes de dejarlo caer como una patata caliente desde tanta altura que en aquella ocasión la campana repiqueteó sonoramente dos veces antes de pasar a un ominoso silencio.

—No lo soporto —exclamó, tan nervioso y desdichado como no recordaba haberse sentido nunca ni se imaginaba que pudiera volver a sentirse—. No puedo volver a verla —farfulló, aceptando el hecho de que carecía de fuerzas suficientes para pasar por aquel tormento. Soy demasiado sensible, se dijo, esta clase de emociones me superan. Por eso soy escritor, comprendió, porque no puedo hacer frente al mundo real. Por eso mi polla solo funciona cuando escribo escenas de sexo, decidió, olvidando que había vivido con Sylvie durante tres años y había conseguido hacer el amor con ella cientos de veces.

Debería irme, decidió. No quedarme aquí. Pero ¿adónde? ¿A hacer qué? No tenía ni idea. Pero debería salir. Ignorar su rechazo. Llegó hasta el armario para ponerse su chaqueta militar verde antes de que el simple hecho de que, después de todo, pudiera estar equivocado, le hiciera detenerse. A lo mejor lo llamaría. Era muy pero que muy improbable, y lo haría para cancelar educadamente, casi seguro, pero quizá llamaría.

Se fumó cinco cigarrillos. Se preparó una cafetera para cuatro y se la bebió toda. A las once y media decidió no volver a llamarla nunca. A las once y treinta y cuatro marcó, llegó a los seis dígitos y volvió a colgar el auricular, esta vez con tanta delicadeza que no hubo ninguna desolada campanilla que censurara su cobardía.

A las once cincuenta y dos estaba sentado en el borde de la cama, balanceándose adelante y atrás y gimoteando en voz alta: «Oh, Dios mío, estoy perdiendo la cabeza, oh, Dios mío, estoy perdiendo la cabeza», cuando sonó el teléfono. Se lo quedó mirando un instante, atónito. No es ella, se advirtió, el corazón percutiéndole en el pecho mientras se ponía en pie de un salto y caminaba hasta su escritorio, donde se quedó contemplando aquel objeto negro que emitía un sonido atronador. Esperar a que sonara una segunda vez fue una agonía. ¿Y si colgaba? ¿Soportaría Enrique hablar con alguien que no fuera ella? ¿Y si era su padre? ¿Y si era Bernard? Dios mío, Bernard tenía razón, había tenido razón desde el principio. Él no estaba a la altura de Margaret. Ni siquiera a la de Bernard. La terrible verdad era que no estaba a la altura de nadie.

El inicio del tercer pitido fue tan estridente que levantó el auricular de un tirón solo para silenciarlo.

—Hola —exclamó, dispuesto a chillarle a cualquiera que estuviera al otro lado.

—Feliz Año Nuevo —dijo Margaret. Al oír su voz enérgica, amable, divertida y traviesa, lo invadió una sensación de alivio, como la Novocaína que cura un agudo dolor de muelas, el calor de un baño que rodea unos músculos doloridos, o, de manera más precisa, el abrazo de una mujer cariñosa.

—Feliz Año Nuevo —dijo él, y de haber oído su voz, habría pensado que era el hombre más sereno y más seguro de sí mismo

sobre la faz de la tierra—. ¿Cómo fue tu fiesta? —preguntó con
un tono de desenvoltura y agradable curiosidad mientras por
dentro estaba dispuesto a oír que había conocido a alguien
mejor.

—Aburrida —dijo Margaret—. Bastante aburrida. La verdad
es que no sé qué hacía allí. ¿Qué tal la tuya? ¿La más divertida
a la que has ido nunca? —Soltó una alegre carcajada.

—Fue tan aburrida que casi me suicido —dijo Enrique—. Y
qué, ¿sigue en pie lo del almuerzo?

—Sí. Claro. Quiero decir que las chicas y yo tenemos este almuerzo y sería estupendo que vinieras. ¿Estás seguro de que
quieres unirte a nosotras? —La duda de Margaret lo preocupó.

—Me encantaría ir. Pero si prefieres verlas a solas, quiero decir
que si es un poco raro que me presente, lo entiendo. ¿Prefieres que
cenemos más tarde?

—Claro, podemos cenar más tarde si no te aburres conmigo,
aunque me encantaría que vinieras al almuerzo. Las chicas estarán entusiasmadas, y será divertido.

—¿Las chicas estarán entusiasmadas? —preguntó Enrique, receloso y escéptico. ¿Qué es lo que iba a entusiasmarles? ¿Su incapacidad para penetrar a ninguna? ¿Que fuera tan inofensivo?

—Naturalmente. ¿Un desconocido el día de Año Nuevo? Se
pondrán frenéticas.

—Pues pongámoslas frenéticas —dijo Enrique, y Margaret rió,
de nuevo con una extraña e inexplicable alegría. ¿De dónde sacaba su buen humor? ¿Y cómo conseguía vivir Enrique sin él?—.
¿Dónde y cuándo? —preguntó, rezando para tener tiempo suficiente para reconsiderar su vestimenta. Llevaba tejanos negros,
por supuesto. A lo mejor hoy era el día de pasarse a los azules.

—Adivina adónde vamos —dijo Margaret y añadió—: Al Buffalo Roadhouse. ¿Puedes soportar volver allí?

—Desde luego. Me encanta el Buffalo Roadhouse. Creo que
también deberíamos cenar allí. Nunca deberíamos comer en ninguna otra parte.

Margaret no se rió de ese chiste.

—Oh, Dios mío —dijo—. Eso sería horrible. ¡Muy bien! —proclamó—. Tengo que arreglarme. Mi amiga Lily y yo pasaremos a las doce cincuenta y te llamaremos al timbre. Podemos ir andando juntos.

—Muy bien —dijo Enrique, y ya volvía a estar solo, aunque esta vez lo inundaba una oleada de entusiasmo y felicidad. Se puso a bailar por la salita en un éxtasis tontorrón. Se miró al espejo, se cambió la camisa azul de trabajo por un jersey de cuello alto negro, y los tejanos negros por unos azules, se dio cuenta de que no le quedaban bien y volvió a los negros. Observó que el jersey negro y los tejanos negros le daban un aspecto severo, pero que, de una manera extraña, aquella apariencia adusta no le quedaba mal. Después de todo, estoy bastante loco, se dijo con sombrío orgullo. Debería vestirme como si viviera internado.

Intentó con todas sus fuerzas no bajar antes de que Margaret y Lily llamaran a la puerta, pero a las doce cuarenta estaba en la acera. Cuando divisó a las dos chicas a media manzana de distancia, hablando entre ellas con un aire serio y apasionado, las saludó con la mano como un imbécil. ¿De qué hablaban con tanta gravedad? Decidió que no de él, pues cuando le vieron le sonrieron de manera espontánea y le devolvieron el saludo con la misma energía, como si fueran viejos amigos que se reunían tras una larga separación.

Margaret y Lily no pararon de hablar durante el camino hasta Sheridan Square, y elogiaron reiteradamente su valentía por asistir a un almuerzo solo de chicas. La tercera vez que lo mencionaron, él comentó:

—Tanto os impresiona que comienzo a preocuparme. Solo voy a asistir a este almuerzo, ¿verdad? ¿No van a cocinarme y comerme, o sí?

Las chicas soltaron una risita e intercambiaron una mirada que debía de tener algún significado. A Enrique eso no le preocupó; estaba claro que había recibido la aprobación de las dos. Considerando cuánta munición le había entregado a Margaret para que se burlara de él, se sentía tranquilo... o casi. Dos mujeres a las que no conocía se les unieron en el Buffalo Roadhouse. Enrique seguía estando un poco nervioso al pensar en cómo estas reaccionarían al verle, pues imaginó que Margaret lo exhibía para recibir algún tipo de aprobación de sus amigas. No obstante, estaba claro que había recibido el visto bueno de Lily, que, según Margaret, era su mejor amiga.

Las otras dos les esperaban dentro del restaurante, en la puerta. Penelope, una pelirroja de cabellos rizados cuya falda y blusa —las demás iban en tejanos— y aire formal la hacían parecer mayor de lo que era, no pareció sorprendida al verle. Pero una rubia llamada Sally, de mirada asustada y una expresión general de desconcierto, le puso unos ojos como platos:

—¿Vienes a nuestro almuerzo de chicas?

—¿No es eso ser valiente? —insistió Lily.

—Soy valiente —dijo Enrique al estrecharle la mano a Sally—. De hecho, soy temerario. De camino hacia aquí, he conseguido que estas dos cruzaran corriendo la Sexta Avenida con el semáforo en rojo, ¿no es cierto?

Se volvió hacia Margaret, la cual respondió sin inmutarse:

—Ajá. Ahora somos forajidos.

Se sentaron a una mesa. La misma en la que él y Margaret habían cenado.

—Nuestra mesa —comentó Enrique. Sally preguntó a qué se refería. Margaret le explicó que habían salido juntos por primera vez la noche anterior, un hecho que Penelope, por sus solemnes asentimientos, ya parecía saber. Sally lo desconocía. Todos se partieron de risa cuando comentó:

—¡Uau! ¡Y te invita a almorzar! ¡Y tú dices que sí! Debe de haber sido una noche tremenda.

La carcajada tranquilizó a todo el mundo. Enrique les preguntó a las chicas cómo se habían conocido, y todas se apresuraron a contestar, hablando al mismo tiempo. Sally, Lily y Margaret habían estudiado en Cornell. Lily y Penelope eran editoras adjuntas en una editorial, y el marido de Penelope, Porter, era crítico de cine de un semanario que acababa de empezar y se rumoreaba que estaba a punto de quebrar. Esa posibilidad había llevado a Porter al borde de la histeria: esa era la reprobadora caracterización de Penelope. Una vez dicho esto, se volvió hacia Enrique y añadió:

—Oh, Porter leyó tu novela. Le gustó. —Soltó una risita—. Y eso es raro en él.

—¿Has publicado una novela? —preguntó Sally, separando sus labios ondulados y abriendo desmesuradamente sus ojos verdes, una mirada de asombro tan franca que Enrique soltó una carcajada.

—Eso parece —dijo, y no añadió nada más. Lo último que quería hacer delante de aquel público de hermosas jóvenes era interpretar la triste balada de su carrera. Le preguntó a Penelope cómo había conseguido su trabajo y cuándo había conocido a Lily y cómo había conocido a su marido, Porter, y pronto dejó de ser el centro de atención, y se puso a escuchar cómo las chicas hablaban de sus vacaciones, de sus familias, y, en el caso de Sally y Penelope, de sus hombres. Disfrutaba escuchando sus quejas y disfrutó aún más al oír una acalorada discusión acerca de sus peluqueros y del estilo que intentaban imponerles, y también se quedó sorprendido por su sincero interés por la inminente novela de William Styron, *La decisión de Sophie*, que las tres habían leído en manuscrito. A diferencia de los miembros de la familia de Enrique, de Bernard y del resto de escritores que él había conocido, a ellas parecía importarles de verdad si el libro era bueno en sí mismo. No retorcían la experiencia de la lectura en una bizantina referencia a sus ambiciones o a sus complicadas opiniones sobre el mundo. Por lo general, exhibían unos intereses deliciosamente democráticos: pasaban sin esfuerzo, y con el mismo apasionamiento, de si valía la pena pintarse las uñas de los pies en invierno a si la presidencia de Jimmy Carter implicaba que por fin habría paz en Jerusalén.

—Te estás portando muy bien —dijo Margaret en cierto momento—. ¿No creéis que Enrique es muy paciente?

—Es estupendo —dijo Penelope—. Porter preferiría pegarse un tiro que escucharnos chismorrear.

Enrique les sonrió a las chicas, una sonrisa contenida que pretendía dar a entender que las toleraba por amabilidad, cuando lo cierto es que se sentía agradecido por estar rodeado por toda aquella feminidad, por su aroma, sus mechones rojos, negros, rubios y castaños, y por escuchar el cuarteto de sus voces musicales —la viveza de Margaret, la estupefacción de Sally, la calidez de Lily y la vacilación de Penelope—, y por poder lanzar miradas furtivas a sus cuellos blancos, sus jóvenes senos, sus manos pequeñas, sus muñecas frágiles y sus dedos delicados hasta un punto conmovedor. Las chicas se aburrieron del almuerzo antes que él. Al cabo de tres horas ya tenían ganas de marcharse, y amablemente le atribuyeron el mérito de haber conseguido que aquella reunión fuera tan entretenida, cosa que era una mentira ostensible, pues había permanecido callado casi todo el tiempo, aunque luego se mostraron reacias a separarse, y todos estuvieron de acuerdo en caminar hasta la estación de metro de la calle Cuatro Oeste antes de que Margaret y Enrique se fueran por su cuenta.

Al salir del restaurante el grupo viró hacia el este, y Enrique, sin pararse a pensárselo un segundo, echó un brazo por el hombro de Margaret y la acercó hacia él. Ella se acurrucó en su brazo, es de presumir que agradecida por contar con el alto escudo de su cuerpo contra el frío de enero. Cuando Enrique lanzó una mirada a las demás, vio que todas tenían los ojos fijos en él en lugar de caminar hacia la Sexta Avenida. Antes de que el trío se pusiera en marcha, sonrieron las tres a la vez, como si acabara de anunciarse algo. ¿No se habían dado cuenta de que estaba con ella?, se preguntó Enrique. Pensaba que el relato de su cita lo había dejado claro. Cuando se separaron, todas habían superado la sorpresa y parloteaban alegremente acerca de su pelo, de su trabajo, y de que los hombres eran todos un desastre. Se besaron en la mejilla y Lily le dio a Enrique un fuerte abrazo y le dijo: «¡Qué alto eres!». Enrique tuvo la sensación de que había sido bien acogido en una tierra extranjera y amistosa.

Sin mencionar en ningún momento adónde iban, Margaret permaneció en el refugio de su brazo todo el camino hasta su apartamento. No paró de hablar ni un momento, explicándole una cosa y otra de Sally, Penelope y Lily, y Enrique escuchó, empapándose de esos detalles porque ella le importaba, con lo que a él también le importarían. Hizo todo lo que pudo para no pensar en lo que se avecinaba. Pasaron junto al portero de mirada acusadora y subieron al apartamento con parqué y se desprendieron de sus chaquetas y ella preparó otra cafetera y se acomodó a su lado, con su pelo al viento y su sonrisa acogedora y su cuello blanco y sus senos dichosos, y por primera vez desde la pubertad Enrique deseó con todas sus fuerzas que el coito no se hubiera inventado nunca.

✻

Se despertó con un sobresalto al oír el desasosiego de Margaret, con el corazón golpeándole el pecho, los ojos irritados de no dormir y la cabeza en una niebla de desesperación. Encendió la lámpara que había colocado en el suelo, junto al colchón hinchable. Margaret volvía a arrastrarse por la cama, enredada en la colcha y las sábanas, serpenteando atormentada por la superficie de la cama, desesperada por huir y también desesperada por dormir. Era una repetición exacta de lo anterior. Enrique se puso en pie de un salto y le dijo para tranquilizarla:

—Estoy aquí, Mugs. Espera un momento, te ayudaré. —Rezó para que la causa fuera que se le estaba pasando el efecto del Ativan y no de nuevo sus intestinos.

Vio unas manchas marrón claro en la sábana ajustable. Algunas parecían verdes, de un tono más repugnante. Suspiró. Un suspiro lento y hondo. Le entraron ganas de marcharse. De bajar lentamente las escaleras y salir por la puerta y dejar que unos desconocidos la encontraran y la limpiaran y la vieran morir. ¿Por qué tengo que hacer esto? Soy un hombre egoísta, se dijo. ¿Por qué estoy obligado a ser bueno?

Todo aquello, lo mucho que detestaba verla morir, pasó a través de su cuerpo y su alma con la inhalación y la exhalación de su suspiro de impotencia, y pareció evaporarse. Enrique se movía deprisa y sin pensar. Tuvo que bajar a toda prisa a buscar más toallas porque la diarrea volvía a ser pegajosa y era difícil limpiarla entre las nalgas. El dolor del muslo y la espalda le recordó que no debía bajar corriendo. Tras detenerse en la cocina para coger más bolsas de basura, se desplazó al armario de la ropa de cama. Margaret había ensuciado la última colcha limpia. Sacó una manta ligera de algodón del estante superior. Se dio cuenta de que la puerta de Max estaba cerrada. Después de todo, había vuelto a casa. ¿Había reñido con su nueva novia? Ahora Enrique no podía especular acerca de eso con Margaret, la primera de las muchas cosas relacionadas con sus hijos que ya no podría compartir. La luz de Rebecca estaba apagada. Debería despertarla. Pero ¿para qué? ¿Para que le hiciera compañía? El tema de la limpieza lo tenía controlado.

No obstante, en cuanto llegó arriba, la tarea resultó no ser tan sencilla como antes. Margaret se resistió durante todo el proceso. El tacto de cualquier cosa en la piel la molestaba. Se retorcía cada vez que notaba la toalla caliente, gruñía y apartaba la cabeza cuando él intentaba quitarle la camiseta sucia.

—Mugsie, solo intento limpiarte. En unos segundos volverás a estar cómoda. —¿Cómoda? Menuda estupidez. Ese debía ser el motivo por el que tantas enfermeras acababan hablando como idiotas: ¿cómo puedes tranquilizar de manera inteligente a alguien que está sumido en la oscuridad de esa lucha?

O peor aún, ¿cómo puedes explicarle tus tediosas y desesperadas tareas?

Le llevó más tiempo porque ella se resistió. Tuvo que coger dos toallas más y empaparlas más tiempo, y utilizar una mano para inmovilizarla mientras le frotaba toda aquella porquería pegajosa. Estudió su cara buscando alguna señal de que estuviera consciente, pero durante todo el proceso —que le llevó casi veinte minutos— ella mantuvo los ojos cerrados y no contestó a ninguna de sus preguntas. Durante aquel episodio parecía más cerca del delirio. En cuanto hubo puesto ropas limpias y sábanas limpias y la hubo cubierto con una sábana limpia de algodón, Margaret abandonó sus audibles ruidos de queja.

Enrique apagó la luz, volvió a meterse en la cama y esperó a que sus ojos se adaptaran a la oscuridad. Oyó el susurro de las sábanas y la manta. Cuando pudo ver, comprobó que Margaret no parecía tan inquieta. Eran las dos cuarenta y cinco de la madrugada. Podía llamar al doctor Ambinder y estropearle la noche, pero ¿qué iba a proponerle el médico aparte del Ativan intravenoso y la Toracina? Y ese sería el adiós de Enrique: colgar una bolsa de plástico sin decir palabra.

Entonces se dio cuenta de que la cabeza le palpitaba y el corazón le latía muy fuerte. Había alguien en la oscuridad.

—¿Qué? —exclamó, y extendió el brazo hacia la persona que estaba junto a él en el colchón. Calló y se dio con la barbilla contra el suelo de roble. Una caída de pocos centímetros. Se puso en pie trastabillando y encendió la luz.

No había nadie a su lado, aunque soltó un grito ahogado. Margaret estaba incorporada. Tenía los ojos cerrados. Una mano intentaba alcanzar a ciegas el espejismo que tenía delante. Enrique se sentó en la cama de cara a ella.

—¿Qué es, Mugs?

Margaret volvió a deslizarse y a retorcerse, reemprendiendo sus movimientos de serpiente. Enrique apartó la colcha para ver si se había vuelto a ensuciar. La respuesta era que no, aunque eso

tampoco fue un alivio. La observó serpentear y agitarse zozo-
brosa. Enrique levantó la bolsa de drenaje de su estómago como
si fuese la cola de un traje de bodas, para que el tubo no quedara
tenso con sus movimientos. Margaret se deslizó hasta el pie de
la cama y a continuación volvió a dar media vuelta.

—Margaret, ¿quieres agua? —preguntó Enrique. No hubo respuesta—. Margaret, ¿quieres ir al cuarto de baño? —No hubo
respuesta—. Mugsie, ¿estás despierta? ¿Puedes oírme? —Margaret gimoteó y farfulló cosas sin sentido, pero no siguiendo sus
preguntas ni para contestarlas. Desesperado, llamó al servicio
de Ambinder. Tras darle su número al operador, se quedó con
el inalámbrico en la mano, contemplando la danza de su esposa sobre el lecho conyugal. Incluso en esa coreografía con la
muerte, Margaret seguía estando llena de energía, combatiendo
el suplicio en que se había convertido su vida.

Ambinder le habló como si hiciera grandes esfuerzos por no
ahogarse. Enrique le relató la secuencia de hechos de manera
desapasionada.

—¿No tiene fiebre? —preguntó el médico.

—No está caliente. No creo que tenga fiebre. De todos modos,
ya no hay manera de mantenerla calmada... —En aquel momento, como para corroborarlo, Enrique tuvo que callar y alargar una mano, pues Margaret había sacado la cabeza y los hombros por el lado izquierdo de la cama, y estaba a punto de caer
al suelo—. Parece que está delirando —admitió.

—Sí —asintió Ambinder y se quedó sin palabras—. Mmm...

Enrique no podía esperar.

—¿La dejo inconsciente con Ativan intravenoso?

—¿No quiere probar la Toracina? —Ambinder reprimió un
bostezo.

—No —dijo Enrique con firmeza—. Si el Ativan intravenoso
no la alivia, pasaré a la Toracina, pero primero quiero probar el
Ativan.

—De acuerdo.

—Si se lo doy en la bomba intravenosa quedará inconsciente de manera permanente, ¿no? Ya no volverá a estar consciente, ¿verdad?

Ambinder parecía más despierto.

—No, ya no se enterará de nada. No le hará daño.

No se enterará de nada. Aquellas palabras resonaron en la cabeza de Enrique mientras montaba la bomba que suministraría a Margaret una dosis continua de Ativan, suficiente para mantener a una persona sana totalmente sedada. En cuanto lo hubo montado todo menos la conexión a su vía intravenosa, transportó la bomba, del tamaño y peso de una grabadora portátil, hasta la cama y se sentó en el borde. El baile de Margaret la había dejado incorporada, los ojos cerrados y la cabeza vuelta hacia él.

—¿Margaret? —dijo Enrique mirando la insólita inexpresividad de su cara—. Margaret, voy a darte Ativan en la bomba. Ya lo hemos hablado, ¿verdad? Una vez que conecte esto, quedarás totalmente sedada. Ya no podrás hablar y quizá ya no sabrás lo que te digo. De manera que esta es nuestra última conver... —Se interrumpió—. Esta es la última vez que hablamos —consiguió decir—. Te quiero. —Sus ojos irritados estaban cubiertos de lágrimas. Se dijo que si intentaba decir otra palabra comenzaría a sollozar. Respiró profundamente. Margaret no se había movido. Tenía la cabeza vuelta en dirección a él, pero Enrique no creía que pudiera oírle. Veía y escuchaba otro mundo. Extendió la mano hacia el vacío, intentando agarrar algo que no existía. Cuando él intento cogérsela, ella le tocó los dedos durante apenas un segundo y luego la extendió más allá, como si la presencia y el tacto de Enrique la distrajeran de su verdadero objetivo—. No sé si puedes oírme, Mugs, pero quiero decirte que gracias a ti mi vida ha funcionado. Sé que cuando era joven o cuando me enfadaba y estaba de mal humor te decía cosas que te dolían. Pero la verdad es que tú y los chicos habéis sido lo mejor de mi vida y habéis hecho que valiera la pena vi-

virla. —Esto es terrible, se dijo. Palabras vacías carentes de sentimiento. Algo extraño teniendo en cuenta que su cabeza estaba anegada de emoción. No conseguía expresarse. Después de toda una vida teniendo por oficio expresarse con las palabras, el lenguaje de su corazón resultaba ser banal e inútil cuando más lo necesitaba—. Eso es todo —dijo, y su voz se diluyó en la humildad—. Gracias. Gracias por todo lo que me has dado.

Quiso convencerse de que ella lo había oído, pero poco a poco Margaret se derrumbó sobre el costado derecho y siguió serpenteando y retorciéndose. Enrique encontró el tubo intravenoso y lo conectó a la bomba. Antes de poner en marcha la máquina, intentó abrazarla. Ella se quedó un momento inmóvil, y a continuación lo apartó como si fuera un obstáculo, no una persona. Enrique la besó en los labios, pero estos no reaccionaron, inmóviles y fríos.

Enrique se levantó de la cama, colocó la bomba al lado, en el suelo, y apretó el botón de inicio grande y verde. La pantallita se encendió. Contempló cómo el fluido blanco comenzaba a ascender hacia el puerto de su pecho. Hasta después de cinco minutos no cesó el baile de serpiente de Margaret.

Enrique arregló la sábana y la manta de algodón para que ya no se le enredara en las piernas. Le besó la frente, fría. Al cabo de diez minutos no hubo otro movimiento que el subir y bajar de su pecho. Él había pronunciado sus triviales palabras de adiós y ella no las había oído.

La besó. No quería enfrentarse al desastre al que podía conducir aquel beso, pero no pudo evitarlo. Margaret acababa de apurar una taza de café y describió muy acertadamente a su grupo de amigas.

—Las Damas del Desastre. ¿No es tronchante que se alegren de todo lo que les va mal en la vida? —Observó la extraña expresión de Enrique, que era pasión entreverada de miedo, y la malinterpretó—. Te han caído bien, ¿no? ¿No te han vuelto loco, tanto hablar del mundo editorial?

Enrique la besó. Al principio ella se sobresaltó, pero enseguida se le entregó y se acurrucó en sus brazos. Los labios de Margaret eran cálidos, la lengua, caliente y húmeda, y las manos, frescas y suaves en su cuello. Tenía ganas, tenía muchísimas ganas de estar dentro de ella. En algún momento ella se apartó y preguntó:

—¿Ha sido eso?

—¿El qué? —murmuró Enrique, besando su vulnerable cuello.

—¿Te han vuelto loco... —Margaret gimió suavemente cuando él encontró la grieta, el lugar en sombras detrás de su oreja. Al cabo de un instante ella añadió en un susurro—: ... tanto hablar del mundo editorial?

Enrique le preguntó con el asombro de un niño:

—¿Qué es el mundo editorial? —Buscó su boca.

Margaret bajó los brazos y colocó la mano sobre el bulto cubierto de tejanos de su entrepierna. Abrió los ojos y miró, a tres dedos de distancia, el interior de su alma—. ¿Lo hacemos? —murmuró.

—Se bajará.

—¿Por qué? Yo creo que me deseas —comentó con una maliciosa sonrisa.

—Estoy aterrado.

—¿De qué? —Margaret frotó el bulto como para tranquilizarlo.

—¡No lo sé! —gritó Enrique, frustrado.

Margaret se puso en pie de un salto con su energía característica.

—No pienses en ello. Simplemente fóllame —dijo, y tiró de él, llevándolo a la cama como si fuera un niño perdido. Margaret se sentó en el borde y tiró de su cinturón. Enrique comenzó a sacarse el jersey de cuello alto. Ella lo detuvo, diciendo—: No. Simplemente fóllame. No me hagas el amor. Tan solo fóllame.

Margaret le bajó los tejanos y los calzoncillos hasta las rodillas, a continuación abrió sus propios tejanos y se los sacó junto con las bragas, y el blanco y negro de su sexo centellearon cuando los apartó de una patada. La polla de Enrique asomó y cabeceó en el aire como si intentara despegarse del cuerpo, y todo pareció tan exacto, tan perfecto, cuando, desnudos de cintura para abajo, totalmente vestidos de cintura para arriba, jersey de lana contra suéter de algodón de cuello alto, pene con vagina, él se le puso encima, las bocas abriéndose ávidamente la una para la otra. Margaret bajó la mano, abriendo los muslos, y le guió hacia su interior. Le pareció que estaba empalmado en la mano de ella mientras conducía el pene a la entrada, pero no. Su mente se apartó de los placeres físicos del suéter que picaba y del abrazo caliente de sus muslos. Una parte de él abandonó ambas cosas y pensó: «Esto no va a ocurrir. No puedo hacerlo».

Ella tiró de él para que la penetrara, y él obedeció, pero su polla no, y se derrumbó como un acordeón.

—No puedo —exclamó él y quiso llorar. Estuvo tan cerca. Tan cerca de encontrar lo que faltaba del universo. Tenía un tesoro a pocos centímetros de distancia, en sus brazos, en su corazón, y su cuerpo se lo vetaba. Quiso estrangularse.

—Shhh —dijo Margaret—. Relájate —susurró y rodó hasta quedar a su lado. Los dedos le acariciaron la mejilla—. Ocurrirá. No hay prisa. —Lo besó—. Tenemos todo el tiempo del mundo —le prometió.

La tercera vez que los gemidos de Margaret lo despertaron, vio luz en los bordes de las persianas cerradas de las ventanas del dormitorio. Miró su reloj. Era junio y amanecía temprano, por lo que eran poco más de las cinco y media de la mañana. El tercer incidente de Margaret en ocho horas. Se quedó mirando la cama. Volvía a arrastrarse por ella. Había apartado casi todas las sábanas, y la vio perfectamente, en la mejor luz de un amanecer de verano, la pasta marrón verdoso saliéndosele de las bragas y extendiéndose por las piernas.

—¡No! —protestó Enrique en voz alta, como si el autor de todo eso fuera capaz de oír su queja—. Si ya no le queda nada —dijo, refiriéndose a que ya no podía haber nada más en sus intestinos y a que su cuerpo no debería ser capaz de hacer ningún movimiento debido a la sedación. Por muy fuerte que fuera el olor y la incomodidad de Margaret, ella debería estar insensible—. No es posible —exclamó Enrique.

Margaret reaccionó. Se apoyó en la pared y consiguió incorporarse. Lo más extraño y asombroso fue que tenía los ojos abiertos y que extendía los brazos hacia él. Enrique se asustó de aquella imposible exhibición de energía y atención. ¿Estoy soñando?, se preguntó.

—¿Margaret? —la llamó. Enrique no se sentó en la cama. Las deposiciones eran poco consistentes, casi líquidas, y Enrique observó consternado que las sábanas y la manta de algodón estaban manchadas. No quedaban más mantas y solo un juego de sábanas limpias. Tendría que despertar a Rebecca para que lo ayudara. No puedo estar soñando, calculó. Esos pensamientos son demasiado aburridos para no ser reales.

Margaret tenía una mirada extraña. Parecía ver los objetos pero parecía incapaz de concentrarse en él, aunque Enrique se encontraba en línea con lo que debería ser su campo visual. Margaret emitió un sonido. Le asustó. Fue más un gruñido que una palabra, pero tuvo cierta entonación, como si fuera una pregunta o una exigencia. Margaret se esforzaba en hablar.

—¿Qué? —preguntó estúpidamente Enrique.

Margaret levantó la mano derecha, a ciegas, sin que sus ojos se apartaran de un punto fijo. Pareció ver algo. Se quedó con la mirada fija en la media distancia y se tocó los labios—. Beb... —dijo y él supo que quería beber.

—Quieres agua. Entendido. —Vertió agua de la botella en una

taza de plástico y la inclinó hacia su boca. Margaret tenía los labios agrietados y secos. Engulló el agua y le costó tragar.

—Ugh —dijo Margaret, lo que sonó a gratitud. A continuación se desplomó, con tantas ganas de volver a dormirse que colocó la cara plana encima de una de las manchas de heces.

—Oh, Mugs —dijo Enrique, sintiéndolo por ella. La levantó suavemente por los hombros para desplazarle la cabeza hasta una porción limpia de la sábana. Margaret emitió un gruñido de protesta, pero se quedó sin decir nada donde él la dejó.

Enrique bajó a toda prisa con la bolsa de ropa sucia y llamó a la puerta de Rebecca. Esta apareció medio dormida pero vestida, y él le explicó la situación lo más rápidamente que pudo y le pidió que metiera los dos juegos de sábanas en la lavadora.

Sacó del armario el último juego de sábanas de matrimonio y volvió a subir. Esta vez el hecho de que las deposiciones fueran más líquidas y más concentradas en una zona de la cama había ensuciado también el sobrecolchón. Rebecca llegó justo en el momento en que él lo descubrió. Enrique se quedó inmóvil en su desesperación, intentando recordar si tenían otro en alguna parte. Rebecca, al ver con qué tenía que lidiar su hermano, se quedó inmóvil y dijo:

—Oh.

—¿Ha habido algún problema con la lavadora? —preguntó Enrique. Ella negó con la cabeza—. El sobrecolchón está manchado —dijo Enrique—. Espera aquí mientras voy a buscar otro. —Encontró uno en un estante cerca de las sábanas. Margaret había reorganizado todos los armarios mientras estaba en remisión, tirando parte de lo que había acumulado en su vida de casada, guardando recuerdos familiares y actualizando su álbum de fotos. En aquel momento Enrique había sospechado que lo hacía en parte porque quería evocar lo que había vivido, para que eso le diera fuerzas para luchar, y en parte porque quería hacer un repaso por si resultaba que había llegado al final del viaje. Había hecho frente a la muerte. ¿Por qué no podía hacerlo él?

Con la ayuda de Rebecca consiguió terminar rápidamente, y Margaret, o su cuerpo, pues eso era lo que parecía quedar de ella, pronto volvió a estar tranquila bajo una sábana y una manta que su hermana había subido de la habitación de Greg. Enrique comprobó por dos veces la bomba para asegurarse de que Margaret recibía una dosis continua de sedante. Funciona. Era extraordinario que hubiera conseguido recobrar la conciencia. El malestar que sentía por dentro debía de haber sido tremendo. ¿Realmente la estaba calmando y ayudándola a marcharse, o todo aquello era una comedia a costa de Margaret para que todo el mundo se sintiera mejor con lo que estaba ocurriendo? Fuera cual fuera la verdad, se dijo que debería aumentar la dosis y acabar con aquel tormento, y no obligar a su cuerpo a respirar durante unos cuantos insensatos días.

Enrique no volvió a dormirse. Se preparó café y se sirvió un cuenco de cereales, pero no tenía hambre. Quería darse una ducha. Cuando se lo mencionó a Rebecca, esta le preguntó:

—¿Puedo llamar a la puerta si se despierta? —Lo que significaba que estaba demasiado asustada para quedarse a solas con Margaret. La enfermera del hospital llegaría a las ocho para ver cómo estaba Margaret, de manera que no le dijo a su hermana: Es imposible que se despierte, y sí, puedes llamar a la puerta. Le dijo que esperaría a que llegara la enfermera para lavarse. Para quedar limpio.

Margaret reía. Echó la cabeza para atrás y expulsó una bocanada de humo que acababa de aspirar.

Puesto que se lo pasaba tan bien, él siguió con su absurda visión de su futuro juntos.

—Podríamos pasar el resto de nuestra vida juntos y no tener relaciones nunca, ¿verdad? Quiero decir que podría encargarme de tus necesidades sin mi pene, y sé que yo puedo masturbarme.

La cabeza de Margaret se volvió repentinamente hacia él. Sus exquisitos ojos azules lo rodearon con su curiosidad. Le preguntó:

—¿Te masturbaste en Nochevieja?

Bueno, se lo estaba contando todo, por lo que podía seguir confesándose.

—Justo después de verte. Estaba tan cabreado que funcionó.

Margaret apagó su Camel Light, se puso de lado, levantando la mitad inferior de la sábana, lo que le proporcionó a Enrique una excitante visión de las delgadas caderas de Margaret y de la zona de su sexo.

—Yo también —dijo ella con una sonrisa maliciosa—. Vaya desperdicio. —Apartó la sábana que lo cubría y Enrique quedó desnudo de cintura para abajo—. Vamos a ver cómo lo haces ahora.

—¿Qué? —tartamudeó Enrique.

—Adelante —dijo ella, asintiendo ante su equipamiento, el cual, extrañamente, estaba casi a punto—. Enséñamelo.

Margaret se le acercó, su cara alegre quedó a pocos centímetros de él, a distancia de beso, y sus grandes reflectores azules lo cegaron—. Vaya —susurró, y sus dedos fríos serpentearon en torno a su creciente virilidad—. Te ayudaré a empezar.

Enrique esperó una hora y media a que llegara la enfermera del hospital. Margaret no se movió: solo su pecho subía y bajaba bajo la sábana. Se fue de su lado solo cuando la madre de Margaret llamó para anunciar que llegarían antes de mediodía, lo que significaba las once. Enrique, siguiendo la tradición de la familia de su mujer, se puso a minimizar lo ocurrido durante la noche.

—Ha tenido un poco de fiebre, pero ahora está tranquila —informó.

—Dios mío —dijo la pobre Dorothy con una voz tensa de tristeza y temor. Después de colgar, Enrique bajó la cabeza, cerró los ojos y respiró lentamente hasta que se le pasó el deseo de correr y chillar y chocar contra las cosas. Se había esforzado mucho en que aquel final fuera el más agradable para todos, y le gustaba creer que lo había conseguido para los demás. Pero no para él ni para Margaret. Sus despedidas indirectas entre los sentidos adioses de Margaret al resto del mundo no eran lo que él había querido, y el malestar y el sufrimiento de la noche anterior le parecían un gran fracaso, un fracaso que nunca podría superar.

Regresó junto a la cama de Margaret, asintiendo cuando Rebecca le susurró que se había agitado un poco mientras él estaba al teléfono. Enrique se dio cuenta de que había pasado de estar echada sobre el lado derecho a estarlo sobre el izquierdo. Se le veía perfectamente la cara. Los ángulos agudos de sus rasgos macilentos eran hermosos. Su piel traslúcida, las venas azules y verdes, la blancura de su frente, eran como de otro mundo. Tenía los ojos cerrados, la boca apretada y los labios sellados. Había algo embriónico e intenso bajo la pacífica superficie de su pose. Parecía como si fuera a nacer a otra vida, aunque Enrique no creía en esa consoladora ilusión. Comprobó la bomba de Ativan. Funcionaba perfectamente. Se preguntó cómo Margaret había conseguido llegar a moverse.

Lo comentó con la enfermera cuando esta llegó diez minutos más tarde.

—¿De verdad? —La enfermera reaccionó con sorpresa cuando Enrique la informó de que Margaret había conseguido incorporarse y beber agua a pesar de la elevada dosis—. Nunca había visto nada parecido —afirmó.

A Enrique no le impresionó lo más mínimo que eso la impresionara. Aunque supuestamente el personal médico se regía por la ciencia, su experiencia le indicaba que sus afirmaciones eran a menudo exageradas. De creer a los médicos y a las enfermeras de Margaret, ya había exhibido al menos una docena de síntomas y reacciones excepcionales a la medicación. El lado supersticioso e histriónico de la personalidad de Enrique era vulnerable a ese tipo de comentarios. Mientras se desvestía en el cuarto de baño, se dijo que no debía ponerse místico con lo que le esperaba. Margaret estaba en el umbral de la muerte, y todo el mundo, el personal médico incluido, probablemente le encontraría significado a cualquier banalidad. Se quitó la ropa, se metió bajo el agua caliente, se enjabonó de arriba abajo, y se alegró de frotarse el recuerdo de los espantos de la noche anterior. Colocó la cabeza bajo la cascada de agua, cerró los ojos y se sermoneó. La Margaret que yo conozco se ha ido. La Margaret que yo amo se ha ido. Todo lo que queda es la cáscara de su cuerpo físico. La luz de su interior ya no brilla, y ya no puedo sentir su calor ni solazarme en su iluminación.

Al principio no comprendió qué era el golpe en la puerta del cuarto de baño. Pensó que algo había caído en el piso de arriba. A continuación oyó la voz frenética de Rebecca:

—¡Enrique! ¡Lo siento! ¡Enrique! ¡Lo siento!

Se ha muerto, pensó.

—¡Margaret está agitada! Lo siento. No sabemos qué hacer... ¿Puedes salir?

Salió trastabillando de la ducha y cogió una toalla. ¡Margaret estaba despierta!

Abrió la puerta de golpe. Rebecca y la enfermera intentaban impedir que Margaret saliera de la cama. Había conseguido sentarse en el borde. Solo la cubrían sus bragas negras. La cabeza señalaba en dirección a la enfermera, pero tenía los ojos cerrados.

—Margaret, solo estoy comprobando tu puerto —dijo la enfermera con el tono antinaturalmente calmo del cuidador de un paciente crédulo.

—¡No! —dijo Margaret con voz clara y sonora. Sus brazos palparon el aire a ciegas.

Enrique avanzó hacia ellas con los pies mojados, sujetándose la toalla en la cintura.

—Ha empezado a moverse... —explicó la enfermera a la defensiva. Rebecca añadió algo más, pero él no pudo oírla porque la enfermera seguía hablando—: Y me he dado cuenta de que la camiseta estaba manchada, así que he intentado quitársela...

—Creo que tenemos que dejarla en paz. Simplemente dejarla en paz —dijo Rebecca, también con una calma antinatural, la suya sobre una capa de cólera y agitación.

Margaret se abalanzó hacia delante. Alarmada, la enfermera la agarró por las manos.

—Margaret, ¿quieres levantarte?

Y entonces llegó. Fuerte y claro, como si estuviera totalmente viva.

—¡No! —gritó. Abrió los párpados, pero tenía la mirada perdida y enajenada. Se soltó las manos y dio unas palmadas al aire—. ¡No! —volvió a proclamar, una afirmación de identidad más que un argumento.

—No sé qué quieres —exclamó la enfermera. Enrique dejó de preocuparse por si resbalaría y perdería la toalla. Consiguió llegar hasta su mujer, ahora los dos más o menos desnudos, el cuerpo de ella, al igual que el suyo, arrugado y pálido por la lucha. Enrique agarró las muñecas conmovedoramente pequeñas de Margaret y se colocó sobre una rodilla, de manera que su cara quedó exactamente a nivel de la de ella.

—Margaret —dijo a sus ojos coléricos y errantes.

Margaret dejó de intentar ponerse en pie. Lo miró como si él fuera transparente, o ella ciega, como si buscara otra cosa, o a otro. Él no sabía qué quería su mujer, pero le dio todo lo que podía ofrecerle.

—Estoy aquí, Mugs —dijo, y se acercó un poco más, acercando los labios a los de ella, aunque estos no esperaran un beso—. Estoy aquí. —Apretó la boca contra la de ella, tocando los dientes y todo lo demás.

La cara de Margaret se relajó. Bajó los hombros. Las mejillas se ensancharon en una sonrisa, y juntó los labios, los frunció, los ojos cerrados, buscando: incluso al indeciso Enrique le quedó claro que lo estaba buscando a él.

La besó, y cuando sus labios se unieron, ella canturreó. Cuando Enrique se apartó, ella emitió un ruido de satisfacción: «Mmm», y volvió a fruncir los labios. Él la besó otra vez, sus brazos le rodearon los hombros delgados, y ella volvió a canturrear, vibrando de placer.

Cuando Enrique interrumpió el contacto, Margaret suspiró de alivio y se reclinó sobre la cama. Él la ayudó a bajar, acomodándola sobre el colchón y arreglando el tubo intravenoso para que no se le enredara debajo.

Margaret no regresó a su posición fetal. Quedó boca arriba, los ojos cerrados, la boca cerrada, tendida cuan larga era como si se aprestara a su descanso final. Enrique subió la sábana para taparla y a continuación cogió la toalla para cubrirse. La respiración de Margaret había cambiado. Ahora era rápida y superficial, tal como la enfermera les había dicho que sería cuando llegara la última fase. Pronto entraría en coma. Enrique le lanzó una mirada a su hermana, que tenía la cara anegada en lágrimas.

—Te quería a ti —dijo Rebecca con la voz entrecortada. La enfermera lo tocó, un golpecito en el hombro como si deseara armarlo caballero.

Todo ese tiempo había estado equivocado. Margaret había querido decirle adiós. Se había asegurado de decirle adiós, un adiós elocuente. Había conseguido decirle, a pesar de todos los obstáculos que la naturaleza y los seres humanos le habían puesto, que el amor de ella y el de él habían sobrevivido.

Pronto, muy pronto, en un minuto, en menos de un minuto, en segundos, en un solo segundo, Enrique ya estaba muy excitado. Tenía la cabeza ebria del tacto de Margaret, y su corazón estaba inundado por esos ojos azules que lo ahogaban. Ya no se acordaba que era uno de enero, el primer día de Año Nuevo. Ya no se acordaba de que el sol brillaba o de que se había comido una tortilla de cebolletas para almorzar. Ya no sabía su nombre ni se acordaba del suelo de parqué. Ya no recordaba tener miedo.

Ella estaba debajo de él. Enrique no comprendía cómo Margaret había conseguido que se pusiera encima sin levantarlo. La cara sonriente de Margaret llenaba todo lo que veía y era todo el mundo. Él la seguía como si fuera una brújula o el disco de un hipnotista. No le había soltado el sexo. Lo había dirigido hacia su cuerpo y antes de que él tuviera oportunidad de pensar en qué podía ir mal, ella habló.

—No conseguirás hacerlo —dijo ella.

—¿Que... no...? —Enrique tartamudeó sorprendido.

—Porque si entras en mí, nunca saldrás.

—¿Ah no? —preguntó Enrique con el asombro de un niño.

—No, nunca saldrás —dijo Margaret y tiró de él. Sintió un calor en la punta y tuvo miedo de desaparecer—. Después de esto, quedarás atrapado.

—Lo dices en serio, ¿verdad? —dijo Enrique con una sonrisa.

Una mano aterrizó sobre el culo de Enrique y le impulsó a empujar y ya no hubo muro, ya no hubo obstáculos, solo el mar de Margaret, el baño caliente de su envolvente amor. Margaret llevó los labios al oído de Enrique y le susurró palabras cálidas mientras sus manos frías le apretaban el culo y lo empujaban hasta dentro del todo.

—Nunca saldrás. Te mudarás conmigo, nos casaremos, tendremos hijos. Te quedarás aquí para siempre —susurró Margaret, y en el océano de su ser, Enrique dejó escapar todo el aire asustado que estaba atrapado dentro de su corazón, espiró la desesperación de su alma y pensó jubiloso: *¡Este es mi hogar! ¡Este es mi hogar! Gracias a Dios, ¡este es mi hogar!*

Agradecimientos

No habría conseguido pasar de los primeros capítulos de esta novela sin el apoyo enérgico y constante de Tamar Cole, Susan Bolotin, Ben Cheever y Michael Vincent Miller. Y no habría conseguido revisarla sin la amabilidad y comprensión de Donna Redel. Los escritores habitualmente dan las gracias a sus agentes y editores por ayudarlos. Eso parece prudente y obvio. No obstante, *Un matrimonio feliz* no habría llegado a publicarse, con lo que tampoco me habría hecho sentir orgulloso, de no ser por Lynn Nesbit y Nan Graham. Ambos fueron mucho más allá de su habitual y ampliamente reconocida excelencia en su trabajo, ayudándome en aspectos vitales. Es imposible exagerar el valor de la meticulosa corrección de Nan. También ha sido una permanente ayuda en cada fase de la edición y publicación el atento y meticuloso Paul Whitlatch. Por último, las informaciones médicas fueron supervisadas por Kent Spekowitz, magnífico médico y elegante escritor. Naturalmente, todos los errores son míos.

«Dichosos los hombres que aman a la mujer con la que se casan, pero más dichoso aquel que ama a la mujer con la que está casado.»
GILBERT K. CHESTERTON

Desde LIBROS DEL ASTEROIDE queremos agradecerle el tiempo que ha dedicado a la lectura de *Un matrimonio feliz*. Esperamos que el libro le haya gustado y le animamos a que, si así ha sido, lo recomiende a otro lector.

Al final de este volumen nos permitimos proponerle otros títulos de nuestra colección.

Queremos animarle también a que nos visite en www.librosdelasteroide.com y en Facebook, donde encontrará información completa y detallada sobre todas nuestras publicaciones y podrá ponerse en contacto con nosotros para hacernos llegar sus opiniones y sugerencias.
Le esperamos.

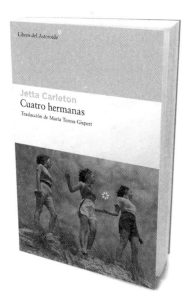

«Es difícil saber qué es más sorprendente: que *Cuatro hermanas* sea la primera y además la única novela de Jetta Carleton o que su escritura capture tan bien la belleza de la naturaleza y la complejidad de las emociones humanas.»
The Washington Post

«Una vez cada cierto tiempo aparece un libro que te hace dar gracias por poder leer (...) *Cuatro hermanas* es uno de estos libros.»
San Francisco News-Call Bulletin

«Una maravillosa novela (...) Carleton no idealiza pero tampoco ridiculiza la vida rural de Misuri, y retrata con gran delicadeza una familia llena de pasiones y deseos contradictorios.»
Chicago Tribune